소설문학상 수상선집

인도의 향

인도의 향

초판 인쇄	2010년 11월 24일
초판 발행	2010년 11월 27일

지은이	신상성
펴낸이	양상구
편집	채운재
웹디자인	김태완
펴낸곳	도서출판 **채운재**
주소	100-861 서울시 중구 충무로2가 49-8 (서울빌딩 202호)
전화	02-704-3301
팩스	02-2268-3910
핸드폰	010-5466-3911
이메일	ysg8527@naver.com
정가	12,000원

작가와의 협의하에 인지는 생략합니다
파손및 잘못된 책은 교환해 드립니다

소설문학상 수상선집

인도의 향

도서출판 채운재

차례

회귀선(回歸船) … 7

구원(救援)의 땅 … 51

어듸라 더디던 돌코 … 83

나비 들꽃 등대 … 123

까마 … 163

사이공의 니르바나 … 195

차례

마지막 카드 … 230

인도향(印度香) … 260

내 마음 속의 들쥐 … 294

작품론 … 330

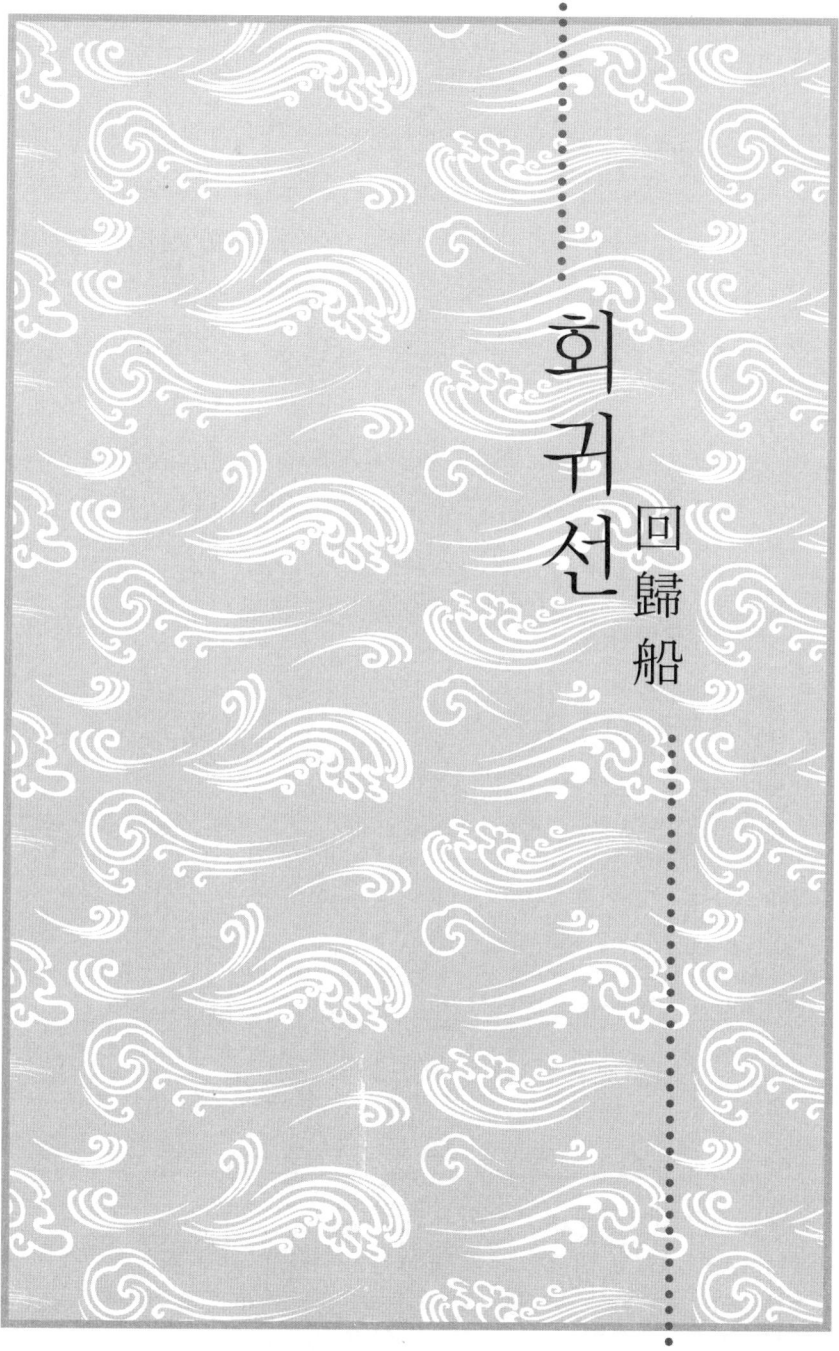

회귀선 回歸船

회귀선(回歸船)

1.

바람이 불었다.

돌개바람이 불 적마다 바람의 끄트머리에선 모래 무덤이 생겼다. 그것은 나지막한 동산도 만들다간 삽시간에 날아가 버리기도 했다. 숨이 답답하고 목구멍이 깔끄럽다. 벌떡 일어났다.

바지 주머니를 더듬어서 편지 나부랭이를 찾아 코를 풀었다. 코는 안 나오고 모래가루만 흩날렸다. 침을 뱉었다. 모래가 섞여 나왔다. 목구멍 근처의 모래는 잘 떨어지지 않았다. 칼칼하다. 여기저기 전우들의 헛기침 소리가 콘셋트 벽 위에 그림자로 출렁거렸다.

검은 헝겊을 씌워 보안등을 한 나트랑 휴양지 막사 안은 잠을 이루지 못하는 불면의 그림자들로 날짱거렸다. 담요로 머리를 푹 뒤집어 쓰고 온몸을 돌돌 말았는데도 모래는 코로 귀로 이빨 새로 구멍난 곳마다 날렵하게 파고 들어와 앉았다.

담배를 하나 물었다. 잠은 일찌감치 포기했다. 멀리 바닷물소리가 나들명거린다. 그 소리를 따라 막사 밖으로 나왔다. 돌개바람의 날카로운 앞 이빨이 더욱 날카롭게 파고든다. 콧속이 뻐근해 온다. 뒷골도 다시금 멍멍해진다. 적도 근처의 열대이어서 이곳 해변은 낮과 밤의 기온차가 심하다.

그믐달 근처로 조명탄이 올라가 폭죽같이 터졌다.

검은 그믐달도 총탄으로 피빛 구멍이 날 것 같다. 멀리 박격포 소리를 배경으로 M16 소총소리가 자장가로 들렸다. 연막탄과 화염 방사기도 간간히 밤하늘을 색칠한다.

중부 월남, 닌 호아(Ninh Hoa) 지역 혼 헤오(Hon Heo) 산 북반부 하늘이 살벌하게 타오르고 있다. 백마부대 29연대장 이창진 대령이 주도하는 '박쥐 16호' 작전이다. 그 총소리 속에는 하사 홍종진 첨병 조장의 M16이나 고참 병장 김철남 부조장의 칼빈 소총 소리도 섞여있을 것이다.

홍 하사나 김 병장은 의무병이지만 소총수 보병들과 똑같이 뛴다. 홍 하사는 맹호부대 제1진으로 왔다가 재파월하여 백마부대 제1진으로 다시 왔다. 오로지 전쟁수당으로 돈을 모으기 위해서이다. 1967년 파월 따이한 병장 월급이 54달러였다. 당시 국가공무원 평균 월급이었다. 초급장교 소대장 소위는 거의 우리들의 두 배가 된다.

그는 등 뒤에 구급배낭을 열 십자로 묶고 보병들이 사용하는 M16으로 늘 맨 앞에 자원해 나간다. 용감하다고 할지, 무지하다고 할지, 어쨌든 이 전쟁 자체를 즐기는 것 같다. 살짝 곰보인 그는 육자배기 노래와 구멍난 농담을 혀 끝에 물고 다녔다. 때때로 야전막사를 폭탄 같은 폭소로 몰아간다. 고참 김 병장은 노름도 잘 하고 장사도 잘 하고 사랑도 잘 한다. 그래서 나중에 현지 제대하여 월남 처녀와 결혼도 했다.

담배를 두 손으로 감쌌다.

야간의 불빛은 십 리를 간다. 푸르스름하게 번져 올라가는 담배연기 위로 반투명 맑은 유리조각들이 은하계를 쌩쌩 달리고 있었다. 두 쌍의 낙타가 나란히 서 있는 말보로 담배연기를 폐 속 깊이 빨아들였다. 낙타의 눈동자는 이 세상에서 가장 그윽한 것 같다.

그들의 눈은 늘 사막 끝 지평선에 고정되어 있다. 칼날 같은 모래알이 눈알을 파고 들어도 그들은 먼 지구 끝을 똑바로 쳐다보고 있었다. 전혀 세상을 초월한 눈동자이다. 세상은 잔인한 피 흘림인데 낙타와 은하계는 더없이 평화롭다.

수평선 끝에서부터 달려와 발끝을 간질이는 밤바다, 깊은 파도 소리가 속삭여 왔다. 다시 가슴이 답답해 진다. 진작 담요를 가지고 나올 걸, 후회했다. 잠 못 이루는 병사들의 그림자 몇 개가 나와 같이 해변을 방황했다.

이번 '박쥐 16호' 작전명단에는 내 이름도 올라가 있었지만 연대 의무중대 인사계 할아버지는 내 이름 대신에 신임 이현길 상병으로 대체해 놓았다. 내가 필리핀 클라크 미군 병원에서 복귀한 지 얼마 되지도 않았지만 날아간 오른쪽 귀창이 아직 치료 중이기 때문이다.

반 고흐마냥 흰 붕대를 감고 어떻게 작전수행을 하느냐는 인사계의 호통이었다. 흰색 붕대에 검은 구두약을 칠하고 나가면 되지 않느냐고 우겼지만 오히려 나를 엉뚱한 이곳 나트랑 사단 휴양지로 쫓아보냈다. 한밤중 반강제로 앰불런스에 태워 밀었다.

우기와 건기가 갈라지기 시작하는 10월 초 중부 월남의 기후는 변화무쌍하다. 야전에서 저녁 식사용 C 레이숀을 뜯을라 치면 비가 먼저 뜯어놓은 깡통을 치고 들어온다.

　밤새 비를 맞으며 매복을 끝내고 일어서는 아침이면, 또 언제 그랬냐 싶게 소낙비는 저만큼 달아난다. 가슴까지 차오르는 빗물 참호 속에서 물에 빠진 참새마냥 몸을 부르르 떨며 아침의 정글 속을 뛰다 보면 어느 새 땡볕에 철모(鐵帽)가 벌겋게 달구어지기 시작한다. 점심 때면 철모에 계란 후라이를 해 먹을 정도로 뜨겁다. 한밤 중의 진흙탕이 한낮에는 뽀얀 먼지로 풀썩인다. 밤낮의 기온 차가 약 20도의 영상 영하 사이를 외마치 장단을 친다.

　백마부대 의무병으로 쫓겨 오기까지 나는 몇 군데 교육을 거쳐야 했다. 쫓겨왔다기 보다 실은 자원해 온 것이다. 원래는 김포 제 1공수특전단 공수요원으로서 대구 의무기지사령부로 파견되었다.

　의무병 특과교육을 마치고 화천 오음리 월남파병 훈련을 거쳐 이곳 닌호아에 떨어진 것이 1967년 8월 한여름이었다. 논산 신병훈련소에서 김포, 대구, 화천을 뽈뽈 기는 쫄병으로 한바퀴 도는데 약 1년 걸린 셈이다. 원적은 1공수 특수요원이지만 월남에는 의무병으로 파견된 것이다.

　우리를 태운 미 해군 수송함 1만톤급 '쟈이거'(Giger)호가 이곳 나트랑 해안에 접안하자 베트콩들이 기습 공격해 왔다. 시뻘겋고 시꺼먼 해안기지 기둥폭발 모습이 영화 필름 마냥 유리창에 비치어 터졌다. 햇병아리 우리들은 요동치는 쟈이거 군함 벽을 휘어잡고 더욱 크게 요동치던 가슴을 쓸어 내렸던 1년 전 기억도 난다. 어느 새 내가 이 지옥 같은 전쟁터를 뛰어다닌 지도 한 해가 다 가는 것 같다.

　백마부대와 함께 쟈이거를 타고 온 해병 청룡부대 요원들은 우리보다 더 북쪽 후에(Hue) 지역으로 떠나고, 우리는 중부 월남 닌호아에 떨어졌다. 1번 남북도로와 21번 동서도로가 갈라지는 9사단 사령부가 주둔하고 있는 29연대였다. 나트랑의 베트콩들에게 '위험한 영접'을 받고 내가 1대대 4중대에 배치되어 겨우 한숨 돌릴 무렵이었다. 한밤중 연병장에 비상 신호탄이 몇 번 터지더니 약 30대의 작전 트럭이 들이닥쳤다. 중무장으로 동 디엔(Dong Dien) 강이 흐르는 닌호아 북쪽 산악지대에 투입되었다.

나중에 알았지만 이 작전이 바로 '아름다운 매화 2호 작전'이었다. 그 동안 부대관할 반닌, 반쟈 지역으로 대민작전에 나가 주민들 치료만 하다가 한달 만에 본격적인 전장에 뛰게 된 것이다. 중대 단위 소규모 작전은 김포 공수부대 시절부터 많은 경험을 했지만 사단 규모 대작전은 처음이다. 죽음과 공포, 긴장과 불안이 비수 같이 목을 겨누었다. 나는 머리를 세게 흔들었다.

안근호(安根鎬) 제 4중대장이 무전기에 대고 아프리카 원시인 같은 언어로 고함을 질러대었다. 본부 상황실 홍상운(洪祥運) 연대장과 작전상황을 암호로 확인해 가는 것이다. 라이트를 끈 채 암흑 속을 달리는 트럭 뒤칸 어둠 속에서도 안 대위의 얼굴은 붉게 상기되어 있었다.

D데이 이틀이 지난 10월 7일 밤 10시 가까이 되었을까, 21번 도로 연결 쪽 다리를 베트콩이 기습해왔다. 집중사격을 해오는 그들을 여유 있게 응전하며 우리는 포위작전에 들어갔다. 사살보다는 생포를 목적으로 안 대위는 맨 앞장 서서 예상 도주계곡을 차단하며 수색작전을 폈다.

이에 앞서 약 5시간 전에 바로 옆 작전지역인 동 슈안(Dong

Xuan)의 제 10중대 홍종진 하사 부대에서 대민심리전에 나갔던 배태룡 하사와 최정웅 병장이 베트콩들의 기습으로 산화하였다. 그래서 안 대위는 이 지역 베트콩 부대의 최근 규모와 성격을 파악하기 위해 생포하려고 했던 것이다. 그러나 험준한 혼 헤오 산악과 야밤의 정글 이동은 우리를 당황하게 만들었다. 자칫하면 오히려 우리가 역 포위를 당한다며 제1대대장 장창호(張滄鎬) 중령이 호통을 쳤다.

"야, 4중대장, 안근호 너 끝까지 내 명령에 불복할 꺼야, 어엉! 지금 늬들 수색조가 모두 11명이야, 한꺼번에 뒈지고 싶어엇! 안 대위 너 내 말 안 들려엇?"

시베리아 호랑이 같은 그의 어금니 가는 목소리가 아예 반말과 함께 무전기 통을 박살낼 것 같았다. 영창 갈 각오를 하고 장 중령과 싸우던 안 대위는 연득없이 쏟아지는 폭우로 결국 그냥 귀대할 수 밖에 없었다. 두 명의 전우가 쓰러진 그날 밤, 우연하게도 배 하사의 어머니와 최 병장 누이동생의 편지가 나란히 도착되었다.

그 두 장의 편지 위에는 창 밖에 쏟아지는 10월 폭우와 함께 10중대 내무반 동료 전우들의 눈물이 밤새 고였다. 이역만리 머나먼 타국 땅, 우리는 왜 이렇게 하릴없이 시체가 되어가야 하나. 씽씽한 젊은 말 같은 한국 청년들이 왜 남의 나라 땅에 와서 누구를, 무엇을 위하여 죽어가야 하는가. 우습다. 내일 아침 눈을 뜨면 또 다시 총구를 닦고 실탄을 장진하여 어느 정글에선가 뛰면서 죽음과 맞닥뜨려야 한다.

2.

바닷소리는 늘 달랐다. 아침 저녁이 달랐고, 밤과 낮이 달랐다.
밀물과 썰물에 따라 바다와 육지의 입맞춤 소리가 다를 것이고 사랑의 농도도 다를 것이다. 바다 냄새도 다르다. 봄 여름 가을 겨울 바다 속 생명체들의 희로애락이 다르기 때문이리라.
"어머! 야시카가 일곱, 여덟, 열…… 열 여섯 개 떨어지네요."
챠오가 침묵을 깨고 초승달 하늘을 가리켰다.
이런 조명탄 한 개의 제조비가 일제 카메라 '야시카' 값과 맞먹는 약 40달러란다. 한 번 낙하하여 사라지는데 약 15분이다. 조명탄은 땅 위에 기어가는 개미새끼까지 비춰준다. 밀림에서 준동하는 베트콩을 찾아주는 것이다. 이 근방 각 부대 작전 지역에서 이 시간에 떨어지는 것만도 수백 수천 수만 개가 될 것이다.
월남 전역에 떨어지는 숫자는 수 억 개, 수 억 달러가 공중분해 하는 것이다. 1년 열두달, 365일 몇 년을 더 떨어뜨려야 하는 건지 아무도 모른다. 미국 존슨 대통령도, 월남 쿠엔 카오 키 수상도, 월맹군 후치밍(胡志明)도 모른다. 유엔군 웨스트 모얼랜드 사령관도, 따이한 채명신(蔡命新) 사령관도 모른다. 신(神)은 알까? 원숭이는 그의 수첩에 대체 무슨 그림을 그리고 있을까?
"신(神)이란 정체는 뭔 줄 아세요? 어렵게 생각할 필요 없어요. 한 마디로 단정해 보세요. 내가 사이공 대학 불문학과에서 배운 것이라곤 이거 하나밖에 없어요."

"또, 그 프랑스 신부 얘기군."

"아녜요. 나 혼자 터득한 거예요. 웃지 마세요. '옷(衣)의 변에 원숭이 신(申)자예요. '사람 옷을 입은 원숭이?' 란 뜻이에요. 아시겠어요?"

챠오의 자학적 캐리커처가 시원했다. 사실 그것은 '옷(衣)변이 아니고, 보일 시(示)변' 이다. 직역하면 '원숭이를 보여준다' 는 뜻이다.

신(神)이란 원숭이다? 그미의 역설이 자폐증상으로 치닫는 나를 웃기게 했다. 나는 목구멍이 드러나도록 통쾌하게 웃었다. 어금니가 뻐근하다. 웃지 말자. 이따금 그미의 이러한 어눌한 미소도 생각났다. 멀리 수평선 끝으로 달아나는 밤바다 그리고 파도, 그 파도끝은 달리고 달려서 이 곳 나트랑에서 고국 제주도 서귀포에 이를 것이다.

"몇달 전, 사이공 미군사령부 임시수용소에 가서 내 애인 응 남 비엣 그 사람을 만났어요. 여전히 태연하더군요. 나도 그때 처음으로 그 사람 앞에서 태연해 봤어요. 마지막 말을 하려고 하니 이상하게 착 가라앉아지대요. 언제나 불안해야 할 것은 그쪽인데, 오히려 내가 늘 초조해 왔거든요"

바다는 은밀히 말을 걸어 왔다. 그만한 시간이면 챠오의 목소리는 달려와 고통스런 안식을 주곤 했다. 눈을 감으면 다가서는 박꽃 같은 미소 때문에 나는 늘 도망다녀야 했다. 그미의 이국적인 눈동자는 때로 낙타의 초월한 눈동자같이 보인다.

"이번에는 그 콧수염 홀덴 참모장이 '노오' 했던 모양이지?"

"아녜요. 그 미군 참모장은 한 번도 내게 '노오' 라고 한 적이 없어요. 오히려 그가 서둘러 남 비엣의 석방 확인서에 싸인 하려는 것을 내가 '노오!' 했어요. 그 홀덴은 이상하단 눈으로 나를 쳐다보며 어깨를 한 번 들었다 놓더군요."

내가 4중대 의무병으로 처음 배치되고 얼마 후, 나는 부대근처 반닌 반쟈 마을에 대민심리전 작전에 나갔다. 그 즈음 챠오를 처음 만났다. 아니 챠오의 어머니를 더 앞서 만났다. 그미의 어머니는 중증 환자였다. 파도를 밀며 번져오는 밤 바다의 짠 냄새가 챠오의 겨드랑이 냄새로 다가왔다. 며칠 전 챠오와 만났을 때, 들려준 그의 애인 이야기였다. 뜬금없이 그미가 보고 싶어졌다.

나는 휴양소 막사 안으로 다시 들어갔다. 그미의 집이 있는 반닌 마을에 가고 싶었다. 옷을 주워 입고 탄창의 탄알을 확인한 다음 대검을 빼보았다. 만일을 위해 호신용으로 지니고 가야 한다. 달빛에 번쩍이는 칼날을 보자 나는 그만 포기해 버렸다. 당분간 그미를 혼자 내버려 두는 게 좋을 것 같다는 생각이 들었기 때문이다. 챠오는 지금 나와 같이 최악의 심리상태일 것이다. 나는 탄띠를 도로 풀어 놓고 대검을 다시 칼집에 넣었다.

담요를 머리 위로 뒤집어썼다.

옆에는 항우 같이 코를 골고 자는 녀석의 담요도 벗겨 가지고 다시 나왔다. 망고나무 밑에 앉았다. 남십자성이 이마 위에 떨어졌다. 고향 신마산 뒷산 무학산 중턱의 공동묘지에 자주 올라 갔었다. 이북 함흥이 고향인 큰아버지 무덤가에 누워서 보던 밤 하늘과 똑같다. 다만 고향에선 남십자성이 이곳보다 더 멀리 보였을 뿐이다.

은하계도 끝이 없고 우주도 끝이 없었다. 그러나 우리에겐 끝이 있었다. 죽음의 끝이 있다. 우리는 죽음을 수통마냥 항상 곁에 차고 다닌다. 그 죽음도 내 60kg의 고깃덩이가 수류탄에 벌집이 되든지,

부비츄렙에 걸려 걸레가 되어야 하는 끝판이다.

"내가 단호하게 말했죠. '이번에는 석방하면 안 돼요!' 미군 측에서 안 된다는 것이 아니라 내가 먼저 안 되겠다고 했어요. 사이공 쫄롱지역, 베트콩의 아지트에서 잡혀온 그는 쓸쓸히 웃더군요. 차라리 잘됐다는 거예요. 그 비웃음 뒤에 도사린 집요한 잔인성! 동족의 얼굴에도 마구 칼질할 수 있는 그의 정당성에 나는 어금니가 떨렸어요. 창살을 암팡지게 쥐고 서 있는 그의 두 눈알은 그냥 악마의 핏빛이고 저주였어요."

챠오의 애인이었던 응 남 비엣은 이렇게 끝막음이 되는 것 같았다. 우리는 태평양에서 인도양으로 몰려오는 나트랑 해변을 거닐곤 했다. 무성한 열대 숲에 싸인 해변을 눈부시게 흰 아오자이가 걸었고, 그 옆에는 땀에 전 얼룩 무늬 따이한 전투복이 나란히 걸었다. 밑바닥이 보이는 투명한 바다를 보며 걸었다. 우리는 이 해변을 자주 걸었다. 걷고 또 걸었다. 걷는 것만이 전부였다.

세상에서 그 무엇도 우리 젊음의 그 무엇도 해결해 주지 못했다. 아니 우리는 이 전쟁터의 단순한 피동태일 뿐이다. 그냥 소모품으로 젊음이 죽어갈 뿐이다. 시체가 되어 갈 뿐이다. 세상은 우리의 청춘을 열외로 제외시키고 있었다.

"쇠사슬 같이 늘 강인했던 비엣이 내 앞에서 고개를 숙이는 것을 그때 정말 첨 봤어요."

고개를 천천히 들며 챠오는 먼 수평선 끝으로 쓰게 웃었다. 세상은 챠오에게 결코 빛이 되어주지 못했다. 전쟁은 챠오와 그 애인 청년 베트콩 사이를 도끼질 하고 있었다.

"잘했어… 차라리 잘됐어. 이제 내 인생도 이렇게 끝나가누만, 마지막 부탁이야. 반닌 마을에 한 번만 가줘. 우리 아버지가 아직 그곳에 살아계실 거야. 그는 중얼거렸어요. 철창 새로 불쑥 뻗어 나온 마지막 그의 손을 나는 차마 잡지 못했어요."

챠오는 영어를 잘했다. 그미를 처음 만났을 때 사이공 대학 불문학과 2학년이었다. 나의 서투른 영어회화가 중간중간에서 끊어지면 그미가 잘 보완해 주었다. 손짓 발짓도 하고 땅에다가 그림도 그렸다. 그러나 꼭 해야 할 절실한 말은 못할 때가 많았다. 많은 말을 하고 싶었지만 정작 사랑한다는 낱말 하나는 아직도 못하고 있었다.

"최소한 마지막 그의 손을 한번쯤 잡아 주려고 했어요. 그러나 그 순간, 촐롱의 그들 아지트에서 울부짖던 그 모녀의 환영이 되살아나 도저히 손을 내밀 수가 없었어요. 그러나 나는 반닌 오두막에는 갔어요. 허리가 굽은 그의 아버지는 귀도 멀고, 눈도 멀고, 말도 못하는 칠순의 할아버지였어요. 나를 한참 들여다보더니 때가 전 액자 속에서 낡은 사진을 한 장 꺼내 왔어요. 다시 한참 들여다보더니 '며느리가 이제 왔어…… 허허.' 이빨이 다 빠진 웃음이었어요. 공허하게 그러면서 핏줄 쓰이게 터져 나왔어요."

그미는 잠깐 하늘을 올려다보며 긴 한숨을 쉬었다. 맑은 구름이 마치 어미 캥거루가 아기 캥거루 손을 맞잡고 춤추는 듯한 모습이었다. 동화책 삽화 같았다.

"나는 그 사진을 빼앗았어요. 귀퉁이가 잘려나간 그 사진은 사이공 대학 입학식 때의 내 사진이었어요. 들릴 듯 말 듯한 며느리란 소리 듣고 눈물이 왈칵 쏟아졌어요. 그러나 나는 울지 않았어요. '이제 나는 내 아들 비엣한테 가는 거야…… 허허.' 아들은 총살당했어요. 그는 듣지 못해요. 아들은 베트콩 청년조직 지도자이에요. 그는 몰라요."

"결국 비엣을 죽인 것은 당신이군요. 당신 빽으로 충분히 다시 살릴 수도 있는 건데."

나는 안전 장치를 풀었다. 방아쇠만 당기면 연발로 나간다. 우리는 화장실에 갈 때도 총을 가지고 다닌다. 잘 때는 머리에 베고 잔다. 더구나 이런 한적한 야산에선 어느 구석에서 검정 콩알이 날아올지 모르기 때문에 비상장치를 해두는 것이다. 이따금 지축을 흔드는 박격포 소리만 아니면 전혀 전쟁터라는 것이 실감이 안 난다. 이곳이 응접실에 걸린 한 폭의 열대 풍경화라는 착각이 든다. 나트랑 해변은 열대의 정지된 시간과 벌거벗은 낭만이 연상되는 하와이 와이키키보다 더 아름다운 바닷가이다. 제 2의 고향 마산 돗섬 같은 아늑함도 있다.

챠오의 목덜미로부터 반사되어 나가는 한낮의 햇발이 눈부시다. 그미의 몸에선 월남 특유의 오줌냄새가 난다. 그것은 곳곳의 쓰레기장에서 나는 월남민족 고유의 연한 찌릉내다. 갓난아기 궁둥이 냄새 같은 것 말이다. 4중대 한미 합동작전 때, 나에게서 마늘냄새가 난다고 코를 막고 뺑뺑 돌던 윌리암 중위의 엉덩이를 발길로 차 주던 생각도 난다. 윌리암이 한국의 쓰레기장 냄새를 맡으면 우리 민족 고유의 냄새가 날까?

우리가 월남에 투입될 때 타고 온 미 군함 '쟈이거' 식당 구석 짬 방통에서는 더 찐한 노랑내가 났었다. 미군에겐 특히 윌리암 같은 백인들에게선 그 노랑내가 심했다. 그 비릿한 오줌내는 이곳 야자 열매 속에서도 났다. 처음엔 구역질 나던 그 야자수 물맛에 익숙해질수록 나는 열대에 전쟁에 죽음에 능숙해 갔다.

3.

 한국의 세라(世羅)에게선 풀 냄새가 났었다.
 뽀트를 타고, 춘천 소양호를 거슬러 올라갈 때 그미는 진한 들국화 풀꽃 냄새를 풍겼다. 우리는 얼마나 숱하게 헤어지는 연습을 했던가? 꼭 헤어져야 한다면서도 생각해 보면 헤어질 이유가 하나도 없었다. 세라 어머니의 반대 같은 건 흔한 세속적인 이유였다. 내가 D대학 데모 주동자로서 전국 수배자인 데다가 백수건달에 가난하다는 것이 결혼반대 이유이다. 이런 것은 우리에게 헤어지는 이유가 될 수 없었다.
 그러나 그 어머니로서는 절대적이었다. 어떤 것과도 상쇄가 되지 않았다. 그래도 헤어져야 했다. 헤어지고, 헤어지고, 헤어져야 했다.
 "고아면 어때요. 또 호적에 그어 있는 '빨간색 전과표시 줄'이 무슨 상관이에요. 빨간 줄이 그어진 그 결과보다 그 동기가 더 중요한 게 아니에요? 당신이 주동한 6.3사태 한일회담 저자세반대 시위는 당연한 일이에요. 열혈 한국청년 내 애인의 의지였어요. 그리고 다른 동료들을 위해서 당신이 대신 희생한 빨간 줄이 왜 나쁘냔 말이에요. 기 죽지 말아요. 왜 당신은 그런 걸 당당하게 어머니에게 강조하지 못 하느냔 말이에요."
 '그러나 세라야! 세상은 결과만 가지고 단정하기 마련이야. 네 홀어머니의 외고집을 세대 차라고만 단정할 수 없어! 세상은 그런 사회적 제도권 틀에서 돌아가기도 하니까 말이야' 이런 말이 목구멍까지 치솟았지만 도로 삼켜 버렸다. 이런 말로 타이른다고 해서 그미가 물러설 것이 아니기 때문이다.

"나는 당신의 그런 용감한 행동성이 좋아요. 당신은 늘 행동을 먼저 보여 주었어요. 난 그걸 언제나 친구들에게 자랑해요. 땟국이 흐르는 이론보다 실수할망정 행동을 사랑해요. 그러나 당신은 소심해요. 항상 피해의식 속에 싸여 있어요. 왜 그래야 해요? 그건 자학이에요."

단 하나의 진실을 위해 세라와 나는 모든 것을 위장해야 했다. 하나의 비밀이 갖는 환희와 고통은 그만큼 한 방황과 피로를 던져왔다. 색안경의 두께와 굴절에 우리는 괴로워했고 누구에게도 거역할 수 없는 불가항력에 다시금 생채기를 내곤 했었다. 한국의 세라 얼굴도 생각났다. 두 여인의 망상이 나트랑 해변 파도마냥 두서 없이 밀려왔다 밀려간다.

"맞아요. 내가 비엣을 죽인 거예요. 저도 콧수염 홀덴 참모장 사무실 문을 두드릴 때까지는 단 한 가지 생각만 줄곧 했었어요. 또 어려운 일도 아니고 그러나 홀덴이 또 비엣을 석방시켜 주겠다고 먼저 말을 꺼냈을 때, 저는 단정했어요. 석방시켜 주면 그는 또 촐롱 밀림으로 달아날 거예요. 쓸 데 없는 반복이에요. 그에게는 민족이라는 당위성 외에는 아무 것도 눈에 차지 않아요. 아버지도, 아내가 될 애인도, 친구도 없어요. 오직 미제 격퇴, 자본주의 말살, 투쟁! 투쟁! 투쟁! 뿐이에요."

챠오는 다시 수평선 끝을 응시했다. 아까의 캥거루 모녀 그림이 이제는 말 달리는 백설공주 이미지가 되었다. 그 뒤로 많은 양떼들이 달려가고 있었다.

"그는 체포될 적마다 계급이 하나씩 올라가 있더군요. 이번에는 부성장(副省長)급 정치장교가 되어 있었어요. 눈은 더욱 충혈되어 있었고, 입술은 더욱 굳어져 있더군요. 이념이란 무엇일까요? 생명을 착취하는 해골일 뿐이에요. 계급에 대한 투쟁도, 외세에 대한 투쟁도 결국 사람 죽이는 게 일이에요. 그들 집단은 걸핏하면 동족들 목숨도 간단히 끊어버려요. 이웃 캄보디아 킬링 필드 영화 보셨죠?"

챠오는 사이공에 유학하면서 유엔군 사령부에 나가 통번역 아르바이트를 했다. 매일 오후 홀덴 참모장 비서실에서 타자를 치면서 월남군 장교들이 방문하면 통역도 했다. 전쟁 판국에 대학이 유지된다는 것도 우습지만 우익 월남정부에서 운영하는 대학교에 좌익 후치민 당이 활개 치고 있다는 것도 실감나지 않았다.

그미는 유엔군 합동참모본부에 나들명 거리는 월남군 사단장급 장성들과 고위 정치인들의 부정부패를 많이 목격했다. 가까운 친척의 더러운 암거래 현장도 직접 확인할 수 있었다. 대개의 주민들은 이 전쟁판에 죽거나 병신이 되어 나가는데도 그들은 밤이면 사이공 탄손누트 공항 근처 환락가에서 판을 쳤다.

조국 지도자들에 대한 챠오의 절망이 한 남학생을 사모하게 된 것이다. 마르크스 독서 서클 리더인 정치학과 남학생 응 남 비엣에게 기울어져 갔다. 그는 단호하고 철저했다. 고위 공무원들의 부정부패를 폭로하고 남북한 민족단결과 통일을 울부짖었다. 그는 이념의 화신이었다. 60년대 한국 대학생들의 민주화 투쟁과 비슷했다. 내가 그랬으니까, 우습다. 이듬해 그는 총학생회 회장으로 당선되었다. 교내에선 좌우익 학생 간 폭력과 납치도 빈발했다. 심지어 살인 방화까지도 서슴지 않았다.

그미가 얹혀 살고 있던 고모 집은 사이공 시내 술 도매상 가게였다. 겉으로 보기엔 술병이 가득 찬 가게였지만 뒤뜰은 트레일러 몇 대가 대기할 수 있는 대형 창고였다.

헌병까지 앞세워 컨 보이 하는 암거래 트럭이 수시로 뒤뜰에 들어섰다. 헌병 차가 앞문으로 빠져나가면 이내 뒷문이 닫히고 트럭에 가득찬 미군 PX 화물이 순식간에 분리된다. 찝차는 한 시간 정도면 완전 분해된다. 그 속에는 월남군에 보급이 되어야 할 각종 군수품과 최신 무기들이 가득가득 재여 있었다. 고모부는 그것을 베트콩에게 중계하여 팔아 먹는 것이다. 촐롱의 베트콩 지도자들과 뒷거래하는 것이다. 포장에 USA가 찍힌 채로 야밤에 정글로 이동된다.

월남군 트럭들이 뒷마당에 서 있는 동안 이층의 밀실에는 미 군표 달러와 피아스타가 교환된다. 고모부가 월남군 별자리들에게 군표 다발을 넘겨주고, 고모부는 다시 그날 밤, 논라를 깊이 눌러 쓴 베트콩 지도자들에게 트럭을 통째로 넘겨주면 몇 배의 피아스타가 고모부 비밀금고 속에 쌓여진다. 그 이층 밀실에는 낮이면 남쪽의 월남군 장성이 앉았던 자리에, 밤이면 북쪽의 베트콩 검은 옷이 앉는 것이다. 같은 월남 동족이면서 세 사람의 배반적 함수관계는 전혀 다르다.

얼룩무늬 녹색 군복과 검은 옷과 중개인의 하리한 흰옷이다. 적들끼리 무기를 교환하는 아이러니다. 고모가 지하실 바닥에 금괴를 파묻으면서 나에게 상자에 못을 박는 망치질을 시키기도 했다. 이들에겐 이상적인 이념보다 현실적인 달러가 더 확실하다.

대개의 월남주민들은 어머니 뱃속에서부터 대포 소리를 듣고 나온다. 평생 언제 총소리가 끊어질지 모른다. 아무도 모른다. 미군도, 월남군도 모른다. 인민군 베트콩 해방전선도 모른다. 싸우다가, 싸우다가 시체가 되어갈 뿐이다. 끝없이 죽어갈 뿐이다. 무지한 시골로 들어갈수록 농민들은 이유 없는 학살을 더 많이 당한다. 농민들은 유엔군에 가담하자니 베트콩의 보복이 잔인하고, 베트콩에게 붙자니 너무 춥고 배고프다.

챠오는 학교를 더 계속할 수가 없었다. 조국이 이렇게 만신창이인데 졸업한다고 해서 무엇 할 것인가? 그 공산주의 혁명이론은 대체 현실적으로 무슨 도움이 되는 것일까? 방학에 고향에 돌아 와 보면 비엣 그 애인의 가슴에 반짝반짝 빛나는 훈장만큼이나 반비례로 마을은 쓰러져 가고 있었다. 논밭이 황폐해지고 집들의 벽과 지붕이 뻥뻥 뚫려 있다. 마을 사람들은 더욱 그악하고 비굴해져 갔다. 갈수록 무기물화 무기력화 되어 스러져 가는 것뿐이다.

마을 사람들은 동족의 베트콩에게도 참살 당하고, 유엔군에게도 처형 당해 나갔다. 아침에 눈을 뜨면 또 누가 죽어 나갈지 모르고 저녁에 눈을 감으면 또 누구네 집이 불질러질 지 모른다. 당장 내일을 알 수 없는 것이다. 아무도 모른다. 다만 지금도 급속한 진행형으로 마을이 황폐해 져 가고 있다는 것만이 분명하다.

원숭이는 여전히 신(神)의 흉내만 낼 것이다. 인간 원숭이들은 그들의 수첩에 무엇을 낙서하고 있는 것일까? 대량학살 폭격기의 탄도와 각도와 거리를 재고 있을까?

챠오의 할아버지는 프랑스와의 독립운동때 처형 당했고, 아버지는 단지 닌호아 군수라는 이유로 베트콩에 의해 살해된 시체가 마을 입구 우물에서 발견되었다. 큰오빠는 캄보디아 후치밍 비밀루트로 해서 월북했다. 지금쯤 아마 월맹군 고위층이 되어 있을 것이다. 할아버지 덕분에 혁명 가족으로서 출신성분이 좋기 때문이다. 큰 언니는 캄란에 있는 미군병원 간호원이다. 한 가족이 제각각 공허한 이념의 제물로 희생되었다.

챠오는 대학 뺏지를 단 후, 세 번째 고향에 돌아왔을 때, 결국 사이공에 가지 않았고, 비엣이 네 번째 체포되었을 때 일부러 석방 노력을 하지 않았다. 그러한 결정적인 이유는 계급투쟁의 실체를 그미가 직접 확인했기 때문이다. 챠오는 그 애인의 부탁으로 여늬 때같이 촐롱의 산 속으로 소금을 배낭에 메고 올라 갔다. 그때 마침 붙들려 온 몇 명의 포로가 야자나무에 묶어 있었다. 언뜻 보니 사이공 주민 같았다. 학교 앞 어디선가 과일장사를 하는 아주머니 같았다.

'야잇! 시끄러워! 조그만 게 앙칼지긴 네 에미나 너나 독하긴 마찬가지로구나.' 누군가 그들을 심문하는 베트콩 중 한 사람이 대여섯 살 난 소녀를 구둣발로 마구 짓이겼다. 다가가 보니 비엣이었다.

챠오는 그 자리에 주저앉을 뻔했다. 그 소녀는 이미 실신해 있는 자기의 어머니 머리를 끌어안으며 울고 있었다. 그 어머니 무릎 위에는 또 하나의 갓난애기가 젖이 말라붙은 그 어머니의 가슴을 손톱으로 긁어내고 있었다. 부슬비가 핏물에 번지고 있었다.

"뭐야! 이 쌍년이 아직도 안 불어? 미국 놈과 붙어먹은 갈보 년이 뭐가 부족해서 우리 정보까지 팔아먹어!" 비엣은 허연 쩍 나이프로 그 과일장사 아주머니의 코 끝을 찍찍 그어대며 닦달했다. 비엣의 이런 발광은 처음 본다.

"야, 이년아! 너 같은 것들 때문에 이 민족의 통일이 자꾸 늦어지고 있는 거야, 썅! 빨리 안 불어. 네가 미군에게 넘겨준 쪽지가 뭐냔 말이야?"

"나는 쪽지도 없고, 미군을 만난 적도 없어요."

얼굴이고 가슴이고 검붉은 피투성이가 되어 실신해 있는 아주머니는 자포자기한 것 같다. 이런 비슷한 현장은 이따금 보아왔지만 갓난애의 피 묻은 열 손가락이 역시 피 칠한 자기 어머니의 젖가슴을 손톱으로 할퀴는 것을 보았을 때 챠오는 새삼 어금니를 깨물지 않을 수 없었다. 챠오가 본능적으로 그 갓난애기 머리를 안으려고 손을 내미는 순간, 비엣의 구둣발이 그미의 옆구리에도 꽂혔다. 살벌한 그의 눈알도 꽂혀졌다.

"챠오! 넌, 또 뭐야, 그 너절한 걸레쪽 같은 인정은 쓰레기통에 갖다 버리라고! 이 여자가 아직도 그 자본주의 찌꺼기를 못 버리고 있어, 이 한 사람보다 더 많은 인민의 목숨을 생각해 보라구!"

비엣은 보란 듯이 그 아주머니의 누런 얼굴을 칼로 다시 북 그었다. 두 쪽으로 깊이 갈라진 세로의 금 속에서는 뻘건 피가 배어 나왔다. 다시 가로로 북북 그었다. 아주머니의 얼굴은 이내 붉은 십자가가 되었다. 챠오는 두 손으로 얼굴을 감싸쥐고 그대로 산에서 뛰어 내려 왔다.

처음 비엣의 어금 빗기는 무산계급 혁명의 실체를 발견한 것이다. 후치밍의 공산혁명, 마오쩌둥의 계급투쟁, 스탈린의 무산계급투쟁 그 단호한 이념의 위악성을 느꼈다. 그러나 챠오가 정독한 마르크스 엥겔스의 공산주의 혁명이론은 분명 이런게 아니었다.

챠오가 나에게 보여 준 한 장의 남녀 사진 속 비엣은 단정했다. 챠오의 어깨에 손을 얹고 미소를 머금은 그 얼굴은 그러나 강철같이 준엄한 눈도끼였다. 동양인치고 안면의 굴곡이 심했다. 나폴레옹 같이 깊숙이 들어간 눈두덩은 이질감도 주었다.

비엣이 첫 번째 잡혔을 때, 홀덴 참모장이 챠오에게 보여준 포로 사진이라고 했다. 홀덴은 그 사진 속의 여자가 어쩐지 챠오와 비슷하다며 농담을 했단다. 비슷한 것이 아니라, 그 장본인이다. 어쩌면 홀덴이 사이공 CID 첩보대를 통해 이미 챠오의 신원을 파악하고 있었을 것이다. 짐짓 떠보려고 농담한 것인지도 모른다.

비엣 동무들은 사이공 대학 입학 때부터 촐롱 아지트에 깊숙이 관여하고 있었다. 미로 같은 산악 동굴 후치밍 인민해방군 지하사령부를 반지빠르게 드나들며 혁명이론을 학습하였다. 비엣이 2학년 때 주동한 학내폭동이 성공하자 그들로부터 첫 번째 '청년영웅' 칭호를 받았단다. 사이공 대학의 동료학우들 학살과 강의실 방화 폭동은 혁명전선 기폭제가 되어 사이공 일대에 잠복해 있던 지방 게릴라들에게도 휘발성이 되었다. 몇 달 간 월남 대통령 궁과 행정부 건물 그리고 군과 경찰청 기지 등을 기습하거나 불질렀다.

"대체 내가 무엇을 사랑한 것인지 모르겠어요. 응 남 비엣! 그이를 사랑한 건지 그의 이론을 사랑한 건지 몰랐어요. 그 과일장수 아주머니 모녀들에 대한 칼질 현장을 목격했을 때, 나는 큰 모순을 깨달았어요. 절감했어요. 낭비예요, 끝없이 해방! 해방! 해서 어떡하겠다는 거예요. 마을은 점점 피폐해지고 병들어 가고 있는데 대관절 계급투쟁이 뭐하는 거예요? 벌써 몇 세기 동안 이 땅에는 이렇게 피 튀김만 해오고 있는 것 아니에요. 나는 그냥 이런 고향 흙냄새가 좋아요. 하루 하루의 웃음이 더 중요할 것 같아요. 그냥 소박한 일상적인 햇빛이 좋아요."

따르륵! 순간, 나는 그미를 반사적으로 넘어뜨렸다. 따르륵! 곁의 바나나 나무를 엄폐 삼아 주위를 살폈다. 순간적이다. 엎드린 채 기어서 야자 숲으로 갔다. 따르륵! 이 순간만 살면 사는 거다. 후딱 갈기고 잽싸게 튀는 게 베트콩들의 고유 전법이다. 그들이 조금이라도 지체했다간 결국 우리에게 잡힌다. 그러나 그들의 명중률은 무서웠다. 따르륵! 하면 곁의 한 두 명은 쓰러지곤 했다. 캄보디아나 라오스 국경선으로 침투하는 하노이 월맹 정규군은 면도날 같이 더 날렵했다. AK 소련제 장총 소리가 근처의 밀림으로 사라져 갔다. 다행히 우리가 목표물이 아닌 모양이다.

우리는 풀숲에 다시 나란히 누웠다. 신경초 들풀이 일어섰다가 일제히 오므렸다. 한국에선 화분에 모시는 고급 신경초가 이곳에선 잡초로 천지에 깔려 있다. 그미를 눕혀 놓고 목구멍에 닿는 키스를 했다. 그미의 입술에서는 여전한 찌릉내가 났다. 달콤하고 친근한 오줌내다.

"며느리를 따라간다고 좋아하는 비엣의 아버지를 사이공 난민 수용소에 집어넣어 버렸어요. 그 할아버지의 눈빛에는 그이가 손을 흔들며 마지막 바라보던 그 눈빛이 남아 있더군요."

일순 챠오가 긴장을 했다. 아마 지금쯤 남 비엣은 사이공 월남군 사령부에서 총살 당했을 지도 모른다. 그미가 홀덴이 제시한 석방서류에 노오! 했기 때문이다. 간단한 서류 한 장으로 사람의 목숨이 휴지쪽이 되다니, 우습다. 목숨이 우습다. 사랑이 우습다.

넓은 야자열대 잎 위에서 무료하게 흔들리는 햇살을 따라 하늘을 보았다. 마산 합포만 돗섬에서 누워서 보던 똑 같은 하늘이다. 눈부신 하늘을 보니 현기증이 났다. 나는 얼굴을 찡그렸다.

"어머 진통이 또 시작되나 보군요? 이번 귀 상처는 심한가 봐요. 102 십자성 부대는 아직도 진지구축 중이라, 내부시설이 안돼 있을 텐데요? 이런 중상이면 그냥 귀국하지 그랬어요."

맞아! 나는 그때 왜 귀국하지 않았을까? 필리핀까지 후송 갔다가 왜 다시 죽음의 이 전쟁터에 오겠다고 우겼던 것일까? 우습다. 딱히 이유가 있는 것도 없는 것도 아니다. 다만 한국으로 귀국해야 할 확실한 이유가 없었을 뿐이다. 아니 단지 챠오가 있는 곳이라 게 더 솔직하다.

4.

 "아아, 사랑하는 당신! 나는 열흘 동안이나 꼬박 당신을 기다렸습니다. 낮이면 부처님께 당신을 만날 수 있게 해달라고 빌었고, 밤이면 방문 고리를 열어놓고 기다렸습니다."
 '아름다운 매화 1호 작전' 과 연결된 '도깨비 3호 작전' 의 하나인 열흘간의 수색 정찰을 끝내고 우리 4중대 소대원들은 무사히 귀대했다. 와와! 그 동안 고국에서 도착된 편지를 각자 찾아 읽느라고 아우성이었다. 편지가 없는 녀석들은 죄 없는 죄를 짓고, 구석에 몰리고, 서너 통이나 손에 쥔 녀석들은 깡충깡충 뛰어다녔다.
 전장에서의 가장 큰 즐거움은 단 두 가지이다. 하나는 CP에 우편 보따리가 왔다는 것과 또 하나는 PX에 김치나 오징어가 내려왔다는 전갈이다. 어느 순간에 시체가 될지 모르는 전장에서는 두 가지 외에는 전혀 무의미하다.
 우리들은 편지만 받으면 접힌 부분이 닳고닳아서 너덜거리도록 반복해 읽는다. 불침번 때도 읽고, 뒷간에 앉아서 똥 누면서도 읽고, 총알이 빗발치는 작전지역에서 사격개시! 직전까지도 읽는다. 그렇게 하여 주변 사람과의 끈나풀을 새삼 확인하는 것이다. 제외 또는 소외되었다는 사실을 강하게 부정할 수 있고 새삼 모가지가 붙어 있다는 실존감을 쓰다듬을 수 있는 것이다. 그리고 엉뚱한 김치는 또한 별 수 없이 코리언이라는 거, 여름날 똥 타는 냄새로 체질화되어 버린 한국인이라는 걸 속이지 못하게 만든다.

그리하여 눈물이 많은, 설움이 많은 한민족이라는 거, 김치와 된장은 아직도 버터와 치즈의 작전 명령권 안에 소속되어 있는 약소민족이라는 것을 각인시켜 주기도 했다.

우리는 김치를 먹는 게 아니라 눈물을 먹었고, 죽어 가는 전우들의 한(恨)을 먹었다. 그리고 조국에 남은 그 가족의 오랜 슬픔을 마셔야 했다. 이렇게 태평양 밖으로 나와 보니 국가라는 의미, 민족이라는 의미가 새삼 절감된다. 진작 느끼지 못했던 애국심이랄까, 햇병아리가 어미 닭의 체온을 처음 찡하게 느껴 본다고 할까? 한 뼘 온돌방, 한 걸음 내 땅 덩어리가 얼마나 소중한 것일까? 내 몸뚱이의 한 피부 조직 같다.

지금 강성우 병장이 탁자 위에 올라가 극화시켜 가며 읽어주는 편지는 고국에서 온 것이 아니라, 반년의 암자 절에 있는 주지 여승에게서 인편으로 배달된 것이다. 사이공의 월남어 교육대를 나온 강 병장은 월남어로 된 그 여승의 편지내용을 번역해 가며 크게 읽었다. 김희갑 코미디 연기도 보태였다.

"오오오…… 그대여! 따이한의 전형적인 남성이여, 그대는 내가 이 세상에 태어난 의미를 제일 첨 일깨워 준 부처이외다. 나에게는 두 개의 부처님이 있습니다. 하나는 저승의 부처님이고 또 하나는 이승의 부처님 이현길 병장입니다."

"아닙니다요, 강성우 영감님! 그건 번역의 오차입니다욧! 하나는 저승에서의 서방이고 하나는 이승에서의 정부(情夫)입니다 그랴."
낄낄낄…

강 병장이 감정을 넣을 적마다 큰 냄비를 엎어 놓고 얼씨구! 박자를 넣고 있던 이현길 병장이 손을 들고 일어나 정정을 하자, 숨 죽이고 듣고 있던 동료 중대원들이 또 한 번 목구멍이 보이도록 폭소했다. 그 편지는 이 병장에게 아홉 번째 온 여승의 사랑 고백이었다.

모두들 건성 들떠서 취사병들은 저녁식사를 배식할 생각도 하지 않았고, 전우들도 밥 먹을 생각이 없었다. 이렇게라도 짐짓 웃고, 짐짓 소리치지 않으면 우리는 아마 다 정신병자가 될 것이다. 그러나 폭소 뒤의 허탈은, 작전지역의 소모품들인 우리들을 바닥 모를 공포의 늪에 풍덩풍덩 빠뜨리곤 했다. 사단 인사처 명부에 우리도 일종의 소모품이다. 치약을 다 쓰면 쓰레기 통에 버리듯 누가 죽어 나가면 화장터에 갖다 내동댕이치고 새로운 보충병을 지급받는다.

작전이 없을 때면, 우리들은 대민 심리전에 나갔다. 반 트럭에 먹다 남은 쌀이며 의료품 등을 싣고 통신병 의무병 통역병과 함께 2개 분대 정도가 한 조가 되어 나갔다. 반닌, 반쟈 마을을 돌면서 쌀도 나누어 주고 치료도 해주었다.

주민들은 우리들만 보면 마을 입구까지 좇아나와 손뼉을 치고 어린애들은 더욱 높이 깡충깡충 뛰었다. 어느 마을을 가나 여인네들과 어린애, 노인들뿐이었다. 이곳에선 16세 정도만 되면 남자들은 모두 징발되어 월남군 아니면 베트콩으로 넘어간다. 일단 끌려가면 언제 돌아올지 모른다.

내가 집집마다 돌면서 차례로 환자를 진료하다 보면 치료받던 주민이 베트콩으로 돌변하여 총질하기도 한다. 그래서 의무병들은 적십자 마크의 흰 까운 속에는 비상용 권총을 숨겨 다닌다. 지방 게릴라들이 기습하는 수도 있어서 늘 긴장과 불안을 무전기 끝에 대롱대롱 매달고 다녀야 했다.

이 마을에서 우 핑 챠오(武平橋)를 처음 만났다.

그미는 사이공 대학에서 여름방학을 맞아 고향 반닌에 내려와 있었던 것이었다.

"우리 언니는 프랑스 애도 낳고, 깜둥이 애도 낳았어요. 우리 동네엔 일본 애도 있어요. 나는 미국 애랑 한국 애랑 낳을 거예요. 우리는 거창한 이념보다 이론보다 당장 먹고 사는 현실이 더 절실해요. 한 줌의 쌀, 한 컵의 물이 더 시급합니다. 명분 같은 거, 그건 뜬 구름이에요. 허무맹랑한 구름, 끝없는 이상이며, 끝없는 살륙일 뿐이에요."

암자 절에도 쌀을 갖다 주었다. 거기엔 30대의 싱싱한 여승과 몇 명의 보살들이 절을 지키고 있었다. 이현길 상병은 의식적으로 더 많은 일용품을 그 절에 몰래 갖다 주었다.

어느 여름날 연듯없이 둘은 붙었다. 병장 이현길과 주지 여승은 부처님이 지긋이 내려다보는 법당에서 하오의 정사를 벌인 것이다. 홀랑 벗은 맨 몸으로 열대의 열기보다 더 뜨겁게 육체를 불태웠다. 아무도 몰랐다. 월남도 월맹도 미국도 몰랐다. 소대원들도 전혀 눈치를 못 챘다. 방문을 꼭꼭 닫은 여름날, 대낮에 부처님만 땀을 뻘뻘 흘리며 관전했을 뿐이다. 편지는 계속 되었다.

"이현길 따이한 병사님! 요즘 당신 부대에 비상이 계속되는지 통 나타나지 않는군요. 보고 싶습니다. 당신만 좋다면 나는 이곳을 탈출할 수도 있습니다. 멀리 우리들만 살 수 있는 외국으로 신혼여행

가는 거지요. 캄보디아, 라오스, 태국 국경선을 넘어가는 비밀 루트도 알고 있어요… 이 편지 받는 대로 회답주세요. 좋은 회신 기다립니다. "

지난 9월 3일의 월남 정·부통령 선거를 방해하기 위해 월남 전역은 북쪽에서 내려온 월맹 정규군을 기간으로 지역 베트콩과 지방 게릴라들이 극렬한 파괴작전을 벌였다. 중부 캄보디아 국경선 등 후치밍 비밀 통로로 잠입한 하노이 요원들은 전투에 아주 노련했다. 그러나 아무리 노련한들 유엔군의 충분한 화력과 잘 훈련된 병사 그리고 과학적인 전략에는 월맹군도 오래 가지 못했다.

백마 9사단장 박현식 소장은 닌호아 책임전술 지역에서 '아름다운 매화1호 작전'으로 적들을 간단하게 격퇴시켰다. 그의 탁월한 전술에 채명신 사령관이 웨스트 모얼랜드 미사령관을 대동하여 헬기로 작전현장을 직접 답사하기도 했다. 그 정·부통령 선거 이후, 산속으로 달아났던 베트콩들은 다시 전열을 가다듬어 10월 초부터 재공격해 왔다.

10월 22일에는 다시 국회의원 선거가 시작되기 때문에 또 다시 두 번째 주민들을 혼란시키기 위함이다. '매화 1호' 작전으로 심각한 패배를 당한 그들은 더욱 잔인해졌다. 마을을 불지르고 주민들을 함부로 공개 학살했다. 한국군이나 미군 등 유엔군들에 협조했다는 의심만 가면 그 일가족과 그 마을은 잿더미가 되곤 했다.

그래서 박현식 장군은 다시 '아름다운 매화 2호 작전'을 감행한 것이다. 인사계 할아버지는 군복만 벗으면 시골 청도(靑道) 소장수같이 텁텁하다. 자기 아들뻘 되는 뚱보 중대장에게 늘 꼿꼿한 차렷!

자세로 엄정하다. 이번 '매화 2호' 작전에 투입되는 연대 의무병들을 막사 앞에 세워놓고 중대장에게 경례엣! 시켰다.

29연대는 백마 사단본부를 호위하는 임무가 있다. 근처 혼헤오 산에 은거지를 둔 월맹군 지역 사령부에서는 우리 연대가 늘 표적이 되어 있었다. 또 하나의 임무는 사이공에서 하노이로 이어지는 1번 도로와 주요 병참 보급로인 21번 도로를 방어하는 것이어서 지방 게릴라들과도 자주 충돌한다.

"야, 성혜운 병장! 4중대 본부로 즉시 귀대하라우, 내 말 들려엇! 내가 보낸 연대 앰불런스가 그곳에 곧 도착할꺼야, 알았어? 알았으면 대답해야 할 꺼 아냐? 이 고집불통을… 그저어!"

10월5일부터 시작된 '아름다운 매화 2호작전' D데이 이틀이 지났을까, 혼헤오 산에서 전투 중 나는 할아버지 인사계장의 무전기 호출을 받았다. 인근 제10중대 홍 하사 부대에서 전사자가 두 명이나 발생했기 때문이다. 민사심리전에 나갔다가 지방 게릴라에게 당한 것이다. 게다가 이번 작전이 쉽게 끝나지 않고 장기전으로 이어질 예상이라 본대 호위가 문제였다. 본대로 돌아가 '부대잔류병'으로 중대를 방어하라는 명령이었다. 각 중대마다 일정한 잔류병을 차출하여 베트콩 기습에 대비시키는 것이다. 결국 인사계장의 예상대로 4중대가 기습을 당했다.

같은 울타리 안에 있는 미군 헨리 포대의 105미리 포탄도 적들을 향해 벌떼처럼 날아갔다. 인사계의 예상이 아니라, 칸호아(Kanh Hoa)성 정부의 첩보였다. 사단 상황실에서는 혼헤오 산에서 지휘 중인 홍상운 29연대장을 긴급히 호출했다. 그러나 전 화력을 동원해서 삼중 포위로 기습한 베트콩들의 보복전에 우리 4중대는 그대로 앉아서 역습을 당했다.

　내가 쓰러지던 날, 애잔한 가을 햇볕도 지금같이 따뜻했다. 정글 속을 뒹굴며 크고 작은 작전에 휩싸여 다녔지만 그때 같은 참패는 드물었다. 우리들 4중대 잔류병 몇 명은 그 여승의 편지를 다시 꺼내어 읽었다. 그때였다. 푸르륵 꽝 꽝! 엎드려! 니기미, 드르륵! 식당 세면 바닥에 갖다 붙인 귀에서 예사 총소리가 아니라는 걸 직감했다.

　일순 뚝 그쳤다. 뭐야! 나와 몇 명은 식당 문을 박차고 밖으로 뛰쳐나왔다. 의무실로 올라가는 순간, 아이쿠! 형님! 외곽 보초에 나갔던 박병헌 상병이 피가 줄줄 흐르는 얼굴을 감싸 쥐고 내려오다가 나를 보자 앞으로 푹 고꾸라졌다. 손가락 사이로 번지는 핏물이 마악 사라져 가는 황혼 빛에 한 송이 장미꽃으로 반사되었다.

　뛰어가 그를 일으키려는 순간, 퍽! 돌멩이 같은 게 날카롭게 내 머리에 꽂히는 충격을 받았다. 삥 돌면서 넘어졌다. 아! 하필이면 머리를 맞았을까? 결국 이렇게 죽어 가는 것일까? 정신을 잃었다. 이렇게 죽으면 안 되는데… 챠오를 만나야지, 세라도 만나야지 그리고 일용직 목수인 아버지 얼굴도 마지막으로 보아야지. 지금 죽으면 안 되는데… 얼마나 지났을까, 정신이 번쩍 들었다. 본능적으로 곁의 칼빈 소총을 잡고 일어서려는 다시 몸이 팽 돌아 쓰러졌다. 몸의 평형 감각이 탈감 되었다. 두 팔로 땅을 짚었다.

　엎어진 등 위로 누군가 수 없는 발자국이 떨어졌다. 눈을 떴다. 핏물이 온 얼굴에 엉겨 붙어서 잘 떠지지 않았다. 불그스름하게 막사 외등이 비쳐 드는 연병장엔 축제가 벌어지고 있었다. 와와! 아프리카 식인종 토인들이 백인을 잡아 놓고 춤 추는 것마냥 베트콩들이 종횡무진으로 날뛰었다.

새까맣게 휩쓸었다. 중대본부, 식당, 의무실은 이미 화염 속에 싸여 있고 보급창, 탄약고 등에선 베트콩들이 새까맣게 달려들어 약탈해 내고 있었다. 미 헨리 포대도 서서히 주저 앉았다. 아니 미군 포대원들은 이미 줄행랑을 친 뒤였다. 미군들은 엿차! 하면 무조건 튀는 게 일이다. 따이한은 붙었다 하면 죽기 아니면 뻗기인데 그들은 작전상 후퇴라는 명분으로 우선 도망가고 본다.

이제 내 나이 24살, 칸나 같은 열정의 꽃 같은 청춘이다. 나는 이렇게 맥 없이 이 세상을 하직하는 것일까. 중대 전우들이 하나도 보이지 않았다. 순식간에 어처구니없이 기습을 당한 것이다.

나는 엎드린 채 조금씩 기었다. 가슴으로 미지근한 핏물이 흘러내렸다. 관통 부위를 더듬었다. 광대뼈 밑부분 부분에 구멍이 난 것 같다. 갑자기 심한 통증이 몰려왔다. 생살이 찢겨나간 아픔이다. 어느 녀석의 총알인지 각도가 위로 약간만 올라갔다면 나는 두부 관통으로 즉사했을 것이다. 상황실 샌드 백 모래 방어벽까지 겨우 기었다. 벽에 바싹 붙어서 누웠다. 지혈부터 했다. 웃옷을 찢어서 상처 부위를 질끈 조여 매었다.

그때 뜬금없이 박격포탄이 우박으로 쏟아졌다. 연대본부 51포대의 엄호포격일 것이다. 어네스트존 불기둥이 하늘을 가르며 까마귀 떼마냥 날아와서 떨어졌다. 삽시에 연병장 곳곳이 곰보가 되었다.

베트콩들은 의외의 집중 강타에 갈팡질팡했다. 아찔한 현기증이 다시 혼수 상태로 빠져들게 했다. 죽으면 안 되는데 출혈이 심하다. 그날 장창호 1대대장과 티격태격하던 안근호 4중대장은 방어 잔류병 지휘 담당으로 나와 같이 산에서 끌려 내려온 것이다. 그러다가 얼러 방망이로 당한 것이다. 안 대위는 비장한 각오를 했다.

"야, 내가 살아서 연대 상황실에 들어가면 싸악 몰살시키고 말꺼야! 느기미! 베트콩이 2백 여명이나 집결하도록 CID 정보처고, 사단 수색대고 다들 뭘 했냐 말이야. 벌건 대낮에 베트콩들의 야포 이동도 못보았느냐 말이야, 느기미! 들려엇! 우리 4중대가 쑥밭이 되었단 말이야, 우리는 전원 옥쇄야, 옥쇄! 알아들엇! 내 연되에 들어가면 다 때려죽여 버릴거야…."

무전기 저쪽은 왕왕대는 기계음만 반복되었다. 안 대위는 연대 상황실에 대고 울부짖었다.

"야앗! 대포를 있는 대로 동원해서 즉시 폭격을 가하라구. 상황은 글렀어. 우린 이미 살기 글렀으니까. 이왕 죽어 가는 몸, 니기미 베트콩들 하고 같이 어깨동무 죽겠다구, 즉시 때렷! 즉시, 즉시, 베트콩들이 한 놈이라도 더 도망치기 전에 즉시 갈기라구, 느기미."

안 대위는 잔류 중대원과 전원 함께 옥쇄하여 죽기로 작정했다. 이미 완전 포위되어 어쩔 수 없었다. 헬기로 4중대 현장에 급거 출동한 홍상운 29연대장, 박현식 백마부대 사단장도 뭐 뾰족한 수가 없었다. 그렇다고 즉시 때릴 순 없었다. 아군 포로 아군을 쏠 수가 없었다. 그것도 무차별, 40여 명의 부하들을 몰살시킬 수 있을 것인가? 비극이다. 이미 쑥밭이 돼 있는 베트콩 수중에선 또 어찌해 볼 도리가 없었다.

파이어!! 결국 박 소장은 피눈물을 떨구며 사격개시! 명령을 내렸고, 끝까지 반대하던 홍 대령은 땅을 치며 목놓아 울었다.

5.

　눈을 떠보니 허연 벽이었다.
　머리를 흔들었다. 사변 벽이 허옇게 다가왔다. 나트랑 미군 야전 병원이었다. 뒷골이 멍멍해온다. 다행히 같은 울타리 안 한·미합동 작전 중 헨리 포대의 윌리암 중위가 쓰러진 나를 발견하여 급거 후송 헬기에 태워 보냈기에 망정이니 엿차! 하면 나도 갔다. 윌리암과는 평소에도 친했다. 내가 그에게 태권도 도산형과 유도 낙법도 가르쳐 주었고 그는 나에게 권투를 가르쳐 주었다.
　그날 박병헌 상병도 갔다. 부상당한 강성우는 대구 동촌 비행장으로 야밤에 실려갔다. 그는 평소에는 시체 운반 책임자였다. 작전지역에서 전사자가 생기면 나트랑 미군 화장터까지 냉동 앰불런스로 호송하는 것이다. 그들의 웃음 소리만 남았다. 비상용으로 위장해 놓은 지하 대피소로 피신한 일부만 살았다. 안근호 중대장은 심한 화상으로 중태란다.
　연대 51 지원포가 조금만 늦게 떨어졌더라면 나도 박 상병 일행과 함께 하늘나라로 동행했을 것이다. 이튿날 확인된 전과 보고는 의외였다. 우리 부대원과 미군 헨리 포대원 포함 10여명이 전사 또는 부상당해 나갔고, 베트콩 쪽은 2개 중대 병력 약 90여명이 걸레가 되어 나갔다. 한국군 51 포대의 퇴로차단 포격에 미처 달아나지 못한 베트콩들은 그대로 에프 킬러를 맞은 셈이다. 잔인하고 징그러운 함몰이다. 안 대위의 전략 판단이 적중한 것이다.
　미군 일간지 '성조지(星條紙)' 첫 표지에선 '즉시 때려엇!' 이라는 영어자막과 함께 안근호 중대장의 얼굴이 표지전면에 확대된 울부 짖음으로 보도되었다. 그를 일약 아름다운 매화 2호 작전 '월남전영 웅'으로 추켜세웠다. 베트콩들과 같이 옥쇄하겠다는 각오로 안 대 위와 함께 마지막까지 싸운 부대원들에겐 전부 일계급 특진과 일부 는 훈장까지 추서되었다.

나는 나트랑 미군 야전병원을 거쳐, 다시 필리핀 수빅만 클라크 병원으로 급송됐다. 분초를 다투는 위급수술을 해야 하기 때문이다. 그날 베트콩의 검정 콩알이 내 오른쪽 볼을 뚫고 한 바퀴 돌아 코끝 에서 멎었다. 그러니까 귓길(耳道)과 콧구멍(鼻道)이 일직선으로 터 널을 뚫은 셈이다. 가을 우기로 교차하는 1967년 10월 5일부터 약 20 여일 간에 걸친 '아름다운 매화 2호 작전'은 이렇게 마감되었다.

이 작전은 나중에 미 국방성의 세계전사에도 올라가 있으며, 미 육사 전투교재에도 전 과정이 사진과 함께 채택되었다. 클라크 휴게 실의 대형 텔레비전 화면에는 ABC 방송 카메라가 지구 곳곳의 현 장을 보여주었다. 한국에서는 박정희 군사독재 반대와 전국 대학생 들의 데모행렬, 미국 워싱톤에서는 킹 목사의 암살과 전국의 흑백분 규, 중공 베이징에서는 마오쩌둥(毛澤東)의 문화대혁명과 전국 홍위 병들의 난동 그리고 아프리카 비아프라의 집단학살과 아사(餓死) 문 제 등이 크게 보도되었다.

그러면서도 프랑스 파리 어느 고급식당에서는 아프리카 빈민 식 량지원을 위한 유엔 각국대표의 요리가 총천연색으로 비쳐졌다. 그 리고 한국의 국회의원 선거 열풍과 북한의 남파 간첩 김신조의 124 군 부대가 청와대를 습격한 루트도 보여주었다. 재미있다. 미국 존 슨 대통령의 하노이 북폭 확대결정과 월남군 고위장성들의 대형부정 사건도 폭로되었다. 아마 그 속에는 챠오의 고모부와 연계된 검은 라인도 올라가 있을 것이다.

거의 두 달 동안 필리핀 수빅만에서 어정거렸다. 미군병원 서비스가 한국 A급 조선호텔 대우였다. 간호장교 두어 명이 달려들었다. 나를 홀랑 벗겨서 목욕을 시켜 주기도 했다. 손바닥에 비누를 흠뻑 묻혀서 갓난애 목욕시키듯이 겨드랑이고, 불알 밑을 싹싹 씻겨 주었다. 그미들은 상이군인들의 시커먼 물건도 장난감으로 보이는 모양이다. 손가락 끝으로 톡톡 치며 야아, 제법 큰데에? 깔깔 거렸다. 그때 염치없이 발기된 나의 대포에서 허연 물이 터지려는 것을 참느라고 혼났다.

필리핀에서 퇴원하는 날, 나와 몇 명의 상이군인들은 서울 수도육군병원으로 이송하도록 돼 있었다. 그러나, 나는 고집을 부려서 다시 닌호아로 돌아왔다. 챠오의 곁으로 온 것이다. 폭탄과 포연 속을 뛰어다니지 않으면 뭔가 폭발할 것만 같다. 콱! 뚫어지지 못한 많은 것들이 가슴에 앙금으로 남아 있다. 그것은 세라 때문도 챠오 때문도 아니다. 누구 때문도 아니다. 생각해 보면 또 전혀 그들 때문인 것도 같다. 모르겠다. 악몽들이 이마를 다시 어지럽힌다.

세라와 나는 이따금 소백산 도솔암 우리 또래의 젊은 스님 앞에서 무릎을 꿇었다.

─처음과 끝은 같은 겁니다. 논어에서는 본말(本末)이라고도 하지요, 처음도 끝이 아니고 끝도 끝이 아니랍니다. 부처 이전에도 우주는 있었고, 부처 이후에도 우주는 그대로 생멸(生滅)을 반복할 뿐입니다. 변한 것은 아무것도 없습니다. 또한 변하지 않는 것도 하나도

없습니다. 있습니까? 성혜운(星慧雲) 씨, 한번 대답해 보십시오! 있어요? 없습니다. 우주가 공즉색(空卽色)이고 곧 색즉공입니다. 유는 무이고 무는 유이지요. 빛은 보이지 않습니다. 그러나 빛은 분명 있지요. 빛이 사물에 닿을 때 비로소 색깔을 나타내는 것뿐입니다. 그러나 그것도 눈에 보이는 것은 눈에 보이지 않는 것의 그림자에 불과한 것이지요. 모든 고뇌는 사소한 욕망에서 시작됩니다. 욕망은 한이 없고, 한없는 것은 절망입니다.―

스님의 투명한 눈동자에 빨려 들어 세라는 불륜의 업보(業報)에 몸을 떨었고, 나는 마네의 인상파 그림 '풀밭 위의 점심'을 생각하고 있었다. 그것은 시간의 변화에 따라 동일 물체도 색깔이 변화된다는 인상주의의 하나였다.

―나는 세라를 겁탈했습니다. 내가 영원히 소유할 수 없기 때문에 강간했습니다. 밤이면 나는 그미를 강간합니다. 내가 죄를 범하고 있다는 것을 잘 압니다. 그러나 나는 이 세상의 누구보다도 그미를 사랑합니다. 천주님!― 우리는 세라가 이따금 나가는 동인천 성당에도 갔다. 메리놀 신부에게 1주일간이나 고해성사를 했다.

세라가 4H 클럽, 나의 서클 선배와 나 몰래 한때 동거생활 한 것도 자백했다. 소죄, 대죄를 다 아뢰고, 벌로 받은 천주경을 백 번 외웠지만 우리의 죄는 더욱 깊어질 뿐이었다. 아침이면 세라와의 몽정 때문에 내 팬티가 끈적하게 젖어 있곤 했다. 우리의 죄악을 다소나마 씻겨주는 것은 바다밖에 없었다.

우리는 밤이면 별빛이 묻어나는 인천 송도 밤바다와 고깃배의 어항불을 지켜 보았고, 낮이면 햇빛이 닿아지는 수평선을 바라보았다. 침묵과 응시가 전부인 끊어진 바다 공간의 만남만을 부질없이 반추

했다.

　송도 해변과 마산 합포바다 등 동서남북으로 헤매어 다녔지만, 어느 한 곳도 우리 마음을 묶어둘 수 있는 곳은 없었다. 어디에도 사람들의 공격적인 칼날은 스며 있었고 색안경의 굴절은 날카롭게 빛나고 있었다. 내가 세라를 잊기 위해 노력할수록 불면과 신경쇠약의 거역만이 형틀로 남아있을 뿐이었다.

　—나무사박다니, 옴 마니 반메 훔, 가나다라마바사아… 으르릉 꽝, 천하대장군, 지하여장군, 무슨 장군, 앗사야로 꽝! 으핫핫 귀신아 잇! 써억 썩 물러가거라아잇!—

　미아리 고개 처녀 무당의 손바닥에서 푸른 대나무 가지가 신기하게 떨었다. 칼춤 추던 박수무당의 길고 넙적한 칼이 내 목을 날캉 눌렀다.

　으아악! 나는 식은땀을 흘리며 악몽에서 깨어나곤 했다. 세라의 어머니는 약수동 터키 대사관 골목길 3층 슬라브 프랑스식 건물에 어울리지 않게 자주 굿을 했다. 세라의 눈에 귀신이 씌인 것이다. 내가 귀신이다. 내가 파월을 자원한 것을 알고 챠오는 약을 먹었다. 학교 앞 여관에서 쓰러졌다. 다행히 주인이 일찍 발견하여 병원에 실려갔기 망정이다.

　그미의 왕고집으로 어쩌면 우리가 멀리 달아나 동거할 수도 있었지만 세라 하나만을 위해서 평생을 과부로 수절해 온 그미의 어머니는 어떻게 할 것인가? 그 어머니의 맺힌 한은 죽을 때에도 옷고름이 풀리지 않을 것이다.

　"우리 헤어져 버려요. 뭐예요. 이러다가 심장쇠약에 걸리겠어요. 우리가 대체 무슨 죄를 진 거죠. 나는 정략결혼은 싫어요. 당신도 싫어윳! 왜 날 데리고 도망을 못 가는 거죠. 무슨 남자가 그렇게 비겁해요. 세상도 싫어요."

그때부터 우리는 헤어지는 연습을 했다. 세라의 할아버지가 어려서부터 이웃에 사는 외교관 집 막내아들과 예약결혼 해 놓았다. 세라가 일곱 살 때였다. 어른들의 언약은 번복할 수 없는 약속으로 굳어져 갔다. 나중에 또 그 막내아들은 독일의 자유대학을 나와 유망한 청년 실업가로 귀국했다. 그래서 세라의 어머니는 그미를 더욱 굵은 쇠사슬로 묶어 버렸다. 그런 약혼녀를 홀리는 나는 분명 악귀일 것이다.

오늘은 정말 헤어지는 거예요. 암, 이틀만에 우리는 또 만났다. 오늘은 정말 헤어지는 거예요, 암……암 정말, 부질없는 이별 연습이다. 우리는 서로가 정신적으로 육체적으로 죽어 가고 있었다. 이 땅을 뜨고 싶었다. 어떤 결과든 이제 연습을 끝내고 진짜 이별이 필요했다. 나는 월남 전쟁터를 지원했다. 목숨을 건 도박이다. 단순히 세라를 떠나기 위해서였다.

나는 일어나서 어두운 해변을 다시 더듬었다. 어쨌든 이렇게 살아 있다는 게 우습다. 곧 귀국해야 하지만 한국에 간다고 뭐 뾰쪽한 게 없다. 세라는 이미 다른 남자에게 시집을 갔고, 약수동 달동네 우리 집은 여전히 가난에서 벗어나지 못하고 있다. 무엇보다 D대학 학생과에서도 내 이름 세 글자가 아직도 악질 데모 주동자 명단에서 삭제되지 않아 복교가 되지 않았다. 귀국할 이유가 없다.

김철남 병장 같이 나도 이곳에서 현지 제대하여 챠오랑 동거생활이나 해볼까? 모든 것을 잊고 챠오와 있고 싶다. 챠오만 그냥 옆에 있어 준다면 족하다. 그 외의 모든 것을 생각하고 싶지 않다. 그미에게서 풍기는 찌릉내는 인간의 냄새와 진한 사랑 냄새다. 세라에게서 끝내 태우지 못한 불꽃을 챠오에게서 확실히 보고 싶었다.

그러나 이번 세 번째는 불가능할 것이다. 그러나 귀창이 날아간 중상 때문에 이번 '잔류연장' 신청서도 거의 불가능할 거라는 예감이 콧 속의 통증보다 더 아프게 저려 온다.

6.

그날은 밤늦도록 반닌 반쟈 마을을 순례하고 있었다. 위험했지만 환자들이 밀려들었다. 여름 방학으로 사이공에서 고향으로 내려온 챠오는 유창한 영어로 환자들의 병력을 나에게 통역해 주었다. 장염과 심한 부종을 앓고 있는 챠오의 어머니를 치료하고 있을 때, 새까만 옥구슬 같은 두 개의 눈동자로 나에게 당돌하게 요구했다. 월남 땅에 도착한지 얼마 안 된 신병인 나로서 조금 당황했다.

"우리 어머니 치료는 고맙지만 우리 마을에서는 어떤 경우이든 총질하지 마세요."

챠오는 황폐되어 가는 마을에 그미의 모든 것을 던지기로 그때쯤 작정한 것 같았다. 출롱 아지트의 응 남 비엣을 버렸다. 사이공을 버렸다. 유엔군도 월남군도 월맹군도 그리고 애인도 버린 것이다. 오로지 고향 마을 재건과 마을 주민들을 위해 헌신했다. 미군이나 한국군의 실수가 발생하면 가차없이 지적했다. 마을 어디가 폭격을 당하거나, 주민 누가 다쳤다 하면 여차 없이 그미가 마을 사람들을 끌고 나와 부대 앞에서 배상 시위를 벌였다.

그러면서도 주민들 누구의 결혼식이나 장례식 때면 근처 주둔군 버터 냄새, 김치 냄새, 유엔군들을 초청하여 흰둥이, 껌둥이, 노란둥이를 불러 모았다. 월남 멥쌀 밥 위에 생돼지 고기를 삭힌 뻘건 물 같은 농탕을 손수 소스로 쳐주기도 했다. 챠오는 작은 악마였다. 우습다. 우리는 못 이기는 척 그미가 요구하는 배상금을 몇 배 이상으로 물어주곤 했다.

"비엣의 아버지를 맡겼던 난민수용소는 아우성이더군요. 살벌해요. 우린 모두는 난파선 같은 배를 타고 있어요. 이따금 나는 그런 악몽을 꿈 꾸어요. 당신과 나, 나와 비엣, 그리고 그 아버지와 홀덴 콧수염 참모장 까지도 우리 모두가 말이에요. 때때로 하나의 매듭일 뿐이에요. 이 월남 전체가 하나의 난민 수용소예요. 아니 이 세상 자체가 난파선 아니에요? 여하튼 그런 건 하등 문제가 되는 게 아니에요. 다만 우리 사랑만 있다면 환경이 문제가 아니잖아요."

그미의 흰 아오자이가 바람에 날려서 파인애플 나뭇가지에서 나풀거렸다. 그미는 들판에서 홀랑 벗었다. 수평선 끝에서부터 일직선으로 달려와 광휘롭게 터지는 적도의 햇살이 그미의 유방에서 시작하여 허리로 미끄러져 내려갔다. 우리는 서로를 깊이 들이 마셨다. 대민작전 지원 동안 챠오와 급속도로 가까워 졌다. 서로가 어떤 이유로든 실연 당한 터이기도 하다. 벌써 1년이 다 되어간다.

"저것 봐요! 하늘과 수평선이 맞닿아 일직선으로 달려 나갔군요. 무한의 평행선에서 일치가 된 거예요. 우린 그 직선 위의 한 점 구름쯤이겠지요. 끊임없이 생멸하는 구름, 그러나 의미 있는 구름이고 싶어요."

진통이 다시금 시작되었다. 모가지만 잘려서 붕붕 떠 다니는 상실감과 이질감이다. 아무리 눈에 힘을 주어도 사물들이 두 겹 세 겹으로 겹쳐 온다. 머릴 흔들었다. 이런 무방비 야외 상태에서는 선뜻 베트콩이라도 나타난다면 나는 그대로 생포될 것이다.

주둥이와 발톱이 잘린 독수리 같은 나를, 그들은 그대로 정글로 끌고 가든지 귀 한쪽만 잘라 가도 1만 피아스타(1백달러)는 족히 받을 것이다. 내 볼의 흉터를 더듬는 챠오의 손끝이 떨리고 있었다. 그미의 손끝이 긴장으로 끈적였다. 유두(乳頭)를 앞이빨로 잘근거리던 나는 얼굴을 돌려 수평선을 바라보았다. 밤 늦게 귀가한 일용직 목수인 아버지가 나에게 몰래 팔 베개를 해주던 깊은 평화와 안식을 준다.

휴양지 나트랑 해변을 돌다가 내가 언제 다시 돌아와 이렇게 앉아 옛일을 회상하고 있었던 건가, 엉덩이가 축축하다. 담요가 솜마냥 물에 젖어 있다. 챠오의 지적과 같이 역시 나는 아직도 자폐증에 갇혀 있는 것일까? 날이 새려면 아직도 멀었다. 총류탄과 조명탄의 파열 빛이 남산의 폭죽마냥 아름답다. 혼헤오 산 '박쥐 16호 작전'은 아직도 끝나지 않은 모양이다. 어떤 미친 놈이 예술의 극치를 전쟁판이라고 했던가, 느기미. 밤바람이 춥다. 나는 담요를 질질 끌면서 막사 안으로 다시 들어갔다.

얼마 후 나는 원대 복귀했다. 그리고 나는 귀국선에 올랐다.

인사계 할아범은 결국 나의 현지제대를 위한 '잔류신청서'를 사단에 아예 올리지 않은 것이다. 또 올라가 보았자 한쪽 귀창이 나간 상이병사인 나를 이곳에 남겨주지 않을 게 뻔하다. 괜히 한번 생떼를 써 본 것이다. 만삭 된 배를 더욱 내밀며 챠오는 울먹였다. 초승달이 대나무 가지 새로 부서지는 부대 앞에서 그미는 기약 없는 다짐을 했다.

"나는 살고 싶어요. 지독하게 살고 싶습니다. 아직은 우리민족 월남인 쿠엔 카오 키 수상이 있고, 내 고향 반닌의 하늘이 있고, 야자수 우거진 마을이 있지 않아요? 그리고 내 어머니, 병들어 누워 있지만 사랑하는 내 어머니가 있어요. 모든 것을 버리고 나는 내 이웃과 행복하게 살 수 있어요. 무엇보다 다시 돌아올 당신을 기다리며 견딜 수 있어요. 아마 3년 아니 30년 후 그때쯤 우리나라도 전쟁이 끝나고 독립되어 있을 거예요." 내가 대답했다.

"우핑챠오, 반드시 그렇게 될 꺼예요." 그러나 그 말은 입 밖으로 나가지 못했다.

"세계와 평화와 우방의 민주주의를 위해 생명을 아끼지 않으셨던 용감한 한국군 여러분에게 본인은 이 세상에 있을 수 있는 가장 아름다운 찬사를 주고 싶습니다. 그 동안 인간이 견딜 수 있는 최고의 극한 상황을 여러분들은 잘 극복해 주었습니다."

월남 쿠엔 카오 키 수상, 유엔군 웨스트 모얼랜드 사령관, 한국군 채명신 사령관, 백마부대 박현식 사단장 등의 귀국장병 전송행사가 열사(熱砂)의 나트랑 해변에 수백 명 얼룩무늬 군복으로 물결치게 했다. 처음에 같은 배를 타고 왔던 해병대 청룡 부대원들도 보인다.

죽거나 다친 놈들은 비행기로 귀국하고, 목숨이 붙어 있는 놈들만 이렇게 모래밭에 서 있는 것이다. 매년 약 5만 명이 이런 식으로 교체된다. 이 단순한 숫자 속에는 전사자와 부상자도 포함되어 있다. 우리들에게는 아무 말도 귀에 들리지 않았다. 누구의 말을 들을 것인가? 귀국한다는 사실이 실감되지 않았다. 비사앙! 누가 지금이라도 소리치면 또 긴급 출동해야만 될 것 같은 생각뿐이었다. A까뮤

'이방인'의 주인공이 느끼던 땡볕 같이 그냥 햇빛이 부담스러울 뿐이다.

뜬금없이 '아리랑'이 흘러 퍼졌다. 건성 떠들고 흥청대던 장내가 일순 숙연해졌다. 아아, 이역 만리 남지나 해변에서 듣는 우리의 오랜 민요! 까맣게 잊었던 영혼 저 밑바닥에서 건져 올리는 가락이다. 곁에 쓰러져 가는 전우를 보고도 메말랐던 눈물이 오랜만에 봇물 터졌다. 뜨겁고 굵은 액체가 볼의 흉터를 타고 내렸다. 전쟁터 시체 주위를 서성거렸던 숱한 그림자들 장목포 상병, 배태룡 하사, 최정웅 병장 그리고 중화상으로 실려간 안근호 대위, 아 그리고 처형된 응남 비엣!

또 그리고 백 일병은 뒷골을 다쳐서 백치가 되었다. 자기의 이름도 모르고, '과거'를 전혀 몰랐다. 수도육군병원에 부랴부랴 달려간 부모님의 얼굴도 모른다고 했단다. 백치! 망각! 사법고시 준비를 하던 그의 집념과 법조문은 백치같이 웃는 그의 하얀 이빨 새로 날아가 버렸다. 우리 모두의 야망이, 젊음이, 삶이 망각되고, 생채기가 났다. 장내는 참아 내는 울음 소리와 누구에겐지 모를 분노가 질척거렸다. 모래 위에는 또 다른 절망의 바다가 출렁거렸다.

약 1년 전 우리를 태우고 맨 처음 이곳 전쟁터로 데리고 온 군함 쟈이거 호가 다시 '회귀선(回歸船)'이 되어 다가왔다. 뱃머리를 돌려 나트랑 외해로 나왔다. 유한 같은 무한의 수평선, 우리는 다시 부산 3부두로 돌아가는 것이다. 원점으로 다시 회귀한다. 나는 반닌 마을 안쪽 바다를 일부러 보지 않았다. 볼 수 없었다.

"나는 당신의 한국애만 낳을 거예요. 당신의 아가만… 그리고 반닌 수용소에서 비엣의 아버지를 모셔올 꺼예요. 셋이서 같이 살아갈 겁니다. 아마 언젠가 당신도 다시 돌아오겠지요? 뒤돌아 보지 마세요."

승선하는 사다리 쪽으로 챠오는 내 등을 자꾸 밀었다. 강보에 싸인 갓난애가 더욱 크게 울었다. 그 보자기 강보는 4중대 전우들이 '월남아기 출생기념' 으로 자기들이 덮고자는 담요 끄트머리를 잘라 모자이크로 만들어 준 것이다. 하나의 생명이 소리치고 있었다. 위로 유난히 벌어진 큰 귓바퀴가 분명 내 귀와 같았다.

따이한 튀기다. 아기 이름을 무엇이라고 지을까? 모든 것이 파괴되어 사라져 가는 전쟁터 잿더미 속에서 오로지 하나의 생명만이 소리 높이 울고 있었다. 챠오 뒤에 엉거주춤 서있던 그미의 어머니 아니, 나의 장모는 결국 주저앉아 손으로 땅을 쳐댔다. 나는 아기의 머리도 한번 못 만졌다. 아니 만질 수 없었다.

"이제 깨달았어요. 내가 사랑한 것은 그이의 껍데기였다는 것을… 그러나 그 진짜 알맹이를 당신이 내 속에서 찾아 주웠어요… 평생의 보물이에요. 그 동안 남의 나라 땅에 와서 고생이 많았어요. 한국에 가면 여기 볼의 상처를 다시 잘 치료해 보세요."

그미는 웃어 보였다. 환하게 웃어 보이려고 애썼다. 나트랑 해변, 닌호아 전쟁터! 혼혜오 산, 혼 바 산 그리고 반넌 마을을 뒤로 두고 떠난다. 나는 얼굴의 흉터를 아니 심장의 흉터를 안고 원점으로 다시 돌아간다. 그 다음의 원점은 어디일까. 아니 내 생의 영원한 귀착점은 어디일까? 그것은 아무도 모른다. 월남도 월맹도 미군도 나도 모른다. 사람 옷을 입은 원숭이 신(神)은 알까?

전혀 한 여인을 잊기 위해 뛰어든 전쟁터에서 나는 또 한 여인을 잃어버리고 원점으로 돌아간다. 나는 뒤돌아 보지 않았다. 그러나 여전히 나트랑 파도 소리도 들리고, 챠오의 겨드랑 냄새 같은 바다 냄새도 났다. 어린애 울음 소리가 더욱 크게크게 들렸다.

* 1979년도 동아일보 신춘문예 소설 당선작

救援의 땅

구원(救援)의 땅

나는 지도(地圖)와 나침판을 다시 꺼냈다.

그러나 역시 지도에 없는 지형지물이, 그것도 근처의 등고선에 비해 그닥 작지 않은 표고의 동산이 분명히 실재해 있는 것이다. 감포읍 오류리산, 오전 내내 근처를 몇 바퀴 돌았지만 현위치의 좌표는 정확하다. 그러나 전혀 엉뚱한 곳에서 헤매고 있을지도 모른다는 한 웅큼의 불안이 진땀과 함께 목뒤에서 아까부터 흘러내리고 있다.

미로(迷路). 아아, 또 미로에 빠졌다면. 헛디뎌 절벽으로 떨어지는 절망감과 함께 미로 속에서 헤매던 지난 몇 번의 낭패가 가슴 끝을 들추였다. 길을 잃고 헤매다가 드디어는 죽음을, 체념을 목침으로 베고 누웠다가 기적적으로 구출되었던 몇 장의 자화상이 한꺼번에 포개어졌다.

구출될 적마다 나는 '다시는 산을 타지 않으리라' 고 어금니로 혀를 깨물었다. 그러나 얼마 가지 못해서 열중하고 있던 작품을 망치로 깨어 부수고 아틀리에를 뛰쳐나와 거리를 방황하게 된다. 그러다 간 배낭을 둘러매고 훌쩍 산속으로 뛰어들고, 발작이다. 아편 같은 발작이다.

처음에는 아무 열차나 집어타고 낯선 지방을 돌다가 오면 막혔던 상(象)이 다시 뚫리곤 했었는데, 고속화된 교통으로 비슷하게 변해버린 소도시, 소읍내에 획일성을 느끼자 바다를 찾기 시작했다. 동해안부터 시작하여 서해안, 남해안을 돛단배로, 통통선으로, 쾌속정으로 변수(變數)를 갈망했지만 어느 바다이든 외해(外海)로 나가면 하나같이 닮은꼴인 하늘과 바다뿐이었다. 그 권태에서 발길을 돌린 것이 산(山)이었다. 산은 늘 달랐다. 지세(地勢)며 산형이 달랐고, 철마다 다른 얼굴을 보여 주었다. 난 밤낮을 구분하지 않고 산속을 뒹굴었다. 그만큼 위험도 가중처벌법으로 뒤통수를 압박해 왔다.

내가 일부러 공수부대나 전쟁터를 지원한 것은 '용감'이라는 속설이 아니고 나를 늘 강박관념으로 몰아세우는 어떤 환영(幻影)때문이다. 나는 의식적으로 '잔인'의 늪에 빠져들었다.

동판화에서 조각으로 변신한 지 3년이 되었는데 아직도 변변한 작품 하나 없다. 딱 하나, 대리석 석고 비〈飛〉가 있는데 그것은 국전(國展) 낙선작품이라고 해서 남겨놓고 있다. 국전이야 처음부터 관심이 없었지만 최종심에서 한 표가 모자라 낙선이 되었다는 빈(彬)의 증언으로 살려놓은 것이다. 만약에 입상작이었다면 나는 또 때려 부수었을지 모른다. 말하자면 그 한 표가 비〈飛〉를 아틀리에 한구석에 세워놓은 이유다. 그러나 그것은 빈(彬)에게 들은 변명이고 실은 늙은 도공 때문이었다.

빈(彬)이 녀석은 나 몰래〈비〉를 국전에 출품시켰다. 언젠가 녀석과 여주 도자기 가마 일대를 뒤진 적이 있었다. 그때 어느 백발이 성성한 도공(陶工) 한 분을 만났는데 그 도공은 그렇게 혼신을 기울여 구워낸 항아리를 몇 바퀴 돌려보곤 단 한 방으로 박살을 내었다. 추호의 미련도 없이 망치를 간단하게 휘둘렀다. 짤막한 짜구에 정수리를 얻어맞은 도자기는 도살장의 황소마냥 항아리의 생명은 졸지에 파편으로 삭쳤다.

곁의 빈이는? 어머나 아까와라!? 여자마냥 발을 동동 굴렀지만 나는 그 망치의 일격이 통쾌했고, 그 다음 하늘끝에 고정된 도공의 눈가장자리가 안타까왔다. 오줌이 찔끔거릴 정도로 도공의 눈빛이 전율적이었다.

그것은 그 이후 혼자서도 그 도공의 가마를 자주 어슬렁거리게 했다. 내리치는 망치와 도공의 눈빛은 나로 하여금〈비〉를 창작하게끔 생명감을 주었다. 이따금 홱 뒤돌아보는 충혈된 눈, 그 빨간 눈에 부딪칠 때면 나는 선 채로 오줌을 싸고 만다. 불 맞은 멧돼지마냥 내 온몸은 관능과 쾌락으로 길길이 날뛴다. 몸은 굳어진 채 몸속의 피가 용암으로 끓는 것이다.

농구할 때 슛! 하는 폼이 내〈비〉는 그런 눈빛이 나타나 있지 않았다. 하늘로 치켜든 그 대리석의 눈은 늙은 도공의 지고한 눈빛이 아니다. 무엇인가 어떻게 이야기할 수 없는 한(恨)이 없다. 그리하여 나도 이〈비〉를 단 한 방으로 죽여 버리려고 벼르는데 아직도 그 기회를 못 잡고 있는 것이다. 내일이면 단 한 방, 날이새면 단 한 방이 3년을 끌어온 것이다.

그것은 그 이후의 작품이〈비〉를 능가한 작품이 없어서이기도 하겠지만 어느 겨울날 가마 앞에서 그 도공이 얼어 죽은 이유 때문이다. 후손 하나 없이 한데서 항아리를 굽다가 기진해 죽어 버린 늙은 도공. 빈과 나는 경찰과 그 마을 이장의 확인을 거친 다음 화장해 버렸다. 우리는 그 뼛가루를 그의 가마 근처를 한 바퀴 돌면서 뿌려 주었다. 늙은 도공의 혼이 씌었는지 내 작품은 그 이후 더욱 안 되었다.

보이지 않는 두터운 유리벽은 나를 거리로 내몰았다. 방랑벽으로 휘저었다. 나는 다시 한번 돌아볼까 했지만 포기했다. 그것은 지형 자체가 동쪽에서 보면 두개의 산봉우리이지만 남, 북, 서, 어느 쪽으로 봐도 하나의 산으로 이어지는 것같이 보이는 까닭에 지도에는 하나로 편리하게 표시되었는지도 모른다고 생각했기 때문이다. 백두대간 줄기가 분명하다. 그러나 그 산속을 들쑤시고 싶었다.

나는 허기를 끌어쥐고 서서히 내려왔다. 그런데 몇 바퀴를 돌았지만 그 지도에 없는 산은 어느 쪽으로도 침투할 수가 없이 기묘하게 차단되어 있다. 3면이 다 연결되어 있는 듯 하면서도 발바닥이 간지러운 절벽들이다. 벌써 해지기 각도는 오후 절반을 살라먹고 있었다.

아무래도 너무 깊이 들어온 것 같다. 식량은 이미 바닥이 나 있고 비상식량으로 미식가루가 한 주먹 있을 뿐이다. 한 사흘 예정으로 준비한 배낭 속이 거의 열 번의 해와 달을 산속에서 만났으니 그동안 버섯, 머루, 다래 등의 식물류나 개미, 메뚜기, 다람쥐 등 동물류만 목구멍에 넘기자니 뱃속이 피근피근하다.

그나마 며칠 전 밤새 내린 비로 성냥을 잘못 간수하는 바람에 들쥐, 산토끼 등을 잡아서 구워먹기는 글렀다. 그러나 그것보다도 뱀에게 물린 엉덩이 쪽이 더위에 곪기 시작하는지 몹시 욱신거린다. 결국 그 뱀을 끝까지 추격하여 단 한 방으로 녀석의 대갈통을 돌멩이로 갈겨 잡긴 했지만 독사가 아니어서 천만 다행이다. 복수로 녀석을 소나무에 걸어서 홀랑 벗겨 통째로 먹었다. 하필 녀석이 나무 밑 그늘에서 침을 흘리며 낮잠을 주무시고 있는 그 또아리 한복판을 내가 털썩 주저앉을 게 뭐람. 끌끌. 내엉덩이에 눈이 없었던 탓인지, 불쾌지수에 내 다리가 휘청거렸던 죄인지, 끌끌. 나는 즉시 열십자를 간단히 그어서 피를 짜냈지만 뒤쪽이라 좀 힘들긴 했다.

사실 잭 나이프 하나만 있으면 여름철 산속은 오아시스다. 생식법으로 얼마든지 살아갈 수 있으니까 말이다. 독도법, 통신법, 맹수에 대한 방어 및 처치법, 밧줄타기는 1공수부대 특전단 3년 동안 숙달된 생존법이다. 나는 휴대용 트랜지스터 뒤쪽을 뜯어서 만일을 위해 SOS를 보낼 수 있도록 조작해 놓았다. 너무 지쳐 있었고 아무래도 미로에 빠진 것 같았기 때문이다.

나는 배낭이고 트랜지스터고 내던져 놓고 한숨 자려고 근처의 조금 반비알진 칡넝쿨 그늘로 가 기대었다. 만일을 위해 잭 나이프는 워카 목에 꽂았다. 등을 눕히는 순간 나는 쿵! 뒤로 연득없이 나가 떨어졌다. 앗차, 낭떨어지다!

그러나 생각보다 빨리 어깨가 땅에 부딪혔다. 낭떠러지는 아니었다. 사람 키로 대여섯 길 정도의 깊이다. 벌떡 뒹굴어 일어나 보니 비스듬히 이어져 올라가는 산등성이가 보였다. 아까부터 그렇게 도전하려고 했던 지도에 없었던 그 산이었다. 나는 천천히 올라갔다. 해는 어느새 훨씬 떨어져 있다.

처음 듣는 새소리가 해맑게 어울려 왔다. 그러고 보니 이마에 부딪히는 바람의 느낌도 훨씬 차갑고 신선했다. 이상한 힘이 나를 끌어당겼다. 어쩌면 내가 그렇게 찾으려고 했던 그 무엇을 발견할 수 있을지도 모르겠다. 그 어떤 상(象)만 포착된다면 나는 3년의 공백을 보상받을 수 있는 대작이 나올 수 있을 것이다.

그 이미지…… 이미지. 그 한순간의 이미지만 체포된다면 나는 다시 아틀리에로 달려가 쇳물을 펄펄 끓여 부을 것이다. 늙은 도공의 눈빛이 재현될 것이다. 굳고 강인한 주조(鑄彫)의 눈빛은 영원할 것이다. 아, 그것만 완성된다면 나는 그 자리에서 죽어도 좋으리라.

나는 휘파람을 불며 발맘발맘 산허리를 감아 올라갔다. 어디선가 어린애 울음소리가 들렸다. 솔바람 소리일까, 분명 사람 소리다. 나는 그 소리를 따라갔다. 칡넝쿨과 통나무 등으로 얽은 지붕이 보였다. 그냥 지나치기 쉬운 분지에 나지막 하나마 알퐁스 도데의 〈별〉에 나오는 목동의 집, 같은 그런 낭만적인 집이 있다.

한 아낙이 빨래를 걷고 있었다. 이런 깊숙한 오지에 사람이 살다니? 어린애 울음소리는 그 지붕에서 더욱 갈쌍스럽게 퍼져 올랐다. 환상일까. 뺨을 꼬집었다. 분명 꿈꾸고 있는 게 아니다. 어떻게 할까 하다가 날도 어두워지고 해서 마당으로 성큼 내려섰다.

"아주머니! 저어…… 물 한모금만 얻어 먹을 수 있을까요?"

그 아낙은 곰을 만난 산토끼처럼 우레켜며 부엌으로 뛰어들어가 날캉, 문을 잠갔다. 나는 머뭇거리다가 마당 복판에 선 채로 크게 고함질렀다.

"주인장 계시오? 나 나쁜 사람 아니오. 밥 한술만 주시면 갈 사람이오." 어쩌구 외쳐댔다. 문틈으로 몽짜스럽게 내다보고만 있던 그 아낙이 한참만에 쪽박에 물을 떠서 슬금슬금 다가왔다.

"어이쿠, 이 은혜를 어떻게 갚나요? 어디 여긴 오래 사셨나요?"

그리스 여인같이 깊숙한 눈을 가진 그 아낙은 거의 울 듯한 눈망

구원의 땅 57

울로 고개만 상하로 크게 흔들었다.

"아, 네에, 좋은 데 사시네요. 바깥양반은 어디 가셨나요?"

어디서 나타났는지 서너 살쯤 보이는 꼬마가 그 아낙의 치맛자락을 잡고 뒤로 숨었다. 그때서야 찬찬히 보니 삼베나 무명옷들인데 아주 낡고 해져 있었다. 장발에 맨발인 아이들 그리고 집의 형태나 살림살이들이 꼰데미, 원시의 그것이다. 동굴 속에서 창 만들고 있다면 청동기 시대의 원시인, 그것과 다를 바가 없었다.

"지나다가 길을 잃었어요. 애기가 아픈 모양이죠?"

나는 간헐적으로 흘러나오는 신음소리를 따라 들어갔다. 마루 끝에 앉으며 물었다. 그때서야 내 일거일동을 뚫어지게 지켜보던 경계를 조금씩 풀면서 그미는 곁의 두 아이의 목을 끌어안은 채 맞은편 돌팍 위에 앉았다.

"워디서 오능겨? 날도 저문디 워떡 헐라꼬예?"

그미는 시골 아낙으로 돌아가 차라리 나를 걱정까지 하고 있었다.

"어차피 신세를 져야겠어요. 이따 주인 아저씨 오시면 농주나 한 잔 주슈. 대신 아픈 애기는 제가 한 번 봐 드리죠."

"안 되능기라요. 병치레는 오래 됐어예. 큰애마냥 저러다가 죽을 끼라요."

그미는 꺼져가는 한숨과 함께 날캉, 눈 가장자리에 맺히는 이슬을 치마끝으로 돌아서 훔쳐내었다. 나는 활짝 열어젖힌 방안을 목줄을 길게 빼고 들여다 보았다. 멍석이 깔린 바닥 위에 아이가 눈을 뜬 채 헐떡이고 있었다. 나는 워카를 벗고 들어가 맥을 짚어 보았다.

눈을 뒤집어 보고, 입을 벌려 보고, 맥박을 재 보고 일부러 과장되게 행동한 것은 그미가 날 믿게 하기 위한 수작이었다. 댓 살 되는 그 아이는 전신의 뼈가 그대로 드러나다시피 하여 거의 죽어가고 있었다. 1공수부대를 거쳐 월남전 의무중대 등 3년간의 위생병 생활과 동네 돌팔이 한의사였던 할아버지에게서 들어 주운 풍월로 나는 웬만큼의 의학적 소양은 가지고 있었다.

"첫째 애도 이렇게 한참 앓다가 안 죽었능겨. 근데 갸는 온몸이 팅팅 붓다가 죽었어예. 내 손목을 잡고 어매, 어매를 울매나 불러쌌등고. 내사 마 칵 죽고 싶더라요. ……갸 아범은 맹장병이라카든가 그라데요. 대처에 가면 살 수 있을 틴디. 여게서 애들만 안 쥑이삐는겨."

나는 다시 마루로 나왔다. 아스피린 한 알도 없는 이 곳에서 설사 병명을 안다고 해도 어쩔 것인가. 하늘 끝을 올려다 보았다. 황혼이 화롯불로 번지고 있었다.

"얼마나 됐어요?"

"한 보름 됐어예. 처음엔 설사를 하고 핏똥을 놓고 하데예. 그라더만 잔기침을 해쌌능기라예. 한번씩 헛구역질을 하면 콧물 같은 찐득한 가래도 뱉어싸고요. 늘 열에 씌어있어예. 아이가 영 식욕이 없는 기라예. 병든 까마귀 생선가게 기웃거리듯 안 하능겨. 그랑께 자꾸 안 마르능겨."

아낙은 지푸라기라도 잡는 심정으로 열심히 주워 섬겼다. 낭패스러웠다. 그냥 서둘러 하산(下山)할까하다가 날도 저물었고 또 숱한 산행(山行) 가운데 드물게 험한 산이라 선뜻 일어서 지지가 않았다. 그렇다고 주인 남자도 없는 집에 무작정 앉아 있기도 난처하고 해서 잠깐 망설이는데 퍼뜩 하나의 생각이 떠올랐다.

"제가 댁의 아이를 한번 수술해 볼까요. 수술이랄꺼진 없고 이

구원의 땅 59

왕 저대로 놔두는 것보단 한번 노력해 보는 것이 낫지 않을까해서 말씀드리는 건데요?"

"아이구, 선상님요. 그리 해주이소. 이왕 죽어가는 가스나, 우짜것소. 헌디 어캐 하능교?"

"별것 아닙니다. 손바닥을 조금 째는 겁니다. 물이나 좀 끓여주십시오. 소독해야 되거든요."

"소독약도 없고 암것도 없어예."

"염려마세요. 짐작하고 있는 일이니까요."

나는 샘으로 가서 워카 목에 걸친 잭 나이프를 빼서 끝을 바위에 갈았다. 바위 틈으로 나오는 물을 모아 쓸 수 있게끔 땅을 파고 평평한 돌멩이로 둘레를 쌓은 물받이다. 정교하다기보다 정성스럽게 만들었다. 물은 그대로 약수다. 잭 나이프를 남비에 넣고 아무 헝겊이건 가져오게 하여 가제와 붕대로 쓸 수 있게끔 잘라서 같이 남비에 넣어 같이 끓였다.

아낙은 아직도 굽죄이는지 내가 뭐라고 말만하면 하롱거리며 놀랐고 꼬마는 엄마 옆에 같이 어뜩비뜩 앉아 장작을 지폈다.

부엌의 흙벽은 그을림으로 얼룩져 있다. 살림들이 많은 것은 아니지만 거의가 바가지나 대나무, 칡넝쿨 제품들이다. 쇳소리 나는 거라야 솥과 남비 몇 개 뿐이고 플라스틱 제품은 하나도 없었다. 신기하고 신비해서 찬찬히 훑어 보았다. 숟가락 젓가락 등도 나무이고 식기는 통나무를 잘라 홈을 판 것이다. 얼마나 오래 썼던지 가장자리가 닳아있고 거무죽죽하게 윤기가 반들거렸다. 내가 남비째 들고 방에 들어갔을 때는 이내 벽에 관솔불이 켜 있고, 환자의 손발과 얼굴은 깨끗이 씻겨져 눕혀 있었다.

나는 옛 기억을 더듬어 조심스럽게 복학(腹鶴)잡을 위치를 찾았다. 할아버지의 사랑방은 솔솔찮게 손님이 줄을 이었다. 그중 서너 살 정도의 열에 들뜬 아이들은 대개 복학하러 오는 환자들이었다. 나도 어머니의 안타까운 품에 안겨 복학했던 기억이 있다. 따끔한 느낌은 침보다 더 길고 깊은 아픔이었다. 도시 사람들이 어린애들에게 홍역, 볼거리, 소아마비 예방주사를 으레히 맞히듯이 시골 사람들은 복학을 필수적으로 해주었다.

아프리카 토인들은 사내애가 태어나면 날렵한 대나무로 불알 끝을 잘라 주는데, 그것이 현대의학에서의 포경수술이다. 어른이 되어서 그 물건을 복잡하게 자르는 것보다 어렸을 때 간단히 처리하는 것이 여러가지로 훨씬 좋을 것이다. 이런 류의 민간요법은 신통하기도 했다. 뚜렷한 이유없이 애면글면 앓고 열이 오르락내리락하면 복학을 해주었고 또 복학을 잡고 나면 다시금 생기를 찾곤 했던 동네 꼬마들의 기억이 난다.

할아버지는 침, 뜸, 한약처방을 고루 다하셨지만 당신이 정통파 한의사가 아니고, 거의 독학과 풍월에 의한 민간요법들에 불과한 것이기 때문에 중환자들이나 치료가 힘든 것은 자신의 상세한 〈소견서〉를 붓글씨로 써서 읍내 한의원이나 좀 더 큰 도시 전문의를 연결해 주었다. 치료비 같은 것은 받는 것을 별로 못 보았고 대신 명절 때면 엿, 떡, 곶감 등이 머슴들의 지게에 얹혀 오곤 했다.

할아버지는 약초를 캐러 자주 산을 오르셨고 누이와 나는 어머니가 된장과 함께 넓은 호박잎에 싸준 주먹밥을 어깨에 메고 같이 따라다녔다. 덕분에 나는 산의 오묘한 비의(秘意)를 일찍부터 즐기게 되었고 약초의 종류와 쓰임새도 얼마큼은 터득하게 된 것이다 사실

산속의 풀과 뿌리는 약이 안 되는 게 별로 없다. 그 식물의 특성대로 쓰였다. 독성(毒性)이 강한 것은 그 맹독성을, 향기가 강한 것은 그 향기를 채취했다.

갈갱갈갱한 그 꼬마의 손바닥은 아리한 신경줄이 그대로 드러나 보였다. 나는 정말 오랜만에 복학을 잡았다. 군생활 이후 처음인 것 같다. 마산 36육군병원의 처치실, 중환자실, 시체실을 돌며 군의관의 보조 위생병으로 근무한 이후 내 손으로 직접 해본 것은 월남 꼬마들의 복학따기 정도이다.

백마부대 의무중대에서는 오늘 죽을지, 내일 걸레가 될지 모르는 극한 상황 속의 전쟁터에서 녀석들은 공정가격이 된 맥주 두 상자씩을 옆구리 끼고 의무대를 찾아왔다. 나를 불알끝을 날캉 잡아서 뺑 둘러 잘라주고 붕대를 감아주면 녀석들은 낄낄거리며 그걸 싸잡고 돌아갔다.

나는 소금물로 깨끗이 소독한 다음, 엄지와 검지 사이의 적당한 위치에서 십자를 그었다. 아이는 신음소리를 한 두 번 깊숙이 낼 뿐 비명 한 번 지르지 못했다. 검붉게 썩은 피가 손바닥을 이내 물들였다. 쌀알만한 하얀 복학을 쉽사리 찾을 수 있었다. 대개는 좁쌀만한데 이 꼬마는 나이가 좀 들어서인지 쌀알만큼 커져 있었다.

그런데 또 한 손은 노란 콧물 같은 것만 약간 흐느적거릴 뿐 없었다. 나는 조금 더 길게 찢었다. 이마의 땀이 꼬마의 가슴에 떨어졌다. 아낙은 관솔불을 하나 더 켜든 채 더욱 바싹 다가앉고… 녹아버렸을까, 없다. 나는 포기하고 다시 소독을 한 뒤 헝겊을 매주었다. 아이의 얼굴은 아픔을 참느라고 진땀이 나와 같이 흘렀다. 나는 기도하듯 꼬마의 이마를 잠시 짚어보고 마루로 나왔다.

누가 밤하늘에 함지박을 갖다 놓았을까. 심산유곡에 비추이는 보름달은 한 곡조의 음악이다. 샘으로 가서 머리를 감았다. 누구의 주머니에 구멍이 나서 하리한 꽃구슬이 흘렀는지 은하수도 물결쳤다. 윤선도가 탈출했던 부용동도 이랬을까. 나는 무엇인가 상이 잡힐 듯한 강한 유혹을 느꼈다.

〈보리밭〉을 절규했던 윤용하의 한(恨)? 이중섭이 각통질하는 가슴으로 씹어서 그려냈던 담뱃갑 은종이 그림? 부잣집 쓰레기통 속의 생선을 주워 먹으며 늘여대었던 모딜리아니의 긴 매가지? 고흐의 귀때기? 이상의 오감도, 진단서, 날개…… 날개? 아아, 사후(死後)의 카프카? 나는 안달을 하며 주위를 함부로 헤집고 다녔다.

애장터의 애기 시체를 파먹다 들킨 여우의 흘깃거리는 눈빛, 불빛도 보이고 마지막 한 잎을 그려놓고 마지막 한 잎같이 사라져 간 무명화가 배어맨의 잎새도 달빛 사이에 흔뎅거렸다. 낱말을 흘리며, 정적을 흘리며, 내 잠을 흘리며, 흘린 것들을 흘리며…… 무인도를 흘리며, 신대철을 흘리며, 내가 돌아왔을 때 아낙은 식사를 준비해 놓고 있었다. 잡목 숲에서 긁히고 넘어지고 깨지고 하여 옷을 땀 속에 헹구고 돌아왔을 때는 이미 한밤중이었다.

아낙은 내가 들어서자 용수철마냥 튀어서 통나무 밥상 위의 국이며 찌개들을 들고 다시 데우러 나갔다. 나는 괜찮다며 그냥 먹겠다고 했으나 그미는 막무가내로 안고 나갔다.

꼬마는 언니인 환자 옆에 자고 있었다. 아낙이 다시 데워가지고 들어왔을 때, 나는 이미 목판 위의 음식물을 간장 한 종지 안 남기고 깨끗이 청소한 뒤다.

식욕이 몹시 당겼다. 굶은 탓도 있지만 음식의 간이 향수적이고

구원의 땅 63

토속적이었다. 사람은 반찬을 먹는게 아니라 고향을 먹는다고 했던가. 목구멍에 정신없이 이삿짐을 나르고 나서 생각해 보니 가짓수도 많았다. 콩, 감자 등을 섞은 깡보리밥에 애호박, 메밀묵, 가지, 고추, 고사리 등 순 육군들이었지만 다양하고 풍성했다.

아낙이 가지고 온 된장찌개와 콩나물 국도 한데 부어서 그냥 훌훌 마셨다. 오히려 아낙이 무안해 했다. 밥을 더 가지러 돌아서는 눈치여서 나는 물이나 한대접 달라고 했다. 아르르 아늑한 평화와 함께 '자유'라는 걸 느꼈다. 하필이면 '자유'가 이마적에 이마에 씌어질 게 뭐람. 아까 아낙이 앉았던 돌팍에 앉아서 숭늉을 받아 마실 때 나는 아까부터 미심쩍었던 바깥 양반이 보이지 않아 묻지 않을 수 없었다.

"오늘쯤은 돌아오실 낀데…… 벌써 닷새 안 됐능교. 또 군인들한테 잡히뻰능가?"

"아니, 왜 잡아가요?"

"글씨 말이라예, 나도 모르것어예, 그 동안 몇 번 잡혔어도 또 잘 도망왔어예. 경찰들이 며칠 만에 밤에 홍두깨 식으로 나타나면 우리들은 양푼 몇 가지만 챙겨 산을 넘고 넘어서 피난가는 기라예. 결국 여기에 정착 안했능교. 내사 난리가 터진 줄 알았더만예, 거기에 안 갔다 왔다는 거라예."

나는 병역 기피자의 은신처일까 추리해 보았지만 그 정도 현실적인 이유를 가지고 이런 오지에 이런 격리 생활을 한다는 것이 얼른 납득이 안 갔다. 그것은 아까부터 줄곧 느껴온 것이지만 분위기나 주변환경이 너무나 정갈하고 정성스러웠다. 일시적인 도피나 쫓김이 아니고 영구적인 즐김과 만족의 구축이다. 무엇인가 투박하고 서

툴렸지만 그 순수와 원시성과 자연성을 더욱 침윤시켜 주었다.

담배를 하나 꺼냈다. 법당의 향불마냥 곱게 퍼져 올라가는 안개 같은 연기가 환상을 자아냈다. 다소곳하게 마루끝에 앉은 아낙은 봇물이 터지자 전설 같은 얘기를 한 장씩 넘겼다. 아니, 중단하려는 마침표를 내가 자꾸 쉼표로 유도해냈다.

"피곤하지 안능교? 고만 들어가 주무시지예. 방이 좀 누추하지만예…… 대처 사람들한테는 불편할 끼라예."

"아, 아닙니다. 내도 촌놈 출신 아닙니까? 안동에서도 되기 들어가는 데라예. 우리 화전민 마을에 쉽게 들어오는 건 날짐승들뿐이라예. 한 달에 한 두 번 들르는 우체부 영감이 유일한 소식통이었죠. 6·25가 난 줄도 몰랐으니까요. 그 겨울에 마을 출신 피난민 몇 명이 들어와서 그때 알았다니까요. 나참……."

나도 모르게 어린 시절 사투리 가락이 안다미로 튀어나왔다.

"근데 바깥 양반은 와 군대 안 갔능교?"

"나도 모르겠어예. 한 번은 팔을 뒤로 묶은 야 아베를 앞세우고 군인들이 들이닥친 기라예. 나는 기겁을 해서 지금은 죽어버린 큰 애를 끌어안고 뒷산으로 도망쳤어예. 카마, 여자가 뛰면 울매나 뛰겠어예. 다시 끌려 내려왔지예. 주민증을 보자카능 기라예. 그런기 있을 턱이 있능교? 옴나위도 못하고 그냥 떨고 있는데 이 사람을 조사할 게 있다면서 총을 들이대고 야 아베만 앞세우고 내려갔어예. 그리고 사흘 만에 왔는디 군대 기피는 했지만 이미 횟수가 많이 지나서 그런지 오히려, 돈이며 옷이며 형사들이 주었다카면서 가지고 왔어예. 그라면서 이런 데는 간첩들이 드나드는 곳이닝께 철수해서 마을로 오락캤데예. 그길로 우리는 산을 또 넘고 넘었지예. 언제 그 사람들이 또 조사나올지 안 모르능교? 돈이 이런 데서 뭔 필요 있능교? 그것으로 성냥과, 소금, 연장을 사왔어예. 그 뒤로도 몇 번 야 아베가 안 들어오곤 했는데 나무를 하다가 야수가 덤벼들어 피투성이가 되어 나타나기도 하고, 군인들한테 간첩으로 오인되어 잡히기도 했능기라예."

"언제 여기 들어왔능교?"

"한 십년 남짓 될 끼라예. 맨끝에 딸아가 세 살잉께예. 신혼여행을 바로 이리로 온 기라예. 야 아베가 우리 마을에 느닷없이 나타나더니 우리 아부지 보고 내캉 혼인하자카능 기라예. 내한테는 한 마디 말도 없이 아부지한테만 대놓고 조르는 기라예."

그미는 추억이 즐거운지 손을 가리며 웃었다. 어디선가 밤새 울음소리와 맹수들의 우짖는 소리가 보름달이 펴놓은 노란 보자기 속에 별빛과 함께 쌓였다. 그것은 새들이 불면에 시달려 뒤척이거나, 포수의 총에 새끼들을 잃어버린 맹수들의 호곡소리 인지도 모른다.

관솔불조차 빛이 안 새도록 등을 씌워서 빛이라곤 없는 골짜기는 솔잎 낱개를 셀 수 있을 정도로 밝았다. 아낙은 다듬지 않고, 색칠하지 않은 얼굴과 손, 그리고 황량한 모양새이지만, 오히려 정갈하고 숭고해 보였다. 달빛 탓일까, 원시성 때문일까, 연득없이 울음을 터뜨리는 아이들을 잠재우고 그미는 다시 나와서 애기를 계속했다.

아낙이 아이들의 아버지와 처음 만난 곳은 그미가 중학교를 중퇴하고 중풍으로 쓰러진 아버지를 대신하여 어머니와 함께 남의 밭을 일궈 먹을 때이라고 한다. 마을 뒷산 깊숙한 약수터에는 한적한 집이 몇 채 있고, 그미의 집과 근처의 절은 고등고시를 준비하는 학생들로 늘 가득차 있었다. 점심식사때면 어디서 그렇게 쏟아져 나오는

지 왁실덕실하다가도 이내 그들은 땅속엔지 잠적해 들어갔다.
 몇 번씩 고시에 실패한 사람은 몇 년째 죽치고 앉아있는 사람도 있는데, 그중 한 사람이 이따금 아버지와 마당에 멍석을 깔고 무슨 얘긴지 즐겁게 담소하곤 했다. 정자나무 아래에서 혹은 장기를 두는 둥 그 수험생들과 동네 어른들과는 흔한 일이라 별로 이상할 게 없는 일이었다. 그런데 그 귀가 유난히 큰 그 사람은 서울에 한번씩 갔다오면 선물도 했는데 그게 우리에겐 너무 흥감스럽고 부담되는 것들이었다. 소니 라디오나 선풍기, 전기밥솥 등이 나중에는 텔레비며 녹음기 등으로 커져서 제출물로 갖다 주었다. 아버지는 한사코 받지 않고, 어머니는 아까운 전기 돌아간다며 쓰지 않고 광속에 잘 모셔놓았다.
 이담에 귀 큰 학생이 시험에 합격하면 한꺼번에 도로 줄 것이라며 우리들은 얼씬도 못하게 했다. 들리는 말로는 귀 큰 학생의 아버지는 이름 석 자만 대어도 세상이 따르르한 국회의원이라고도 했고 개인 종합병원 원장이라고도 했는데, 정작 본인은 날탕이라며 허탈하게 웃어넘겼다.
 그가 그미의 집에 자주 나타나는 이유는 그미의 집안에 한서(漢書)가 많고 아버지가 중풍에 손발이 떨리긴 했지만 한문에 박학하다는 이유만이 아닌 뭔가 서로 의가 통한 것 같았다. 그러다가 그 학생은 4번째 고등고시에 떨어져서 강원도 어느 절에 깊숙이 들어가 앉았다는 풍문이 돌았다. 어머니가 물건들을 돌려주지 못해 안달을 하며 한 해를 넘긴 이듬해 해빙기에 그는 불쑥 나타나서 나와 혼인을 하잔다고 했단다.
 그미의 집에서야 흥감부리는 일이지만 한사코 반대한 것은 전혀 그 귀 큰 부잣집 아들의 장래 때문이다. 그미와는 학벌부터가 언감생심 그 집 며느리가 될 수 없다고 판단한 것이다. 정히 그렇다면 따님을 서울로 데려가서 부모님을 직접 뵙고 그다음 말씀드릴 터이니 같이 보내주십시오 했것다. 그 길로 이곳으로 날아버린 것이다. 특별히 사랑관계나 그리움 같은 것은 없었지만 살아가면서 역시 어떤 인과응보에 의한 운명이 아니었을까고 생각된단다.

그때 서울로 오는 열차 속에서 그 사람은 자기집은 산이 몇 개나 있고 새며, 짐승이며, 없는게 없이 다 기른다고 했다. 그래서 아, 역시 부자였구나. 그렇게 큰 목장이며 땅이 있으니, 이제 친정집으로 좀 보내주면 병든 아버지도 서울 큰 병원에 입원시키고 동생들도 대학공부시키고 잘하면 아예 서울에다 집을 한 채 사주고 식구들을 전부 데려와서 허리가 휘어지는 그 땅 뙴 농사는 안 지어도 되겠구나. 생각했단다.

그런데, 아버지가 종손인데 선산을 떠날 수는 없겠구나. 그렇지 동생을 법대에 보내어서 고시공부를 시키면 되겠지, 곁에서 정신없이 졸고 있는 귀 큰 양반마냥 판·검사를 한번 준비시키는 거야. 뭐까짓 꼭 서울에만 살아야 상팔자인가, 친정고향에다 땅이나 좀 사주면 가만히 앉아서 소작을 받으면 될 테니까…… 어쩌구 혼자 한껏 차창에다 풍선을 띄우다가 잠이 들었다. 깨어서 내려 보니까 서울이 아니었다.

보통 시골과 별다를 바 없는 산촌을 몇번이나 버스를 갈아타고 산속으로 들어갔다. 짐이라곤 가방 속에 언제 사 넣었는지 성냥, 미싯가루, 소금, 씨앗 등 속이 전부였다. 갈수록 이상하다 했더니, 땅거미질 무렵 도착한 산꼭대기에서 그는 옷을 훌훌 벗고는 팔을 활짝 버리고 이 근처가 전부 자기 땅이라고 했다. 집이 한 채 있긴 했는데, 흙담집인데다가 삽과 곡괭이, 식기 몇 개 뿐이었다.

아리송한 가운데 하루, 이틀 살다 보니 거짓말이란 것이 피새났다. 서울이란 곳이 원체 이런 곳인갑다 했는데, 사람 하나 살지 않는 것이 이상했고, 부잣집 아들이 직접 장작을 패고, 씨앗을 뿌렸으며, 짓다 만 벽을 계속 잇고 있었다. 그러나, 가만히 생각해 보니 귀 큰 양반의 말이 또 하나도 거짓말이 아니더란다. 아무 곳이건 나무를 해도, 밭을 일궈도, 열매를 따도, 누가 뭐라는 사람이 없고, 일하는 대로, 노력하는 대로 그대로 '내것'이 된다는 것이었다. 원래 자연은 누구의 소유도 아니고 동시에 누구의 소유도 된다는 것을 훨씬 늦게 깨달았다고 했다.

아낙은 부엌으로 가더니 삶은 옥수수를 소쿠리에 담아왔다. 오사바사한 그미의 체온이 옥수수 알맹이마다 느껴진다.

"첨엔 사람이 그리워서 도저히 몬 살 것 같능기라예. 울기도 하고 그 양반한테 남의 소작을 해도 좋으니까, 사람사는 데로 내려가자고 조르기도 했지예. 첫애가 죽어서 땅에 묻고 오던 날 밤에 나는 도망쳤어예. 첫애의 울음소리가 곳곳에 배어서 그 집에서는 도저히 몬 살 것능기라예… 그러나, 산이 험하고 길도 없어서 나는 헤매다가 기절했어요. 그 양반한테 이튿날로 업혀왔지예. 그애를 낳을 때 그 양반이 받았는데, 탯줄을 잘못 끊어서 내가 또 죽을 뻔했어예. 어떤 아들인데……, 인자 밤도 너무 깊었고, 들어가 주무이소. 마, 끝엣방이 칡넝쿨벽이라 좀 시원할 기라예."

몇 시나 됐을까. 달이 산골짜기 아래로 떨어져 있다. '흘린 것들을 쓰러뜨리는/ 저 불빛을 흘리지 않고서 나는/ 잠들 수 없다…… /월,

화, 수, 목, 금, 토, 일. 일곱개의 층층대…… /하나, 둘, 셋, 넷 그리고 아홉, 열…… /개인을 구하는 미륵불상/ 미륵불상을 구하는 피뢰침/ 피뢰침을 구하는 명새/ 명새는 울음소리를 그치지 않았읍니다.'

몸이 몹시 피곤할 텐데도, 조금도 울가망하지 않았다. 아니 낙장 거리로 한바탕 낮잠을 자고 난 개운함이다. 나는 구멍이 숭숭 뚫린 칡벽 틈새로 아릿거리는 별들을 가슴에 하나, 둘 주워 모으다가 구석에 옹송그리고 있는 몇 권의 책에 눈이 닿았다. 관솔불밑에 대어보니 법철학에 관한 두터운 책이었다. 목침으로 사용했는지 찌그러들고 해져있었다. 첫장의 주름살을 펼쳤다.

'법(法)이란 무엇인가? 질서다. 질서란 무엇인가? 규율이다. 규율이란 무엇인가? 구속이다. 구속이란 더 높은 자유를 위한 도덕이다…… 도덕이란 결국 법이다.'

끝장을 폈다.

'육체적인 최고의 관능, 정신적인 최고의 논리, 과연 최고의 해답은 육법전서일까? 사타구니로 아래로 본 세상과 위로 본 세상이 왜 다르게 감각될까? 실존은 똑같은 대상체. 칼로 두부를 자르는 것이나, 두부로 칼을 자르는 것이나 결과는 똑같다. 최초의 법은 자연이다. 내일이 아니고, 바로 오늘이 중요한 것이다. 오늘이 없이 내일이 있을 수 없고 어제가 연상될 수 없다. 오늘 하루, 이 날이 최고의 가치다.'

아마 주인 양반의 낙서일 거라는 직감이 든다. 내가 찾아다니는 실존은? 도공의 늙은 한이란? 주인 양반인 이 법학도는 자기의 최고 가치를, 자기의 의미를 이 오지에서 찾고 결국은 실현한 것일까? 아마 그는 최소한도 이 격리된 낙원에서의 의미는 찾았을 것이다. '오늘 하루', 하루의 최고의 법을 만끽해 갈 것이다.
 최고의 법이란? 최고의 선이란? 최고의 미(美)란? 죽음을 두려워하는 건 죽음 그 자체가 아니고 죽음에 이르는 상황이다. 고독을 두려워하는 것은 '혼자'라는 그 자체가 아니라 고독에 따르는 조건이다. 여심(女心)은 아름답지만 여체(女體)는 슬프다. 아니 반대다.
 내가 현재, 과거, 미래를 드리없이 헤매다가 눈이 뜨여진 것은 해가 중천에 떴을 때였다. 내가 지옥까지 갔다왔나? 왜 이렇게 길게 자빠져 있을까? 이튿날 일어나는 길로 환자에게로 갔다. 벌써 한낮이다. 그 아낙은 콩, 보리, 강냉이를 갈아서 만든 죽을 먹이고 있었다.
 "물 한 모금 못 먹던 아이가 배 고프다고 밥 달라 안 카능교?"
 그미는 눈물 젖은 눈으로 소리쳤다.
 "당분간은 조금씩 먹이세요. 똥이 나올 적마다 먹이세요."
 "아, 야야. 그라몬 이 가스나는 살 수 있단 말잉교?"
 "아마, 오늘, 낼 지내보면 확실해질 거예요."
 "그것도 모르고 야 아베는 약이랑 소금을 사러, 약초를 메고 대처로 안 나갔능교? 이눔의 가스나 때문에 필시 그 양반이 또 잡힌 기라예."
 나는 환자의 손을 풀어서 소독을 해주고 난 다음 늦은 점심을 얻어먹고 그냥 서울로 돌아갈까 하다가 환자의 용태를 좀 지켜봐야겠고, 무엇보다 권양반을 꼭 만나보고 싶은 충동을 감출 수가 없었다. 나는 할아버지가 그랬듯이 벽에 걸린 삼태기를 울러메고 꼬마를 데리고 나섰다. 어제까지 짜뜰름하던 소녀는 냉큼 따라 나섰다.
 교육이란 도시 받아보지 못한 환자는 여섯 살이나 되었는데 제 이름자도 못 썼다. 모르는 게 아니라 안 가르쳐 준 것이다. 그러나 새이름, 풀이름, 나무 등속의 특성을 소상하게 알고 있었다. 법학도 아범에게 철저하게 자연교육을 받았군. 나는 속으로 혀를 찼다. 그 꼬마는 세상에서 처음 친구를 만난 기분으로 발보였다. 나무며 바위며 절벽을 다람쥐같이 쏘다녔다.

삼태기 속의 약초는 아낙이 채워넣은 것이다. 우리는 소년의 어머니가 싸준 감자와 개쑥떡을 바위 위에 앉아 쉬면서 꺼내 먹었다. 연득없이 소년이 노랠 불렀다. 음정은 엉망이지만 독특한 민요가락들이다. 아리랑, 도라지, 신고산이 우루루 등을 휘파람과 섞어 가며 또는 풀피리에 얹어가며 읊었다. 금속성에 오염되지 않은 자연의 소리다. 우이동 어느 산골짜기에 세워둔 비문이 생각났다.

산이 좋아/ 산을 오르다가/ 산꽃이 된/ 산벗이여/ 여기 올 적마다/ 그대를 부르마

나는 바위 아래 낮은 산봉우리를 내려다 보며 창(唱)을 뽑는 꼬마의 가냘픈 등허리를 보자 아프리카 숲속의 사자 삼남매〈엘자〉생각이 났다. 이 가족들의 자연성, 원시성이 대처의 문명세계로 돌아간다면? 나는 고개를 힘껏 저었다. 엉뚱한 잡념으로 이 가족들에게 부정타는 짓이나 아닌지 까닭없이 죄책스러웠다. 나는 서둘러 내려오면서 어저께 던져놓았던 배낭을 찾아왔다.

우리가 저녁 어두워서야 들어서자마자 아낙은 나를 이끌고 환자에게서 받아둔 똥을 보여 주었다. 검붉은 색깔이었지만 누런 태깔도 보였다. 절망이 아닌 것만은 우선 다행이다. 역시 학질계통의 고열과 그로 인한 원기 부족이었던 것이다.

내가 캐온 더덕과 씀바귀를 샘으로 가서 씻었다. 오늘 밤에 이걸 달여 먹이면 내일쯤은 조금 더 차도가 있을 것이다. 나는 골짜기로 내려가 홀랑 벗고 목욕했다. 꼬마의 등을 녹두로 갈아 만든 비누로 씻겨주면서 자꾸 무엇인지 모르는 슬픔 같은 걸 느꼈다. 꼬마의 등이 작고 나슬나슬한 까닭일까? 쥔양반은 오늘도 안 돌아오는 것일까? 아낙의 말없는 눈매는 남편에 대한 걱정으로 찔꺽눈이 되어있다. 우리는 마당에 멍석을 펴놓고 저녁을 먹었다.

"아빠는 은제 오노? 내 꽃신 사온다캐 놓구선. 옴마, 꽃신은 어캐 신는 기꼬?"

"고마 자그라, 그래싸모 아빠 안 온다이. 참 자야, 니 아빠가 개카준 노래 알제. 그거 함 불러 보래이."

'아빠하고 나하고 만든 꽃밭에……' 막내는 울음섞인 목소리로 끝까지 다 부르고는 으앙! 울었다. 그바람에 아낙이고, 아이들이고 기어코 터지고야 말았다. 나는 몽띠고 앉아 있다가 환자에게로 다가갔다. 엄마를 타기한 얼굴이 그렇게 보아서 그런지 화기가 돌았다.

내 어린 시절에도 이런 곱상스런 소녀가 있었다. 언젠가 내가 바다를 헤맬 때 그 소녀가 나타났었다. 비오는 저녁 나는 참지 못하고 거룻배를 풀어서 수평선으로 저었다. 무엇인가 환영을 쫓아 나는 하염없이 저었다. 바다 복판에 있을 때 그미는 내가 노를 젓는 반대쪽 뱃전에 나비같이 올라 앉았다. 아참! 그때서야 나는 그 소녀가 바로 뒷집에 살던 소꿉친구였고, 어렸을 때 학질을 앓다가 죽었다는 생각을 하고 깜짝 놀라 깨었다. 아낙이 이마 위에 시르죽어 앉아 있었다. 환자 옆에 누워서 깜빡 잠이 든 모양이다.

"야가 한약을 한 사발 다 들이켰어예. 증말 살아날긴가베예. 선상님 덕분이라예."

나는 이마를 짚어보고 마루로 나왔다. 아낙이 숭늉을 받쳐왔다.

"학벌도 많고 부잣집도 많이 있는데, 쥔양반은 하필이면 초등학교도 제대로 못댕긴 낼로 좋아했는지 모르겄어예. 글씨로 사랑이란 것도 해본 적이 없어예. 그러나 살아가면서 쥔양반이 너무 사람이 진실하다는 걸 느꼈어예. 남편이라기보다 아버지 같은 느낌이라예."

"여기는 몇 번째 이사 왔습니까?"

"세 번째인데 여기서 젤 오래 살았어예. 전에 살던 두 군데도 좀 멀긴 했지만 참 좋았어예. 언젠가 우리 별장에 간담서 쥔양반이 우리들을 다 데리고 그곳에 가서 겨울을 지내고 오기도 안 했능교. 이번 가을도 첫 번째 살던 집으로 휴양간다캤는데 저 가스나가 저리 아파쌓게 몬 갈지도 모르겄어예."

"그 동안 대처에는 한 번도 안 나갔나요?"

"그라믄요. 친정 아버지도 아마 돌아가셨을 끼라예. 어매는 우예 사는지. 동생도 장가갈 나인데 우예 됐능고? 내가 쥑일 년이 됐어예. 더구나 시아버지나 시어매며 시집 식구들은 한 번도 몬 봤어예. 혹시 선상님이 그쪽으로 가실 일이 있으몬 한번 즈이 집에 가봐 주이소. 창녕에 내려서 비석거리로 가서 울 아버지 누구누구 물어보면 다 알아예. 내사마 잘 산다고 전해 주이소."

1주일째가 되니 환자는 손과 발에 힘을 주고 뻗디디기 시작했다. 나는 나무도 해오고, 풀도 매고, 오후에는 더덕 등을 캐러 다녔다. 어느새 나는 애들과 정이 들어 버렸고 아빠를 찾던 막내는 이제 내 품에서 쉽사리 잠이 들 줄도 알게 되었다. 그러나 언제까지나 무작정 이렇게 지낼 수만은 없어서 나는 이제 내일은 어떤 일이 있더라도 떠나리라고 작정했다.

　아낙이 쥔양반이 올 때까지만 있어 달라는 울가망한 눈빛 때문이기도 하지만 무엇보다도 환자 때문에 지칫거렸었는데, 이젠 노란 똥도 잘 누고 식사량도 거의 회복단계이니 이젠 검세게 돌아서 가야겠다.

　여자와 어린애들만 놔두고 냉갈령하게 나설 수가 없어서 아침이면 배낭 대신 삼태기를 들고 들판으로 나서곤 했지만 이러다간 어쩔 것인가, 전혀 엉뚱한 일에 거미줄치게 될지도 모른다. 영 이곳을 못 벗어날 것같은 생각도 든다. 그러구러 보름달이 그믐달로 거의 삭혀 있으니 열흘이 넘은 성싶다. 어쩔 것인가. 결국 나는 아무런 이미지상(像)도 잡을 수 없고 더욱 발목이 잡히는 운명에 떨어질지도 모른다.

　그날 밤 나는 한밤중에 깨었다. 관솔불이 켜 있고 옆에는 웬 원시의 사내가 버티고 앉아 있었다. 나는 직감적으로 쥔양반이라는 반가움과 함께 불길한 예감이 스쳤다. 그것은 그 옆에 같이 앉아있는 날이 시퍼런 도끼 때문이었다. 나는 감사납게 뛰쳐 일어나 앉았다. 구레나룻의 그는 손가락으로 입을 가리며 조용히 하라고 했다. 옆방에는 아내와 아이들이 자기가 온 줄 모르고 자고 있다고 했다. 그는 한참만에 무겁고 몰강스럽게 말문을 열었다.

　"실은 내가 어젯밤에 왔수다. 나는 이제 글러 버린 놈이요. 여기 도착할 때까지만 해도 내 처자들을 다 내 손으로 죽여 버리고, 나도 세상을 하직할 작정이었소. 근데 뜻밖에 웬 남자가 있어서 하루 밤낮을 숨어서 지켜보니 당신이 좋은 사람이란 결론을 내렸소. 당신이

구원의 땅 75

내 대신 여기서 살아 주시오."

"네에? 무슨 영문인지 모르겠소만, 나는 세상에 내려가 할 일이 있는 사람이오. 낼 당장 떠나지 않으면 안 되오."

"정 그렇다면 할 수 없구료. 첨 생각대로 내가 처자들을 이 도끼로 처리하는 수밖에……."

구렛나루의 그는 다시금 황량하게 절망으로 잠겨 들었다. 나는 더욱 괴상하게 얽어매는 인연에 치를 떨며 애살스럽게 반문했다.

"무슨 일인지 제가 도울 수 있는 일이라면 그것 말고는 무엇이든 하겠소."

"아니오. 내가 너무 뒤넘스런 요구를 했는지 모르겠소. 나는 지금 쫓기고 있는 몸이오. 요 근처 산을 군경들이 나를 잡으려고 좌악 깔려 있다오. 이번에 내가 첫째 딸아이 약을 사러 내려갔다가 하루자고 이튿날 대처에서 들어오는데 경찰들에게 잡혔소. 나는 이제 끝장이오. 지난 가을이었소… 산 속에서 우연히 심마니들과 만났소. 거, 산삼을 캐는 심마니 있잖소? 두 명을 내가 죽였소. 그들의 습성은 표독한 데가 있다오. 독사들마냥 남들에게 발견되는 걸 싫어하지만 일단 발견했다하면 해치는 것이오. 산삼을 캐는 꽃삽 모양의 칼은 보기에도 섬찍하게 번득인다오. 그 칼로 혹시 만나게 되는 등산객들의 목을 간단하게 따는 것이오. 닭모가지 따듯 아주 간단하게 사람을 죽이는 것이라오. 등산객이 남자일 경우는 해쳐서 금품을 강탈하고, 여자인 경우는 윤간을 하고 나선 산 속에 암매장하거나, 벼랑 아래로 간단하게 밀어 버리는 것이오. 추락사로 위장하는 것이지요. 거의 완전범죄이지요.

그는 얼굴을 한번 쓸었다. 눈물이 그 손가락 사이로 배어나왔다.

경찰에서도 그런 사실을 모르는 게 아니지만, 뚜렷한 단서를 못 잡고 있는 것이오. 그날, 비가 추적거리기에 약초를 캐다가 서둘러 내려오는데 그들 심마니 두 명과 마주친 것이오. 첫 눈에 그들은 살기를 띠고 다가왔소. 나는 뒷걸음치기에도 이미 늦었고, 죽이지 않으면 내가 죽는다는 다급한 심정밖에 없었소. 나는 약초를 캐는 긴 낫을 쳐들었소. 결과는 두 명 다 벼랑으로 차버린 것이오. 그 사실이 그들 심마니에게 발각되어 경찰에선 나를 수배하고 있던 중이라오. 세상일이 그런 게 아니오. 내 의지와는 전혀 엉뚱하게 끝날 수도 있다는 걸, 우리는 흔히 보지 않았소. 이번만큼은 어쩔 수 없이 처자들도 대처로 다 끌려 내려오게 돼 있다오. 관할 경찰서에나 군에서는 나에 관한 리스트가 올라가 있다오. 병역기피자에 살인범으로…"

"당신의 이상향 때문에 이런 엄청난 고집을 부렸다는 건 큰 죄악이 아닐까요? 당신 한 사람의 고집이 처자들에게 얼마나 엄청난 댓가를 가져오게 되었는가를. 당신의 철학적 인생을 위해 처자들에게 얼마나 엄청난 강요를 했는가를."

"바로 그 점입니다. 나는 나대로 살고 싶었소. 자연 그대로 살고 싶었소. 나와 내 처자도 그럴 것이라고 생각했소. 그런데 왜, 그게 안 된다는지 모르겠소. 이마적에 와서 이미 자연의 천성에 몸이 굳어버린 처자들을 대처로 끌어내린다는 것은 살인행위나 다름없는 짓이요. 사회생활 방법에 서툰 처자들은 발톱을 빼인 독수리마냥 자기의 먹이를 공격할 줄 모를 것이오."

"아니 그것보다 더 무서운 것은 정신적인 충격일 것이오. 선천적인 어떤 환경이 갑자기 다른 환경조건에 부딪힐 때 일어나는 균열 같은 거 말입니다."

"바로 그것입니다. 내가 두려워하는 것이 대처에 끌려내려와 세상사람들의 웃음거리가 되고 결국 먹이를 찾지 못해 죽어가는 걸 기다리는 것보다 내가 내 스스로의 그 철학적 죄악을 거두겠다는 겁니다."

"그것이 꼭 그런 방법으로만이 최선일까요?"

"감정의 사치요. 형씨도 연을 날려 보셨겠죠? 연이 한껏 올라가 더 이상 풀어줄 끈이 없다고 할 때 줄을 그대로 끊어버리고 싶은 충동 같은 거 이해하지 못하겠소? 영원한 자유! 가장 높이 나는 자라야 가장 멀리 바라볼 수 있는 게 아니겠소? 자기 애인을 토막시체로 내는 걸 그냥 쌔디즘으로만 지적될 성질이라고 생각합니까? 형씨가 구하는 실상이란 뭐요?"

'실상? 형제? 연…… 연, 나는 갑자기 머리가 어지러워졌다. 내가 찾아나선 상이란? 줄 끊어진 연…… 연.'

"형씨 결정하시오. 난 스스로 내려가 짐짓 체포당하고 내 처자를 내 손으로 처치했다고 말할 것이오. 그러면, 그들은 이쪽은 최소한도 수색하지 않을 것이오. 그러면 형씨가 내 대신 이곳 이상향을 향유할 수 있고, 어쩌면 영원히 살 수도 있을 것이오. 어떻습니까? 어차피 나는 죽을 몸이요, 내 처자를 위해 당신이 나를 즐겁게 죽게 할 수 없겠소?"

곤혹스러웠다. 주사위는 단 두 개. 이미 내 의지와는 관계없이 던져졌다. 전자를 택하면 세 명과 또 다른 한 명이 결국 죽게 되는 간접 살인이 될 것이고 후자를 택한다면 나는 여기서 묶여 있어야 한다. 또다른 멍에를 내가 평생 짊어져야 할지도 모른다.

나는 그의 눈을 뚫어지게 들여다 보았다. 어두운 그믐밤이 그의 두 눈에서 흘러넘치고 광채로 환하게 빛났다. 온 방안이, 산골짜기 통새미로 빛났다. 여기 오던 날 밤에 만났던 보름달보다 더 눈부시고 오묘했다. 처자들을 위해서 즐겁게 죽을 수도 있다는 저 거룩한 눈, 눈빛. 나는 닫다가 주눅이 들었다. 인간이 지닐 수 있는 한 가장 지순한 눈동자였다. 인간의 얼굴에서 그러한 위대성도 지닐 수 있다는 게 또다른 비의(秘義)다. 도공의 마지막 눈은 '죽음의 눈'을 본 것이지만 이 법학도의 마지막 눈은 '살아있는 눈'이었다.

어느새 봉창이 밝아왔다.

"나는 형씨만 믿고 이 세상에서 가장 행복한 마음으로 갑니다. 위대한 인연이오. 물론 처자들에겐 내가 왔다갔단 말 아니하겠지요. 즐겁게 '오늘'을 사십시오."

그는 연득없이 어둠 속으로 녹아나갔다. 갈비휘게 홀려 있던 나는 무릎을 쳤다. 아아, 내가 갈망했던 순결한 이미지란 바로 그것이다. 살아있음으로 더욱 위대할 수 있는 한(恨)의 눈동자, 농축된 한, 나는 어떻게도 대답할 수 없었고, 또 선택할 수도 없었다. 그는 한밤중 홍두깨마냥 나타나서 일방적인 선택을 강요하고 사라졌다. 아니, 어쩌면 내 쪽에서 그걸 은근히 바라고 있었는지도 모른다. 이 오두막을, 더구나 이 처자들을 어쩔 것인가. 그리고 그의 아내를.

나는 또다시 혼란에 빠졌다. 나는 그가 사라진 어둠 속을 따라나갔다. 아직은 캄캄한 산속을 절규하기 시작했다. 나는 짐승같이 울부짖었다. 아아, 나는 결국 내 위대한 이미지를 잡았다.

나는 대작을 낳을 수 있는 충동을 느꼈다. 내게 중단했던 예술의 영혼은 늙은 도공의 '죽은 눈'을 봤기 때문에 막힌 게 아닐까. 어느날, 눈 위에서 '얼어죽은 눈' 때문이라는 생각이 든다. 그러나 이 법학도에게선 영원히 살 수 있는 눈, 설사 그가 형장의 한 방울 이슬로 사라진다 해도… 법학도의 눈은 자기도취를 위한 고집으로 출발했는지도 모르지만 결국은 처자의 생명을 대신해서 자기를 버릴 수 있다는 전혀 '타인을 위한' 눈이었다.

순수한 인간의 눈, 거기에는 예술이나 논리가 따를 수 없는 가장 높은 영혼이 있을 뿐이다. 그걸, 바로 그걸, 나는 포착한 것이다. 내가 그 무엇인가 찾으려 했던 이미지는 바로 이것이다. 타인의 생명을 위한 죽음 직전의 눈, 아니 '영원할 수 있는 눈빛' 무엇인가 말로 표현할 수 없었던 그 영상이다.

나는 기필코 만들고야 말 것이다. 내 주조의 조각에다 튼튼한, 영원히 삭지 않는 눈망울을 형상화할 것이다. 〈제 2의 비(飛)〉 눈동자를 제작함으로서 스스로의 눈이 활활 타는 것 같은 승화된 예술혼을 만들 것이다. 나는 당장 이 아침으로 뛰어내려가 쇳물을 끓일 것이다. 내가 안개를 헤집고 집으로 돌아오니 아이 둘은 멍석 위에서 참새마냥 아침을 먹고 있었다. 샘에 가서 세수를 하고 왔을 때도 아낙은 보이지 않았다. 수건으로 닦다 말고 나는 어떤 예감으로 떨었다.

집 안팎을 뒤졌다. 없었다. 엊저녁에 바깥양반이 다녀간 사실을 몽짜스럽게 알아버린 것일까? 근처의 빨래터며 텃밭을 돌았지만 없었다. 다시 돌아와 꼬마들에게 물었다. 환자였던 첫째가 장난삼아 낙장거리로 넘어지며 저쪽 절벽을 가리켰다. 그럼 그렇지, 그미가 꼭두새벽이나 한밤중이면 남편의 무사를 빌던 기도터에 있을 것이다. 어쩌면 첫째가 다 나았다고 감사기도를 축원하고 있을지도 모른다.

달려갔다. 그러나 절벽 기슭에는 안개 속에 관솔불만 흔들거릴뿐 아무도 없었다. 뒤로 돌아나오다가 나란히 벗어놓은 흰 고무신 두 개가 보였다. 평소 그미는 맨발이었는데 아마 어디다가 숨겨 놓았다가 마지막으로 신어본 것일까? 그 속에 꽃신이 들어있고 한쪽에 몽당연필과 함께 종이가 접혀 있었다. 얼른 펴들었다.

〈선상님, 저는 어제 두 분 얘길 다 들었어예. 우짭니꺼. 저는 막내 갓난애와 함께 갈랍니다. 바깥양반과 지는 저승에 가서 먼저 간 큰 애랑 다시 만나 살 끼라예. 두 아이는 저희 친정집이 여의치 않으면 고아원이라도 데려다 주이소. 너무 큰 짐만 남겨서 우짜지예······ 이 신발과 얼라 꽃신은 어제 바깥양반이 우리 방에 몰래 넣어준 기라예. 즐겁게 신고 갈랍니다.〉

맞춤법이 엉망이지만 대충 이런 흔적이었다. 뒤에는 두 아이의 생년월일과 난 시가 적혀 있었다.

나는 두 개의 신발을 가슴에 안았다. 또 다른 충격과 함께 다리가 허둥거렸다. 간신히 한 걸음씩 떼어 나오자 군인과 경찰이 집 안팎을 나들명거렸고, 일부는 흙담을 곡괭이로 허물고 있었다. 나는 방구석에 옹송그리고 있는 두 아이를 안아 내었다. 경찰은 내 주민증을 확인했다.

"경찰서장님! 애들을 봐서 하룻밤만 이 집에서 자고 난 다음 집을 부수게 해주십시오."

"안 됩니다. 요 근처가 간첩들의 은신처가 되어 버렸습니다. 도망친 두 명을 아직도 소탕하지 못하고 있습니다. 여기 사는 건 위험합니다."

곡괭이의 냉갈령한 금속성에 '자연 이상향'은 소리없이 함몰되고 있었다. 우리는 군경의 포위 속에서 쫓겨 내려왔다. 둘째를 업고

구원의 땅 81

자꾸 도망치려는 환자였던 첫째의 손목을 붙잡고 나는 내려왔다.

　서울로 가는 열차 속에서 나는 생각했다. 그 법학도의 눈을, 아낙의 눈을, 나는 도저히 그려낼 수 없을 것이다. '그 영혼적인 고귀한 눈을' 어떻게 죽은 쇳덩이에 형상화할 수 있을 것인가. 또 그것이 하나의 생명을 결코 표상할 수 있을 것인가. 그냥 가슴에 새기자. 하나의 평범한 인간, 인간적인 인간으로 돌아가자. 월남전쟁터에서, 공수부대에서, 잔인하게 몸부림치며 오랫동안 갈구하던 영상을 나는 법학도에게서 찾게 되었다.
　두 꼬마는 내가 우리집에서 기르는 것이다. 아니, 나와 함께 더불어 사는 것이다. 나는 배낭 속에서 두 개의 하얀 신발을 꺼내 확인하고는 다시 넣었다. 첫째는 하나라도 놓칠세라 창밖을 신기하게 내다보았고, 둘째는 내 무릎에서 곤하게 잠들었다. 둘째의 이마를 짚었다. 더불어 사는 삶.

　　　　　　　　　　　＊중국 장백산 제1회 국제문학상

어디라 더디던 돌코

어듸라 더듸던 돌코

1.

 그미가 원피스 위에 걸쳤던 스웨터를 벗고 간이 의자에 앉아 머풀러로 목 뒤의 땀을 훔칠 때까지 나는 한 가지 일에만 전혀 빠져 있었다. 아니, 우리가 이제까지 탁구를 치고 있었다는 사실조차 까마득히 잊고 있었다. 흰 공만을 쫓아서 눈 가까이 띄우기만 하면 엄지발가락을 세워가며 온 몸으로 갈겨대기만 했었다. 그저 그렇게만 몰두해 있었다.
 "아, 목이 마르네요. 어디 이럴 때 생수라도 한 바가지 마시면 발끝이 시리겠어요. 아이 더워, 오랜만에 건강한 땀을 흘려 보겠네요······ 참, 근데 다들 언제 가 버렸죠?"
 어두운 지하실이 나춘해(羅春海) 선생님의 외마디 비명 같은 목소리에 깜짝 깨어 일어났다. 그러고 보니 6개의 탁구대에서 동료교사와 학생들이 조금 전까지 왁자지껄하게 떠들었었는데, 어느 새 우리 둘만 나동그라져 있었을까. 그들이 나갈 때 '우리 먼저 간다아!' 하고 인사라도 했을 텐데?' 우리 둘은 전혀 모르고 있었다니? 그만큼 탁구만 전념하고 있었던가? 나는 담배를 하나 꺼내어 물고 탁구대 위에 걸터앉았다. 대낮에도 밝게 빛나는 백열등의 촉수와 거기에 비례하여 사면 벽에 웅크린 어둠의 조각들을 한 움큼씩 뜯어 내며 생각에 잠겼다.

"이 남빛의 공간과 천정의 새빨간 혀는 좋은 오브제가 되겠는데요. 이젤에 캔버스를 올리고 그림 그리고 싶은 충동이에요."

"나춘해 선생님, 화가의 눈에는 세상의 사물이 때로 변질되거나 굴절되어 보이는 모양이죠. 분명 이 어둠은 까맣고, 저 전등은 노르스름한 똥색인데요? 갓난 애기가 싸갈겨 놓은 아늑한 똥 같은 거…"

"그게 자기들의 빛이에요. 자기 눈의 빛, 마음의 빛이지요!"

"화가는 전부 색맹이에요. 의도적인 색맹, 스스로의 자유를 구속하는 색맹."

"그미는 배트로 얼굴을 부치다 말고, 짤막한 절규를 했다."

무언가 한곳에 눈동자를 꽂아서 생각에 잠기더니 다시 시계를 보았다. 전혀 바쁜 것 같지 않으면서 바쁜 척하는 의도적인 동작이다. 이젠 가야겠지, 어디로 갈까? 어디든 가야 할 텐데. 뜬금없이 가슴이 답답해진다. 어딘가에 꼭 가야 할 것 같은데, 막상 생각해 보면 갈 곳이 없다. 요즘 들어 부쩍 착각과 혼란에 휩싸인다. 아무 기차나 시외버스를 타고 훌쩍 지방으로 떠나도 보았지만 정작, 내릴 곳이 없어서 타고 갔던 그 버스를 되짚어 오기도 했다. 음침하고 호젓한 이 지하실, 은밀한 공간이 우리 둘 사이를 불편하게 죄어 온다. 그미가 먼저 일어섰다. 다시 앉았다.

'어듸라 더디던 돌코, 누리라 맞히던 돌코, 얄리 얄리 얄랑셩 얄라리 알라' (어디다 던지던 돌인가, 누구에게 맞히려고 했던 돌일까? 알리 알리….) 그미가 나지막히 콧노래까지 불렀다. 요즘 히트곡이다.

"성 선생님, 우리 딱 한 께임만 더 할까요?"

우리는 다시 탁구에 몰두하기 시작했다. 그미의 공격 볼은 평소의 말투만큼이나 총알 같이 날아온다. 주로 그미가 공격이고 내가 수비 쪽이었다. 벽으로 몇 번 날아 간 탁구 공은 두 개째 뇌진탕으로 공이 깨져 나갔다. 그미가 공을 주우러 뛰어갈 때 마다 흔들리는 원피스 속의 엉덩이. 관능적인 주름치마 물결. 엎드릴 때마다 잠깐씩 훔쳐 보이는 하얀 종아리 곡선. 발딱 일어선 불알 끝에 오줌을 잠깐씩 흘리게 했다. 그럴 때마다 갈강갈강한 그미의 목을 끌어안고 강간하는 환상을 긁어 내느라 겨드랑이가 더욱 축축하다. 등허리에도 진한 땀이 흘렀다.

끈적한 7월 여름의 더위는 쫄병시절, 대구 의무기지사령부 여군 독신자장교 숙소(BOQ)에 파견근무 했을 때의 환상과 불안을 회상시켜 주었다. 대낮에도 침이 질질 흐르는 우리의 낮잠을 강탈해 가곤 하는 간호장교 후보생반 여군중대장, 배창자 대위! 그미의 암팡진 긴급 호출전화 목소리는 언제나 우리의 잠을 함부로 흔들어 깨웠다.

낮에는 처녀 여군장교 숙소 청소와 갖은 허드렛일, 밤에는 건물 경비하느라 밤낮으로 제대로 잠을 못 잤다. 5층 건물 1개 중대병력이 생활하는 숙소에 기간병은 황 상병과 나, 단 둘뿐이다.

저녁 식사 후면 황 상병과 나는 침대에 나란히 누워 이 BOQ건물이 붕 뜨도록 노래를 불렀다. 한번 입이 터졌다 하면 내리 몇 시간이고 계속 읊었다. 명곡, 유행가, 찬불가, 찬송가 등 닥치는 대로 소리쳤다. '어듸라 더디던 돌코, 누리라 맞히던 돌코, 얄리 얄리 얄랑셩 얄라리 얄라' 그것은 노래가 아니고 발악이었다. 넘치는 젊은 혈기, 내부에 치미는 호르몬을 이렇게라도 발산하지 않으면 폭발할 것 같았다.

여군 중대장은 걸핏하면 하찮은 일에도 호출을 하였다. 위장약을 먹어야 하니까, 숙소의 자기 방 서랍 약봉지를 본부중대 사무실로 갖다달래거나 자기 양말을 빨아놓으라는 것 등이다. 벗어 놓은 팬티를 빨아 놓으라지 않은 것만도 다행이다. 실은 그런 걸 팍팍 문질러 빨고 싶은데 말이다.

"자주 갖다달라는 그 약은 위장약이 아니라, 피임약 아냐? 경비중대 4중대장 그 뚱보 대위가 그 사무실에 자주 나타나던데?"

"그 사무실 널찍한 소파에서 별 육갑을 다 떨었겠지?"

"그 뚱보 오겹살 목덜미를 보면 고혈압에 고당뇨에 금방 쓰러질 것 같아."

신경질적으로 그미를 욕해대며 우리는 청소를 했다. 같이 근무하는 황탈갑 상병이 5층 복도부터 빗자루 질을 해내려 오고, 나는 1층 화장실부터 거꾸로 쓸면서 올라갔다. 내가 담당하는 부분을 대충 치우고 마당을 쓸고 있는데, 연득없이 여자의 비명이 찢어지더니 외장창! 유리창이 깨지고 의자가 마당 밖으로 튕겨나왔다. 나는 즉시 3층으로 뛰어 올라갔다.

2층 계단 입구에서 찢어진 런닝과 팬티를 움켜 쥔 채 울면서 뛰어내려오는 어떤 후보생과 마주쳤다. 일과교육에 안 나가고 방에 남아 있던 환자였던 모양이다. 내가 황탈갑 상병에게 다가 갔을 때 그는 몽유병 환자처럼 문지방에서 멍하니 서 있었다. 입에 게거품을 물고 촛점 잃은 눈동자는 탈진해 있었다. 내가 뺨을 때리며 황 상병을 불렀지만 입술에 흰 거품만 부글부글 끓었다. 황 상병은 아무도 없는 곳에서 속옷만 걸친 채 발랑 누워 있는 여자를 보자 순간적인 욕정으로 눈알이 뒤집어져 그 처녀 후보생을 덮쳤을 것이다.

이따금 이런 비슷한 사건으로 영창에 끌려가던 선배들을 비웃던 그가 이렇게 돌변할 수야. 그는 헛소리를 지르며 발광을 했다. 머리 위에서부터 폭발하는 땀으로 얼굴이 피와 함께 범벅이 되었다. 그는 벽에다 얼굴을 찧으며 고래고래 고함을 질렀다. 어디선가 위병소의 하얀 두 줄 무늬 경비병 헬멧이 몇 개 급히 뛰어왔다. 그 뒤로 앰블런스도 앵앵 거리며 나타났다. 겁탈을 당할 뻔 했던 그 여군 후보생은 우선 가까운 위병소로 뛰어간 모양이다.

그 어지러운 상황 속에는 배창자 간호 중대장이 찝차에서 제일 먼저 뛰어내렸다. 평소의 해낙낙한 얼굴에는 비웃음을 입술 한쪽에 물고 황 상병의 턱을 지휘봉으로 치켜세웠다. 발광하던 황 상병은 배 대위를 보자 편뜻 정신이 들었는지 차렷! 경롓! 했다. 주변의 장병들이 키들거리며 웃었다. 그리고 황 상병은 기절하 듯 픽 쓰러졌다.

"야, 성 병장 너는 왜 진작 나한테 먼저 비상전화를 하지 않았어? 너도 공범으로 영창 깜이야!"

배 대위는 그 지휘봉으로 내 턱도 툭툭 치며 눈도끼를 찍어댔다. 뒤에 수갑을 찬 채 응급실로 실려간 황 상병의 머리통에는 흰 붕대가 열 십자로 묶여졌다. 13바늘을 꿰매었단다. 벽에다 자기 얼굴이며 머리를 찧으며 발광할 때 깨진 것이다. 다행히 그는 영창이 아니라 정신병동으로 호송되었다. 강간범이 아니라 순간적인 돌출 행동이라는 진단이다. 군의학교 병원장이 직접 진단한 것이다. 그는 몇 번 해까닥 했던 병력(病歷) 기록이 있었기 때문이다. 황 상병의 충동적 돌출행동이 이전 부대에서도 있었던 모양이다. 그 기록은 강간 등이 아니라 상관명령 불복종 등의 반항행동이다. 그는 불의에 참지 못하고 터지는 다혈질이다.

일체의 면회가 금지된 제 6 정신병동으로 내가 얼마 후 황 상병을 찾아 갔을 때, 그는 전과 다름이 없이 쾌활하게 떠들었다. 전혀 환자 같지 않았다. 너무 크게 웃고, 너무 크게 떠들었다. 때로 손바닥으로 벽을 쳐대며 폭소하기 때문에 복도를 지키고 있는 담당 의무병이 사색(死色)이 되어 몇 번째 달려 와도 막무가내였다.

"이 병원이 더 편해, 흐이고 그 여군숙소는 젊은 남성 뇌세포 고문 기숙사야. 선배들도 반 년을 제대로 못 넘겼다니까. 너도 그곳에서 일찌감치 뜨는 게 신상에 좋을 거야. 이 병원도 웃기는 곳이야. 내가 더욱 미친 척해야 퇴원을 안 시켜 주거든. 그렇게 이상한 눈초리로 쳐다 보지마, 난 절대 안 미쳤으니까."

"맞아, 2십대 펄펄 끓는 젊은 놈이 밤낮으로 처녀애들 홀몬 냄새를 맡고 살아야 하니, 자네같이 뿅 가지 않는 게 오히려 이상하지. 사방 눈에 보이는 것은 죄 유혹하는 물건들이야. 브라자, 팬티, 스타킹 으흐."

정신병 환자가 멀쩡하다가도 때로 돌발하여 목을 죄거나 탈방하는 경우도 있다는 담당 위생병의 주의사항이 깜짝 생각날 때마다 나는 엄부렁대었다. 톰상스런 그는 아랑곳하지 않고 오랜만에 말벗이 생겼다고 에멜무지로 떠들어대었다. 이럴 땐 누구 말을 믿어야 할지

나까지 쌍갈졌다.

　황 상병 담당의무병은 이곳 군의학교 의무병과 몇 기수 후배이다. 그에게 같은 군의학교 출신으로서 똥침을 이미 놓았기 때문에 나는 아무 때고 황 상병을 만나러 갈 수 있었다. 더구나 5층 복도 간호원 의무실 최 중위는 올 봄에 임관되어 이곳에 배치되었기 때문에 나는 물론이지만 황 상병도 이전부터 잘 알고 있었다.

2.

　우리는 남산 타워 스카이 라운지에 앉았다. 맥주잔을 높이 들고 서울 시가지를 구두 뒤축으로 꾹꾹 밟고 있었다. 그미의 요구대로 탁구를 한 게임 더 치고 난 뒤 지하실 탁구장에서 올라왔을 때는 벌써 캄캄한 밤이었다. 토요일 오후 퇴근 무렵 방과후에 탁구장으로 내려갔으니 대여섯 시간 친 것 같다.

　학교 현관 앞에 섰을 때, 어디로 갈까? 늘 유쾌한 고민에 또 부닥쳤다. 교문의 수위실 할아버지가 뛰쳐나와 추웅성! 거수경례를 부친다. 도둑질 하다가 들킨 것 같이 우리는 멈칫했다. 엉거주춤 허리를 굽혔다.

　옛날 6.25때 낙동강 최후 방어작전에서부터 월남 백마부대 '박쥐 3호' 작전까지 주요작전에 참여했다는 그 수위는 고참 상사답게 절도 있는 구십도 경례를 붙였다. 상대방이 확실하게 답례를 해줄 때까지 그는 그대로 얼어붙은 차렷! 자세로 서 있곤 했다. 그는 그런 깎듯한 경례 자세로서 과거에 용감한 참전 군인이었다는 것을 과시하는 측면도 있다. 그 할아버지의 과장스런 일부 행동은 황탈갑 상병을 연상시키기도 했다.

 교문을 한참 내려왔는데도 아직 목적지를 정하지 못했다. 어디로 갈 것인가? 그미와의 만남은 늘 이렇게 어정쩡하다. 섭새기는 이 사소한 문제로 발바심할 때, 그미는 마침 학교 밑에까지 손님을 태우고 올라온 택시를 잡았다. 나에게 양해 한번 구하지 않고 일방적으로 이곳 남산 타워 18층까지 올라온 것이다. 극히 다행스러우면서도 무언가 억울하다는 느낌을 씻을 수가 없었다.

 술도 그미가 먼저 비우고, 술잔도 그미가 더 높이 올렸다. 남자가 여자에게 선수를 빼앗기고 늘 한발 늦게 따라다니는 것이 스스로에게 불만이다. 그러면서도 나는 늘 선수를 두려워했다. 몇 번 내가 먼저 시도해 보기도 했지만 그미의 반대에 좌절되곤 했다.

 "옴머어, 내 팬티 스타킹까지 젖었네요. 땀에 젖은 몸에는 이런 오존 냄새 나는 맥주가 최고예요. 성일해 선생님, 안 그러세요? 맥주 거품같이 허연 기분이 흘러 넘치는 토요일 오후! 성 선생님은 어떠세요?"

 통유리 벽 전체가 환하게 뚫린 창가엔 목련 같은 봄볕이 손 바닥을 내밀어 베란다의 플래스틱 조화 개나리를 쓰다듬고 있었다. 불현듯 나는 며칠 전에 이불을 꿰매다가 아내가 잃어 버렸다는 바늘을 생각하고 있었다. 방 구석구석을 작은 솔과 빗자루와 걸레로 번갈아 가며 닦아도 바늘은 아직도 자수를 하지 않고 있었다.

 전 가족이 수배령을 내린지 1주일이 지났는데도 아직 자수 보고가 없다. 그 놈의 바늘이 벽으로 기어올라 갔나, 천장으로 튀었나? 그 바늘은 어떻게 생겼을까? 바늘이 어떻게 생기긴 어떻게 생겨어? 아내가 신경질을 내는 바람에 아, 맞아. 바늘이 바늘같이 생겼지, 그렇겠지 하고 얼버무렸지만 오히려 그 바늘이 더욱 호기심이 났고 불안했다.

어제 밤에도 밤이면 그놈이 이불 속 어느 구석에서 기어나와 내 등허리나 똥구멍을 콕 찌를 것만 같고, 천장에서 툭 떨어져 눈이나 불알 등 급소에 팍 꽂힐 것 같아 소스라쳐 가위 눌려 깨어나곤 했다. 마누라가 깰세라 발꿈치를 들고 뒤깐으로 가서 대변을 볼라치면 그놈이 또 따라와서 찌를 것만 같아 똥이 나오지 않았다. 이번 일요일엔 어떤 일이 있더라도 옆 방에 세 든 할아버지 식구들까지 동원하여 꼭 그 녀석을 체포하고 말리라…… 나는 주먹을 불끈 쥐었다.

"성 선생님, 무슨 생각을 그렇게 골똘하게 하세요? 이런 낭만적 분위기에선 앞에 앉은 숙녀도 생각해 주어야지요. 에헹." 그미는 내 옆으로 자리를 이동하여 내 겨드랑이를 파고 들었다.

"이런 날 주위의 잡다한 일들로 이 아까운 시간을 나비치기가 너무 안스럽지 않아요? 성 선생님, 지금 내가 묻고 있잖아요? 안 들리세요?"

그미는 주먹을 내 코 앞에 흔들었다. 차암, 오늘 우리반 주근깨네 집에 가기로 약속하지 않았던가? 시계를 얼른 보았다. 깜박 잊었구만? 어쩐다…

그 할멈은 죽치고 앉아 기다리고 있을 텐데, 주근깨는 오늘까지 열흘째 무단 결석이다. 눈 가장자리에만 주근깨가 잔뜩 굴타리 먹은 그미가 내 반으로 배정되었을 때, 2학년 때 담임이 내게 와서 귀띔해 주었다. 주근깨는 신경성 소화불량 신장염 노이로제 증상이 심하다고 했다.

가출하여 혼성 합숙도 하고 있는 그미를 내가 붙잡아 학교에 데려왔을 때, 학생과 소속인 그 2학년 담임에게 왜 주근깨 같은 불량소녀를 진작 퇴학 처분하지 안 했느냐고 따졌다.

"그냥 불쌍한 애예요. 어떤 선입관을 갖지 말고 그냥 사귀어 보세요."

그 담임은 한마디만 하고 교실로 사라졌다. 주근깨의 상담기록을 뒤졌다. 2학년 담임이 유난히 그미에게 애정을 갖고 선도해 왔다는 흔적이 남아있다.

나는 며칠 후, 종례를 마치고 주근깨를 학교 옥상으로 불러 내었다. 탁 트인 분위기는 닫혔던 여고생들의 마음도 탁 터줄 것이라. 나는 폐쇄된 교실이나, 상담실보다 이런 옥상이 좋았다. 바로 코 앞의 뒷산에는 자흥빛 진달래꽃 동네가 봄빛을 체포하여 무릎 꿇고 앉혀 놓았다. 우리는 봄 볕을 배경으로 주근깨와 나와 진달래꽃 이렇게 셋이 마주 앉을 수 있었다.

"이번 전국체전 역도에 우리학교 대표로 나간 우리 반 뚱땅이 있잖아 걔는 어제 용상 100Kg를 들었대, 아마 오늘 110Kg도 성공하면 금메달은 확보된 셈이야. 우리 반에서 무슨 환영준비를 하면 좋을까? 너도 중학교 때는 운동을 잘 했다며?"

"운동보다 연극을 잘 했어요? 나는 이만우 감독을 존경해요. 그 '소'라는 영화로 대종상을 받았잖아요. 그 감독 딸이 우리 반 맨 끝 줄에 앉아있는 이혜영이잖아요?"

"그래애? 너랑 같이 작년에 신촌 연우무대 소극장에서 '왕과 거지'에 출연했다던 그 학생 말이냐? 혜영이도 요 학교 앞 역삼동에서 자취하고 있다며?"

"어머, 선생님이 그것까지 어떻게 아세요? 무슨 짭새 같은 형사

어듸라 더디던 돌코 93

선생님인가 봐? 참 재수없게… 이번 새 담임은 영 잘못 걸렸네?"

시꺼운 웃음과 농담으로 시작하여 주근깨의 가슴에 밑줄을 좍좍 그어 보았지만, 팔초하게 생긴 그미는 뾰쪽한 턱을 더욱 내밀며 건들장마 같이 오히려 나를 가지고 놀았다. 누가 누구를 상담하는지 모르겠다. 그미는 날캉 발딱 일어섰다. 끝내 서쪽 진달래 꽃 동산에 석양만 걸어 놓고 달아나 버렸다.

주근깨의 교우관계나 인척관계 상담일지에는 친한 사람이 별로 없다. 그미의 집에 한 번이라도 가봤다는 동급생이 하나도 없다는 게 나를 더욱 재미있게 만들었다. 그 이후에도 몇 번 빌미를 만들어 학교 밖 빵집에도 데리고 나가 구슬러 보았지만 가슴을 더욱 옥죄이는 은사죽음일 뿐이었다.

단지 부모님이 사우디에 가서 큰 식당을 운영하고 있다는 것과 문화촌에서 외할머니와 살고 있다는 정도만 파악해 내었다. 이따금 그미는 가발을 쓰고 오기도 하고, 목걸이 코걸이 시계줄이 금으로 삐까번쩍하는 것으로 치장을 하고 오기도 했다. 예민한 사춘기 여고생, 그만 때의 자기과시 같은 것으로 이해를 해 주었다. 찬 바람을 맞으면 온 몸에 두드러기가 돋기 때문에 운동장 조회도 빼주고, 일부러 문예반 반장 등 간부도 시켜보았지만, 한번 앙다문 그미의 마음은 귀살머리스럽기만 했다.

수학여행이 가까워 졌다. 모두가 달 떠서 학교 안팎이 해찰거릴 때 주근깨는 또 증발해 버렸다. 경주 수학여행에서 돌아와서도 혹시나 가다렸으나 전화도 단 한통이 없었다. 그미의 장기결석을 수학여행으로 눈가림했지만 계속 결석한다면 문제가 발생할 수도 있다. 학생과에서 알면 바로 징계위원회가 소집될 것이다. 나는 방과후면 우리 반 반장과 함께 그미가 갈만한 곳을 암암리에 찾아다녔다. 2학년 때 담임의 지원도 받아 가며 수색했지만 차라리 한강에서 바늘을 찾는 것이 더 나았다.

"성 선생님, 꼭 무엇에 홀린 사람 같아요. 내 말 들리세요? 오늘 같은 날은 그 겹겹의 껍데기를 한번 시원하게 훌훌 벗어 보세요. 학교 울타리 밖의 성 선생님은 뜻밖에도 왜소해 보이네요?"

맞았어! 이 가멸찬 시간을 나는 왜 구질구질한 주근깨 일로 곰파고 있을까. 잊어 버리자. 그리고 탈출하자! 30대 남자의 휘청거리는 고독. 20대에 꿈 꾸던 그 찬란한 미래는 다 어디 갔을까. 걸레쪽이 된 허무와 무력감, 30대를 수갑 채우는 이 삭막한 일상의 쇠사슬을 끊어 보자.

"학교에서는 교장이나 학생과장에게도 팍팍 맞서는 성 선생님이 여기선 왜 이렇게 작아졌어요?"

나는 대답할 말을 못 찾고 멋 적게 머리의 비듬을 북북 긁었다. 그 비듬이 바로 옆의 대머리 신사의 양념 접시 속으로 날아든 모양이다. 이마에 찍히는 눈도끼에 화들짝 놀랐다. 매낀하게 왁스에다가 니스까지 칠한 듯 그 신사의 대머리는 찬란하게 빛났다. 그는 보던 신문지를 다시 펴 들었다. 나도 덩달아 그가 뚫어지게 쳐다보고 있는 굵은 활자제목에 눈길이 갔다. '세계최초의 정자은행 설립' '만들어진 인공천재 미래가능' 고딕 활자가 다가왔다.

언젠가 나도 읽어 본 제목이다. 그러면 그 신문은 구문인가 보다. 미국의 어느 재벌이 정자은행을 설치하여, 남편의 동의를 받는 사람이면 누구에게나 무료로 제공해 준다는 떨떠름한 얘기다. 천재적인 예술가, 과학자, 운동선수 등 각 방면의 특별한 정자가 예치되어 있다며, 상하기 전에 빨라빨리 공짜로 가져가라는 육갑선전 귀절이다.

딸과 아들을 마음대로 선별할 수 있다는 임상보고도 얼마 전에 발표되었다. 사람들은 이제 아주 편리하게 불행해졌다. 백화점에서 장난감 고르듯 손쉽게 원하는 생명을 구입할 수 있게 되었다. 정자생명 상품에 따라서 정가표시도 찍혀 나올 것이고 부가가치 세원포착도 훨씬 쉬워질 것이다. 국세청이 감격적인 손뼉을 칠 지랄들이다. 그 선택된 정자를 구입하여 자기 난자에 착상시키면 원하는 아이를 제작할 수가 있다.

8살에 시저의 라틴어 책을 번역했다는 스튜어트 밀 같은 영국의 경제학자나 7살에 한시(漢詩)를 지은 김시습 같은 천재를 낳을 수 있다는 말인가. 아무러한 노력이나 훈련이 없어도 선택된 정자는 선천적인 피카소 같은 명화도 그릴 수 있다는 잠꼬대들일까? 정자은행은 석녀(石女)들을 위해서라면 또 조금 긍정적인 측면이 있다. 그러나 '복제인간' 같은 잔인한 기획도 가능한 불행한 보고서이다. 세포핵 자체의 배양으로 똑같은 네로, 히틀러를 한꺼번에 수천 수만 명을 탄생시킬 수 있다.

ABC 방송에서는 엘비스 프레슬리의 조직을 일부 떼어내어서 현재 30여개의 시험관에서 생성시키고 있다는 보도도 했다. 인간이 인간을 마음대로 조형 제작 대량생산이 가능하다는 충격이다. 신은 이제 할 일이 없어졌다. 곧 신도 인간이 설계 제작하여 인공위성으로 우주에 쏘아 올릴 것이다. 뇌꼴스럽고 징그럽게 재미있다.

"성 선생님, 입이 춥네요. 불을 때야지 어디 살겠어요? 아까부터 정 없이 이렇게 혼자만 불지피시기예요?"

나는 담배를 꺼내어 그미의 입에 성냥을 그어 주었다. 어디선가 피아노의 맑은 선율이 방안 구석구석을 뛰어다니고 있었다. 그러고 보니 고전명작 하이든, 베토벤 등 교향곡이 몇 번째 바뀐 것이란 게 새삼 생각났다. 중간중간 유행가도 흘렀다. '어디라 더디던 돌코, 누리라 맞히던 돌코, 얄리 얄리 얄랑성 얄라리 얄라' (어디다 던지던 돌인가, 누구에게 맞히려 했던 돌일까? 얄리얄리….)

"이 곡을 쇼펜하우어가 듣고 바그너를 싹 무시한 것 아녜요. 바그너는 혼신을 기울여 바친 것인데… 이런 알딸딸 한 곳에서 들으니 또 다른 낭만적 방황이네요."

"맞았어, 방황하는 풀랜드인! 니벨룽겐의 반지도 그때 작품인데, 그 어줍잖은 철학가는 한사코 베토벤이니 롯시니 같은 웅장한 것만 추겨 주었어요."

"그랬을까요? 오히려 그 쇼씨는 교향곡의 극치, 잡다한 고뇌로부터의 종교적 해탈, 그리고 일상의 탈출을 시도했던 게 아닐까요?]

"글쎄, 모르겠어요. 인간의 섬세한 감정을 잘 자극한 것은 이발사의 아들이었던 안토니오 비발디였지요. 나에게는 바그너보다 그의 바이얼린이 더 눈물을 켜내는 것 같아요. 쇼씨는 세계를 하나의 '의지의 덩어리'로만 보았잖아요. 뭔가 크고 절대적인 거…참, 방금 무슨 말인가 하려다가 깜박 잊었네요."

그미는 강원도 어느 화전민 초가집을 스케치한 듯한 벽의 그림 위로 퍼런 담배연기를 뿜어대며 깊은 생각에 잠겼다. 교회 목사님 강댓상 위의 플래스틱 꽃같이 이 하리한 방안에서 이런 시골 풍경화는 어째 엉거주춤한 게 어울리지 않는다. 그 그림 속에는 텅 빈 마당에 빨간 고추가 널려 있고, 빈 바가지, 빈 소쿠리가 빈 골짜기를 배경으로 널려져 있었다.

평화롭고 토속적인 그림이다. 그곳에는 모든 게 텅 비었다. 빈 마음! 텅 빈 마음. 무욕(无欲), 무심(无心), 자연조차도 무자연(无自然)인 것 같아 쳐다 볼수록 이상하게 편안해진다. 맨 발로 그림 속으로 뛰어들어가 마당 한복판을 뒹굴고 싶다. '내가 너를 자유케 하리라…… 자유케 하리라' 나무로 된 판각 위에 예수의 십자가도 보인다. 주근깨도 자유케 할 수 있을까? 우습다. 엉뚱한 망상이다.

'만남의 극한 공간은 평면이다. 공간은 공간을 잊게 하는 순간에 그 정점에 이른다. 색은 본질도 비본질도 아니다. 다만 존재할 뿐이다. 가장 자유롭고자 하는 이의 가장 진지한 행위! 그것이다' 그미는 핸드빽에서 무슨 수첩인가 꺼내더니 '회엄경'에 나오는 귀절을 읊조렸다. 1인극을 하는 것 모양 침통하고 무겁게 대사를 읊었다.

"우리 꼬냑 딱 한잔씩만 더 해요. 이 공기가 너무 아깝다고 생각하지 않으세요?"

웨이터를 향해 그미는 두 손가락을 올려 보였다.

"저 그림 참 평화롭죠. 저런 풍경화가 자리하기에는 이 홀 안이 어긋매끼는군요. 저 그림은 쳐다볼수록 자꾸 평화롭게 하고 이 홀 안은 자꾸 복잡하게 하는 것 같아요."

"그게 결국은 해탈(解脫)라는 게 아닐까요. 뭣이든 자꾸 가진 것은 털어서 비우는 거죠. 모든 것을… 나중에는 마음까지 비우는 겁니다. 늘 비우니까 또 다시 담을 수 있고, 담겨 있으니까 또 비우고 얼마나 편안합니까"

"어머, 성 선생님 같은 영어 선생님도 그런 국산사상을 아세요? 그저 증권이나 사 모으고, 타임지나 뒤적거리는 철저한 현실주의자라고 판단하고 있었다면 화 내시겠죠. 그러나 우리 교무실에서는 적어도 그렇게 동료 교사들에게 인식되고 있는 것은 사실이에요. 그러나 전 그렇지 않아요. 오히려 어떤 진한 애수 같은 걸 느껴요. 성 선생님의 눈 가장자리는 때로 참 어둡고요? 무언가 외롭고 허허로와요. 하늘 끝을 올려다 보는 버릇은 사람을 미치게 만들어요. 아, 내가 왜 이럴까, 취한것도 아닌데…"

"형, 두 가지가 다 오핸데? 아니 사실일 수도 있고. 껍질 속으로만 움츠리고 두더지처럼 태양을 싫어하는 삶! 고교 시절의 진한 회의가 그때와는 또 다른 각도와 색깔로 모세관을 흔드는 데? 30대 특유의 허망 한계 혼돈 그런 거겠죠."

"아, 이런 얘긴 저 앞에 앉아 껌을 깍깍 소리나게 씹고 있는 스님을 쳐다 보아야 하는 것 만큼이나 부담스럽고 피로하게 하는데, 염주 대신 깨스 라이타로 풍차를 돌리고 있구만?"

"동감예요. 내가 여성의 한계를 느꼈던 게 세 번째의 국전에서 실패했을 때예요. 낙선으로 갖게 되는 좌절이 아니고 육체적인 힘에서 느끼는 여성의 한계 같은 거 말예요. 그것이 나를 조소에서 추방시킨 이유 가운데 하나예요. 그때 나는 철조(鐵造)를 하겠다고 남학생들 틈에서 겁도 없이 덤벼들었거든요. 카바를 쓰고 용접봉으로 쇠붙이를 붙였다 끊었다 녹였다 반복했지요? 뼈를 녹이는 작업이었어요. 남학생들은 소주만 내리 마셔가며 작품을 계속하는데 나는 1주일 만에 기절해 버렸어요."

나춘해 선생은 눈을 감고 두 손을 합장하듯 이마에 얹고 잠시 말을 끊었다. 당시의 절망감이 되살아난 모양이다.

"병원에 입원해 있다가 뛰쳐나와 또 덤벼들었지만, 또 까무러치는 거에요. 여성 육체의 속성, 그 힘의 한계는 어쩔 수 없더군요. 거꾸로 물구나무 서도 남자같이 될 수 없었어요. 그래서 조각도 대학원도 그 길로 포기해 버렸어요. 그런 쪽은 남성들과의 경쟁에서 힘으로 좌우되는 분야이니까요."

"그건 여성이라는 속성의 한계가 아니고 테마와 세계의 한계가 아닐까요?"

"그럴까요? 지금 성 선생님 말씀을 듣고 보니 그런 문제도 포함되는 것 같아요."

그미의 눈동자가 놀란 듯이 깜박 커졌고, 동시에 그미의 분홍빛 구두도 언뜻 멈추어 섰다. 주름살 부분이 허옇게 벗겨져 나간, 내 검정구두도 분홍빛 색깔 옆에 나란히 섰다. 우리는 성북역 현관 앞에 섰다. 누가 먼저랄 것도 없이 우리는 지하철을 탔다. 목적지도 없이 손잡이에 흔들려 갔다. 지하철이 지상으로 올라왔다. 순간 번쩍 정신이 들어 후다딱 뛰어 내렸다. 지하로 달려 오던 어둠이 연득없이 지상으로 돌출이 되자, 억제해 왔던 무엇인가가 터져 나왔다.

이성과 감성의 미로를 헤매던 우리들의 잠재의식도 표면화 되어 공범이 된 것에 당황한 것이다. 우리가 어떻게 여기까지 올 수 있었던 것일까. 조금도 주저하지 않고 우리는 자연스럽게, 당연하게 교외로 나온 것이다. 일상의 구속에서 시나브로 탈출한 것이다.

'내가 너를 자유케 하리라. 기필코 자유케 하고 말리라.'

너는 누구냐? 30대의 걸레쪽, 소시민, 죽음의 그림자가 이따금 어슬렁거리는 껍데기? 그냥 허허롭다.

일요일 아침, 아내의 손끝에 하나하나 체포당해 나오는 흰 머리를 보며 새삼 세월의 이지렁스런 웅덩이가 아스스하다. 딸딸이를 치다가 들킨 10대같이 어색하다. 우리는 구두 끝으로 달려드는 땡볕을 차며 성북역 역전 주위를 한 바퀴 돌았다. 어디로 갈까? 갈 곳이 마땅치 않다. 다시 한 바퀴 하릴없이 역전을 돌았다.

3

서울 한복판 오염된 하늘을 조금 비켜선 교외의 하늘은 상큼하다. 새 소리, 물 소리, 풀 냄새가 아르르하게 머리를 흔들어 주었다. 조금은 가슴 끝이 삽상해진다.

시골 버스가 흙 먼지를 날리며 달려왔다. 나는 무조건 손을 번쩍 들었다. 정류장도 아닌데 직행버스가 섰다. 그미가 먼저 올라탔다. 우리는 오래만에 양평 교외로 나왔다. 일요일 아침이라 갖가지 색깔들의 배낭족들이 끼리끼리 모여서 흥감부리고 있었다.

"전혀 세워주리라고 생각하지 않았는데 서는 데요?"

"우리 변명하지 맙시다. 변명할수록 감치게 피곤해질 뿐입니다."

"아니 누가 뭐랬나요? 죄는 뭐가 죄라는 거죠? 유부남과 교외로 빠진다, 그리하여, 불륜 교사로 주간지에 커버 스토리로 채색된다, 이거죠? 간단하게 말하면 유치하게 소마소마 하네요."

"아니, 30대의 신경과민이야. 누가 죄라고 했나? 나 선생이 잘못하면 쪽 팔린다아, 이건가 본데, 아, 아프긴 아프다! 함경도 사람하고 경상도 사람하고 대화를 하고 있는 것 같네요. 경상도 사람이 무시기가 뭐꼬 하니까, 함경도 사람이 뭐꼬가 무시기 했대잖아요? 재미있지 않아요?"

"얼버무리지 말아요. 아, 양심이 아파 오는데. 다음 정거장에서 돌아가야겠어. 불륜이냐, 탈출이냐? 가발을 성긴 빗으로 빗는 기분인데? 나는 한때, 블루 섹스에 빠졌더랬어요. 이 학교에 오기 전 시골 학교였어요. 나는 풍부한 예술적 감정과는 전혀 이상하게도 사춘기를 막대기 여고생으로 놓쳐 버렸어요. 대학에서도 작품에만 몰두했지요. 이성의 불끼를 별로 느끼지 못했어요. 이상하죠?"

나 선생의 눈에는 이슬이 맺혔다. 또르르 굴러 떨어졌다. 다음 정류장에 버스가 섰지만 그미는 내리지 않았다.

"때로 목욕탕에 걸린 내 나체를 비춰보곤 스스로도 이상하다고 느껴요. 뭔가 아쉽고 안타깝지만 그 건 순간적이지 여고시절 그 또래의 다른 애들 같이 절실하지 못했어요. 그렇게 축적해 온 뜨거운 홀몬이 나중에는 엉뚱하게 동성연애로 봇물을 터뜨린 거예요. 돌분이라고 얼굴이 새까만 시골 기집애였어요. 아프리카 쿤타킨테 손녀쯤 될 거에요. 나는 고 기집엘 내 하숙방에다 데려다 놓고 아예 같이 살았어요."

"지난 시골학교 교사 때인가요?"

"그래요. 대학졸업 후 첫 번째 발령 받은 충남 아산의 조그만 남녀 종합고교 였어요. 개 부모들은 그런 엉큼한 사연도 모르고 담임인 내가 전적으로 돌보아 준다고 오히려 황송해 하고 있었어요. 돌분이네 집은 산 고개를 네 개나 넘어야 하는 화전민 부락이었어요. 사람을 경계하고, 편협된 고집불통이고, 늘 놀란 토끼눈을 하고 있는 그 소녀가 나는 좋았어요. 밤이면 홀랑 벗겨서 장난감같이 마음대로 갖고 놀았어요. 돌분이의 호기심은 강렬했어요. 특히 독서에 열광했어요. 그만한 나이에 쇼펜하우어니 니히체에 대한 비난과 비판을 하곤 했으니까요."

나 선생은 어쩌면 가장 더러운 자기의 치부를 고백하고 있는 것이다. 이럴 때 나는 어떻게 해야 할까? 그냥 버스에서 내려 혼자 갈까?

"내게 부쳐오는 책이면 돌분이가 먼저 채 보곤 했으니까요. 돌분이와는 그 어떤 면에선 극과 극으로 서로의 채널이 통했어요. 우리는 너무 좋아했나 봐요. 서로의 질투도 무서웠어요. 결국 돌분인 자살해 버렸어요. 대입 예비고사를 얼마 앞 두고 약을 먹어 버린 거예요. 농약을… 내가 학교에서 돌아와 보니 돌분인 하얗게 웃고 있었어요, 눈을 조용히 감고, 배꽃같이, 그렇게 누워 있었어요. 아니… 내가 죽인거나 마찬가지였어요. 돌분일 생각하면 외롭고 허허로와요. 돌분이가 하늘 끝을 올려다 보는 버릇은 사람을 미치게 만들었어요. 아, 오늘 내가 왜 이럴까?"

버스는 몹시 털털거렸다.

그미는 내 손을 끌어다 자기의 이마에 갖다 대었다. 차갑다. 나는 그미를 가슴에 껴안았다. 연득없이 얼굴이 하얘지기 시작했다. 차멀미를 하는 모양이다. 버스는 반비탈 고갯길을 허위적이며 오르고 있었다. 나는 버스를 세워 달라고 고함을 질렀다. 안내양이 깡통을 든 채 우스꽝스런 꼴로 흔들리고 있었다. 주말마다 비가 쏟아지다가 오늘따라 날씨가 좋더라니, 끌끌… 재수없이… 안내양이 노골적으로 비아냥거렸다.

나에게 걸리는 일이란 그저 '안 된 일과 안 되는 일이다.' 그미는 솟구치는 헛구역질을 참느라고 침까지 질질 흘렸다. 차가 갑자기 멎었다. 모택동 같이 두터운 모가지를 한 운전기사가 목을 돌리며, 내 얼굴 위로 한 마디 뱉었다.

"빵쿠날 듯 하던 타이어가 빵쿠 안 나더니, 빵쿠날 게 따로 있었군. 허헝"

그 기사의 야유에 이어 터지는 손님들의 폭소를 뒤통수에 화살로 받으며 우리는 고개 마루턱에 내려섰다. 눈 앞에 걸리는 게 하나 없이 터져 나간 벌판만 보였다. 그 모택동 기사는 일부러 우리를 이렇게 아무도 없는 곳에 내려준 모양이다. 느기미 오히려 황량한 자유다.

그미를 업었다. 근처의 물줄기를 찾아 따라 내려갔다.

겨우내 웅크리고 있던 대지가 기지개를 켰다. 아지랑이가 가멸차게 허든거렸다. 숫제 모두거리로 구르고 싶다. 뜬금없이 천하를 얻은 감격이다. 사하라 사막 끝에 선 알렉산더 기분이 이랬을까?

그미를 시냇가에 뉘었다. 어디선가 새 소리가 들렸다. 풀잎 위로 떨어지는 물소리도 들렸다. 방울방울 떨어지는 그 바위 틈새 물을 모아다가 속 바람난 그미의 입에 흘려 넣었다. 그미는 눈을 감은 채 한참만에 말했다.

"고마워요. 이제 정신이 드는데요? 진짜 생수같아요. 돌분이 그년만 생각만 하면 나는 이렇게 해까닥 하는 거예요. 걔가 자살해 버리자 나는 을지로 백 병원 정신과에 감금되어 버렸어요."

"그런 얘기 뒀다해요? 여기 들풀이 너무 아깝지 않아요? 쑥과 냉이가 언제 이렇게 지천으로 엎드려 있었담? 다시 오고 싶은 곳인데."

"그미의 눈 가장자리가 이슬로 반짝하더니 다시 뚝이 터졌다. 실컷 울게 내버려 두었다. 고개를 하나 넘어갔다. 또 다른 세계가 터져 있었다. 멀리 은색 젓가락을 이어 놓은 것 같은 강줄기가 허리질러 보였다. 나는 아득한 저 은빛을 잡으러 그미를 데리고 가야겠다고 생각했다. 그렇다, 은빛을 잡자! 단 한 줄기일망정 우리에겐 빛이 필요하다. 인간이란 태어나면서 얼마나 많은 빛을 그리워하는 것이냐?"

내가 다시 돌아왔을 때 그미는 들꽃을 꺾고 있었다. 꽃과 함께 새 순도 꺾고 있었다. 새 희망을 꺾어 모으고 있는 것이다. 나는 성긴 잡목 숲을 헤치며, 그미의 앙당그런 손목을 끌었다. 갈대가 함부로 넘어져 있는 진흙 뻘까지 허위넘어 갔다. 발목까지 빠지는 원시성이 좋았다. 뻘 위에는 크고 작은 새 발자국이 다림보였다.

우리는 열손가락 깍지 끼고 열심히 빠지며 걸었다. 고요한 강둑에는 우리들이 발목을 잡아 뺄 적마다 흥감거리는 뻘의 신음 소리만이 거미줄로 퍼져 나갔다. 아무도 없다. 대자연을 정복한 기분이다.

멀리 강 한복판 모래 언덕엔 왜가리와 재두루미들이 일광욕을 즐기고 있었다. 그 너머에는 한 때의 청동 오리들도 무거리로 있었다. 우리는 걷는 데에만 어리치고 있었다. 그냥 그대로 아무 생각 없이 걷기만 했다. 햇빛 속으로 날아 오를 것 같은 가벼움이다. 강 모래는 바다 모래보다 더 곰살스러운 것 같다. 발바닥이 훨씬 더 간지럽다. 인간이란 또 얼마나 가년스럽게 희망에 목숨을 대는 것이냐!

"여자들이란 같은 여성으로서 생각해도 참 이상한 동물인 것 같아요…… 왜냐고 묻지 않으시는군요. 왜냐 하면, 때로 강간을 당하고 싶다든가 창녀가 되고 싶다는 강렬한 충동 같은 걸 느끼거든요. 남자들은 어때요?"

"그런 건 남자들도 마찬가지겠지요. 정거장을 보면 어디 멀리 떠나고 싶다든가, 절에 가면 머릴 빡빡 깎고 중이 되고 싶다든가 하는 지랄병 같은 거 말예요."

 실제로 나는 기차 건 고속버스 건 아무거나 타고 낯선 지역을 배회하다가 황탈갑 상병같이 몽유병자로 돌아오곤 했다.

 "내가 조소(彫塑)에서 판화로 전환하게 된 동기도 돌분이의 죽음 때문이에요."

 "돌분이에 대한 노이로제인데, 그 얘긴 이제 그만 둘 수 없을까? 이봐 이 들판이 얼마나 좋아?"

 "노이로제 정도가 아녜요. 내 목숨에 관계되는 문제예요. 난 아직 한번도 누구에게든 돌분이에 대해 얘길 한 적이 없거든요? 남편에게도요. 한번쯤은 속속들이 콱 밝히고 싶어요. 뭔가 그렇게 해야만 한다는 의무감 같은 게 늘 도사리고 있었어요. 들어 주어야 해요."

 그미는 무엇엔가 쫓기고 있었다. 사자에게 쫓기는 사슴 같았다.

 "우리의 동성애는 그 이상일 수 없었어요. 우리의 애정만이면 이 세상의 무엇이든 안 되는 게 없을 줄 알았어요. 그러나 어떤 한계에 부딪히고 또 서로가 분명히 잘못돼 있다는 것을 인지하자 돌분인 발광하기 시작한 거예요. 아니 내가 먼저 발작하기 시작했는지도 모르죠. 아니, 그런 건 어쨌든 좋아요. 개는 총명했어요. 나와 함께 동반자살함으로써 나를 완전히 소유할 수 있고 또 완전한 사랑으로 '끝막음' 할 수 있다고 단정한 거예요."

 "그건 아마 나 선생님도 똑같은 심정이겠죠." 그미가 흠칫 놀랐다.

 "아니, 내 속마음을 어떻게 그렇게 잘 알아요? 내가 잠든 사이에 돌분이는 방안에 연탄불을 피워놓고 방문을 꼭꼭 잠가 놨었어요. 그러나 우린 이튿날 아침 깨어나고 말았어요. 연탄이 중간에서 타다만 거지요. 너무 긴장한 탓이었지요. '우리 두 부부는 열렬히 사랑하면서도 애가 없기 때문에 하늘나라의 장날에 애를 하나 사러 잠깐 갔다 온다'고 벽에 유언장 같이 써 놨어요.' 글쎄, 얼마나 우습던지 우리는 학교에 가서도 수업 중에 눈만 마주 치면 웃음을 참느라고 혼났어요. 죽음이 우스웠어요. 세상이 우스웠어요."

"자살에 실패하면 더 강인한 재활의욕이 생긴다고 하던데요?"

"꼭 그런 것만은 아니예요. 나는 다시 어떤 형태로든 같이 죽을 수 있기를 간절히 바랬어요. 돌분이와의 분명하고, 영원한 사랑 확인 말예요. 유치하죠? 물론 그렇겠지만 우리에겐 절대적이었어요. 지금은 조금 가라앉았지만 돌분이가 살아 있다면 그때보다 더 강렬할지도 몰라요."

우리는 강둑에 다시 나란히 앉았다. 우리는 분명 빛을 보았지만 빛은 없었다. 아까 산 위에서 보던 그 은빛이 비치던 지역인데 막상 와 보니 은빛은 없었다. 어디로 갔을까, 나에게도 빛은 늘 그래 왔다. 빛은 늘 멀리 달아나 있었다. 우리는 강물 속으로 들어갔다. 허벅지까지 젖었다. 물 싸움을 했다. 온 몸이 젖었다. 멀리 연분홍 하늘이 난바다를 채색하고 있었다. 그미는 입술이 새파랗게 되어 떨면서도 옴나위 없이 앉아서 수평선을 노려보았다. 모래 위에 글씨도 썼다.

'쓰고 지우고, 지우고 쓰고… 붙이고 뜯고, 붙이고 뜯고, 다시 붙이고 뜯고, 색(色)! 있으면 좋고 없으면 없어서 좋고.'

나는 그 글씨 옆에다가 덧붙여 주였다. 히틀러의 아우슈비츠 집단 학살현장에서 어느 유태인이 자기의 깨스실 차례를 기다리며 벽에다 손톱으로 긁어서 썼다는 글귀이다.

'나는 믿는다. 해가 비치지 않더라도 해는 분명히 있다는 사실을!

나는 믿는다. 사랑을 느낄 수 없을 때라도 사랑은 존재한다는 진실을……'

"아, 이제 속 시원하네요. 머리 털 나고 처음으로 가슴의 앙금을 쏟았으니까요… 그런데 우리가 어떻게 여기까지 올 수 있었지요? 다시 혼란되기 시작하네요."

"쓸데없는 신경 소모전 할 것 없어요. 학교에 안 가고 영화구경 하러 온 학생 정도로 생각함 되잖아요. 시내버스를 타고 내릴 곳에 내리지 않고, 일부러 그냥 타고 간다거나 그런 정도로 생각하면 되지요. 우리도 학교 다닐 때 그런 약간의 일탈, 그런 장난스런 기억이 한두 개 쯤 있잖아요. 책가방을 든 채, 배를 타고 낚시터로 간다든가…"

"아니, 나보다 정작 성 선생님이 더 변명에 열중하네요. 그렇게 자기를 기만할수록 더 피로해질 뿐예요. 왜 좀 더 솔직하지 못하세요, 이런 호젓한 곳에서 젊은 여자를 농간하고 싶다던가? 그건 어려운 일이 아녜요. 당연하게 느껴지는 것이죠. 건강한 남자라면요? 아름다운 꽃을 보면 누구나 꺾고 싶지 않아요? 나는 벌써부터 성 선생님이 나를 좋아하고 있다는 것을 알고 있어요."

나는 도리질을 했지만 그미의 노골적인 말에 놀랐다. 더욱 놀란 것은 무엇인가 내 가슴이 탁 터지는 것이다. 나춘해 마냥 나도 한때 동성애에 갇혀 있었으며 한때 온 몸에 돌멩이를 매달고 바다에 뛰어 들어 갔으니까 말이다. 울가망하던 일이 막상 짜드락 나니까 시원하다. 썩어 곪은 상처가 탁 터지는 통쾌함이다.

"사실 나도 불루섹스에 빠졌더랬어요. 우리는 진짜 공범이군요. 그리고 나는 나 선생님을 짝사랑해 왔어요. 그 부분은 나 선생님이 부정 할 권한이 없어요. 순전히 내 자유이니까요. 상대방이야 어떻게 생각하건 내 자유가 아니겠어요?"

"아아, 수묵화를 치기엔 너무나 아름다운 배경이네요."

손가락으로 모래 위에 글씨도 썼다. 어듸라 더디던 돌코, 누리라 맞히던 돌코, 얄리 얄리 얄랑성 얄라리 얄라' 그러면서 그미는 이 황량한 들판에서 옷을 벗었다. 한 겹 두 겹, 브래지어와 팬티는 내가 벗겼다. 천천히 두 팔로 머리 뒤를 받치고 서 있는 나체의 뒤로 양수리, 두물머리 황혼이 낙낙하게 젖꽃판을 흔들고 있었다.

멀리 두루미들이 무거리로 하얀 깃을 아르르 하게 퍼덕이며 올라갔다. 그리고 관능의 강물의 흘렀다. 우리는 한 몸으로 모래펄에 떼굴떼굴 뒹글었다. 열정은 모래 속을 파고들었고 강물 속으로도 흘러 들어 갔다. 우리는 강물을 마시듯 사랑을 마시고 관능도 마셨다. 멀리 기적소리가 꿈결같이 들린다. 아아, 수묵화를 치기에는 너무나 황홀한 남자네요. 그미가 속삭이며 강물 속에서 일어났다. 나는 그미의 귀를 앞니빨로 잘근거렸다. 우리는 다시 물 속으로 들어가 오리모양 헤엄쳤다.

바람에 날려 사방으로 흩어져 버린 우리의 옷 껍질을 다시 찾아주워 입었을 때는 빨간 토마토가 수평선에서 턱걸이 하고 있었다. 그미와 나의 팬티 등이 주변 나뭇가지에 걸려 있어서 우리는 또 나체쇼를 연출해야만 했다. 차돌같이 하얗고 땅땅한 그미의 엉덩이가 움직일 때마다 하늘에 떠가는 천사구름 같았다. 그 하얗고 빨간 속옷들은 어려운 백마고지 정복을 알리는 승리의 깃발로 힘차게 흔들리고 있었다. 탁구를 칠 때 입었던 그미의 주름치마는 더 높이 더 멀리 달아났다.

4.

　월요일 아침 교무실 문을 열자 나춘해 선생의 책상부터 훑었다. 그미의 시선과 충돌하자 먼저 고개를 돌린 것은 오히려 내 쪽이었다. 그미는 전혀 냉담해 보였다. 불안했다. 이튿날부터 그미는 동요를 보이기 시작했다. 까닭없이 웃음을 실실 쪼개기 시작했다. 어쩌다 텅빈 교무실에서 단 둘이 마주 앉아 있을 때도 그냥 내 담배연기 끝만 좇을 뿐 전혀 말을 하지 않았다. 날이 갈수록 더욱 말을 잃어갔다. 방과후에 그미의 집으로 전화를 걸어도 이내 끊어버렸다.
　며칠 후, 나 선생의 어머니라는 사람에게서 전화가 왔다. 무단결근 사흘째라 잔뜩 긴장하고 있던 교무실의 교감이 먼저 전화기를 낚아챘다.
　"여기 연신내 무슨 병원인데요. 춘해가 연탄가스 중독이에요. 아마 장기입원을 해야 한대요."
　어느 병원이냐고 소리치자 전화를 뚝 끊어 버렸다. 단순한 가스 중독에 무슨 장기 입원이냐?며 여선생들이 또 에멜무지로 수근대기 시작했다. 그때서야 교감이 비상 연락망이며, 직원 주소록을 뒤졌지만 이상하게도 나춘해 선생 항목에는 현주소가 없었다.
　교감이 나 선생과 친한 여선생들을 앞세우고 그미의 집을 찾아나섰다.
　아침에 세수할라치면 세수대야 바닥에 발가벗은 그미의 나체가 나타나기도 하고, 대낮에 수업하다가 무심코 돌아본 창 밖에서 그미의 너울너울 손짓도 보였다. 헛개가 보였다. 대관절 나 선생은 어디가 어떻게 아픈 것일까? 진짜 연탄 가스일까, 정신병원일까? 까닭없이 갈증이 났다. 건들장마로 냉수만 들이켜댔다.

　나는 또 하나의 크낙한 바늘을 잃어버린 셈이다. 이젠 크고 작은 두 개의 바늘이 피근피근 찔러왔다. 그러던 어느 날, 점심 후에 우리는 숙직실에서 잡담으로 킥킥대고 있었다. 사환 애가 뛰어와 급히 전화를 받으란다. 나는 직감적으로 나 선생을 떠올렸다.

　"영어선생, 성 선생님이 틀림없습니까?" 아, 그렇대두요. 거긴 어딥니까?

　"내가 말하는 것을 그냥 듣고만 계십시오." 양철 지붕위로 떨어지는 빗방울 듣는 것 같은 차가운 음성이 냉갈령하게 귀청을 때렸다. 나는 침을 꿀꺽 했다.

　"나 선생 아시죠? 아, 알아요오, 몰라요오? 대답을 해야 잖아요?"

　"아니, 듣고만 있으라고 했잖아요?"

　"아, 그랬던가? 여기 을지로 입구 백 병원 633호실인데요. 급히 와주셔야겠어요. 만약 30분 이내에 도착할 수 없으면 오실 필요가 없어요. 사안이 그렇게 되는 병이라 그렇습니다. 만약 30분이 넘으면 다음에 다시 지정된 시간을 드리죠."

　"듣고 계세요? 그때그때 상황에 따라 결정되는 것이기 때문에 시간을 미리 정해 드릴 순 없어요. 나는 담당 간호원 차. 달. 순이에요. 소리 들려요? 오실 땐 반드시 저를 통해서 병실에 들어가야 해요. 바로 들어갈 수도 없지만 어쨌든, 아셨죠?"

　딸깍. 나는 수업계에게 다음 내 시간을 부탁하고 백 병원으로 뛰었다.

"생각보다 너무 일찍 오셨는데요. 가족들에게까지 면회를 금지시키고 있을 정도로 중증이에요. 지금 나 선생은 투약조차 독약이라고 의심하고 있는 상태이니까요. 물 한 모금도 내가 먼저 마셔야만 겨우 한 모금 정도 마시고 있습니다."

전화 목소리에서와 같이 빠르게 차달순 간호원은 쏘아댔다. 복도에는 죄수복 같은 환자복의 사람들이 어슬렁거렸고, 그 중 더러는 내 옆구리를 일부러 탁! 치고 달아나기도 했다. 나는 이런 일에는 이미 황탈갑 상병 때 체험했기 때문에 차분해 지려고 노력했다.

"나 선생은 이번이 두 번째 입원이에요. 우연히 지난 달과 같은 병실, 같은 침대예요. 다른 병과는 달라 그 점이 정신병 환자들에게는 다행한 일예요. 전과 같이 나을 수 있다는 확신을 주거든요. 또 환자가 안정감을 갖고 잠을 이룰 수 있어요. 잠을 잘 이룰 수 있다는 게 환자에게는 또 얼마나 다행한 일이라구요. 이 침대에 있던 여대생은 지난 주에 자살해 나갔어요. 아까 나 선생이 양치질 하던 그 화장실 창문에서 뛰어내렸지요."

차달순은 친절한 건지, 자기의 직업을 과시하는 건지 하여튼 말이 많았다.

"나 선생이 말하기를 자기가 말짱할 때, 성 선생님을 꼭 한번 불러달라고 했어요. 지금은 정신이 말짱해요. 조금도 거리낌없이 평소같이 대해 주세요. 이것도 하나의 치료방법이에요. 될 수 있는 대로 긍정적인 희망사항을 떠들어대는 게 좋아요. 정신병은 외과병실의 수술환자보다 더 세심하고 정확한 임상체크가 필요해요."

우리는 '633'이라는 숫자 앞에 섰다. 간호원이 앞서서 들어섰다. 나는 침을 꿀꺽 삼켰다.

"어머, 나 선생님, 오늘은 이렇게 빗질까지 하시고 웬 일이세요? 그런데 실내복은 입고 계셔야죠. 이렇게 남자분이 오셨는데 당신이 불러 달랬잖아요?"

"난 다 알고 있어요. 아까 화장실에서 양치질하면서 두 분이 복도에서 얘기하는 것도 다 듣고 있었어요. 차달순 고양이! 그러나 당신은 다른 간호원과는 달리 딱딱거리지 않아서 좋아요. 그런데 그렇게 세심하게 위장하지 않아도 좋았을 텐데, 담부터 그러지 말아요. 차 간호원! 괜히 피곤한 일예요."

나춘해는 나를 보자마자 말이 많았다. 돌변해 있었다.

"아, 그랬던가요? 역시 화가의 육감은 남다른 데가 있어요. 그러니까 나 선생님 같은 분이라야 그림을 그릴 수 있는 게 아네요? 이따, 저녁 먹고 또 데상 준비해 올께요. 이번에는 무슨 정물을 가져올까요"

"그러니까, 당신은 그래 가지고는 화가로서 아직 멀었어요. 손가락을 몇 장이나 그렸는데, 아직 그 모양이에요."

"그러면, 오늘도 또 손바닥 데생이에요? 흐이고, 지겨워."

나 선생이 오히려 차 간호원에게 그림을 지도해 주고 있었던 모양이다. 누가 환자이고, 누가 간호원이지 모르겠다. 나는 그저 나 선생의 수다와 신경질만 바라 볼 뿐이다.

"나는 지금 더 지겨운 신세라우. 참 그리고 나, 오늘은 사복을 입고 싶으니까 간섭하지 말고, 수 간호원에게 잘 귀띔해 놔요. 까불면 그림 그리는 거 안 가르쳐 줄 테니까… 그리고, 자는 척하고 누워 있는 저 법대생 여학생 점심 투약이나 다시 시키세요. 먹는 척하고 쓰레기 통에 다 쏟아 버렸으니까요."

"… 그리고 차달순, 제발 쟤를 좀 데리고 나가줘, 성 선생님과 할 애기가 있으니까. 지금 집단 치료실에서 디스코를 가르쳐 주고 있을 거예요. 쟤랑 가서 한 바탕 흔들고 와요. 차 고양이 내 말 들려요?"

저 쪽에 등을 대고 모른 척하며 누워 있는 환자에게 벼개를 던지며 야, 이년아 빨리 나가앗! 소리쳤다. 정신분렬증 중증이라는 선입관에서 헤어나오지 못하고 있는 내 눈과 귀에서 나선생의 언행은 너무나 정상적이다.

"성 선생님, 좀 놀라셨죠? 그렇게 서 있지만 말고오, 여기 앉으세요. 그런 눈으로 쳐다보지 마세요. 지금은 지극히 컨디션이 좋으니까요. 해까닥 할 시간은 아직 많이 남아 있어요. 스스로도 주체할 수 없는 힘! 그건 누구나 불가항력적인 거예요. 어쩔 수 없는 거 아녜요? 이 건물 안의 사람들은 거의 다 그 강한 운명적인 힘을 꺾으려다가 강하게 얻어 맞은 것 뿐예요. 이렇게 보면, 이 건물 안 정신병자들이 훨씬 더 인간적이고, 뜨거운 사람들이죠. 참, 이 그림 한번 구경하시겠어요. 이게 다 여기서 그린 거예요"

그미는 포개 놓은 몇 권의 스케치북 가운데, 한 권을 불쑥 뽑았다. 침대에 걸터 앉은 내 무릎 위에 올려 놓고, 그미는 한장 한장 넘겨 주며 설명해 주었다. 대개가 크레파스화와 유화인데 빨강과 까망이 주조를 이룬 어두운 원색이었다. 모딜리아니의 긴 목도 있고, 단순한 선들이 사방 벽을 이루고 있었다. 이게 다, 나예요. 반 고흐 자화상! 불쌍하게도 다, 상자에 갇혀 있어요.

그미는 쾌활하게 떠들며 많은 스케치 북과 심지어 약장함 속의 내용물까지 죄 꺼내어 구경시켜 주었다. 그미는 그 모든 것을 속속들이 나에게 보여 주고 싶었을 것이다. 옛날 황탈갑 상병의 눈동자보다 조금은 더 충혈된 눈자위 위에 조금은 광기 같은 것이 출렁거렸다.

"아, 햇볕이 너무 하리하네요. 양평에 다시 한번 갈까요? 갑갑하죠? 우리 나갈까요? 옥상으로 갈까, 잔디밭으로 갈까? 선택은 늘 지긋지긋한 고통을 준단 말야. 성 선생님은 그런 거 못 느끼세요? 무엇을 해야 한다든지, 어떻게 해야 한다든지 할 때 말예요. 사소한 일이래도 선택은 늘 고통예요? 그러나, 고통은 선택이 아녜요. 왜 그렇죠? 쓰잘 데 없는 일예요. 나는 이게 병예요. 사소한 이런 걸 가지고 신경을 너무 많이 소모시키거든요. 그래서 여기까지 들어오게 되고…"

우리는 안 마당까지 빼곡히 들어찬 승용차 뒤를 돌고돌아 한 뼘 겨우 남아 있는 잔디밭에 앉았다.

"아아, 그때 양평의 그 햇빛, 그 사람! 저 성 선생님의 환상을 영 씻어 내릴 수가 없네요? 어떡하죠? 내가 미쳤다고 생각하세요? 아직 뇌로 가는 실핏줄에 신경조절 약효가 녹고 있는 시간이에요. 안심하세요. K자로 시작해서 Y 자로 끝나는 그 긴 이름의 빨간 신경안정제는 무지하게 독해요. 반만 삼켜도 침을 질질 흘러 내리는 독약이에요. 뇌 세포를 다 녹여내는 것 같아요."

연득없이 말이 뚝 끊어졌다. 이제는 내 차례다. 무엇인가 어색한 이 침묵을 내가 긍정적으로 즐겁게 이어가야 하는 데에… 차달순 주의사항이 생각났다. 옴나위없이 울가망하다.

"… 성 선생님 우리는 결혼할 수가 없지요? 우리끼리 아무리 좋아도 말예요?… 아니… 내가 왜 이럴까? 내가 진짜 미쳤나아?" 그미가 머리를 잡고 옆으로 쓰러졌다. 내가 얼른 안았다.

"아, 기차소리가 들리네요. 기차 발통이 내 머리통을 밟고 지나갈 시간이에요. 절대 이러지 말자고 나 스스로 수 없이 다짐을 하고서는… 첨부터 성 선생님은 부담을 가질 필요가 없어요. 첨부터 나 혼자 짝사랑이었으니까요. 지금 제가 고백해 볼까요."

그미는 천천히 일어나서 다시 걸었다. 차들이 경적을 뿡뿡거렸다. 우리의 얘기가 자주 중단되었다. 역시 선택은 늘 후회의 머리채를 질질 끌고 다닌다. 우리는 옥상으로 올라가는 비상계단으로 향했다.

"그날 양평의 일은 순전히 나의 치밀한 계획 아래에 이루어진 각본이었어요. 이젠 화 내셔도 좋아요. 성 선생님을 너무 좋아했던 까닭이니까요. 믿기지 않으시겠지요. 지하실로 탁구를 치러 가자고 내가 제의했을 때 당신은 선뜻 따라 나섰지요. 그 순간에 저는 찬스를 잡은 거예요. 남산 타워에서 맥주에 흥분제를 섞은 것이나…그 다음 주말 일요일 양평로 가는 버스 안에서의 꾀병도 실은 내 연극이었어요, 짝사랑! 그것은 내 자유이니까요."

"그렇게까지 할 필요가 없었을 텐데… 나도 나 선생을 조금은 환상적으로 간음하고 있었어요. 그런 정도야 누구나 다 조금씩 갖게 되는 일시적 환상들이죠."

나는 가능하면 희망적 단어들을 다림보았다.

"어쨌든 좋아요. 그러나 나는 당신과 나 사이를 깨뜨려 보고 싶었어요. 우리 둘 사이의 책상 거리만큼이나 현실적인 그 거리를… 그러나 깨기가 쉽지 않았어요. 우리가 우연히 같이 이 학교에 전근 온 이후, 그 사이 몇 년 동안 한번도 내 짝사랑은 깨뜨려지지 않았어요. 돌분이의 자살 이후 나는 누군가를 꽉 잡아야 했어요. 그래서 결혼을 한 것인데 남편은 너무 기계적인 속물이에요. 주식과 부동산 밖에 몰라요."

 옥상에서 내려다 보는 명동 쪽은 어느 덧 헤드라이트의 불 무덤으로 악패나고 있었다. 그 동안 우리는 정신 없이 많은 얘기에 빠져 있었던 것 같다.

 "나는 아직도 성냥불을 켜지 못해요. 우습죠? 그걸 고쳐 보려고 어머니가 몹시 애를 태웠지만 짜드락 나는 일이었어요. 최면술사까지 동원해 보았지만 별로예요. 그건 내 어린시절 강간 때의 충격 때문이에요. 나는 중 3때 처음으로 이성을 사모했어요. 우리 아랫마을 과수원 집 고교생 오빠였어요. 첫사랑이었지요."

 "어느 일요일이었어요. 로버트 레드포드 같이 생긴 그 첫사랑 오빠와 나는 산을 몇 고개나 넘어가는 저수지로 놀러 갔어요. 거기서 그 동네 불량배를 만나 우리는 당했어요. 그 레드포드는 에멜무지로 얻어 맞았고, 나는 산 속으로 끌려 들어가 집단 난행을 당한 거예요. 돌려치기 강간이지요."

 차달순 간호원이 귀신같이 다가와 약 먹을 시간이라며 방으로 들어오란다. 나춘해는 알았어요. 내가 방으로 가서 약을 가져올 테니까, 성 선생님은 여기 그대로 잠깐만 계세요. 그 다음 이야기는 차 간호원이 이어주었다. 이미 나춘해에 대한 정신과 담당의사의 진료일지 기록에 나와 있는 것이란다.

 "그들은 담배를 꼬나 물고 앉아서 하나씩 여유있게 겁탈하는 거예요. 여중생 춘해는 혼신으로 반항했지만 너무나 간단하게 끝나 버렸다는군요. 깨물린 입술에서 솟아 나오는 피를 목구멍으로 삼켰어요. …그리고 솔잎 사이로 얼굴을 내미는 구름을 쳐다 보았어요. 바람이 한번 부니까, 세상은 너무나 태연하더군요. 어린 춘해에게는 그 엄청난 비극이, 세상은 너무나 싱겁게 끝나는 거였어요. 이렇게 끝날 일이 아닌데… 어디선가 비비새가 몸을 배배 꼬며 부르는 노랫소리가 들렸어요. 그 순간에 돌아가신 아버지 생각이 났겠지요. 춘해가 세 살 때, 6.25 나던 해에 아버지가 돌아가셨으니까, 얼굴은 하나도 떠오르지 않겠지요. 오래 전에 잃어 버린 낡은 사진 속의 아버지 얼굴만 뚜렷하게 떠오르는 거예요. 이상한 일예요. 아버지에 대한 그리움보다 어머니가 혼자라는 사실만이 그냥 속상한거예요. 까까머리 그 고교생 애들은 새 담배에 성냥을 익숙하게 긋고는 허벅지에 피범벅이 되어 쓰러져 있는 춘해에게 손까지 흔들며 사라졌다는군요."

나춘해는 차달순이 보는 앞에서 AK 그 독한 신경 안정제를 한 알씩 삼켰다. 옆에서 봐도 자갈을 하나씩 삼키는 고통이었다.

"그 사건 이후, 나는 아직도 성냥불을 긋지 못하고 있어요. 남자들에 대한 저주와 분노가 남자 기피증을 만들었지요. 과수원 집 고교생 오빠는 이미 도망가 버린 뒤에요. 돌분이의 자살은 그런 나의 편견이 옳았다는 또 한 번의 확인이었어요."

"서울은 참 위대해요. 저 남산 타워 네온싸인을 보세요!" 나는 화제를 바꾸려고 했다. 백 병원 주변은 차량들로 뺑 둘러쳐졌다.

"위장이 큰 것은 당신이에요. 그렇게 철저하게 남성 기피증에 걸린 내 몸과 맘을 통째로 잡아 먹었으니까요…"

"훗훗…… 세상이 또 나를 웃기는군. 나한테도 짝사랑을 하는 여자가 있다니? 간호원과의 약속 시간도 훨씬 지났는데 이젠 들어가 보지 피곤하지 않아?"

"왜 겁 나세요? 당신 목에 칼을 들이댈 까봐? 약을 먹었으니까 염려 놓으세요. '뻐꾸기 둥지 위로 날아간 새' 보셨지요. 내가 그 작품의 주인공이에요. 그러나 강제 입원은 아녜요. 나 스스로가 무엇인가 긴하게 생각하지 않으면 폭발할 것 같아서 스스로 이 백 병원에 찾아 들어온 것이에요. 그러나 이번에도 해까닥 했다 하면 이젠 영구제 불능이란 것을 스스로 알기 때문에 내가 입원을 서두른 거예요."

 요즈음의 정신치료 방법은 많이 달라졌다. 발병의 원인과 상태, 근원적 갈등 해소방법이나 치료 방법을 환자에게 확실하게 반복시켜 주고 또 스스로 치료하도록 계속적인 자극을 주는 것이다.

 "나를 구출해 준 것은 전혀 그림이었어요. 정신분열의 징조로 열이 오르기 시작하고, 맥박이 할딱이기 시작하면 나는 즉시 팔레트와 붓을 들고 미친듯이 환을 치는 거예요. 아아, 내가 왜 이러지. 이런 말까지는 할 필요가 없는데… 지금 몇 시죠?"

 우리는 옥상에서 다시 내려왔다. 엘리베이터가 있는데도 우리는 비상계단으로 내려왔다. 나는 교무실에서 이따금 내 뒤통수를 좇아 다니던 그미의 허허로운 눈동자를 생각해 냈다. 아, 삼십대의 긴 고독! 그건 비듬같이 떨어지는 사랑의 피로다. 삼십대의 사랑! 불륜 그리고 탈출이다. 자유일까?

 나는 나춘해의 미친 사랑을 통해서 잃어 버린 내 바늘을 찾았다. 늘 나를 불안에 쫓기게 한 것은 춘해의 불안한 눈동자였다는 것을 이제서야 알았다. 미친 사랑? 우리는 다시 마당의 잔디로 내려섰다. 담 밖의 어느 술집에선가 젓가락 장단이 신나게 들렸다. '마음 약해서 잡지 못했네에 짜라 짜짜짜…' 어듸라 더디던 돌코, 누리라 맞히던 돌코, 얄리 얄리 얄랑성 얄라리 얄라.

"아, 양평의 강촌 들판에서 보던 그 하늘 빛이네요. 서울 하늘도 이렇게 맑게 보일 때가 있나 봐요. 수평선으로 막 넘어가던 석양 있잖아요. 우리들 운명의 장송곡 같이 말예요. 그때 그 두루미! 나를 숨 막히게 하는 건 레드 포드 같은 당신의 고독한 눈동자였어요"

"어머 너무 늦었네요. 이제 저녁식사 시간이에요. 면회시간이 너무 지났어요."

그러나 백 병원 하늘에선 석양이 없었다. 나춘해가 환각에 빠진 것이다. 나는 그미를 633호 병실문까지 데려다 주었다. 그미는 나에게 어쩌면 마지막 선물일지도 모른다며 연분홍색 편지를 하나 주머니에 찔러 넣어주었다.

나는 명동 성당 쪽으로 걸었다. 언젠가 춘해와 한잔 걸치던 맥주 호프집으로 들어갔다. 연분홍 편지를 꺼내었다. 불길한 생각이 또 '유언장' 같은 것이 아닐까 두려웠다. 거기에는 이렇게 시작되었다.

"교무실에서 처음 부임 인사를 하고 내 자리에 돌아와 처음 부딪힌 것이 바로 앞자리에 앉은 당신의 눈동자였어요. 미끄러져 빠질 것 같은 눈! 한쪽 다리를 약간 저는 것까지 영낙없는 또 다른 레드 포드였어요. 그러나, 그것보다 더욱 갈증나게 하는 것은 당신의 눈웃음이었지요. 웃으면 눈이 보이지 않는 해맑은 소년의 웃음! 그것이 나를 미치게 하는 거예요. 남자들을 증오할수록 그 '레드'는 더욱 선명하게 내 가슴에 파고 들더군요. 이제까지 수동적으로 남자들에게 공격만 당해 오다가, 처음으로 내 의지대로 내 몸을 당신에게 준 거예요. 내가 정말 좋아하는 사람에게 능동적으로 주고 싶었어요. 그것 뿐예요. 그 이외에는 전혀 아무 것도 없어요. 아 그런데 그것이 왜 이렇게 혼란스럽고 현기증 나는 일인지…… 너무 두려워요. 그 이후가…… 양평 강촌의 석양과 교무실의 냉혹한 현실 차이가 나를 미치게 하는 거예요. 밤마다 남편과의 의무적인 관계, 그것은 혼돈의 지뢰였어요. 아아, 이젠 후련해지네요. 이젠, 이젠 당신을 놓아줄 수 있어요…… 하고 싶은 말을 결국 다 해 버리게 됐네요. 이젠 앙금 같은 건 없어요. 갈등의 독소가 해갈 됐어요. 버릴 건 버릴 수 있을 것 같아요…… 화통 기차와 통통선이 타고 싶네요. 나는 청산별곡을 섭새기게 좋아했어요. '어듸라 더디던 돌코, 누리라 맞히던 돌코, 얄리 얄리 얄랑셩 얄라리 얄라' 이젠 모자이크나 판화도 싫증 났어요. 동양화를 몇 폭 그려보고 난도 쳐 봤는데요, 너테에 지나지 않아요. 불가(佛家)의 선화(禪畵)나 다시 한 번 시작해 봐야겠어요. 하양 백지에 검은 북 하나로 휘갈리는 단순성! 그 날렵하고 대담한 생략이 매력이에요. 어때요? 세상 일 자체가 단순한 게 좋아요. 그렇게 요란할 필요가 없을 것 같아요. 제가 그 동안 여름 방학이면 암자절에서 몇 년 동안 사사를 해왔거든요. 그때는 그냥 심심풀이로 시작한 것인데 이마적엔 절실해져요…… 그리고 염려 마세요. 내 병은 내가 잘 알아요. 괜찮을 거예요. 아마, 잘 되면 내달 쯤이나 퇴원할 거예요."

그리고 끝에는 '추신'도 붙였다.

"가족까지 면회금지를 시킨 것은 순전히 내 요청에 의한 거예요. 세상 아무도 만나고 싶지 않았으니까요. 강원도 암자절이나, 서해안 무인도 같은 데로 갈꺼예요. 혹시 알아요? 타히티 섬 같은 곳에서도 자연스럽게 당신과 만나게 될지. 본격적으로 선화(禪畵)를 그려와서 내년쯤 개인전도 할꺼예요. 자아, 이젠 안녕 할까요? 어듸라 더디던 돌코, 누리라 맞히던 돌코! —나춘해 합장."

  나는 다시 호프 집을 나와 명동 성당 언덕에 서서 백 병원 옥상을 올려다 보았다. 아, 정말 어둡다. 어디로 갈까, 어디든 가야 할 텐데. 백 병원의 거인 같은 그림자가 흥감부리며 나를 덮쳤다. 나는 멀리 633호실을 향해 크게크게 손을 흔들어 주고 돌아섰다.

*한국 창조문학상

나비 들꽃 등대

나비 들꽃 등대

1.

 버스가 한남동으로 허리를 꺾어 돌리자 연득없이 고개를 숙였다.
 약수동을 지날 때까지는 하마 쳐들고 오던 버스 앞 머리가 느닷없이 내리막길이 되는 바람에 그 각도의 심한 차이는 바다 밑으로 잠겨 드는 착각을 주었다. 잠수교를 지나자 버스는 경부 고속도로 입구로 들어섰다. 차창을 스치는 풍경들, 나도 모든 것을 이렇게 스쳐 잊어버리고 싶다. 미세한 분말 하나까지 빠르게 그리고 깨끗이 씻어 버리고 싶다. 가능하다면 면도날로 가죽을 벗겨버리고 싶다. 버리고, 버리고 또 버리고 싶다.
 몇 개의 선정적 스포츠 주간지를 대충 훑어보았다. 수원을 지났는지 고속버스는 어느덧 일직선으로 달리고 있었다. 아지랑이 같이 나른한 5월 초여름의 졸음이 왔다. 연득없이 버스가 덜컹 뛰었다. 앞 의자에 이마를 탕! 부딪혔다. 선뜻 잠이 깼다. 차창에 두 마리의 노랑나비가 안타깝게 흔뎅거리다가 사라졌다. 마치 노랑나비가 내 잠을 깬 것같이 시끄럽게 몸부림치며 날아간다.

나비를 보자 할머니 생각이 났다. 하필 이럴 때 할머니 생각이 떠오르는지 모르겠다. 고교 2학년 때 할머니가 돌아가신 이후 십 수 년간 한번도 당신을 생각하지 않았던 것도 새삼 생각났다.

이상하다. 그림자같이 사라진 할머니 일이 이제서야 새삼 환각되다니? 삼우제 날 할머니의 친구였던 큰 무당이 와서 '지노귀새남' 굿을 했다. 하나님 엉덩이가 멍들도록 찔러대는 '디스코' 같은 개다리춤을 신명나게 추던 그 무당은 갑자기 우뚝서더니 할머니! 할머니가 오셨다며 손뼉을 치면서 빨리 문 밖에 나가서 모셔 오라고 소리쳤다.

뜬금없이 무슨 선무당 같은 사람잡는 소리냐며 모여 섰던 마을 사람들도 신뚱부러지게 생각했다. 집안 식구들조차 웃음을 실실 쪼갤 뿐 누구도 움직일 생각을 아니 했다. 그러자 그 무당은 눈을 부릅뜨고 애먼 나에게 삿대질을 하며 욕을 했다.

"염병할! 이 손주 머슴아야! 고로코롬 침만 잘잘 흘리고 앉아 있으므 우짤기고? 퍼떡 가 보래마 잉! 너거 할메가 왔다 안 카나! 너거 할메, 퍼떡 가서 모셔오지 않으므 그냥 날아가 뿌린데이, 이 큰 머슴아야!"

나는 할 수 없이 장난삼아 정지(부엌) 뒤에 있는 광(창고)으로 어슬렁거리며 들어갔다. 대나무로 엮은 문을 기우뚱 열자 한 마리의 노랑나비가 새끼줄 끝에 앉아 있다가 귀살머리스럽게 날아올랐다.

"옴머어! 참말로 노랑나비가 숨어 있었네이, 저 나비 좀 보레이! 노란 똥 색깔이 보기도 좋구마 잉."

무당보다 더 크게 손뼉을 치는 누이 동생의 머리 위를 빙빙 돌았다. 그리고 내 머리 위도 몇 번 돌더니 지붕 위로 날아 올라갔다.

"무당 할무이 말이 맞심더. 참말로 고 나비가 있었네에? 노랑나비! 잡을라 카다가 놓쳐 뿌렸어예."

"이년아, 너거 할마씨를 잡을라꼬? 이 손주 가스냐야. 그건 너거 할마씨 혼령이라고 혼령, 문디! 지랄하고 자빠졌네."

동네 아녀자들은 또 한바탕 폭소하며 반신 반의했다. 노랑나비가 이 집 할메의 혼이라니? 또 다시 개다리춤이 나왔다.

  북망산천 머다 마소, 애-호 애-호
  어이야 넘자 애호 어이야, 북망산천 나는 간다.
  북망산이 어디인고, 건넛산이 북망산일세.
  울지 마라. 울지 마라, 아가 아가 울지 마라.
  네가 울면 날이 새나, 닭이 울어야 날이 새지.
  병풍에 그린 닭이 홰 치거든 오려는가.
  살강 밑에 묻은 밤이 움 돋거든 오려는가.
  풀잎은 한번 가면 춘삼월에 다시 오건만.
  이내 몸은 한번 가면 어느 때나 다시 올꼬.
  만장 같은 집을 두고 산천 초목 나는 간다.

나는 황혼을 깔고 앉아서 칼로 베어내듯 일직선으로 달려나간 수평선 끝을 한 손에 쥐고, 가슴에 재우 긋고 있었다. 생무우 썰려나가듯 내 심장벽에 오랫동안 이끼화된 잡다한 주위를 잘라버리고 싶다. 그러나 황혼의 하늘이 물들기 전 낮결부터 이렇게 쪼그리고 앉아 있었지만 한꺼풀도 벗겨져 나간 것은 없다.

얼마나 지났을까. 하늘도 그대로이고, 수평선도 그대로이다. 바뀐 것은 하나도 없다. 뒤죽박죽 내 망상만 시시로 뒤집어졌을 뿐이다. 내가 의도적으로 현재를 과거를 망각하려고 할수록 기체화된 망상들은 어느새 LPG 가스 같은 액체로 덩어리지곤 했다. 그 액체는 다시 부엌칼 고체가 되어 내 이마를 긁어대었다. 버스가 예정대로만 달려 주었어도 나는 첫날부터 이렇게 고통스러워 하지 않아도 되었을 것이다.

또다시 쾅! 쾅! 무엇인가 심하게 부딪혔다. 교통사고다. 용산 고속버스 터미널에서 출발할 때부터 무엇인가 운전이 신통치 않았다. 할머니 삼우제 날 선무당 같은 초보 운전사가 신탄진쯤 지나자 결국은 앞 바퀴 두 개를 빼어먹었다. 고속버스는 턱이 내려앉아 엉덩이를 하늘로 쳐들고 엉거주춤하게 엎드려 있는 형상이 되었다. 가슴을 쓸어내리며 밖으로 내려온 손님들은 저마다 한마디씩 찍어댔다.

"운전기사가 술 취한 것 아냐?"

"술에 취한 것이 아니라, 잠에 취한 모양이야"

"아냐, 아마 어젯밤에 부부싸움으로 지금 화풀이 하는 거야."

어쩐지 실내 반사거울에 비친 운전사의 얼굴은 내내 찌그러진 인상이었다. 관광 버스를 뒤따르던 트레이너와 그 트레이너 뒤의 고속버스가 연달아 엉덩이에 강렬한 키스를 한 셈이다. 여기저기 사고차량에서 내려온 손님들은 일부 피 칠이 되어 내렸다. 앞니가 몽창 나간 할아범, 코뼈가 부러진 청년, 엑스레이를 찍어 보아야겠다며 유방에 손을 얹고 엄살을 떠는 아주머니들 그러나 대개는 무사한 것 같다.

정면충돌이 아니고 후면 연쇄 추돌이어서 그나마 다행이다. 어디선가 멀리 사이렌이 울리며 고속 순찰대가 경광등을 반짝반짝 돌며서 다가오는 것 같다.

손님들은 처음에는 지그재그 운전기사를 욕하다가 버스들의 멍든 엉덩이를 보고는 눈에 보이지 않는 정비사들에게 화살을 쏘아댔다. 군인과 청년 몇 사람은 앞 유리창으로 튀어나와 길 위에 기절해 있는 안내양과 맨 앞 좌석에 탔던 두 어 명의 여학생들을 우선 응급처치 했다. 지나가는 트럭을 무조건 세우고 병원으로 달리기도 했다. 더러는 보상액 운운하며 주먹질 하기도 했다. 대개는 이만했기에 다행이라며 덜덜 떨리는 다리로 뒤에 오는 버스를 세우고 올라탔다.

나도 졸고 있다가 충돌하는 순간 붕 떴다가 굴러 떨어졌다. 뒤통수가 얼얼하다. 기침을 심하게 해대는 옆 좌석의 할머니를 부축하여 내렸다. 마침 도착한 교통 백차를 얻어 탔다. 그 할머니의 수첩에 적힌 주소에 따라 대전까지 모시고 갔다. 대전역에서 그 할머니의 막내 딸네 집이란 곳으로 전화를 걸었다. 할머니를 무사히 인계를 해주고 돌아섰다. 딱히 목적지를 두고 집을 나선 것도 아니어서, 그 막내 딸이 굳이 잡아끄는 근처 식당으로 가서 냉면까지 얻어 먹었다. 그러고는 갑자기 할 일이 없어졌다.

무엇인가 정말 확실하게 주변을 정리하지 않으면 폭발할 것 같다. 어쩌면 전혀 전화위복이 될 지도 모른다는 막연한 기대로 무작정 용산터미널에 새벽같이 나갔던 것이다. 어디로 갈까? 한동안 망설이다가 언젠가 고교 때 이따금 캠핑을 갔던 무주 구천동을 점 찍었다. 그러다가 먼저 출발하는 단양 쪽 버스에 그냥 올라탄 것이다. 긴장된 선택은 긴장된 자유를 준다. 우연한 고속버스 사고와 우연한 할머니와의 만남이 다시 방향을 틀어 강경 쪽으로 가게 했다.

서해바다의 군산항까지 다시 흘러 들어갔다. 크고 작은 상선들과 낚시배들의 불빛들이 '항구의 밤'을 낭만적으로 수 놓았다. 썩은 생선들이 발길에 채이는 선착장을 맴돌다가 발길 닿는 대로 아무 식당이든 들어갔다. 소주를 몇 병 기울였다. 소주잔을 혼자 꺾자니 싱겁다. 누구라도 그냥 합석할까? 주변을 돌아보았다. 항구의 사나이들이어서 그런지 다소 거칠다. 더욱이나 걸떡지근한 사투리는 더욱 외로운 소외감을 주었다.

불면으로 뒤척이다가 창 밖을 쪼아대는 갈매기를 따라 나섰다. 안개 낀 새벽의 골목길을 더듬어 나왔다. 선명한 우유빛 같은 초승달이 어느 새 머리 위에 거의 직각으로 걸려 따라왔다. 아무 곳이든 먼저 떠나는 배를 타기로 했다. 소흑산도 쪽으로 가는 것 같다. 오늘 새벽 내 방 3층 유리창을 쪼던 갈매기들일까, 내가 탄 배 뒤를 계속 쫓아왔다. 여객선 뒤 엉덩이 푸로펠라가 끌어 올리는 물고기들을 그 갈매기들은 꼭뒤지르며 찍어 올렸다. 아침식사 중이리라.

몇 개의 섬을 거쳤다. 섬에 도착할 때마다 오르고 내리는 손님들과 잔뜩 끌어 안은 보따리들로 아우성이다. 싸우는 듯한 토속 사투리가 더욱 정겹게 파고든다. 작지만 살 맛나는 생동감이다. 거대한 도시의 무기력과는 대조적이다. 재미있고 신기하다. 작은 희망과 큰 절망의 차이라고 할까? 점심 때인지 뜨거운 국밥들이 오고 간다. 갑판 한 구석에서는 낚시에 걸려든 물고기를 그 자리에서 회를 쳐 먹기도 했다. 나는 꽁초를 하나 주워 물었다.

"거 젊은이 이리 와서 이거 한번 묵어 보랑께, 싱싱 하당게로!"

어느 할아범이 생선회 한 움큼을 시뻘건 고추장에 담뿍 찍어 칠칠 흘리면서 내 입에 넣어주었다. 목구멍에 이르기도 전에 혀 끝에서

나비 들꽃 등대

살살 녹았다. 서울에선 맛 볼 수 없는 생바다 맛이다.

"총각은 워디 가능기라?"

"아, 그냥요…"

"그냥이라니, 목적지가 있을 기 아닌가베?"

"아, 그냥 놀러나왔어요." 회를 먹던 사람들의 눈도끼가 일제히 날아왔다.

"나는 그냥 카메라 쟁이에요. 사진작가? 들어보셨어요? 뭐 그런 거 비슷한 거 하지요." 나는 허겁지겁 둘러대었다.

마침 어느 조그만 섬에 배가 닿았다. 아주머니 한 분이 내릴 뿐 손님도 거의 없다. 나는 서둘러 뛰어내렸다. 폐항(廢港) 같은 고적감이다. 오히려 이런 황폐한 분위기가 내 발뒤꿈치를 붙잡아 놓은 것 같다. '야미도(夜味島)?' 배의 밧줄을 거는 돌멩이 위에 보일 듯 말듯 한 '밤에 빛나는 섬'이라는 붉은 글씨가 보였다. 그것은 자세히 들여 보지 않으면 그냥 지나칠 것 같은 돌멩이다. 항구라기보다는 조그마한 어촌이다.

'이 사람아, 거게는 귀신 섬이야, 잘못하면 시체가 되어 나오지, 미쳤어? 저런?'

아까 회를 한 점 먹여주던 할베가 소리치던 말이 귓가에 맴돈다. 그러고 보니 앞서 내린 여인이 어디로 사라졌는지 보이질 않는다. 여우 귀신일까? 환각일까? 분명 보따리를 머리에 이고 갓난아기를 등에 업었다. 집채만큼이나 쌓여있는 조개더미와 해변 가득히 널려 있는 허연 굴 껍데기, 검은 합자조개 껍데기, 불가사리 그리고 거무데데하게 절어버린 디젤 기름의 얼룩이 은사죽음으로 늘어져 있었다.

130 내 마음 속의 들쥐

무엇인가 이곳이 범상치 않은 '옛날의 풍요로웠던 영화'를 암시해 주는 것 같다. 손에 잡힐 듯 한쪽 구석에 서 있는 조그만 등대가 '흥망이 유수하니 만월대도 추초로다' 하는 조선조 초기 유배당한 충신의 회한을 선뜻 떠올리게 했다. 그러고 보니 고개를 깊숙이 숙이고 진한 우수에 차있는 저 '등대' 때문에 내가 이곳에 민박을 결정한 것이라는 걸 뒤늦게 깨달았다.

내 안에는 내가 아닌 또 다른 내가 있는 것 같다. 내가 전혀 모르던 결정사항이 나중에야 알게 되기도 하니까 말이다. 섬 주변을 천천히 걸었다. 짐이라고 해야 헌 배낭에 구닥다리 카메라 하나 정도이어서 간편하다. 떠나올 때부터 홀홀 가볍게 집을 나섰다. 고라니인지 노루인지 야생동물들이 내 앞에서 휘다딱 도망가기도 했다. 이름 모를 새들의 합창소리가 나를 환영하는 오케스트라 같다. 내 발걸음도 더욱 가벼워졌다. 무당 할마씨의 개다리춤 같이 흥겨웠다.

2.

생각보다 첫 날 밤은 잘 잤다. 이런 상태로라면 실낱 같은 애초의 희망이 실현될 수 있을 지도 모른다. 그 동안 나를 괴롭혀 왔던 일상의 모든 것을 긁어낼 수 있을 것이다. 그리하여 나는 모든 구속에서 탈출할 수 있고, 오래 더께가 낀 무서운 이끼 껍질을 벗을 수 있을지도 모른다. 가정이란 구성원에 따라서 지옥도 되고 극락도 되는 것 같다. 더구나 가족간의 오해는 근원적 비극의 씨앗이 된다.

"서울손님요, 아침 안 자실 개비여?"

나는 문 밖에서 주인 아주머니가 중얼거리는 똑 같은 소리를 몇 번 듣고서야 부시시 일어나 앉았다. 너덜거리는 문창호지 사이로 늦은 아침 햇살이 춤추었다. 발끝으로 문을 밀고 담배를 꺼내 들자, 푸르른 마약 같은 연기도 같이 춤을 추었다.

누런 코가 연방 입으로 들어가는 어린앨 업은 아주머니가 밥상을 들여놨다. 실조개로 끓인 토장국이 위장을 나긋하게 감싸주었다. 목구멍이 부드럽게 간지럽힌다. 토장국만 한 그릇 더 청해서 위장에 부어넣고 해변으로 나왔다. 그러고보니 어제 배에서 내릴 때 앞서서 걷던 그 여인 같기도 하다.

흥감부리는 초여름이 방파제에서 누워서 졸고 있었다. 어제 밤에는 그렇게 울가망하던 등대가 바다 색보다 더 진한 남빛으로 온몸을 비틀며 춤 추고 있었다. 등대는 성황당 고목에 둘러쳐진 오색 형겊과 '지노귀새남' 굿을 하던 무당같이 흔들렸다. 등대가 움지이는 것이 아니라 그 주변 파도가 흔들렸다. 나는 방파제로 올라섰다. 마침 썰물이어서 방파제 끝까지 바다를 걸어 갈 수 있을 것 같았다. 엊저녁 밀물 때보다 몇 배나 더 길게 개펄에 드러난 방파제는 등대를 코 앞에 놓고 길게 팔베개 하고 누워있었다.

허연 수건을 머리에 동여맨 아낙들이 발목까지 빠지는 개펄에 하얗게 깔려서 조개도 잡고 바위에 찰거머리로 늘어붙은 굴도 따냈다. 바다 끝으로 갈수록 파도는 발바닥을 더욱 세게 간지럽혔다. 남빛 바다와, 바다보다 진한 하늘과, 하늘보다 짙은 등대의 청남빛, 그것은 등대의 유리창에서 유령의 망또 같이 발광체로 흔들렸다. 바다 쪽으로 걸어들어 갈수록 환상적인 섬 배경이 나를 빨아들였다. 누군가의 유혹이다.

어디서 두어 마리의 검정나비가 머리 위로 날아왔다. 나비다! 내 앞뒤를 한참이나 앞서거니 뒤서거니 하더니 수평선 끝으로 날아갔다. 나비다! 검정나비는 송장나비라는데? 왜 하필이면 검은 나비일까? 어제 고속버스 유리창에선 노랑나비였는데? 그리고 할머니의 혼령도 노랑색 나비로 집에 돌아왔는데?

검정나비가 날아간 수평선 끝, 한 점을 찾다가 저 나비도 죽을 것이라는 막연한 생각을 했다. 아니 내가 죽을 것 같다는 공포감도 든다. 방파제 끝에 앉았다. 파도가 부딪칠 때마다 하얀 포말이 얼굴에 튀겼다. 어디선가 피리소리가 났다. 벌떡 일어나서 둘러 보았다. 아무도 없다. 멀리 소라를 줍는 해안의 아녀자들이 손바닥만하게 보일 뿐 주변에 아무도 없다.

환청일까? 귀를 막아 보았다. 분명 들리지 않는다. 극도로 피로한 내 신경쇠약일까? 손을 뗐다. 다시 신비한 선율이 흔들려 왔다. 날렵하고 애절한 가락이 방파제에 부딪치는 파도의 리듬을 배경으로 썩 화음이 잘 되었다.

동서남북 방향으로 귀짝을 돌렸다. 산등성이에서 나오는 것 같기도 하고, 바다 쪽에서 잡히는 것 같기도 했다. 방파제 끝에 박혀 있는 쇠말뚝에 귀를 갖다 붙였다. 좀더 선명하게 가슴 끝을 낫질해 대었다. 등대를 쳐다 보았다. 그 피리소리는 등대에서 바람 타고 있었던 것이다. 불을 못 밝히는 폐등대가 이 폐항을 더욱 을씨년스럽게 만들었다. 사람이 살지 않을 텐데? 양 손을 귀에 바싹 갖다 대고 다시 숨을 죽였다. 분명 등대 쪽이다. 누구일까?

그 특유한 한(恨) 가락은 누이동생의 플룻을 연상시켜 주었다. 누이동생 혜마(慧麻)는 특히 '목신(木神)의 피리'를 특히 잘 불었다. 말라르메의 상징시를 무반주 독주곡으로 만든 드뷔시의 이 소나타가 한밤 중 아래층 누이의 방에서 들려올 때면 나는 그 밤을 내내 끙끙 앓아야 했다. 그것은 깊이 모를 허무와 절망의 수렁으로 내 모가지를 밧줄로 칭칭 감아 끌어내리는 곡이었다. 피리와 플룻의 절묘한 화음은 또한 동서양의 미묘한 감정을 극적으로 일치시켜주었다.

그 혼음 소리는 초승달 끝으로 날카롭게 날아올라서 가슴 저 깊은 곳을 쭉 갈라서 피 빛 진한 심장을 드러내는 것 같다. 심장과 그리고 가슴 뼈들을 하나씩 발라내어 퉁그러 내고, 다시 그 뼈를 송곳으로 찔러대는 기쁘게 슬픈 아픔을 주었다. 이런 표현으론 뭔가 부족하다. 그보다 더 간절한 감정들이다. 여성의 크리토리스를 부드럽게 오르내리는 건반의 율동 같은 그런 비밀한 음정같은 거.

그 피리소리는 엊저녁 내가 처음 이 방파제 입구에 앉았을 때도 들렸었던 것 같다. 그것을 의식하지 못했을 뿐이다. 아까 수평선으로 날아가던 검정나비도 곧 죽을 것이라는 막연한 생각도 이 피리소리 때문이란 걸 알았다. 무섭다. 무엇인가 운명적이라는 생각이 든다. 여우 귀신일까? 우습다.

나는 구두를 달랑 벗어 던졌다. 그리고 옷을 벗고 바다 속으로 뛰어들었다. 아직은 꽃샘바람이 걷히지 않았는지 물 속은 차가왔다. 어금니가 딱딱 마주쳤다. 등대를 향해 헤엄쳐 갔다. 오늘 아침 민박집의 실조개 토장국이 든든했나 보다. 컨디션이 좋다. 물길과 반대인데도 몸이 유연하게 빠져 나갔다. 뚝섬에서 건너는 한강보다 강폭이 조금 좁아 보였다.

해안에서 멀어질수록 물속이 따뜻해서 좋았다. 배영으로 노닥거렸다. 등대에 급히 갈 이유도 없다. 바다 위에 드러누워서 하늘을 바라보는 이런 재미가 없었다면 세상살이의 얼마쯤은 추웠을 것이다.

사철 아무 때고 물에 뛰어들지만 겨울바다의 자맥질이 그 중 시원하고 통쾌하다. 어렸을 때는 용산 쪽 한강변에서 얼음을 깨어 헤엄치다가 얼음판 밑으로 몇 번 들어가기도 했다. 몇 번 기절한 뒤로는 겨울 수영 때에는 강보다 꼭 바다로 뛰었다.

수면을 타고 다시 피리소리가 더욱 맑게 들렸다. 그것은 바다 한복판에서 올라오는 용궁 속 피리소리 같기도 하다. 굴 껍질이 엉긴 바위를 타고 등대로 올라섰다. 등대는 생각보다는 크고 괴괴했다. 휘바람을 불며 한 바퀴 돌았다. 엉뚱한 수수께끼 같은 것을 기대하고 올랐는데 아무도 없다. 약간 허탈하다. 창고 같은 곳으로 통하는 길목에 빗물 받이 큰 항아리가 두 개 있고, 그 아래 쪽에는 빈 깡통을 딸랑거리며 물이 새는 쪽배 하나가 흔들리고 있었다. 그리고 아무것도 없다. 여느 등대와 별다른 것이 없다.

피리소리가 뜬금없이 끊겼다. 막연히 그 가락에 끌려 들어오던 나는 줄이 끊긴 연처럼 갑자기 내동댕이 쳐졌다. 난감해졌다. 등대 안으로 더듬어 들어갔다. 원형의 굴 속 같은 1층에는 쓰레기장 같은 썩은 내가 진동했다. 깨어져 나간 벽돌 틈으로 새어 드는 신비한 햇살들이 오히려 섬뜩한 오한을 주었다. 사닥다리를 타고 2층으로 올라갔다. 새끼줄로 이어맨 나무사닥다리는 금방 흔들려 떨어질 것 같다. 층 구분이 애매한 다락방 같은 2층엔 팔뚝에 시커멓게 묻어나는 그을음과 바닥에 얼룩진 기름끼가 흘렀다.

석유냄새와 취사 도구들은 사람이 살고 있다는 예감을 주었다. 솥뚜껑을 열어보았다. 너테가 여러 겹 끼인 냄비엔 밥도 남아 있고, 이빨자국이 남아있는 무짠지 몇 쪽도 있었다. 나는 "누구 없어요?" 소리질렀다. 문짝을 흔들어 보기도 했다. 기척이 없다. 분명 내가 나타나자 피리가 멈춘 것만은 분명하다. 나는 밥 솥에 반찬 나부랭이를 한데다가 부어서 약간의 간소금을 뿌렸다. 그리고 단숨에 먹어치웠다. 배도 고팠지만 다시 해안까지 약 10Km 정도 멀리 헤엄쳐 가려면 열량이 필요했다.

3층이자 맨 꼭대기 방에는 뺑 둘려진 유리창이 한 곳에 빛을 모아 들여 눈이 부셨다. 깨진 유리창에선 바람까지 모아주어 산 꼭대기 정자같이 삽상했다. 나는 팔베개를 하고 달랑 누웠다. 하늘이 천장 높이로 내려와 있었다. 피리소리가 다시 들렸다. 끊어질 듯 이어지는 아련한 음향은 겨드랑이를 간지럽혔다. 진지하게 귀 기울이지 않으면 의식하지 못 할 만큼 가녀린 솔바람 소리 같기도 하고, 여자의 신음소리 같기도 했다.

벌떡 일어나 둘러보았다. 한참 만에 창고 문짝 뒤에 등을 대고 앉아 있는 물체를 발견했다. 그것도 찬찬히 살피지 않으면 구별되지 않을 그물 시렁 소쿠리 등 잡다한 어구(漁具)들과 나란히 앉아 있었다. 사람이 아닌 그런 살림살이의 한 부속물로 보였다. 나는 뛰어내려가 창고 지붕 위로 올라갔다. 머리가 함부로 헝클어진 야생의 사내였다. 먼 수평선을 응시하고 앉아 있었다. 나를 의식하는 건지, 안 하는 건지 흔들림이 없다.

눈을 지긋이 감은 채, 온 몸을 흔들며 불어대는 사내는 스스로 도취해 있는 것 같았다. 입으로 부는 것이 아니고 온몸으로 불었다. 낮은 소리일수록 땅으로 굽어지는 허리의 각도가 더욱 낮았다. 높낮이는 손가락 끝에서 조절되는 것이 아니고 아코디온 같은 몸의 율동으로 파상되는 것 같았다. 긴 하나의 곡이 끝나자 비로소 그의 등 뒤에 서 있는 내게로 천천히 허리를 돌렸다. 아, 빨갛게 충혈된 꽃 구슬,

투명하게 붉고 맑은 사내의 눈동자에 나는 순간 망연했다. 불화살이 내 심장에 꽂히는 숨 막힘의 감동이었다.

다시 고개를 돌려 먼 바다를 올려다보던 그는 벌떡 일어나 휘적휘적 아래 층으로 내려갔다. 그의 귀살머리 눈동자에 멈칫하던 나는 어떡하든 그와 친하고 싶다는 생각이 짜드락났다. 그의 염색된 군복을 잡았다.

"주인장님, 뭐 먹을 것 좀 더 없습니까? 배가 고파서 헤엄쳐 갈 수 없는 뎁쇼." 그도 멈칫하더니 웬 떨거지냐는 듯 눈 한번 크게 휘둥그리고는 그냥 아래층으로 내려가 버렸다.

3.

누이동생 마야의 플룻은 귀를 꽁꽁 막아도 피부로 스며드는 슬픔과 절망을 주었다. 그 소리는 앉아있을 수도, 서 있을 수도, 그렇다고 뛸 수도 없는 까닭 모를 회한과 비감을 불러 일으켜 주었다.

"야, 마야야, 너 좀 아름답고 희망찬 곡목을 좀 읊어봐, 허구헌날 이별이고, 슬픔이고 하는 곡조만 불어대냐?"

어느 날인가 그미에게 부탁했지만 별로 먹히지 않았다. 그 소리를 듣지 않으려고 나는 군에서 제대를 하자마자 내 방에 방음장치를 했다. 내가 직접 망치를 들고 두터운 방음판을 박아대자 식구들은 예술을 사랑할 줄 모르는 냉혈동물, 법대생이라며 나를 몰아세웠다.

아무리 좋은 음악이라도 남이 싫으면 공해일 뿐이다. 주변 상황에 따라 하는 것이지, 매일 멋대로 불어대는 것은 불협화음일 뿐이다. 음악과는 다소 거리가 먼 건축가인 아버지까지 바이올린이 거의 수

준급이다. 그만큼 아버지는 어머니를 사랑했다. 자기 전공이 아니지만 전혀 어머니를 기쁘게 하기 위하여 열심히 바이올린을 연습했다. 아파트 공사 등 현장 일에 바쁜 아버지가 어쩌다 일찍 들어오시는 날이 면 아버지까지 밤 늦도록 빽빽 대었다.

　소프라노 성악가인 어머니가 피아노 앞에 앉아 목청을 뽑으면 아버지의 바이올린, 마야의 플룻이 다정하게 합주된다. 피아노와 바이올린에 플룻의 화음이 어색한 법인데, 오히려 그것이 훨씬 기묘하고 신비롭게 해주었다. 집안 식구들 누구의 생일이거나 결혼기념일 또는 아버지 회사의 공사가 낙찰되거나 하면 그 즐거움을 가까운 친구들을 초대하여 그 동안 연습한 곡목으로 가족 연주회인 '돌꽃회'를 가졌다. 손님들 또한 여느 요란한 잔치보다는 맛있는 소리 대접에 더 즐거워하는 고상한 친구들이다. 다행이다. 점점 더 자주, 점점 더 많은 청중들이 모여들었다.

　응접실을 아예 소형 연주장소로 개조하였다. 이 집으로 이사올 때 일부러 마을에서 좀 떨어진 외딴 채를 구입했기 때문에 재창 삼창을 하는 어머니의 소프라노 진가는 더욱 올라갔던 것이다. 가까운 친척이나 친구들의 경사가 있을 때면 연주초청을 받기도 했다. 그런 외부 초청연주에는 어머니가 마야를 될 수 있는 대로 빼려고 했다.

　음악을 좀 아는 사람들에게는 피아노와 바이올린의 협주곡에 플룻이 생소하기도 했지만 완전하게 녹아들지 못하는 플룻의 화음이 자칫 웃음거리가 될 지도 모르기 때문이다. 그것은 E음대 교수인 어머니가 방학 때마다 떠나는 부부 연주여행 때에도 마찬가지이다. 가능하면 어떤 이유를 대서든 마야를 밀어냈다.

　내동댕이쳐진 마야는 그럴수록 스스로 강도 높은 플룻 훈련을 했다. 며칠씩 문을 닫아걸고 앉아서 밤낮으로 불어 젖혔다. 생계란과 우유 몇 방울만 목구멍에 떨어뜨리고는 잔인한 연습을 했다. 입안이 헐고 목구멍에서 피가 나왔다. 그것은 발전을 위한 연습이 아니고 어머니에 대한 원한과 분노였다. 그미는 자기가 어머니 보다 무엇이든 더 낫다고 생각했다. 그러한 마야의 '편집적 행위'를 식구들은 전혀 이해하지 못했다. 처음에 몇 번은 나도 '돌꽃회' 합주에 클래식 기타를 들고 참여했었다.

차이코프스키의 바이올린 협주곡은 유난히 4명의 화음이 잘 묻어 들었다. 차이코프스키의 음표는 감정이 풍부하고 색깔이 다양해서 내가 특히 좋아하는 음악가 중의 하나이다. 그의 '신세계' 교향곡 제 1부 중, 제 2악장은 내 기타의 배경음으로 합주가 더욱 돋보이는 것도 같았다. G단조의 서정적인 부드러움은 맛있는 음식이 혀끝에 잘잘 녹는 듯 했으나, 제 3부의 후반부터는 전혀 화음이 안되었다. 제 1주제와 제 2주제가 엇바뀌어 가며 광란하는 열정을 내 기타에선 흉내 낼 수 없었다.

그러나 반복할수록 훨씬 숙달되었고 빠르게 진보되었다. 우리는 열중했다. 몇 달 쯤 되자 충분한 기량이 되었다. 그래서 SBS에서 실시하는 '가족음악회'에도 출연할 계획도 세웠다. 그러나 무엇인지 영혼이 녹아지지 않는 안개가 잠복해 있었다. 연주에 영혼성이 없다면 하나의 기능에 지나지 않을 것이다. 가슴 저 밑바닥에서부터 울리는 어떤 영혼의 용광로가 없었다. 완전 용해되지 않는 성분은 무엇일까?

음악도 연주 이전에 연주자의 마음이 서로 상통해야 한다. 혈육의 한 조각으로 승화되지 않는 어떤 불협화음을 나는 피부로 느낄 수 있었다. 마야에게서 비롯되는 섬뜩한 한기(寒氣), 그것은 일방적인 노력만으로 해소될 수는 없는 것이다. 그 이후, 나는 질식할 것 같은 '돌꽃회'에 나가지 않았다. 오히려 그 소리들에서 될수록 멀리 도망치기 위해서 나는 방음장치까지 했던 것이다. 언제부터 우리 집에는 이런 음험한 그림자가 드리워지기 시작한 것일까?

몇 년 전 까지만 해도 우리 가족은 숲 속의 원숭이 가족 같이 끈끈했다. 샘터같이 다감하고 즐거웠다. 우리 집의 모든 기쁨과 가치는 '돌꽃회'가 전부였다. 우리 가정의 최고 행복은 여기서 시작되고 여기서 끝났다. 나는 통기타를 들고 어쩔 수 없이 끼어들었지만 주로 관중 편에서 지내왔다. 유난히 나만 음악에 재주가 없었던 탓도 있었지만 그냥 들어 주는 것이 내겐 더 즐거웠다. 그러나 내가 ROTC 소위로 임관하여 입대한 그 해 봄부터인가 '돌꽃회'의 연주곡목이 다양해지고 세련되어지는만큼 화음이 삭막하게 변질되어 가고 있음을 처음 느꼈다. 물기가 없었다.

마야가 여고 2학년에 성큼 올라서면서 가슴과 엉덩이의 앞뒤가 팽팽하게 달아오를 즈음이었다. 여체 홀몬이 쭉쭉 물기를 뽑아 올라자 탄력성 있는 몸매가 나를 더욱 어색하게 했다. 여중시절엔 해골만 걸어다니는 것 같은 신경질적인 체질에 장난끼도 좀 있었다. 그래서 전처럼 누이동생과 함부로 장난하다가도 내 손끝이 그미를 스치면 부끄러워지는 것은 오히려 내 쪽이었다. 분명 친동생인데도 다른 집 여고생 같았다. 이상하다. 내가 변태일까.

언젠가 대학 졸업반 학기말 시험을 끝내고 급우들과 한잔 걸치고 황혼과 함께 대문을 들어서다가 이층 베란다 벽에 기대어 플룻을 불고 있던 마야의 모습을 발견했다. 잠깐 놀랐다. 계단을 가만히 올라가 뒤에서 숨어서 보았다. 한 떨기 매화꽃이었다. 눈 위에 피는 매화꽃, 전에 못 보던 아름다움이 있었다. 하얀 원피스에 붉은 리본을 맨 브라우스는 눈부시게 빛났다. 두 갈래의 검은 머리가 말 갈기 같이 출렁거렸다.

은빛 플룻 위로 하얀 은어가 춤추는 손가락은 스스로의 신묘한 음향에 따라 그대로 한 마리의 흰 나비가 되어 휘딱 날아가 버릴 것 같은 안타까움도 주었다. 드뷔시의 제 2번 소나타 제 1악장을 그때 불렀던 것 같다. 그 즈음 그미는 '우울한 목신'을 자주 불었다. 친동생만 아니었다면 나도 청혼했을 것이다.

첫 휴가를 나왔다. 나를 환영하는 '돌꽃회' 가 연주되었다. 진지하게 들어보니 분명 어떤 차가운 냉기류가 가시지 않았다. 기계적인 화음은 잘 되었지만 마음의 화음은 쌍갈지게 수묵치고 있었다. 무엇인가 마음의 금이 가고 있었다. 어렴풋하게 느끼던 가족의 금이 휴가 때마다 더욱 잔인하고 더욱 깊게 패여지고 있었다. 어디에 원인이 있는 것일까?

식구들은 서로가 근심스러워했다. 무엇인가 투명한 달걀 막 같은 그런 불순물을 걷어내려고 애를 쓰는 것 같았다. 그런데도 그것은 보이지 않는 독버섯처럼 우리 집 구석구석을 무섭게 거미줄 치고 있었다.

식구들은 무슨 벌레 같은 그 마귀를 제거해 보려고 더욱 열심히 악기를 소리를 마음을 일치시켜 봤지만 공허한 메아리만 돌아왔다. 누군가 무엇을 분명 숨기고 있는 게 있는 것 같다. 누군가의 제안으로 돌꽃회 연주를 당분간 보류하기로 했다. 그러자 이번에는 더욱 무서운 공허와 불면과 불안에 식구들은 가위 눌렸다. 아무 것도 아닌 것이 아무 것도 아니게 질식시켰다.

한 밤 중 지렁이가 꿈틀거리는 듯한 피리소리에 눈이 떠졌다. 그 소리는 위장약 하얀 암포젤 처럼 이마 속으로 하얗게 흘러 들어왔다. 벌떡 일어나 앉았다. 숙취가 위장을 갈퀴로 긁어 대었다. 아까 대낮에 그 등대에서 조각배를 훔쳐 타고 나왔다.

근처의 어시장으로 저어가서 농주를 세수대야 같은 양재기로 몇 번 들이켰다. 몸이 유쾌하게 흔들린다. 4홉들이 소주를 몇 병 더 조각배에다 싣고 초승달과 함께 정사(情事)를 즐기며 돌아왔다. 소주 두어 모금 털어 넣고, 생굴 하나 소금 찍어 어금니로 씹는 맛이란 서울에선 도저히 맛볼 수 없는 맛이다. 이백(李白)의 대자연 욕정을 불알 끝에 저절로 느끼게 했다.

빈속에 알코올만 절였더니 다시 속 쓰림이 왔다. 유쾌한 통증이다. 민박 집 앞 개울로 나가 샘물 한 바가지 뒤집어 쓰고 피리소리를 따라 나섰다. 끊어질 듯 이어지는 청승곡 소리는 언젠가 들었던 남사당 패거리들의 비극성을 연상시켜 주었다.

문경새재 웬 고갠고 구부야 구부 구부야 눈물이 난다.
아르르 아르르, 하늘인지, 붕천인지, 지랄인지
사지육신 마디마디가 사사살 녹는다, 사사살 녹는다.
어이 가려나, 어이 가려나, 심심산골을 어이나 갈까.
아떤 사람 팔자좋아, 부귀영화 잘 사는데
이놈 팔자 기박하여 마당쇠가 웬 말인가

방파제로 다시 나왔다. 검은 담요 위에 별들이 떨어져 출렁대고 있었다. 은하수가 바다 위로 가득히 떨어질적마다 파도와의 마찰 빛이 광휘롭게 비끼고 있었다. 왼쪽으로 비껴서 있는 섬 쪽에서 고깃배들의 어항 등이 몇 개 흔들렸다. 폐선을 몇 개 잇대어 마루를 깔고 선착장 구실을 하는 뱃머리에 앉았다. 취기를 띤 피리소리는 더 애살스럽게 통곡해 왔다. 어디선지 절간의 목탁소리도 아련하게 들려왔다.

얇은 바다 안개가 스물거렸다. 그리고 보니 한 토막의 밤도 허리를 주춤하고 일어서려는 시각인지 엷은 안개 빛이 비쳤다. 밤과 낮이 갈라지는 시간이다. 아니 밤낮이 만나는 시간이다. 새로운 만남이란 새로운 이별이기도 하다. 사랑은 증오의 시작이고, 증오는 사랑의 시작이다. 그런대로 밤 잠에 잘 곯아 떨어질 수 있었던 이틀 밤이, 저 피리소리 때문에 앞으로는 설치게 될지도 모른다는 불안이 날쩡거렸다. 서울을 떠날 때의 간절한 희망사항이 엉뚱한 데서 달걀 깨질지도 모른다.

방파제를 따라 걸었다. 그 입구에 어제 타고 왔던 조각배가 목이 매인 채 낑낑거리고 있었다. 죽음이 길게 누워 있는 해안도 한 바퀴 돌아보았다. 사립문을 기우뚱 밀고 들어서자 부엌에 있던 주인 아주머니가 서둘러 나오며 머뭇거렸다.

"서울 손님 예, 여게 있기가 좀 불편한 개비여? 식사도 잘 안 드시고 잉?"

"아, 아닙니다. 그저 바람 좀 쐬러 나갔다 왔는데, 저 파리소리가 참 좋은데요."

"그 파리소리요오? 허허어…… 빨리 들어가 아침이나 드시랑께로 내 금방 밥상 들여 갈팅께! "

"아주머니, 그 파리는 누가 부는 겁니까?" 나는 지나가는 것처럼 물었다.

"별 거 아이라요. 애이구 그 장님도 팔자가 기구하지."

"아니. 장님이 아니던데요?"

"당달봉사라요, 눈 뜬 장님이랑게. 실성한 지 아마 두어 해 됐지러, 눈 뜬 사람 이상으로 잘 찾아다닌당게. 작녀 여름에는 등대 근처에서 물에 빠진 동네아이들도 여섯명이나 건져 주었당게로."

나는 말갛게 윤기조차 나던 그의 눈망울을 연상했다. 보상작용? 신체의 어느 부분이 결핍이 되면 그것을 보완하기 위하여 비슷한 다른 부분이 정치(情致)하게 발달하게 된다는 의학용어를 어느 전문지에서 읽었던 것 같다. 나는 멍하니 등대 쪽을 바라보았다. 다시 방안에 들어서니 양말 수건 속옷 등이 깨끗이 세탁이 되어 한 구석에 얌전히 접혀 있었다.

"주인 아저씨는 무얼 하세요, 한번도 못 뵙겠네요?"

"벌시로 죽었지라우. 십 년 가까이 되었는디 안즉도 시체조차 모 찾고 있당게. 이 동네 젊은 남정네들은 씨도 없어뿌럿당게로. 모두 배타고 나가 물귀신이 돼 뿌렸당게. 늙은 영감 몇 사람하고 일찍감치 육지로 나간 사람들 외엔 이 섬에는 남자는 그림자도 없지라우. 그래도요, 피리부는 저 무당이 남자로선 젤 젊은개라우."

문지방에 걸터앉은 채, 주인 아주머니는 내가 건넨 담배를 허파 깊이 빨아들이더니 한숨으로 토해냈다.

"토장국이 댓길이네예. 해산물이 많이 나오는 모양이죠?"

"머시기, 이곳은 군산에서부터 흘러 내려오는 주걱떡 같은 기름

덩어리로 전부 죽어가는 거라요. 그 기름이 이 섬을 쥑이고, 어선을 침몰시키고, 남자를 잡아묵었당게. 저인망 어선인가 전기충격 어선인가 최신식 어선이 고기를 씨도 없이 몰아기기 때문에 겨우 5마력짜리 통통선으로 위험을 무릅쓰고 우리 남편은 멀리 바다 밖에까지 안 나갈 수가 없었덩 거라요. 그딴 애긴 고만하면 쓰것고만. 잉"

다 쓸데없는 지난 일들이라며 아주머니가 일어서려는 것을 내가 다시 담배 한대를 주며 주저 앉혔다. 등대 아저씨가 궁금했다.

"그 무당은 외지에서 흘러들어 온 어부였지라우. 아주 심 좋고, 바지런한 일꾼이였제. 그 여편네가 바람이 나서 육지로 도망쳐 버리자 실성한 것이랑게. 어린 딸 하나를 끌어 안고 그 기집년을 찾으러 전국을 헤매다니다가 저렇게 거렁뱅이로 돌아왔당게로. 흐이그 … 참, 내 정신 좀 봐. 신사복 우와기가 막걸리 투성이라, 내가 빨았응께. 우선 쥔 양반 핫바지라도 입지라우. 바지두 벗으시우."

"아니, 괜찮습니다." 나는 술을 꼬마에게 받아오게 해서 그미에게 건네었다. 그미는 억센 사투리로 다시 애길 이어 주었다.

"지난 겨울에는 요 아래 쇠똥이네 집에서도 무슨 대학 학술조사단인가 와서 녹음기를 틀어놓고 별별 걸 다 물어보더니만.., 사진도 찍어서 동네 사람들에게 나눠주고 하더만 손님도 선상님인가베?"

"아, 아닙니다. 이 섬 경관이 좋아서 그냥 좀 쉬어갈까 해서, 내려왔지요. 그래서요? 그럼 그 어린 딸은 어떻게 혼자 길렀어요?"

그 사내는 그 딸을 데리고 무당을 따라다니며 굿을 할 때마다 피리를 불어주고 용돈을 얻어 겨우겨우 연명해 왔단다. 그 딸이 중학생 나이쯤 되자 동네 애들과 같이 읍내를 지나가는 기차에 뛰어 올라 장사를 시작했다. 말린 조개를 꿰어 만든 해산물을 기차 손님들에게 파는 것이다. 철도 역원과 숨바꼭질 해가며 씨름하는 베트콩 장사는 늘 불안하고 위험했다. 달리는 열차에서 잘못 뛰어내려 병신이 되기도 하고 역원에게 잡히면 그날 번 돈과 물건을 뺏기고 실컷 얻어맞기도 했단다.

그래도 어촌에 기름이 두껍게 덮일수록 아주머니들까지 몸빼로 무장을 하고 나와 베트콩 장사에 생명을 걸지 않을 수가 없었다. 그 딸이 몇 년 동안 악착같이 벌어서 소원이던 노점 가게터 값을 거의 맞출 즈음 변을 당했다. 철도 공안원에게 겁탈을 당한 것이다. 어느덧 처녀로 쑥쑥 성숙한 그녀의 꿈은 검은 기름통에 빠져버렸다. 아버지를 모시고 시장 귀퉁이일망정 사과궤짝을 엎어놓고 과일장사를 해서 돈을 좀 만지면 다시 어머니를 찾아 나설 꿈으로 부풀어 있었다.

그 공안원에게 당하지 않은 베트콩 장사꾼은 별로 없었다. 여자는 육체를, 남자는 현찰을 상납하지 않으면 파출소에 넘겨져 즉결로 며칠을 굶고 나와야 했다. 그 딸은 분노와 원한에 치를 덜며 며칠을 음식전폐 하더니 등대 근처에서 바다로 결국 뛰어 버렸다. 외동딸의 자살충격으로 그 아버지는 실성하였다. 그때 눈이 멀어 버렸다는 것이다. 그 딸의 시체를 찾기 위해 몇 년째 이곳을 방황하고 있지만 그 시체는 아직도 바다 위로 떠오르지 않는다고 했다.

주인 여자도 술을 제법 했다. 4홉들이 소주가 4병째 빈 병으로 구르는 데도 끄떡없었다. 피리소리는 어느 새 그쳐 있었다. 몹시 기다려진다. 어쩌면 다시 듣지 못할 것 같다는 예감이 든다. 나는 벌떡 일어났다. 그리고 방파제로 뛰었다. 쌀과 소금 그리고 소주 몇 병을 조각배에 싣고 바삐 저었다. 워낙 낡은 보트여서 바닥의 물을 자주 퍼내야 했다. 어제 바닥에 있던 빈 깡통이 없어서 두 손으로 고이는 물을 퍼내려니 더 더디었다. 온 몸을 땀으로 멱감은 채 등대로 뛰어올랐다. 사내는 없었다. 창고 위 아래 아무데도 없었다.

"사람 살류!" 짐짓! 목청껏 외치며 몇 바퀴 다시 돌았지만 허탕이다. 그 당달봉사 피리부는 사나이는 그동안 배가 없어서 움직일 수 없을 텐데 아무데도 없었다. 나는 석유를 부어서 밥을 해놓고 기다렸다. 한참을 자고 있어났는데도 안 나타났다. 헤엄을 쳐서 육지로 나갔을까. 무작정 기다리기도 무엇해서 그냥 헤엄쳐오는데 그때서야 기다렸다는 듯이 피리소리가 났다. 나는 다시 등대로 되돌아갔다. 그러나 없었다.

귀기울여 보니 마을 쪽에서 나는 것도 같았다. 다시 헤엄쳐 왔다. 방파제로 올라서자 그 소리는 이미 멎어 있었다. 나는 피리소리가 났던 마을 뒷산으로 올라갔다. 사흘 전 이 마을에 내가 처음 왔을 때 보던 저녁놀이 다시 채색되었다. 피리소리가 나는 듯 다시 사라졌다. 나는 열심히 추적했다. 무엇인가 꼭 만나야 할 이유가 있을 것 같다. 그 이유가 무엇일까? 생각해 보면 아무 것도 아니다. 그냥 호기심일까? 그건 또 아닌 것 같다.

한참 만에야 으슥한 산기슭 무덤 위에 누운 채 하늘에 대고 피리를 불고 있는 그를 발견할 수 있었다. 맨 몸에 팬티만 걸쳤다. 봄이라지만 해변이라 추웠다. 여기 저기 널어놓은 옷들을 보자 주인 아주머니의 말이 생각났다. '그 장님은요, 뱃전에 스치는 물소리만 들어도 물 때와 수심을 알고 어종을 구별해 낼 정도로 물귀신이랑게 물귀신' 그 사내는 배가 없어서 헤엄쳐 온 모양이다. 내 인기척에 그는 천천히 일어나 앉아 나를 정확하게 쳐다보았다. 붉게 투명한 꽃 구슬!

"아저씨, 등대에다 배를 도로 갖다 놓았어요."

나는 그가 내 목소리를 기억할 것이라고 생각하며 될수록 자연스럽게 말을 꺼냈다. 그는 벌떡 일어나더니 무언가 잠시 생각했다. 신경질적으로 왔다갔다하며 분을 삭였다. 내가 그의 배를 말없이 타고 온 것에 대한 화풀이이리라.

"아저씨, 배의 바닥을 고쳐야겠어요. 제가 좀 도와드릴까요?"

그는 다시 앉아서 멀리 수평선 끝에 눈을 고정한 채 요동이 없다.

"아저씨의 피리는 한(恨)은 깊은데 그것을 극복하는 꿈이 없어요."

무엇인가 친하고 싶어서 다시 말을 건넸다. 천천히 내 쪽으로 돌아오던 얼굴이 다시 급회전하여 수평선에 꽂혔다.

"내 동생의 피리소린 꿈은 많은데 한이 없었거든요. 그러던 것이 절망으로 변했어요. 그래도 꿈은 언젠가 깔려 있었거든요…… 아저씨, 피리소리 때문에 나는 잠을 못 이루고 있어요."

"왜?" 바위가 갈라지는 소리가 처음 새어 나왔다.

"그냥 그렇게 생각돼요. 나도 가타를 좀 칠 줄 아는데 내 숙소로 가서 한번 같이 합주해 볼까요?"

뜬금없이 그는 팔뚝 반만한 퉁소를 어디서 꺼내오더니 미친 듯이 불기 시작했다. 이젯껏 듣던 음색과 가락과는 또 색다른 여운이었다.

"이래도 꿈이 없어 뵈여?"

"잘 모르겠는데요." 솔베이지의 그리움 냄새가 묻어나는 음향이었다.

"고향에서 버들개지로 꺾어 불던 곡이여! 고향처녀를 놔두고 나는 동네에 들른 남상당 패거리를 따라 나섰어."

애인인 솔베이지를 노르웨이에 남겨둔 채 객지에서 부른 '솔베이지의 노래'가 바다를 타고 달려갔다. 나는 크게 박수를 치며 재창, 삼창을 계속 시켰다. 우리는 이내 친해졌다.

"고향이 어디세요?"

"내 고향? 내 고향은 북쪽이야. 갈 수 없는 땅이야…… 함흥, 나는 이제 남쪽으로도, 북쪽으로도 갈 수 없고, 이 세상 어디도 갈 수 없어. 아니 가고 싶지도 않아요!"

서창(西窓)에 홀로 앉아 암암이 생각하니
고향에 우리 식솔 여전하게 사시느냐.
삼삼한 얼굴이며 다정하고 깊은 정을
한시인들 잊을손가, 월색은 휘황하고
심신이 불편하네. 문 열고 희롱하고,
창밖의 옥계화는 모춘당풍 만났구나.

그는 다시 한껏 목청을 돋우었다. 그의 창(唱)가락이 해안을 가득 덮었다. 멀리 수평선 끝에서도 낙낙히 들릴 것 같다. 지중하고 명쾌하고 풍부한 가창력이다.

"이것도 꿈이 없어?"

"글쎄요, 희망은 있는데 절실한 꿈은 아니네요? 아저씨 지금 웃는 거예요. 우는 거예요"

그는 석양이 자기 가슴 속으로 빨려 들어오도록 혼신으로 뽑아냈다. 나는 한곡 한곡이 끝날 때마다 진정한 감동에 떨었다. 10년 변비가 설사로 쏟아지는 소쇄감이다. 이런 통쾌함과 함께 장중한 음악적 감동은 별로 없었다.
　어머니의 소프라노에도 없었다. 어머니의 목청에는 기교적 아름다움은 있지만 진정성이 부족했다. 그냥 기계적인 소리였다. 그의 판소리는 연꽃을 피웠다가 감았다가 자유자재다. '묘이불염(妙而不染)' 기묘하면서도 전혀 세상에 물들지 않은 영혼의 소리, 혼음(魂音)이다. 그는 갑자기 옷을 주워입기 시작했다.
　"아저씨, 날도 어두워졌고, 배도 없는데, 오늘 밤은 제가 약줄 대접해 드려도 될까요?"
　"나는 밤낮이 없는 사람이야."
　그는 휘적휘적 걸어 내려갔다. 통소를 허리에 질러놓은 채 지팡이로 성큼성큼 더듬어 나가는 속도는 나보다 더 빨랐다. 내가 부축할라치면 홱 밀어 버렸다. 해안에 잠시 사더니 옷을 다시 벗어서 혁대로 머리에 매었다. '첨벙!' 어둠의 물 속으로 뛰어들었다. 순식간이다. 내가 어쩌지 못 하고 있는 사이 그는 저만큼 헤엄쳐 나가고 있었다.

4.

　아버지가 결국 마야의 플룻을 빼앗아 망치로 부수어버렸다. 바이올린과 피아노도 도끼로 찍어버렸다. 음악을 왕창 부숴버린 후, 노래가 없는 우리 집은 극도의 감정 과 탱탱한 활시위만 서로들 당겼다. 누구든 자칫하면 그 독화살에 맞아죽을 것이다. 아버지와 어머니의 까닭 없는 신경질과 싸움이 잦아졌고, 마야의 이상한 몸부림이 심해졌다.

마야는 대학 뺏지를 단 이후 유난히 어머니를 힐난하고 견제했다. 어머니의 외출이나 늦은 귀가를 꼬치꼬치 캐묻기도 하고 심지어 어머니의 뒤를 미행하기도 했다. 그것을 과장하여 아버지에게 고자질했고, 아버지의 주먹이 어머니의 얼굴을 더욱 시커멓게 멍들게 했다. 이해할 수 없는 마야의 돌변을 내가 몇 번 타이르기도 하고 문을 잠궈 놓고 기절하도록 빗자루 춤도 추었지만 막무가내였다. 마야는 엄마가 옛날 애인과 바람을 피운다고 주장했다.

아버지의 외박은 잦아졌고 사업의 실패와 함께 성질도 더욱 난폭해졌다. 어머니의 옛날 애인은 아버지도 잘 아는 고향 마산고교 후배로서 우리 집에도 잘 놀러오는 목사이다. 어머니가 재직하는 S미션계통의 대학에서 종교철학도 강의하고 학교재단에도 참여하는 저명인사였다. 마야의 질투는 터무니없이 비약하고 있었다. 같은 직장이고 업무상 교내외에서 얼마든지 만날 수 있는 것을 마야가 몇 번 보았던 모양이다.

어머니가 일류인 자기 학교에 넣어주지 않고 일부러 다른 학교의 입학원서를 사온 것은 어머니의 이런 밀회를 은폐하기 위한 음모라고 대놓고 공격했다. 사실, 마야의 수능성적이나 실기능력으로 보아서는 E대에는 충분히 합격할 수 있는 수준이었다. 때때로 확인되는 이런 근거 때문에 아버지는 아예 마야의 의심과 고자질을 사실로 믿게 되었다. 어머니와 그 목사를 미행하여 마야가 찍은 사진을 보고서는 나도 벌어진 입을 다물 수 없었다.

두 분이 가족들 몰래 며칠 간 기차 여행까지 한 사실은 어머니도 변명하지 못했다. 심지어 '돌꽃회' 연주 날짜를 변경해 가면서 밀월

여행을 간 셈이다. 궁지에 몰린 어머니는 마침 미국의 명문 줄리어드 음대에서 연례행사로 실시하는 '하계 국제음악제'를 핑계로 미국으로 떠났다. 집안의 모든 것이 시끄럽고 무엇보다 아버지의 술주정과 폭력에 견디지 못했다. 훌쩍 바람이나 쐬고 오려는 의도였다.

줄리어드는 어머니의 모교이기도 했고, 스승이자 사사받은 갈리미안 교수가 직접 개인 편지로 초청해 왔기 때문에 시끄러운 집안 사정만이 아니라, 가능하면 꼭 참석해야 하는 상황이기도 했다. 그때의 줄리어드 동문들이 대부분 현재 한국 음악계의 중진으로 활약하고 있어서 그 중진들과 함께 가기로 한 것이다. 나와 몇몇 어머니 친구들만의 전송을 받고 어머니는 쓸쓸하게 김포공항을 떠나갔다. 어머니가 떠나자 갑자기 마야가 활기를 띠었다. 이상해졌다.

마야는 화려한 홈드레스에 화장을 요란하게 하는가 하면 다소 먼 시장까지 돌아보며 직접 식구들의 식사까지 받들어 주었다. 가정부는 고향으로 휴가 보내 버렸다. 식구라야 셋 밖에 없지만 그미는 지성으로 아버지를 받들었다. 내가 더욱 의아해진 것은 밤이면 화려한 홈드레스를 입고 아버지의 다리를 안마해 주곤 하는 것이었다.

전에 없던 해괴한 현상이다. 마야의 평소 창백한 얼굴의 화장은 오히려 더 아름답긴 했지만 굳이 아버지를 그렇게 필요이상으로 받들 일은 아니다.

밤이면 부녀가 어깨동무 하며 깔깔거리고 들여다보고 있는 텔레비전 화면을 내가 발로 걷어차 박살내기도 하고 마야의 잠옷을 갈기갈기 찢어 버리기도 했다. 엄연한 부녀 사이에 이게 무슨 짓이람? 아버지가 가위를 들고 어머니의 머리를 자르겠다고 설쳤듯이 나는 마야는 머리채를 아예 잘라 버리기도 했다. 이튿 날 그미는 숏 커트를 치고 요염하게 눈을 흘기며 내방에 나타나기도 했다. 미쳐가는 것은 그미가 아니고 바로 나였다. 아버지는 어머니에 대한 반발과 분노를 엉뚱하게 마야를 통해서 반사 위로를 받는 것 같다.

 미국 줄리어드 국제음악 연수에 갔다가 거의 40일 만에 돌아온 어머니는 아주 기쁜 선물들을 갖고 왔다. 어쩌면 그것으로 우리 집의 모든 오해가 벗겨지고 다시 옛날과 같이 '돌꽃회' 샘솟는 가정으로 회복할 수 있을지도 모른다는 간절한 소망으로 어머니는 눈물을 흘리며 또박또박 선물 보따리를 펼쳐 놓았다.
 제일 처음에 꺼내 놓은 것은 마야의 '줄리어드' 음대의 입학 허가서이고, 또 하나는 약혼서류였다. 둘 다 마야를 위한 것이다. 그 둘을 위해서 그 동안 어머니는 또 얼마나 고심하며 뛰어다녔을까? 그 약혼 대상자는 이태리에서 성악을 전공한 그럴 듯한 집안의 2세이다. 중학생인 마야가 고교에 다니는 그를 오빠라며 그의 집에도 놀러가곤 했던 청년인데 뭘로 봐도 마야에겐 화려한 조건이었다. 그러나 마야는 펄쩍 뛰었다. 어머니의 귀국보고가 끝나기도 전에 자기 방으로 뛰어가 고함을 지르며 통곡했다. 알 수 없는 일이다.
 아버지도 시큰둥 해서 이층 서재 방으로 올라갔다. 실망한 어머니는 나를 보고 씁쓸하게 웃기만 했다. 그때 내가 장남으로서 어떻게 어머니를 도와주어야 할지 아니 어떻게 어머니에 대한 가족들의 오해를 풀고 가정을 회복해야 할지 몰랐다. 다시 어머니가 미국으로 출국하기 이전의 각축장으로 휩쓸려 들어갔다.
 리비도! 엘렉트라 콤플랙스! 마야는 아버지를 하나의 남성으로 어머니를 자기의 연적으로 생각하는 것 같다. 나는 아버지를 밖에서 만나 의논했다. 그리고 명동 성모병원 정신과를 찾았다. 그 젊은 의사에게 나는 마야의 방에서 훔쳐온 그미의 일기장도 보여주었다. 거기에는 아버지에 대한 간절한 사랑의 문구가 어지럽다. 아니 우표를 붙여서 부치지만 않았지, 열렬한 사랑의 편지였다. 결국 나와 같이 어렴풋이 눈치 챈 아버지가 이젠 적극적으로 마야의 줄리어드 음대 출국을 서둘렀다. 아버지는 오랜만에 내 어깨를 잡고 울었다. 어머니에게 그 동안 못할 짓을 해온 것이다.

마야가 정말 줄리어드 학교가 싫다면 약혼식 겸 바로 결혼을 하도록 주선했다. 아버지가 오히려 바빴다. 그쪽에서도 신랑의 결혼나이가 차 있고 어려서부터 서로 빤히 아는 집안끼리니까 시간을 끌 필요가 없었다. 자기 아들이 외지에서 혼자 자취하는 게 고생이라며 흔쾌히 응락했다. 아버지가 마야를 앉혀놓고 조용히 그러나 단호하게 말했다. 그러나 마야는 문을 닫아걸고 단식투쟁에 들어갔다. 그래도 아버지는 일방적으로 출국수속과 결혼날짜까지 잡아놓았다. 우선 미국에 들어가 동거생활하다가 금년 겨울방학 때 한국에 나와 혼례식만 치르자고 양가 결정을 보았다.

어머니는 그전부터 이미 모든 것을 알고 있었다. 마야가 사춘기에 접어들면서 아버지를 지독하게 흠모하고 있다는 걸, 같은 여자로서 반지빠르게 인식하고 있었던 것이다. 왜 화음이 안 되었는지도 알았다. 그래서 가능한 마야를 아버지 곁에서 떼어 놓으려고 고심한 것이다. 결국 '돌꽃회'가 파탄되는 결과까지 되었지만 어머니는 누구에게도 털어놓지 않고 혼자서 극복하려고 애를 써 온 것이다. 자칫 마야에게 지을 수 없는 상처를 줄지도 모른다는 염려에서 였다. 남편과 딸에게서 떨어지는 오해와 온갖 모멸의 포탄을 피하지 않고 말없이 받아왔다. 온몸에 피를 흘려왔다.

　원래 초등학교 때부터 바이올린으로 시작한 마야의 음악적 재능의 한계를 눈치챈 어머니는 마야가 중학교에 들어가자 플룻으로 자연스럽게 바꿔 주었다. 다른 분야를 조심스럽게 확인해 보기 위한 것이다. 손가락 조율보다 호흡의 조율을 시험해 보려고 했다. 그러나 그것이 원인이었을까? 자기가 뛰어넘지 못하는 바이올린의 선율을 아버지는 거침없이 오히려 독창적으로 승화시키는 모습에서 아버지를 존경하게 된 것이다.

　존경심이 흠모로 쌓여갔다. 마야는 아버지의 모든 것에 매혹되었다. 아버지는 바이올린으로 판소리나 유행가도 켰는데 그것은 또 다른 감동의 떨림을 주었다. 그 선율에 황홀해 하던 음악적인 살결이 하나의 이성으로 더욱 밀착되었다. 세월이 감에 따라 그 선율을 만드는 아버지를 이상적 남성으로 꿈꾸게 된 것이라며 어머니가 조용히 깨우쳐 주셨다. 어머니도 마야의 방문 앞에서 같이 단식을 하며 문을 열어 주도록 애걸한 지 열흘 째 되는 저녁 아버지는 문을 부수고 들어갔다.

　지독한 신경의 피로로 마야는 고열에 시달리고 있었다. 급히 어머니 대학 부속 병원으로 옮겼다. 며칠을 혼수상태에서 깨어나질 못했다. 기독교적인 냄새는 더러 있었지만 교회는 다니지 않았던 어머니의 간절한 기도도 계속되었다. 어머니의 뺨은 무섭게 야위어 갔다. 어머니의 간절한 기도 모습은 그때 처음 본 것 같다. 거의 1주일만에 깨어난 마야는 과거를 몽땅 잘라먹은 '기억상실증' 폐인으로 일어났다.

　기억상실증!

마야는 까닭없이 울고 웃었다. 과거가 없는 여자! 전혀 새로운 또 하나의 마야였다. 자기가 왜 이렇게 병원에 누워 있어야 하는지도 몰랐다. 단식투쟁 이전의 모든 자기의 '과거'를 모른다. 잔인한 기억상실증이다. 갓난 아이같이 웃는 백치미! 섬뜩했지만 우리 식구들 누구도 어떤 표정을 짓지 않았다. 마야가 퇴원하는 날 어머니는 가출했다. 쪽지 한장 없이 어머니는 증발했다.

이제는 아버지가 미치기 시작했다. 지독한 '엘렉트라 콤플렉스'다. 옛날 그리스의 엘렉트라 공주가 국왕인 자기 아버지를 너무 사모한 나머지 한밤 중 꾀를 부려 자기 아버지와 육체관계를 갖게 된다. 이튿날 아침, 꾐에 빠져 근친상간 사실을 알게 된 국왕은 그 딸을 멀리 귀양 보내고 자기는 스스로 두 눈을 찔러 장님이 되어 전국을 떠돌게 되었다는 설화에서 나온 '엘렉트라 콤풀랙스'다.

거의 1년 만에 아버지 생신날, 어머니가 돌아왔다. 현관문을 밀고 성큼 들어선 어머니는 염주를 목에 건 여승으로 나타났다. 방에 들어오지 않고 문 밖에서 목탁을 치고 계시는 어머니를 보았을 때 나는 이상하게 태연해졌다. 반갑기보다 무서운 운명에 치를 떨었다. 다만 어머니가 그 동안 살아계셨다는 사실만으로도 감사해야 할 일이다.

마야의 건강은 거의 회복되어 있었고, 과거도 극히 부분적인 것만은 기억해 주었지만, 정신적으로는 다시 걸음마를 배워가야 하는 상황이었다. 생의 모든 것을 다시 눈사람처럼 굴려가고 있었다. 다행히 마야가 어머니는 기억해 주었다. 그미는 현관의 어머니를 보자 분명 '엄마아'를 불렀다. 나의 전화로 서둘러 오시는 아버지가 도착하기도 전에 어머니는 다시 그림자 같이 사라졌다. 그리곤 아무일도 없었다. 마야와 나의 손목에는 염주만 하나씩 남았다.

5.

 봄비가 을씨년스럽게 추적거렸다. 봄 장마일지도 모른다. 곰팡내 나는 좁은 방에서 나도 반은 미쳤다. 자다 깨고, 깨면 한잔 마시고, 취하면 비를 그대로 맞으며 방파제를 미친듯이 헤매다가 들어와 쓰러져 자곤 했다. 끈적하고 음침한 자유를 즐겼다. 빗소리가 피리소리를 삼켰다가 뱉다가 하곤 했다. 한 밤 중이면 빗소리와 힘께 또 다른 자연의 화음을 주었다. 그 중 한 밤 중의 피리소리가 가장 맑았다. 담배 연기 같은 그 연한 소리마저 안 들리면 불안했다. 초조해졌다. 다시 들리면 곧 끊어질 거라는 불안으로 더욱 초조해졌다.
 피리와 통소에서 묻어나는 절망의 가락을 이제야 조금은 이해할 수 있을 것 같다. 아니, 감히 그 사내의 전부를 알 수 있을 것도 같았다. 그의 피리와 마야의 플릇이 주는 암담한 비극성을 감지할 수 있을 것 같았다. 몇 번이나 등대로 헤엄쳐 갔다가 되돌아왔다. 물이 많이 불어 있는 데다가 물살이 세어서 바다 중간에서 내 몸이 뒤집어지곤 했기 때문이다.
 "웬놈의 비가 이렇게 추적거린당가? 팍 쏟아지던지, 풀짝 개던지 원, 마을 사람들 다 굶어 죽겠당게, 하루 벌어서 하루 먹고사는 섬 과부들인디…"
 주인 아주머니가 툇마루에 술상을 받아놨다. 어디서 농주를 받아와선 나를 깨웠다. 좁은 방안에는 4명의 코흘리개들 이 집 아이들이 보리떡을 먹고 있었다.

"이 야미도(夜味島)요, 옛날에는 1백여호가 사는 부촌이었지라우, 일본놈들이 항구를 만든다꼬, 돌을 파내고, 산을 허물고, 방파제를 만든 담부터는 슬슬 망하기 시작한기라. 처음에는 무역하는 큰 배도 들어오고 했는디, 육이오 때 저 앞바다에서 군함이 격침되고, 하면서 사람 시체도 떠내려 오고 했지러, 십여년 전부터는 시커먼 배기름 덩어리가 자주 떠내려 옹 께, 굴이고 미역이고 뭣이 되는기 없지라우. 다 썩어버링께."

아주머니가 술잔을 든 채 등대를 가르쳤다.

"저 놈의 등대 꼴만 안 봐도 좀 살 것인디, 저 등대만 보면 이것들 애비 생각이 뇌꼴스럽게 치밀제, 설움 때문에 못 살것당게로. 옛날 등대지기도 미쳐서 저게 빠져 자살했지라우"

나는 술만 벌컥벌컥 비웠다.

"동네 과부들이 보여서 몇 번이나 저 등대를 없애버리자고 결정했는디, 여자들이 무슨 힘으로 저 쇠와 돌멩이를 부숴버린단 말여. 육지 면소에 몰려가서 데모라 카던가 하는 것도 해보았지만서도 말짱 헛일들이여. 순경들이 몇 번왔다가곤 그만이어라우. 흐이그…… 저놈의 피리소리. 저 무당은 왜 빠져 뒈지지도 않고 넘의 애간장만 자꾸 주물러 논당게…… 그란디 저 피리 가락이라도 아예 없으몬… 이 마을은 진짜로 공동묘지여."

나는 마시던 술 주전자를 엎어놓고 방파제로 뛰었다. 술은 더 이상 없었다. 마침 피리소리가 나타났다. 이건 피리소리가 아니고 울부짖음이었다.

에헤이여! 북망산 상하봉은 볼수록 한심하다.

적막강산 몇 백년에 청산벽골이 여전하구나,
부귀불음 식천락은 도덕군자 몇몇이랴,
입절의사 하는 영웅 충신열사 누구 누구냐,
그래도 늙었으면 늙은 값이 있건마는 가소롭다,
이내 몸이 헛 나이만 먹었으니
엊그제 즐기든 일 모두가 허사로다.

날씨가 다시 개어서인지 몰라도 창(唱)이 선연하고 낭낭했다. 지치면 피리가 나오고 한참 후엔 다시 퉁소와 창이 번갈아 나왔다. 무엇인가 드물게 흥분한 음성이다.

아주머니가 배를 타고 육지에 나갔다. 미역을 팔아 소금을 사오면서 지난 신문 도 얻어왔다. 육지로 나가는 배는 열흘에 한번씩 있다. 그것도 미리 연락하지 않으면 이 섬을 그냥 지나친다. 지난 달 신문 쪽을 반복해 보고 있는데 주인집 큰 녀석이 다급하게 불렀다. 방문을 차고 나가보니 등대가 불길에 싸여 있었다. 방파제에는 산 너머 동네사람들까지 몰려와 아우성이었다. 하늘은 오랫만에 빗물에 얼굴을 씻어서인지 깨끗하다.

나는 방파제 끝까지 뛰어가 옷을 벗었다. 아직 물이 덜 빠져 안 된다며 주인 아주머니가 극구 소리쳤다. 내 가 어떻게 급히 왔는지 모르게 거의 바다 중간쯤 헤어쳐 왔을 때 우르릉 —꽝—꽝! 등대가 폭발되었다.

이튼 날, 이웃 큰 섬에서 내려온 경찰정을 타고 관할지서 주임과 몇몇 동네 노인과 같이 등대로 건너갔다. 폭삭 내려앉은 검은 잿더미 속엔 연기가 아직도 흩날리고 있었다. 오래 찌들고 겹친 기름덩이에서 작은 불꽃이 계속 이어지고 있었다. 깨어진 소주와 맥주병 등 유리병 조각들에 남아있는 유액과 가루는 TNT 종류였다. 창고 구석에 유난히 많이 눈에 띄었던 병들이었다. 그 피리부는 사내는 하나씩 사제 폭탄을 만들어 모아둔 것임에 틀림없었다.

이 마을의 저주와 딸이 떨어져 죽은 이 등대를 그는 진작부터 폭파할 작정으로 장기계획을 해 온 모양이다. 아마 그 딸의 시체라도 떠 올랐으면 또 모르겠지만 이미 10여 년이 지난 그의 딸은 도저히 나타나지 않을 것이다. 그러나 그의 시체가 보이지 않는다. 혹시나 하고 그의 옷자락이며 돌멩이 조각들을 샅샅이 들추어 찾아 보았지만 없었다. 역시 그는 딸 뒤를 따라서 바다로 뛴 모양이다. 다만 검게 그을린 벽에는 바로 어제 날짜인 '1981년 3월 3일' 이라고 붉게 써 있었다. 그것은 바로 그 딸아이의 제사날이라고 주인 아주머니가 알려주었다. 지서주임이 그것도 사진을 찍었다.

선착장 돌멩이에 새겨진 '야미도' 라는 이 섬의 이름도 붉은 것이 희미하게 쓰여 있었는데 이 그을린 벽에 꾹꾹 눌러쓴 날자도 붉게 희미하게 나타나 있다. '희미하게' 사라져 가는 이 폐항을 예고나 하는 것 같은 상징이다. 나는 치를 떨었다. 세상은 왜 자기가 원하지도 않는 방향으로 줄기차게 달아나는 것일까.

나는 약 10여일을 더 묵었다. 혹시나 그 사내의 시체를 찾으면 그가 평소 목청을 돋구던 뒷산 양지바른 산기슭 어디쯤 묻어줄 생각이다. 나는 이웃 마을까지 연락하여 움직일 수 있는 조각배들은 전부 동원하였다. 약 5일간 밤낮으로 작업하였지만 헛일이다. 이런 바다

시체는 대개 5일이면 수면에 뜬다고 한다. 다시 5일간 더 연장했다. 먼 군산까지 가서 성능 좋은 모터보트 두어 대를 전세내고 잠수부까지 동원했다. 군산 해양경찰정에서 경찰정도 무료로 지원해 주었다. 마을사람들도 적극적으로 나섰다. 그래도 헛일이다.

약 열흘이면 거의 가능성이 없단다. 아마 그 피리부는 사내는 자기 스스로 돌멩이를 칭칭 감고 뛰어 들었거나 아니면 거대한 파도에 쓸려 서해바다 중국 쪽으로 흘러갔을 지도 모른다고 했다.

"별사람도 다 보겠지라우. 그 많은 돈을 써가면서 와 그런 무당시체를 꼭 찾으려고 한당게? 이 섬에서야 고맙긴 허지만서두…… 휴양와 갖고 괜히 얼굴만 축냈당게."

주인 아주머니는 내 여행 가방에 말린 조기 꾸러미를 굳이 넣어주며 눈물을 훔쳐냈다. 그리고 등대가 폭파되기 전날 밤 그 사내가 나에게 꼭 전해 주라고 했다는 피리와 통소도 함께 넣어 주었다.

사립문에서 내려다 본 등대 근처는 대관절 무슨 일이 있었느냐는 듯이 맑게 그리고 광휘롭게 일렁이고 있었다. 뿌연 안개를 품에 끌어안은 수평선은 안개 빛 갓난애기 담요를 덮고 곤하게 자고 있는 듯했다. 모두가 평소의 그대로이다. 나는 배에 다시 올랐다.

군산에서 고속버스로 갈아탔다. 내가 잠에서 깨어났을 때는 시내버스가 머리를 들고 한남동 언덕을 오르고 있었다. 약 한달 전 그 섬에 내려갈 때와는 반대로 머리를 한껏 치켜들고 올라갔다. 버스가 남쪽으로 갈 때는 머리를 숙이고, 다시 서울로 올 때는 머리를 치켜들었다. 나도 버스 따라 머리를 들었다가 내렸다가 반복했다. 그렇다. 세상사는 흥망성쇠가 돌아가는 법, 인간사는 행불행이 오르내리는 것, 꼭 운명적인 것만은 아니다. 극복해야 한다.

나는 어머니가 그랬듯 현관에 서서 '마야아!' 나직히 불렀다. 마야보다 아버지가 먼저 뛰어나왔다. 나는 가방에서 아버지와 마야에게 선물을 하나씩 꺼내주었다. 아버지에게는 피리를 드리고 마야에게는 플릇 같은 퉁소를 주었다. 그리고 우리 셋은 전과 같이 '돌꽃회' 주제곡들을 불러보았다.

어쩌면 어머니는 여승이 되었지만 가족 연주회 때만큼은 산에서 내려와 피아노 앞에 앉을지도 모른다. 그리고 나는 야미도섬의 그 사내와 그 외동딸을 위한 '초혼곡' 가사를 만들어 돌꽃회에서 연주해 볼 것이다.

* 성호 문학상

까마

까마

　회창거리는 코스모스의 나근한 목줄기가 가을을 흔들고 있다. 가을이 온새미로 흔들리고 있다. 황금빛 들판이 연청색 하늘을 데리고 지평선 끝으로 낙낙하게 달아난다.
　나는 확실덕실한 코스모스의 짜드라오는 얼굴 빛을 새삼 톺아보았다. 가을볕에 보리탄 가을꽃들이 길 양쪽에 곰비임비로 서있다. 방금, 나를 떨어뜨리고 도다녀간 버스 뒷꽁무니를 망연히 쳐다보다가, 나는 골짜기로 발길을 천천히 돌렸다. 양로원 뒷담을 돌자 나부시하게 엎드려있는 마을이 맑음삼삼한 지붕들을 두 팔로 끌어안고 있었다. 매지매지한 그 모습은 늘 나를 목마 태우고 고향으로 사부자기 날려주곤 했었다.
　불광동 시외버스 종점에서 30분 정도의 교외의 이런, 원시성의 자연을 가질수 있다는게 즐겁다. 발맘발맘 들어갈수록 코스모스 계절은 *끈끈한 타액으로 내 혼신을 엉겁해 버렸다.* 이번 달의 방문이 좀

164　내 마음 속의 들쥐

늦었다고는 생각했지만, 계절이 이렇게 빨리 어리칠 줄은 몰랐다. 가을의 속살이 만져진다. 밤과 도토리 껍질들이 길가에까지 어근버근 벌어져서 구두 코위에 뛰어들곤 했다.

"아, 아바아바, 이 이거 무어야?"

까마가 어디선지 허근거리며 나타나 선물꾸러미를 가리키며 뱅시레 웃었다. 나는 그것을 그의 작은 가슴에 얹었다. 까마를 위해 준비해온 화구다. 그는 자기 힘에 부친 것을 안고 애면글면 가다가 넘어졌다. 같이 놀던 꼬마들이 우 몰려 들었다.

"까마, 까마 똥까마, 까마 까마 깜까마, 까마까마 깨금까마……"

꼬마들은 빙 들러싸더니 손뼉을 치며 놀렸다.

"우리 아바아바야, 아바야…… 느이들 흥나! 흥나! 이잉."

넘어진 채 떠새를 부리는 까마를 안아 일으켰다. 아이들이 도망갔다. 부지깽이 같은 왼쪽다리의 흔뎅거림이 가슴을 각통질해댔다.

"아바, 왜 이제 와서? 아아바가 망망 보고 시퍼서, 망망!"

"그림 많이 그렸어? 바이올린도 켜구? 밥도 많이 먹구?"

"아앙, 바이요링은 아안돼, 그으래 엉마가 망 때려서, 날 망망 때려서! 그으래서 아바 망 부르면서 우러서."

까마는 뇌성마비다. 태어나면서 조금은 이상했지만 크게 걱정하지는 않았는데 두 살이 되면서부터 증상이 피새나기 시작했다. 나는 까마를 어깨에 무등태우고 다른 한손으로 화구를 든채, 뒷산 밤나무골로 올라갔다. 그는 신이 나서 연신 발장난을 쳤다. 아카시아에 긁히며 에멜무지로 올라온 것이 사북 중턱까지 왔다.

오랜 무덤, 상석에 까마를 내려놓았다. 소주병을 뒷주머니에 차고 혼자서도 구메구메 찾아오던 곳이다. 낙낙한 잔디밭에 팽하게 앉은 무덤은 이조 후기의 어느 정경대부가 누워있었다. 차례로 다섯 개의 멧동이 있다. 이런 꼰데미에 모춤한 석탑까지 서있다는 게 아득한 고적감을 주었다. 산등성이를 몇 개 주름잡아서 무릎 밑에 깐 저녁 놀이 넘늘거리고 있었다.

까마는 한 폭의 유희같은 땅거미에 어느덧 어리미치고 있다. 옴나위도 하지 않고 가늠보았다. 입가에 침을 흘리며 뱅시레 웃고 있는 그의 얼굴은 그대로 천사 '가브리엘' 이었다.

백치미! 하늘과 땅, 주위의 모든 자연빛이 그의 눈 속으로 함몰되어 들어가고 있었다. 그의 눈은 살아있는 자연의 샘이다. 자연이 그의 눈이다. 눈기임만을 당하는 백치! 본성의 자연이다. 속고 속임의 그 차이도 처음부터 모르는 천성이다.

나는 무아(無我)에 몰입해 있는 그를 깨울새라 상석 옆에 쪼구리고 앉았다. 이번에도 그의 손목 한번 잡아보지 못하고 집에서 그냥 쫓겨 나올 것인가, 초조했었는데 엉뚱한 곳에서 그를 납치하여 이렇게 마음껏 같이할 수 있다는 것에 감격에 빠졌다. 뱅시런 백치미! 그것이 나를 이곳에 오지 않을수 없게끔 하는 수쪽이다.

이름모를 잡초가 몸을 꽈배기로 틀어댔다. 희끈거리는 소리가 간헐적으로 터져나왔다. 가만히 다림보니, 까맣게 보리탄 콩깍지 종류의 잡초들이 가슴을 한 번씩 틀 적마다 좁쌀만한 까만 씨가 나비물로 흘러내렸다. 그 소리에 저녁이 가고, 가을이 가고, 세월이 가는 따깜질이었다.

까마가 갑자기 빗더서더니 층층거리면서 뛰어갔다. 옹송그리고 있던 나는 제출몰로 일어섰다. 소나무숲 사이로 까마의 어머니가 올라왔다. 어느 새 해는 꼴깍 넘어갔다. 콩깍지들이 몇 번이나 몸을 뒤

틀댄 것일까. 주위 산등성이의 명암 구분이 희미해져 있었다. 나는 그녀를 보자 까마의 유혹범이 되어 시르죽은 눈길을 내리 깔았다.
"어휴, 어쩌면 그렇게 감쪽같이 사람을 언걸먹이곤 하지요."
무언가 말하려다가 그녀는 버릇대로 입술을 허리지르더니 까마를 다가채기로 들쳐업고 내려갔다. 화구를 들고 엉거주춤 따라나섰다.
소파에 시치름하게 앉아 그녀는 이번 달의 적바람한 가계부를 내 앞으로 밀었다. 나는 얼추 짚어보고 짐짓, 업시름한 동작으로 생활비를 통밀어 그녀 앞으로 밀었다. 그러나 그녀의 냉갈령한 눈길을 보자, 나의 허세는 또 난장난장해 버렸다. 늘 그랬다. 이제 용무는 끝났다.
새마을 슬레이트 지붕으로 급조한 시골집에 어울리지 않게 하리한 가구들이 그녀의 본성을 온새미로 드러내놓고 있다. 일어서야 한다면서도 엉덩이가 얼른 떼어지지 않는 것은 그녀의 어깨 뒤로 열린 문틈에서 까마의 고사리 같은 손짓이 하우작이고 있었기 때문이었다.
"참, 이번 달엔 아이의 레슨비가 더 필요해요. 좀 더 고명한 선생에게 지도를 받아야 하거든요. 벌써 섬세한 음까지 드레질할 줄 알아요."
'그건 사치야. 까마는 당신의 장식품이 아니야. 자기가 하고 싶은 대로 마음껏 해주어야 돼. 까마는 작은새야, 어린 새! 제발, 자유롭게 날게 해줘. 바이올린은 무리라고.'
그러나 이 말은 입 밖으로 공기를 타지 못했다. 이런 말을 해봐야 또 그녀의 면박에 나는 일축당해야 하기 때문이다. 나는 손가락을 입에 물고 울가망하게 서 있는 까마를 망연히 쳐다보다가 아뭇소리

없이 따로 넣어둔 봉투를 다시 꺼내어 내밀었다. 그것은 교수에게 지불할 번역료 중도금의 일부다. 그녀는 되알지게 헤아리더니 넘느는 말투로 이었다.

"이젠 됐어요. 가보세요. 아이에게 방해가 되니까요…… 아니, 커피 드시겠어요? 까마얏!"

나의 지칫거림에 몽띠고 앉아있던 그녀는 허리를 뒤로 돌리더니, 까마에게 얼러 방망이를 쳤다. 그것은 동시에 나보고 하는 업시름이었다. 나는 얼른 굽죄이는 마음으로 집에서 물러나왔다.

그녀와의 별거가 3년째다.
별거는 동거를 빌미로 하는 것이라고 여늬 사람들이 은근히 기대했었지만, 우리의 상황은 이혼으로만 짱당그려가고 있었다. 내가 각종 학교를 하나 세워서 봉창질 할 때 그녀를 처음 만났다. 나는 이 학교를 장차 공업계통의 전문학교로 승격시키고 전파관계 정예 특수 학교로 키울 꿈이었다. 그 꿈이 처음에는 고무풍선에 들어가는 수소 같았다. 어느 덧 아구가 맞아들어 갔다. 풍선이 아니고, 트레이너 타이어로 쌘나게 교육계를 줄통 뽑으며 굴러다녔다.

발바닥 하나 비빌 셋줄 없이 쪽불알만 가지고 각통질 해댔다. 그것은 한때, 불광동 일대를 주름잡던 조폭주먹파, '유다 이후' 라는 소설을 써서 신학교를 쫓겨난 내 입심이 전부였다. 그때쯤 하미는 물 빛깔로 처음 내 앞에 나부시 앉았다. 그녀의 부친이 광주에서 변호사로 개업하고 있다는 뒷배도 좋았지만 그녀의 머리를 나는 높이 샀다. 졸업하자마자 에어 프랑스의 국제선 스튜어디스도 마다하고 내 어깨 위에 나부시 앉은 그녀의 헌신이 황홀했다.

그녀는 나의 젊음과 야망의 술잔에 자기의 재능을 풀무질해 주었다. 나는 그 독한 술에 한번 가락을 떼자 걸태질로 마셔댔다. 어리치도록 목구멍에 채웠다. 나는 시 교위와 문교부, 공업 진흥청 등 국내적으로 바퀴를 굴렸고, 그녀는 유네스코 한독협회, 한미재단 등 국제적으로 나분하게 날아다녔다. 외국 사회사업 단체에서 누가 날았다 하면 공항에서부터 찬란한 화술로 발보였다.

부여, 경주, 설악산 등을 드리없이 용춤추고 다니며 목대를 잡았다. 그 끝에는 엄청난 과학기재가 들어왔다. 실습실에 하나씩 비켜섰다. 엄청난 수수료 같지만 기계의 원가를 셈평하면 거의 꽁짜였다. 수수료란 외국 귀빈을 물어오는 국내 브로커에게 촌지를 2할 흘려주는 것이다. 그들쪽에선 자기들에게 들어오는 촌지봉투 두께에 따라 어디로 기증하느냐 하는 칼자루를 쥐고 있기 때문에 목에 힘을 줄만도 하다.

노랑머리 코쟁이 녀석들도 이왕 으끄러지르는 물건, 어디든 내팽겨쳐주는 대신 사회단체에 기증하면 서로 좋다. 누이야 매부야 하고 손 흔들고 떠난다.

무거운 달러 덩어리를 후무리는데 그녀는 나비같이 날아서 벌같이 쏘았다. 지가 무슨 무하마드 알리라고? 그래도 일단 그녀의 양귀비 같은 혓바닥에 걸렸다 하면 KO를 당하지 않은게 오히려 이상했다. 그녀에게 마릴린 먼로같은 유혹성도 있었나보다. 더러는 유수의 공대와도 치열한 접수경쟁을 벌여서 그런 기자재를 빼앗아 오기도 하는 그녀에게 나는 비굴해지기까지 했다.

그녀는 정작 도입할 과학기자재 떡밥보다는 스스로의 화술과 사교에 더 도취된 듯 했다. 지가 무슨 19세기 유럽 사교계의 여왕이라

까마 169

고. 거들먹 거린다. 그것은 재학 시절부터 지도 교수 추천으로 외국인 접대에 자주 차출당했던 관록일게다. 몇 년새에 한국에도 떴다하면 무슨 대회며 무슨 회의며 하는 집합에는 '세계' 자가 붙게 되니 갑작스레 외국어 정신대가 필요하긴 했다. 그녀, 나 하미는 지극히 현실적이고 합리적이기도 했다.

그런데 이건, 아니 벌써! 전국 관광지를 외국인과 함께 며칠씩 돌기도 했다. 물론 작전이라고 하지만 아리송하다. 아리송해앳! 그러나, 정작 아리송할건 나였다. 연방 크고 작은 실습기자재가 안다미로 들어오는데다가 멀리 떨어져 있는 미군부대에서까지 덤프차가 몰려와 운동장 확장작업을 거추해주는데도 나는 뒷수습을 못하고 있었다. 어무리 쪽불알만의 돌격이지만 구멍난 팬티로라도 가릴만한 운용자금이 있어야 하는데 맹탕이다.

학생들의 등록금이라야 주야간 총 15학급 7백여 명의 머릿수가 내는 셈평이란 교사 월급과 학교 유지비도 아구 맞추기 힘들었다. 정규 학교보다 싼 수업료로 정규학교에 준하는 교사 수당을 팽 해가자니, 때로 찢어주게도 된다. 그럴적마다 옹그리는 교사들의 눈총을 굽죄어가기가 얼굴에 곰보날 지경이다.

시골에서 조그만 목재상을 하는 늙은 아버지를 추슬러서 목재를 몇 트럭 싣고 와서 서무실에다 모두거리 해봐야 한달도 못가서 분필마냥 헤실바실 닳아졌다. 똥줄이 탔다. 실습기재가 늘어남에 따라 새 건물이 필요했다. 현재의 건물은 돼지우리간에 자개장롱을 들여놓은 거덕친 꼴이다.

경제기획원에 근무하는 고향 후배가 공업계 우수학교로 지정이 되면 정부에서 충분한 자금 지원을 해준다는 귀뜸도 있어서, 나는 당장 새 건물을 하나 착공시켰다. 은행융자를 발걸이로 꼭뒤질러 모았다. 서둘러 연건평 2천평에 5층 건물을 직접 설계, 시공, 감독까지 혼자 해냈다. 동시에 교육청 관계직원들을 위 아래로 쫓아다니며 돼지 삶듯 모락모락 김을 치워댔다. 그때까지만도 트레일러는 겁 없이 굴러 다녔다. 나의 꿈은 철근과 함께 시멘트로 튼튼하게 구체화 되어갔다.

착공한지 한달만에 일층이 올라서고 이층 바닥을 깔 때쯤 뜬금없이 은행창구가 동결이 되었다. 사채파동과 증권시장 부조리로 인한 중앙은행조치였다. 해머로 코뼈를 얻어맞은 충격이다. 일은 이때부터 짜드락나기 시작했다. 그러나 메스로 이미 배를 절개해 놓은 뒤라 수술을 중단할 수도 없었다. 사채를 들입다 선바람 쐬었다.

사채의 대부분은 학교 동네의 부동산업자 ㅎ씨의 것이다. 그는 이곳의 선산 덕분에 개발붐을 타고 갑자기 졸부가 된 건달이다. 그는 종가 소유의 황폐한 자갈밭에 재빨리 30여 채의 날림집을 지어 한몫을 잡은 것이다. 무식한 그는 복덕방에 기웃거려 얻어들은 수클로 땅뺏기 장사에 횡재한 것이다. 한술 더 떠서 탑새기 주는데도 우레켜고 있었다.

트레일러 타이어의 어느 구석에선지 바람이 새고 있다는걸 몸으로 느꼈다. 이층을 세우고 삼층 바닥을 까는 것과 동시에 일 이층의 내부시설을 강행할 즈음 다시 한달이 지났다. 원금은 조금도 따감질 못하고 이자만 돼지새끼 같이 불어났다. 휴대용 전자계산기에 튀겨서 적혀 나오는 아라비아숫자가 도시 실감이 되지 않았다.

하미까지 서울에 사는 자기 친척들 집을 도닐며 구걸하여 이자의 일부를 메꾸어갔지만 언제까지고 외마치 장단을 칠 순 없었다. 그렇다고 과학기재를 도로 가재칠 수도 없고 버티고 선 건물을 다시 부술수도 없는 일이다. 닫다가 처음 한풀 꺾였다. ㅎ씨의 가무리는 솜씨는 무서웠다.

그는 천막 교실에서부터 이만큼 커온 역사를 손금보듯 잘 알고 있다. 한때 이 학교의 수위로도 일한 적이 있는 그는 이 동네의 물귀신이다. 이 사실이 그와 나 사이를 쉽게 만드는 동시에 난감하게 하기도 했다. 창 밖을 내다보니 까마의 뱅시런 웃음이 흔들렸다. 마지막 검문소를 지나자, 석탄절날 연등같은 불빛이 터져 내렸다. 텅빈 버스엔 운전사와 안내양이 번갈아가며 졸았다.

옛날 각종 학교 앞을 지나자 이윽고 소년원 담을 앞에 두고 버스는 종점으로 돌아 들어갔다. 밤은 바쁘게 콩깍지를 들어냈다. 다른 버스에서 내리는 손님들은 택시를 잡기에 바빴다. 나는 천천히 대합실 층계에 서서 담배를 하나 꺼냈다. 맞은편에 울가망하게 서 있는 소년원의 퇴색한 회색벽이 연기 속으로 비집고 들어왔다. 저 벽 어디쯤 내 동심의 상처가 긁혀있을 것이다. 내 가면 하나가 이층 독방 구석 어디쯤에 지금도 걸려있을 것이다.

나는 손톱으로 벽을 긁어서 내 자화상을 수감생활 동안 깊게깊게 파내었다. 손톱 끝에서 새나오는 피를 그 벽속에 흘려 말렸었다. <u>스스로의 가면도 못 벗긴 내가 신의 가면을 벗기기 위해 신학교에 뛰어들어갔다.</u>

소년원에서 출감한 나는 옛날 똘마니들과 다시 어정거리다가 말년에 끗발 좋던 형님에게 반 강제로 끌려갔다. 그의 집에서 얼마간 숙식하다가 그가 신학교 기숙사에 나를 집어 넣었던 것이다. 중간에서 얼마든지 도망쳐 나올 수도 있었지만 누군가, 어떤 절대자가 나의 가면을 벗겨줄 것이라는 기대와 옛날에 악명높던 형님을 따라 감화를 받고 형님과 같은 목사가 되고 싶었던 게 또한 진심이었다.

나는 독버섯 마냥 고개를 드는 내 악마의 본성을 죽여갔다. 찬 마룻바닥에서 밤새도록 기도에 떨기도 했고 거의 일주일을 단식기도로 자신을 시험해보기도 했다. 그러나 신에 대한 회의의 늪은 비리와 허구였다. 그들은 성경을 그대로 속세에 비춰주는 것이 아니고, 자기들의 머릿속을 통과한 변질된 빛을 강요하는 것이었다. 나는 종교 전문지에 '유다이후'라는 소설을 발표했다. 결국 그것이 문제가 되어 주임교수에게 불려갔다.

마지막으로 불려가던 날, 경찰조서 같은 일문일답이 시작되었다. 나는 그의 빛나는 대머리가 갈씬거리는 뒷벽의 거울을 들여다보며, 또박또박 심문에 응했다.

"그대는 왜 성경을 과학적으로만 비추어 보는가?"

"하나님을 사랑하기 때문입니다."

"그러면, 왜 가롯 유다를 긍정하는가?"

"인간적이기 때문입니다."

"유다는 예수를 은 30냥과 바꿨는데?"

"그것은 하나님의 예정에 지나지 않습니다. 말하자면, 유다는 예수를 돋보이게 하기 위한 하나의 인간성을 보인 것입니다."

"그것은 사탄의 사주에 의한 것이다!"

"그것은 교수님들의 레코드입니다."

"전지전능한 하나님은 예지를 한 것 뿐이지 예정을 한 것은 아니야. 아담이나 유다에게 다 선택의 자유를 주신 거야."

"그렇기 때문에 더욱 유다는 인간적입니다. 자기 의지로 스스로 희생했으니까요. 제가 말씀드리고 싶은 것은 그런 것은 접어놓고라도 이후의 유다들을 말하는 것입니다."

"예를 들면?"

"네, 예를 들자면 지금의 기독교 목사들입니다. 성직자들이 결혼생활을 하면서 인간적인 욕심을 끊는다는 것은 현실적으로 불가능하고 실제 그들은 유다 이상의 탐욕을 가무리고 있습니다."

"그렇담, 캐도릭 신부가 되면 되잖는가?"

"속세의 인간적인 아픔을 모르고 진정한 인간구제를 할 수 없다고 생각합니다. 그들이 배를 한번도 곯아보지 않고 장발장같이 빵을 훔쳐 보지도 않고 까다로운 교리문답만 가지고 겹겹의 상처를 아물게 할 수는 없다고 생각합니다."

"그러면, 자넨 대관절 무엇인가? 목사도 신부도 의심하면서 어찌 성직자가 되겠다고 여기 남아 있는가?"

"그렇기 때문에 더욱 저는 남아 있어야 한다고 생각합니다. 성직자의 가면을 벗기기 위해서입니다."

"뭐라고? 거통한지고! 자네의 머리가 아까워서 한번 더 권하네만, 그 소설이 활자화 되긴 했지만, 자네 입으로 부정한다면 추방을 취소할 수도 있네. 중국의 대학자 임어당도 평생동안 하나님을 부정했지만, 결국 귀의하지 않았나? 하나님은 늘 누구에게나 두남두어 낸다하네."

"소설 '순교자' 의 신 목사쪽 낫겠습니다."

"니가 무슨 신 목사로 자처하는 모양이구나!"

"저는 그 모든 것이 필연적이라고 생각할 뿐입니다."

"교수님과 나의 이것도 예정된 필연입니다. 자살도 자유의지가 될 수 없습니다. 그렇게끔 몰아붙인 거니까요. 어쩌면, 예수까지도 필연입니다. 바로 교수님같은 유다들이 근엄한 척하는 한, 허구는 더 없이 쌓이는 예정이 될것입니다."

"나갓, 이 악마야, 사탄아! 써억, 꺼져. 이단자, 악마!

내 이마를 행해 날아오던 재떨이가 빗나가서 내 뒷벽에 걸려있는 십자가에 맞아 떨어져 박살이 났다. 나는 옴나위도 하지 않고 옆의 창밖을 내다보았다. 여름 오후 햇살에 담쟁이가 더위에 허덕이고 있었다. 잠시후 마네의 강렬한 인상파 햇살이 나를 기절시켰다. 몇 년 전 펄펄끓던 청년시절 일이다.

나는 다시 불광동 소굴로 돌아왔다. 피곤하다. 신도 나도 이해할 수 없다. 아니, 처음부터 따감질할 필요가 없는 것이다. 나는 엉뚱하게 근처의 깜팔이, 신문팔이, 구두닦이 등을 밤이면 집합시켜서 가르쳤다. 파출소 뒤뜰에 천막을 하나 세워놓고 거기에 빠져들어갔다. 나는 엉뚱한 곳에서 나 자신의 정신적 탈출구를 뚫어나간 것이다. 그때 군대에서 막 제대한 ㅎ씨가 큰 힘이 되었다. 박정희 정권의 두번째 깡패 소탕령 이후 아예 검은 손을 씻은 형님들 몇 명이 뒤를 봐주었다. 그들은 근처의 유흥가에서 지배인이나 문지기로 어정거렸다.

난밭에서도 끼어드는 바람에 한 반년 지나니 거의 구색이 갖추어졌다. 처음에 똘마니들은 내 주먹이 무서워서 저녁이면 몰려들었으나 나중엔 그들 스스로 자리를 채웠다.

종교 잡지에 내 쪽이 팔렸다. 옛날 신학교 동료들이 자원 교사로 나섰다. 우스운 일이다. 전혀 어려운 것도 아니다. 내 쪽이 되지 않기 위해선 이 어린 악마들은 어떻게든 배워야 할 것이라고 '행동성'을 생각한 것 뿐이다. 2년만에 천막 고등 공민학교로 인가가 나왔다. 그때 똥자루 ㅎ씨에게 관리 일체를 맡겼다. 다시 3년만에 각종학교로 승격이 된 것이다. 그러자 통일로변 도시개발붐을 타고 나는 천막교실을 뜯기는 대신 뒷산 돌무더기 국유지를 똥값으로 불하받을수 있었다. 그때 하미를 만났다.

　소년원 회색벽이 갑자기 어두워졌다. 외등을 꺼버린 것이다. 통금이 넘은 모양이다. 나는 대합실 층계에서 어기죽 거리며 일어섰다. 소년원 정문을 지나 골목으로 꺽어들어가자 방범대원들이 어수선거렸다. 파출소 주임이 사복을 입은채, 압수해 온 자전거 위에 걸터 앉아 있다가 나를 보자 손을 번쩍 들었다. 술 한잔 같이 할까 하다가 그냥 집으로 가는 골목으로 다시 꺾었다.

　고교 시절 이 일대를 목대 잡던 나는 2학년 여름 서오릉에 소풍 갔다가 경복고교 학생들과 패싸움을 벌였었다. 한 녀석이

　뒤통수에 맥주병을 잘못 맞아 아주 누워 버린 것이다. 나는 왕초로 전 죄명을 스스로 뒤집어 쓰고 소년원에 입학했었다. 이 주임과는 그때부터 인연이 있다.

　이튿 날 눅눅한 이불 속에서 꼼지락거리며 음침한 자유를 만끽하고 있는데 편집장에게서 전화가 왔다. 장교수가 아침 일찍부터 와서 기다리고 있단다. 전화로 없다! 하라고 시켰지만 뭔가 일단락을 지어야 할 것 같아서 냉수를 한그릇 들이키고 문 밖으로 나섰다. 낫으로 위장벽을 긁어내는 쓰림이 쾌감으로 간지럽혔다. 어제부터 짜장면 줄거리 하나 입에 넣지 못했단 생각이 났다. 사무실 앞 길 신호등

맞은편에서 장교수와 맞닥뜨렸다.
　미국풍의 젊은 장교수는 활기차게 사무실로 다시 따라왔다. 번역료 중도금을 빨리 해결하라는 반복이다.
　지난 달 초에 프랑스어판 '청년심리' 에 관한 유럽지역 베스트셀러를 긴급 입수하여 장교수에게 의뢰했었다. 장교수가 그것을 몇몇 제자들에게 할당하여 백결선생 누더기식 번역을 했다. 거의 절반을 넘어설 즈음 이미 동선출판사에선 조판까지 끝났다는 정보가 피새난 것이 며칠 전이었다. 동선출판사에선 같은 책의 경쟁 출판사가 몇 개 된다는 걸 알고는 진작에 나와 있는 일역판을 구입하여 시내 일어학원 강사를 동원했다. 여관에 합숙시켜가면서 사흘만에 날조해냈다는 것에 장교수는 분개했고 더 큰 개탄은 중도금을 얼버무리는 나를 비난했다.
　그러나 나로선 그동안 장교수에게 들어간 비용도 발이 저리다. 나는 자금회전이 되면 그때 생각해 보겠다고 잘라버렸다. 개똥모자는 뭐라고 욕설을 한바탕 하더니 문을 드세게 닫고 나가 버렸다. ㅎ씨를 선두로 한 채권자들이 교사(校舍) 앞뒤를 무시로 헤죽거리고 다녔다. 교장실을 뒤엎고 애국조회 때, 운동장 단상에 서있는 내 넥타이를 끌고 내려오기도 했다. 물론 ㅎ씨는 표면에 나타나지 않고 뒤에서 각본만 짰다. 티격나는 하동거림 속에서 까마가 태어났다.
　동거 후 2년만의 그의 울음은 자칫 어긋매끼는 하미와 나 사이를 다시 통새미로 흩맺어 주었다. 까무잡잡한 덩어리가 섬찍한 이질감을 주었으나 나는 의식적으로 넨다했다. 돐이 되면서부터 까마의 뼈마디는 각종학교의 운세마냥 함부로 뒤틀렸다. 집에 있는 날보다 병원에 있는 날이 더 많아져 갔다. 아기의 뼈가 예각회되어 갈수록 그녀의 정성은 비뚤어졌다.

　우리가 아직 결혼식을 치르지 않은 것은 시시한 결혼식이라면 아예 하지도 말자는 그녀의 주장 때문이다. 그녀가 학교시절의 메이퀸 환상을 아직도 떨쳐버리지 못한 탓이라고 생각했다. 어떤 이유로든 나로서는 결혼식을 엄두도 낼 수 없었다.

　실상, 그녀는 그런 환상에 속눈 떠왔다. 내가 한 번 가리틀었다하면 청년 실업가의 아내가 되어 흰말을 타고 날아다닐 것이다. 이따금 학교 행사 때 천막 귀빈석이나, 저녁 만찬회 속의 그녀는 신데렐라였다. 나는 일부러 그녀에게 말을 걸어서 '내꺼!' 라는 과시를 은근히 주위에 퍼붓곤 했었다. 그런 그녀가 개신거리는 병신에게 참담한 모성을 부어넣는 것이 아리송하다.

　학교는 이미 작살났다. 4층까지 버티고 올라가던 신축건물은 채권단으로 완전히 넘어가 버렸다. 벗겨봐야 쪽불알밖에 안 남았다는 걸 안 ㅎ일당들은 자기들이 신교사를 완공시켜 차지하겠다는 것이다. 그러나 나대로의 또 눈기이가 있었기 때문에 건물만 일단 끝나기를 기다렸다. 거의 완공되어 갈 즈음 스트라이크가 일어났다.

　그날 오후, 나는 옥상 콘크리트바닥 경사면을 조정하며 인부들을 지휘하고 있었다. 교장 물러가랏! 등록금 반환하랏! 이사장 물러가랏! 뭐 어째랏! 나는 깜짝 놀라 물통에 주저앉아 버렸다. 전 학생들이 운동장으로 집결했다. 대부분의 교사들은 팔짱을 낀 채 우리도 할 말 있다. 우리가 치킨 닭고기냐? 왜 월급을 찢어주냐? 통새미로 달라는 시위로 학생들에게 가세했다. 천막 교실 출신 교사 몇 명이 고함지르고 설득하는 모양이지만 베도는 짓이다. 스트라이크의 기세는 더욱 발톱을 갈기 시작했다.

일은 엉뚱한 곳에서 짜드락났다. ㅎ씨가 복덕방 사무실에다 학교 간부애들을 모아놓고 까발린 것이다. '이 학교는 아직 학력인정이 안 나왔다. 너희들은 졸업해봐야 검정고시를 또 치러야만 한다. 너희 교장은 전과자 출신의 조폭이었다.'
　이튿날로 학부형들이 시 교위로, 신문사로 몰려다녔다. 나는 금년 봄 신입생모집 유인물에 분명히 고딕글자로 '문교부 학력인정 지정학교'라고 그들을 유인했었다. 그러나 안 난 것이 아니고, 잠정적인 형식승인이다. 행정적인 시간만 지나면 자동적으로 허가가 나오게끔 돼 있는 것이다. 그 자리에서 보자기를 끌르라니 산모(産母)보고 걸어다니는 아기를 보여달라는 억지에 매인 것이다.
　ㅎ씨는 신축 교사가 완공되자 건물은 물론이고 학교 재단까지 가리틀 생각이었던 모양이다. 일개 정문 수위가 이사장으로. 학교 안팎이 해까닥 뒤집히고, 학부형 대표단, 세무 조사단, 문교부 감사반 등 외인부대가 주둔하기 시작했다. 덕분에 검찰의 '사기죄'에 의해 6개월간 들어갔다가 나오니 학교도, 가정도, 세상도 색깔이 또 달라져 있었다.
　문산쪽 교외 공릉 입구로 쫓겨나간 간 하미도 출감 첫 날 나에게 별거를 제안했다.
　"우리 일단 떨어져 있는게 좋을 것 같아요. 개구리 움츠림같은 걸로 말예요. 당신의 천성은 독수리 같아서 주위에 거추장스러운 것이 없는 게 더 좋을 거예요."
　"위로할 필요 없어. 내가 여길 수소문해 오면서 이미 그런 걸 생각하고 있어! 당신과 나는 기성복같이 어느 구석엔가 맞지 않는 게 있어."

까마　179

"후회하는 게 아니예요. 그런건 피곤한 일이잖아요. 자기의 의지만 가지고 되는 게 아니에요! 그 결과에 대한 선호(選好)는 전혀 타의적일 뿐이에요. 그러나 나는 까마의 탄생에서 새로운 눈을 떴어요. 모성이라는 천성을 말예요."

"그것 때문에 굳이 여기까지 온 것인데, 까마는 내가 데리고 나가려고 하는데? 당신은 경제능력도 없고."

"위자료 달란 말은 안 해요. 어디까지 별거니까요. 그러나 양육비는 매달 대주어야 할 것 같아요. 당신에게도 그럴 의무가 있을 것 같구요. 별거니까."

"아, 그런 게 있구나! 좋아! 어디까지나 임시로 맡겨두는 거야. 까마는 아직 어리니까."

"어떻게 생각하든 좋아요. 그다음 문제는 그 다음에 가서 생각하는 게 피차 기분 상하지 않는 일이 되겠어요."

나는 공업계 모재벌에게 학교를 인계하는 인감도장 몇 방 눌러주고 그 도장세로 받은 것이 결국 출판사 하나로 찌그러들고 말았다.

불하받은 자갈 땅 구서구석 흘린 닭똥만큼 한 내 땀도, 하미의 꿈이 서린 과학기재도 한층한층 한 많은 신축건물도 통밀어 수쪽 몇 장으로 날아갔다. 스트라이크만 없었다면 트레일러 바퀴는 항공기 바퀴로 바뀌어 국제무대로 뛰었을 것이다. 최소한 '세계 기능올림픽' 선수요원 배출구로서 말이다.

교육에 대한 꿈이 내 뼈마디 사이 사이 어디쯤엔가 강렬하게 녹아 있었다는 것을 나는 교문을 마지막 넘기서면서 충동적으로 느꼈다. 고교때 그런 걸 줄곧 생각했었다.

나는 처음에는 턱없이 큰 액면의 수쪽을 들고, 갑자기 할 일이 없어졌다. 강원도에 기어들어가 흙 벽돌 학교를 하나 다시 시작할까, 신안 앞바다 무인도를 하나 살까 하며 전국을 헤매 다니다가 이것저것 손대기 시작했다. 봉제공장에서 시작하여 알미늄샷시, 철 공장, 나중에는 당구장, 대중음식점도 손 대어 보았다. 그러나 그럭저럭 3, 4년 동안 돈도 삭히고 몸도 축내고 최후에 붙잡은 것이 거덜난 이 출판사다. 이민가는 친구가 그냥 넘겨주다시피 한 것이다.

3·4분기 결산에 열을 올리고 있었다. 이번 출장은 의외로 짭짤했다. 줌벌기에 올곡하게만 꼬이는 금년 토정비결에 바람도 쏘일겸 편집장과 나는 지방 총판 수금에 나섰던 것이다. 장교수 건을 일단락 짓자 편집장을 전라도 쪽으로 내려보내고, 나는 경상도 쪽 대리점에 갖다붓기만 한 것이 이제야 회전이 되는 모양이다. 올봄에 에멜무지로 내놓은 엉뚱한 단행본에까지 판매가 가세를 하여 007가방이 데억지게 낙낙했다. 노자, 장자의 고전 사상류가 별로 광고를 내지도 않았는데 대학가에서 천세난 것이다.

오랜만에, 참말로 오랜만에 이맛살을 다림질하며 수금을 계산하고 있는데 까마가 들어왔다. 뱅시럽게 웃으며 다가왔다. 그 뒤로 그의 어머니가 따라들어오지 않았다. 나는 그를 소파에 앉혀놓고 "엄마는?" 물었다.

"나, 홍차, 홍차 와서…… 이히히." 두어개 빠진 앞니빨이 웃었다. 으응? 그럴 리가 없지. 문 밖을 내다보았다. 정말 아무도 없었다. 놀랐다.

"어떻게 혼자 왔어?"

"사람들한테 무을어서 그으래서 와서. 히히히…… 부울광동 조옹점까장 강는데, 어떤 아줌마가 나알 여까장 데려주어서 그으래서 와서."

조금 전에 전화로 위치를 확인해 온 어느 여인의 목소리가 퍼뜩 이마를 스쳤다. 녀석은 팔뚝을 내 앞으로 쑥 내밀었다. 검정 크레파스로 그린 내 전화번호가 적혀있었다. 깜짝 놀랐다. 이런 일이 가능할 수 있을까. 사환이 커피를 끓여 가지고 왔다. 그의 모험성보다 전화번호까지 적을 수 있다는 '머리회전' 수에 얼른 납득이 가지 않아, 까무잡잡한 얼굴을 찬찬히 읽어내렸다.

"이 전화 번호 누가 가르쳐줬어?"

"아무도 앙 강켜줘서. 내가 으음, 엄마 모올래 수첩 뒤져서 적어서… 이히히, 엄마한테 이르지 마앙."

뇌성마비아가 정상아 이상의 능력을 발휘할 때도 있는가 보다. 그러고 보니 까마는 언어능력이 조금 부자연할 뿐 청각과 시각능력은 서투르지 않다. 말하기와 쓰기라 퍼지고 트더질 뿐 지각능력은 오히려 빠를 때도 있다.

미술에 대한 미감(美感)은 남다른 데가 있다. 엄마의 눈썹을 그리는 화장연필과 루즈로 신문지 위에다 그린 그림을 보고 감탄한 것은 그가 3살 때 였었던가. 그때부터 나는 아동 미술에 관계되는 그림책이며 물감, 색종이 등을 틈만 나면 까마에게 갖다주었다.

벽이고 방바닥이고 공간만 있으면 색칠을 했고 종이나 비누조각을 보면 조형(造形)해 내었다. 내가 가면 그는 엄마 몰래 그 동안 모아 둔 그림을 보여주곤 했다. 그러면 나는 그 중 몇 장을 재빨리 접어서 가져온 것이 사무실에 나우 쌓였다. 어느 정도에 이르면 화집(畵集)

으로 발간해 주리라고 생각했다.

　나는 계산하던 수표, 현찰들을 편집장에게 밀어놓고 까마를 무등 태우고 나섰다. 우선 덕수궁 현대 미술관에서 전시되고 있는 '인상파' 전에 갔다. 녀석은 어떤 그림 앞에서는 옴나외도 않고 숨을 죽이곤 했다. 나는 그가 이끄는 대로만 움직였다. 그가 주로 지칫거리는 곳은 인물화 쪽이었다. 시시로 침과 함께 뱅시런 웃음을 흘렸다. 방을 옮길 적마다 호기심이 더해가는 것 같았다. 고호의 '자화상', 마네의 '풀밭 위의 점심' 등 앞에서는 끄억…… 고함을 지르며 손뼉을 쳤다.

　위 아래 7개의 전시관을 돌고 나오자 약간 허탈해졌다. 돌층계에 앉아서 멀리 추녀 끝으로 날아가는 늦가을 햇살을 잡았다. 관람객들은 계속 꼬리를 잇고 있었다. 시장바구니를 든 아주머니, 갓을 쓴 시골노인, 정복의 군인 그리고 대부분은 제복을 학생이다. 사람구경도 재미있다. 까마는 아직도 감격의 여흥에 잠겨있는지 망연히 시청 위 비둘기를 지켜보고 있었다.

　나는 다시 그를 업고 신문회관을 거쳐 안국동 인사동 화랑과 미술회관을 거쳤다. 경복궁 '예술원 회원전'에는 마침 도서전도 같이 열려서 그는 미술전 쪽을, 나는 도서전 쪽을 살필 수 있었다.

　우리 부자가 벤치에 다시 앉았을 때는 인왕산 치마바위가 황혼을 치마폭에 담고 있었다. 그러고보니 점심도 잊었다. 작은 바늘이 11 숫자에 미처 닿지 못하는 것을 보고 사무실에서 나왔으니 반나절을 쫓아다닌 셈이다. 전혀 까마를 위해서. 그의 미향(美香)을 위해서다. 그는 조금도 피곤한 기색이 없이 다리를 하릉거리면서 그림 카달로그를 넘기고 있었다. 오늘 하루는 변비에 시달리다가 똥을 한 바가지 싸놓은 뿌듯함이다.

나는 닫다가 일어섰다. 콜 택시를 불렀다. 지금쯤 그녀는 또 온 동네를 헤매다니고 있을지 모른다. 택시 속에서 생각이 여기까지 미치자 한 바구니에 가득한 감동이 절망의 절벽으로 추락해 버렸다. 집이 가까워지자 녀석의 검은 얼굴이 더욱 검어지는 것 같았다. 저녁은 녀석이 좋아하는 짜장면을 한 그릇 사주려고 했는데…

"까마! 오늘 재밌었어?"

"으음…… 망이 싱나서! 이히히."

"아빠 담에 또 올 게. 그림 많이 그려서이잉!"

입구에서 내렸다. 까마야 빨리 들어가봐. 모퉁이를 돌자 그의 등을 토닥거려 주었다.

"아바! 강이 안 드어가? (아빠, 같이 안 들어가?)"

"응, 아빠 회사 일이 바빠."

"으음, 앙아서."

"그리구 담부턴 엄마 몰래 혼자 오지마! 엄마가 걱정하시잖아."

"으음, 앙아서."

그는 고개를 크게 끄덕였다.

"이히히…… " 아, 뱅시런 백치미, 순수의 꽃!

나는 뒤돌아 내려오는 척하다가 바위 뒤에 숨었다. 그의 뒤를 밟아 들어가 울타리 뒤에 숨었다. 그는 내가 사준 카달로그며 캔버스, 물감 등을 장독 뒤에 감추더니 안방으로 들어갔다. 그러나 그런 그의 연득없는 모습을 그의 어머니가 냉갈령하게 그의 뒤에서 팔짱을 끼고 지켜보고 있는 게 아닌가. 아뿔사! 어쩌면 그녀는 우리가 신작로에서부터 그 수작을 엿살피고 있었을지도 모른다는 생각이 들었다.

　인쇄공장에서 교정을 보고 있는데 전화가 왔다. 하미에게서다. 바로 앞 통일로 호텔커피숍이라고 했다. 며칠 전 까마의 사건을 생각하고 구접스러워졌다. 마지막 ok를 놓아야 할 교정쇄들이라 마저 하고 조금 느지막이 나갔다. 그녀는 내가 들어서자 마주 나오며 급히 가야 할 곳이 있다며 앞장섰다. 구청 앞에서 택시를 내렸다.
　"아주 별거해 버리는 게 좋을 것 같아요. 쓰잘데 없는 부담인 것 같아요. 그것보다 한줌도 안 되는 돈을 갖다주고 까마에게 안다미로 권리행사 하는 것에는 이 이상 참을 수 없어요. 도장 가져 왔어요?"
　"아니, 뭐 어쨌다는 거야. 까마를 당신이 독차지하겠다는 생각은 말아. 그건 독선이야, 독선!"
　"그 담은 또 친권을 주장하시겠죠. 연득없는 짓이에요. 그걸 이미 계산하고 있었어요. 당신에겐 속눈 떠왔지만, 좋아요! 이렇게 된 판국에 과학적으로 끝나는 게 좋겠어요. 따라오세요."
　우리는 다시 택시를 세우고, 영동의 무슨 개인종합 병원 앞에서 내렸다. 맵자한 그녀의 야발스런 행동들에 도시 아귀 맞출 수가 없다. 나는 그녀가 미는대로 실험실에 들어가 피를 뽑기도 하고, 화장실에 들어가 딸딸이를 친 홀몬을 시험관에 받아다가 인턴에게 넘겨주었다.
　그때서야 나는 어렴풋한 그녀의 저의를 생각하고 지글지글 타오르는 분노를 참느라 혓바닥의 침이 싸악 말랐다. 그 분노는 나 스스로에게 퍼붓는 저주와 굴욕이기도 했다.
　실험의 결과는 1주일 후에 오라며 나볏한 간호모자의 여인이 반지빠르게 위아래를 훑어보며 쫑알거렸다. 잔뜩 긴장하고 있던 나는 설사가 깔리는 현기증을 느꼈다. 구청에 다시 가려다가 공무원 일과 시간이 거의 끝나는 판국이라 우리는 어색한 발걸음을 명동으로 옮겼다. 유네스코 라운지로 올라갔다. 우리가 처음 자주 만나던 곳이다. 그녀를 반강제로 끌었다.

"대체 개를 어떻게 기르겠다는 거야. 제대로 키우려면 정상아들보다 몇 배나 더 들텐데."

"쓸데없는 관심예요. 나도 취직이 결정됐어요. 사회사업 단체예요. 지체부자유아를 위한 특수 교육기관예요. 그 회장은 당신도 알만한 사람일 거예요. 언젠가 과학기구 원조때 관계했던 사람이예요. 전파 레이더 기재일 거예요. 아니, 이런 건 당신에게 이미 연득없는 일이예요."

꼬냑을 목구멍에 흘려넣은 기장찬 그녀의 손가락을 바라보며 그 손가락 끝으로 으끄질리는 낭패를 나는 마셨다.

"당신은 무정충예요. 정충이 살아있긴 하지만 약해요. 강을 건너지 못한다고 판정이 난 건 당신과 처음 만난 지 일년만예요. 있어야 할 것이 없어서 당신의 정액을 콘돔에 받아가지고 혼자 병원에 갔던 거예요. 한동안 혼란에 헤매었어요. 그러나 당신의 사업을 위해서 그런 건 덮어두고, 나는 더욱 열심히 뛰었죠. 결국 학교는 당신의 힘 없는 정액같이 허리질리게 되고 말았어요."

나는 다시 치미는 굴욕감에 갈빗대가 짜릿해졌다.

"그건, 둘 다 전혀 당신탓이요. 혼란 속일수록 냉정해야겠데요. 그래서 x대 부속병원에 가서 냉장실에 보관된 정자를 하나 에멜무지로 선택한 것이 까마예요⋯⋯ 날 때리고 싶겠죠? 그것도 당신을 위해서예요. 우습죠. 당신에겐 어떤 긴한 생명체가 필요하다고 그때 판단한 거예요. 그러나 당신이 구속이 되자, 나는 자신이 무의미해지데요. 그래서 정작 나에게 까마가 필요하다는 걸 알았어요."

그랬었구나. 악마의 외마치 북소리가 둥둥 산발을 풀었다. 그랬었구나! 나는 웃었다. 그냥 웃음이 피새났다.

"그러니까 까마는 당신 것이 아녜요. 1주일 후 아침 열시까지 서대문 구청으로 나와야 해요."

그녀는 힘빼물고 나갔다. 1주일 후 공릉 입구에서 일찌감치 서성거렸다. 그녀가 약속시간에 맞추어 허둥거리며 나오는 것을 바위 뒤에 숨어서 보고는 나는 그녀의 집으로 여유있게 들어갔다. 장난감 통소를 불고 있던 까마는 나를 보자 두 손으로 만세 불렀다.

나는 까마의 소지품 일체를 뒤져내어 그의 손 끝에 스쳐간 것이면 죄 찬찬히 살폈다. 유화, 수채화를 비롯하여 고무판 조각, 목판화도 있었다. 더욱 놀란 것은 모자이크화였다. 몇 장을 따로 챙기는 것을 지켜보고 있던 녀석은 벽장에 올라가 자기가 그린 동양화 뭉텅이를 가져왔다. 한지도 필묵도 없이 붓으로 미농지에 그린 것인데, 어떤 천재성의 귀기같은 걸 느꼈다. 깊은 산 속 시냇물에서 두 사람이 핫바지를 반쯤 걷어올리고 고기잡이를 하고 있는 추상화다.

"이이거, 아바! 이이거, 나야!"

투망을 들고 선 사람은 나이고, 뒤에 삼태기를 들고 배꼽을 드러낸 채 서 있는 소년은 자기라고 가리켰다. 그 그림들을 마당으로 가져와서 다시 음미해 보았다. 인사동 쪽 화랑가에서의 연상인 모양이다. 나는 까마를 들쳐업고 나왔다. 간단한 소지품 몇 가지를 보자기에 쌌다. 우이동 쪽 재활원을 찾아나섰다. 까마를 이런 구석에 버려

놓는다는 건, 더구나 그녀의 아집 속에 묶어놓는다는 건 아까운 일이다.

몇 시간을 헤맨 끝에 찾은 정능재활원은 듣던 대로 시설이 잘 되어 있었다. 3층으로 된 말쑥한 건물엔 언어치료실, 물리치료실, 공작실 등에서 특수아들이 작업에 열중하고 있었고, 한쪽에선 감각운동, 눈 손 협동 운동을 간호원들이 반복하고 있었다.

"이런 치료들보다 이들에게 더 중요한 것은 자기들 또래의 친구들입니다. 비슷한 친구들끼리 어울려야만 자연스럽고, 마음껏 즐거울 수 있으니까요. 날쌘 말들 속에서 상처 난 당나귀는 아무래도 외로울 수 밖에 없습니다. 가족들의 과잉보호와 과잉멸시가 그들을 피동적으로 만들고 불행하게 만듭니다."

은발이 섞인 원장은 친절하게 설명해 주었다. 최후에 내가 까마를 원장실에 남겨두고 나올 수 있었던 것은 이 재활원이 30년 동안 충분한 시행착오와 임상자료를 갖고 있다는 믿음에서이다. 외국에서 전공교육을 받은 전문의사들과 치료사들인만큼 비용도 많이 들겠지만 나는 각오했다.

까마는 그녀의 독재에서 벗어나 동류의식에 대한 안식과 소속감, 그리고 충분한 자유와 얼만큼의 자립심을 훈련해 나갈 것이다. 방바닥에 뒹구는 까마를 밀치고 도망쳐 나오면서 나는 다짐했다. 내 핏줄이 아니라도 좋다. 그런 것은 문제가 아니다. 까마는 이미 그 이상의 내 정신적 생명체다.

하미는 그녀답지 않게 거의 날마다 퇴근하는 길에 들러서 사무실 책상 위에다 눈물을 괴놓고 갔다. 까마가 어느 정도 그 생활에 적응할 수 있게 되기 전까지는 어떤 일이 있어도 그의 소재를 가르쳐 주지 않을 참이다. 대신 그녀의 원대로 이혼수속은 해주었다. 까짓 이런 인위적인 껍질은 얼마든지 응할 수 있다.

나는 이번에 거둬들인 출판 수익금으로 특수아 교육관계 독어판 번역서를 하나 내 놓을 참이다. 시장성은 없지만 정능재활원 원장의 말에 당혹했던 것이다. 정박아(精薄兒)는 우리나라에 약 50만명, 전체 인구의 5퍼센트나 되고, 그중에서 중증(IQ 25~30)만도 약 3만명 정도가 된다고 했다. 더욱 당혹스런 일은 그 부자유아들의 부모들이 대부분은 수용소문 밖에 버리고 도망간다는 사실이다.

마포보육원 사건이 짜드락났다. 원생 8명을 몇 년 전에 암장한 사건이 뒤늦게 들통난 것이다. 현재도 15평 정도의 방에 20여명씩의 정박아들이 발가벗겨 수용되어 있고, 연방 원인모를 영양실조로 죽어가고 있다는 검찰조사였다. 정박아들의 주원인은 뇌성마비 계통이라고 했다.

같은 쪽 문화면에는 8살난 어느 한국의 천재소녀가 뉴욕 오케스트라와 협연하고 루빈스타인, 번스타인을 떠벌이는 사진이 크게 실린 것을 보고 나는 특수교육 관계서적을 시리즈로 내자고 결심한 것이다. 천재와 천치, 그 날로 나는 독일 대사관에 가서 신간 원서를 하나 구입할 수 있었다. 새로운 임상실험과 심리적인 전문서적이었다.

'세계아동미술전'을 공모했던 동아일보에서 전화가 왔다. 까마의 그림이 특선으로 입상했다는 프랑스 주최측의 통보가 왔단다. 잘은 모르지만 당연한 것 같았다 그때, 따로 챙겨둔 그림뭉치 가운데 홍익미대 출신인 편집장의 선별을 받아 몇 편 보낸 것인데 모자이크화가 뽑혔단다. 그들이 뇌성마비가 그렸다는 걸 알면 더 높이 샀을지도 모르겠다.

며칠 후 신문사로부터 메달과 상장이 전달되었다. 하미에게 전화를 걸었다. 그녀를 데리고 정능재활원에 갔다. 거의 한 달만의 모자 상봉이다. 그 동안 나는 매주 토요일 오후면 여기에 와서 까마의 뒷모습을 한참씩 지켜보다간 몰래 가곤 했었다.
"까마야!"
그녀의 목소리가 울먹했다. 연극연습에 취해있던 까마가 뛰어 일어났다. 달려오다가 넘어졌다. 그녀가 달려가 일으키려는 것을 내가 막았다. 그는 힘들여 혼자 일어섰다. 집에서 였더라면 그는 일으켜 줄 때까지 엎어져 있었을 것이다. 지나치게 흥감부리는 포옹을 내가 강제로 풀었다.
"엉마아! 여기 차앙 재이미서. 엉는 게 엉서(없는 게 없어). 엉마두 여기서 살아, 아바두, 으응."
"여긴, 어른들은 못 사는 곳이야. 여기서, 이런 거 다 배우면 졸업하고 집에 다시 오는 거야."
"이잉, 졸엉이 무어야?"
"음, 그건 혼자서도 여기 있는 일을 다하면 이런 메달을 주는 거야." 내가 말을 가로막으며 그의 목에 메달을 걸어 주었다.
"이히히!"
손뼉을 치며 웃었다. 그는 뛰어가더니 화첩(畵帖)을 가져왔다. 동양화가 훨씬 더 많았다. 참! 화선지와 필묵을 사온다는 걸 또 잊었구나. 그동안 그녀는 시설 내부를 드레질 해대며 빠르게 다림보고 다녔다.
"앞으로는 자주 오지 않는 게 좋을 거야. 까마의 자립심을 위해서. 한 달에 한 번, 그것도 멀찌기서 본다는 당신의 합리적 과학성이 있다면."

 원장과 악수를 끝내자 이제껏 나에게 했듯이 '자주 오지 않는 게 좋을 꺼야'를 그녀에게 강조했다.

 "당신에겐 이제, 아무런 법적 효력이 없을 텐데요. 어쨌든 까마는 그대로 더 놔두겠어요. 이번 일만큼은 당신이 옳았던 것 같아요. 그러나 까마는 이제 멀리 가게 돼요. 일찌감치 어줍잖은 미련은 끊는 게 좋을 거예요."

 "건 또 무슨 소리야, 멀리 가다니? 행복하게 사는 아이를 쓸데없이 혼란시키지마."

 "며칠 전에 카나다에서 일건서류가 도착됐어요. 까마를 해외 입양시키는 거예요. 개인가정은 아니고, 그곳 사회복지 수용소예요. 여기보다 시설이 훨씬 나을 거예요."

 "무슨 억지 장난이야. 물리적인 시설이 좋을지는 몰라도 정신적인 휴식은 마땅찮아. 첫째, 언어소통이 안 된다고. 그리고 어린 게 혼자 그 먼데서 어떻게 산단 말야."

 "쓸데없는 미련예요. 나도 그 쪽 훈련교사로 파견 나가도록 내정되어 있어요. 알았죠? 앞으로 참견하지 말아요. 그럴 권리도 없겠지만요."

 한밤중에 송수화기를 타고 그녀의 흐느낌이 들려왔다. "여보! (여보라고!) 큰일났어요! (큰일이라구?) 까마가 쓰러졌어요. 여기 이대 부속병원이예요." 나는 여차하는 경우에 까마를 또 한번 납치하여 뛸 생각이었다. 은행예금이며 가재정리를 남몰래 뭉쳐 두었다. 어디든 튀는 거다. 잘하면 고갱의 타히티섬 같은 게 얻어걸릴지도 모른다는 긴장을 하고 있던 터에 아닌 밤중에 여자의 울음소리가 날아들었다.
  시계를 보니 새벽 3시다. 나는 파출소로 뛰어가 방범대원 오토바이 꽁무니에 매달려 이대 대학병원으로 달려갔다.
  "입양수속 준비로 엊그제 제 집에 데려다 놓았다는데, 갑자기 전신마비가 되고 경련이 반복되곤 했어요. 강심제를 먹이고, 마사지해 보았지만 어제 저녁부터 질식을 하고 자주 기절하는 거예요."
  중환자실에 누운 까마는 완전히 탈진해 있었다. 며칠 사이에 사람의 육체가 이렇게 변할 수도 있다는 것이 실감나지 않았다. 총 맞은 한 마리의 어린사슴이었다. 사지는 멋대로 늘어져 있고, 가녀린 심장부분만 두꺼비 숨이었다. 흰 자위가 덮인 눈은 움직일 줄을 몰랐다. 산소호흡기이며 어지러운 선이 주위의 갖가지 신음소리와 함께 인체와 물체를 연결해 놓았다. 그의 침대 앞에 무릎 꿇고 앉은 나를 수간호원이 문 밖으로 밀어냈다. 보호자 대기실 구석 벽에 엎드려 있는 하미는 얼추 미쳐 있었다.
  1주일 후, 까마는 기적으로 소생하였다. 일반병실로 옮기라는 주치의의 판정은 사형에서 무기수로 떨어진 것만큼이나 우선은 안심이다. 보호자 대기실에서의 갑작스런 통곡은 대개 해당 환자의 영안실행을 의미한다. 그런 송곳같은 불안 속에서도 그녀는 비자 연장 수속을 잊지 않았다. 일반병실로 온 지 한 열흘이 지나자 까마는 살이 오르기 시작하고, 일어나 앉기까지 했다. 그러나 닫다가 습격하는 경련과 마비는 곁의 사람의 절망을 한 번 더 마비시키곤 했다.
  "아직은 더 두고봐야겠습니다. 그러나 염려 마십시오. 많이 좋아졌잖아요."

며칠 못 가서 주치의를 붙잡고 똑같은 말로 애걸을 하면 똑같은 억양으로 그는 나에게 어린애 타이르듯 했다.

"현대 의학으론 이 이상의 어떤 치료적 보고가 없습니다. 저희는 최선을 다하고 있지 않습니까. 그러나 뇌성마비들은 대개 수명이 짧습니다. 잘해야 스무살 안팎이죠. 운동량이 격심하고 과다하기 때문이죠."

"아아바! 나 아바랑 강이 상구 싱다(살구 싶다). 엄마두, 여기 무릉에 붓이랑 파레트 좀 강다줘!"

"안돼. 좀더 참아야 돼! 이제 이렇게 열 밤 더 자고나면 맘대로 그릴 수 있어. 재활원에도 가서 친구랑 놀 수 있고."

그녀는 성경을 큰 소리로 낭독했다. 그녀가 전에 교회에 나갔던 게 기억나지 않는다.

"아바, 머라고 얘기해줘 잉!"

"그래, 엄마가 예수님의 이적을 얘기해 줄 게, 참 재미있다."

"이잉⋯⋯" 그는 뱅시레 웃었다. 뱅시레⋯⋯ 웃었다. 그녀와 나는 교대로 침대를 지켰다.

얼음이 덮힌 위의 무악재 고개를 트럭들이 꺼이꺼이 기어오르듯 금년도 막바지에 오르는 성탄절을 얼마 앞 두었다.

한달 후, 우리는 이대 부속병원 현관에서 따뜻한 겨울햇살을 맞을 수 있었다. 우리는 오랫만에 통일로변 나의 집으로 함께 들어갈 수가 있었다.

"어마아, 아바아, 여캐 나랑 강이 사능거야?"

"그러엄, 우리 여기서 오래오래 같이 살꺼야⋯"

하미가 내 어깨에도 팔을 올렸다.

이제 다시 시작하는 것이다. 까마로 인한 새삶이다. 징글벨! 크리스마스 합창단의 고함소리도 들렸다.

*한국 우수소설 문학상

사이공의 니르바나

사이공의 니르바나

1

　베트남 대통령 궁에서 사이공(Saigon) 백화점에 이르는 대로는 우리나라 청와대에서 광화문을 거쳐 남대문으로 이어지는 정치 1번지 도로로서 얼추 비슷하다. 19세기 세계사에서 약소국으로서도 무엇인가 한국과 베트남의 비극이 비슷하게 함의시켜 준다.
　촐롱 쪽으로 나가는 고급주택가는 그 옛날 프랑스 식민지시대의 영화와 굴욕을 그대로 보여준다, 프랑스식 가옥의 돌담 곁에는 한 프랑스 노인이 황금색 파이프를 물고 먼 하늘 끝을 헤아리고 있었다. 그 노인은 자기가 청년시절에 호령했을지도 모르는 이 관할지역을 추억하고 있는 것일까?
　나는 이 길은 눈감고도 다닐 수 있으며, 이 거리거리 뒷골목 서민들의 풀꽃 같은 소문과 풀 냄새 나는 희노애락은 눈 감고도 죄다 욀 수 있다. 그것은 우리 한국 절(寺)에 불공 드리러 오는 많은 신도들이 끊임없이 상담해 오는 일상의 파편이기도 하다. 대포 소리를 들으며 태어나서 대포와 함께 평생을 살다가 대포소리를 배경으로 죽는 월남 주민들, 때로 그 대포에 맞아 가족이, 가정이 파괴되기도 한다. 15세기 이후, 외세에 의한 농락은 벌써 몇 세기가 반복되고 있는 것일까.

전통 왕실제도가 폐쇄되고 프랑스가 오랜 세월 점령하였다. 곧이어 제 1 · 2차 세계대전 때는 일본, 미국 등이 앞다퉈 영토의 사지(四肢)를 찢어나갔다. 결국은 1960년대 초 존슨 미 대통령의 북부 베트콩 지역 '하노이 북폭'이 결정되면서 월남의 비극은 더욱 확대되어 갔다. 박정희 정권 때 유엔군으로 참전한 한국군도 약 10년간 약 50만 명이 나들명 거리며 일부 참화도 있었다. 우리의 월남전 참전은 육이오 사변 때 한국전에 참전한 월남국에 대한 보은도 있었지만, 무엇보다 월남전 특수로 인한 한국 경제개발 5개년 연차계획 달성을 위한 경제전략도 절실했다.

거대한 메콩강 삼각주로 이어지는 사이공 강, 그 사이공 강으로 이어지는 조그만 시냇물, 그 위에 앙징스럽게 올려져 있는 다리를 건넜다. 다리 난간에 걸터앉아 넋을 잃고 앉아 있던 여인이 나를 보자 날캉 일어나 폴짝폴짝 외짝 걸음으로 뛰어왔다. 염주를 든 내 손목을 부러뜨릴 것 같이 휘어잡고 소리쳤다.

"스님, 내 아들을 건져 주세요! 스님, 내 남편을 살려 주세요! 스님, 스님, 내 아들을 건져 주세욧…"

그미는 무릎을 꿇고 앉아 간절히 빌었다. 뇌꼴스럽게 헝클어진 머리와 누런 때가 더께로 낀 얼굴에는 이슬보다 더 맑은 눈물이 흘렀다. 그 하얀 이슬방울은 뺨에 말라붙은 검붉은 핏물을 다시 번지게 했다. 갈갱스런 목 뒷덜미가 가을날 햇살에 금방 녹아버릴 것 같이

사이공의 니르바나 197

애잔하다. 이 어두운 거리에는 이렇게 미쳐 버린 여인들이 나같이 머리를 빡빡 깎은 중만 보면 미친 듯이 달려들어 애원한다.

그미의 남편은 월남군 탱크부대 소위였다. 다른 장교 가족들과 마찬가지로 그미도 남편의 부대를 따라다니며 생활했다. 그러다가 남편 부대는 어느 날 새벽 미군 폭격기의 기습공격으로 전사했다. 남편과 '생활'을 잃어버린 그미는 아이들을 데리고 다른 여인들과 같이 이 사이공으로 흘러 들어왔다.

츌롱 지역 사찰 관광지 근처에서 외국인에게 꽃을 팔며 두 아이들을 열심히 길렀다. 꽃도 팔고 몸도 팔았다. 작년 콜레라 전염병에 6살 난 큰 아이를 잃어 버렸고, 금년에는 단 하나의 딸마저 장마 때에 강물에 놓쳐 버리는 비운을 연거푸 얻어맞자 정신이상으로 뿅 가 버린 것이다.

월남여인들의 반복되는 이런 아픔이 어찌 이 여인에게만이랴, 나는 낙지 같은 그 여인의 손목을 그악스럽게 떼어내며 도망치듯 다리를 건너뛰었다. 그러면서 며칠 전 이 근처 베트콩 지하 사령부가 있는 츌롱 지역에 웨스트 모얼랜드 미군 사령부 특공대가 군사작전 중 잘못하여 마을 어린아이들 몇 명이 수류탄 파편에 맞아 죽었다. 그 아이들 시체를 옆구리에 끼고 미군 보초병과 싸우듯 흥정하는 마을 여인네들을 연상했다.

얼마간 협상만 되었는지 그 젊은 여인들은 달러 군표를 두둑히 받아들고, 희희낙낙하며 자기 아이들의 시체를 강물에 던져버렸다. 쓰레기통에 버리듯 하나씩 황혼의 물결 위로 던졌다. 찢어진 옷에 피가 범벅이 된 아이들의 시체는 물결 위에 오르락 내리락 하면서 떠내려 갔다. 마치 능숙한 헤엄을 치듯 사이공강으로 흘러갔다. 그 엄마들은 뒤돌아 보지도 않고 갔다. 언제 그랬냐 싶게 깔깔거리며 고개를 젖히던 여인들, 자조(自嘲)와 자학의 여인들, 만성화된 이 전쟁의 한 장면을 떨쳐버리듯 나는 머리를 흔들며 다리를 건너뛰었다.

사이공 백화점 쪽으로 꺾어들자 환락가로 흥청대는 뒷골목의 네온사인이 요란하다. 뜨거운 전쟁터에서 낯 뜨거운 동물성이 노골적으로 횡행되는 곳이다. 인간이 어떻게 철저한 '동물'이 될 수 있는가를 실증적으로 보여주는 곳이다. 그 곳에는 휘황한 조명과 기묘한 변태 섹스가 있고 자포자기와 절망도 거품질 하고 있었다.

여자의 분노가 있고, 남자의 절망이 있다. 그리고 죽음이 환각제로 환상도 되고 환멸도 되는 곳이다.

그 골목 끝에 '아리랑'이라는 한국인 경영의 대형 유흥업소도 있다. 그곳에서 나의 한국민속 무용이 시작되었다. 이젠 사이공 밤거리의 눈요기 감으로 전락이 되긴 했지만, 1960년대 중반 한국군 파병 초기에는 주월 유엔군 사령부 고급장교 클럽이나 월남 행정부 고급 공무원들 공식모임 등에 초청될 정도로 한때 나의 '살풀이 춤'이 사이공의 인기를 독차지 하기도 했다.

대통령궁 근처 광장에는 사람들이 몰려들고 있었다. 분신열반(焚身涅槃)이 계속되고 있는 곳이다. 티우 대통령의 불교탄압에 대한 승려들이 분신자살로 항거하고 있는 곳이다. 일단의 사이공 대학생들은 반정부구호를 외치며 부정부패 규탄 시위도 했다.

월남 정부군과 경찰은 공포를 쏘며 그들을 추격했다. 학생들은 베트콩식으로 숨바꼭질을 하며 필사적으로 주먹을 휘둘러 대었다.

"티우는 물러가라!"
"민족의 반역자, 미(美)제국주의 앞잡이는 물러가라!"

데모대들의 일부는 계엄군에게 권총 끝으로 머리통을 얻어맞으면서도, 트럭에 실리면서도 외쳐댔다. 한국의 60년대 '유신반대' 전국 대학생들의 시위와 같이 격렬하고 살벌한 재야세력들의 저항이다. 한국이나 월남이나 '민주화'라는 낱말은 똑같이 재현되고 있다. 아니 전 세계 독재 지역에서는 어디서나 비슷한 현상이다.

쿠엔 카오 키 수상도 물러가라, 물러가라… 당시 같은 성격의 데모는 한국에서도 벌어졌다. 월남파병 반대, 한국의 젊은이들을 미제 제국주의 용병으로 팔아먹지 말아라!… 미국에서도 벌어지고 있었다. 히피족들을 중심으로 하는 월남 반전 데모가 연일 세계 매스콤을 탔다. 누구를 위한 전쟁인가. 티우 대통령의 취임선서가 있었던 직후라 월남 전역의 대도시가 데모대를 향한 총성으로 더욱 혼란이다, 밤에는 베트콩을 향한 총성, 낮에는 시위대를 향한 총성, 밤낮으로 죽어가는 총소리와 죽여가는 총소리 그리고 대포 소리뿐이다.

정각 오후 1시, 시아스타 시간인데도 이곳 사이공 시내에는 모든 것을 일시 중지하고 낮잠에 빠지는 그 오랜 습관도 없어졌다. 그러나 시골에는 아니 사이공을 제외한 월남전역 이 시간에는 낮잠에 취한다. 적도지역 열대지방이어서 뜨거운 태양 볕을 피해야 했다. 낮 1시부터, 도둑놈도 도둑질하다가 낮잠 자야 하는 시간이다. 한국의 민방위훈련 시간 같이 시아스타에는 모든 동작이 정지되고 오로지 휴식시간이다. 그러나 이곳에는 태양보다 더 뜨거운 항거의 열기가 치솟고 있다.

대통령궁 광장에 가까워질수록 살인적인 함성과 더불어 휘발유 타는 냄새, 동물 살가죽 타는 냄새가 진동했다. 그것은 휘발유에 전 인간고기가 타는 악취로 머릿골을 뒤흔들었다. 나는 두 손으로 염주를 모아 쥐고 합장한 채 바삐 광장 안으로 들어갔다.

남녀노소의 월남인들이, 월남민족이 거기 응어리져 웅크리고 있었다, 벌써 분신열반이 시작된 모양이다 또 한사람 까까중의 머리 위에 휘발유를 끼얹고 성냥불이 그어지는 순간에 펑! 하는 화염과 함께 뜻 모를 함성이 여기저기서 터졌다. 월남어 기도 소리이다. 살 타는 냄새는 향 타는 냄새와 칵테일 되어 또 다른 살육의 냄새로 사이공의 분노를 태웠다.

쿠엔 카오 키 수상이 지휘하는 계엄군이 사이공의 대사원(大寺院)을 탱크로 밀어붙이자, 불교 신자들의 불 같은 반발과 승려들의 분신자살로 연일 극한투쟁이 계속되고 있었다.

"머리 깎은 동물(스님)들이 또다시 불고기 파티를 벌이면, 나는 샴페인을 터뜨리며 축하해 주겠다"고 독설을 퍼붓던, 그 옛날 고딘 누가 연상되는 또 하나의 동족전쟁이다. 월남의 '대원군'이었던 고딘 디엠 전 대통령은 신부(神父)였으며, 그의 누이였던 고딘 누 여사는 독실한 가톨릭 신자였다. 그래서 국민의 8할이 불교신자이며 그들이 받드는 전통불교를 무자비하게 탄압했던 것이다. 그 시절에도 분신자살로써 세계적 메스콤이 집중되었었는데, 지금 역시 사정이 크게 달라진 것은 없었다.

나는 혜명(慧明)스님의 가부좌 앞에 섰다. 코끝으로 흘러내리는 그미의 시선은 깊은 명상에 잠겨 있었다. 지옥 같은 아비규환 속에서도 그미의 좌선은 전혀 꿈적하지 않았다. 초월적이면서도 이질적인 하나의 바위조각 같았다. 혜명의 상좌스님이 다가오더니 휘발유 바가지를 혜명의 머리 위에 뒤집어 부었다. 뒤이어 나는 순서대로 성냥을 그었다. 그러나 허리춤에서 땀에 젖은 성냥은 불꽃이 일어나지 않았다.

　그것보다, 성냥 꼬투리 끝의 노란 유황이 자꾸 헛발질을 했다. 떨렸다. 이렇게 나의 스승인 혜명을 산 채로 불에 태워 죽인다니 떨렸다. 아무리 집중을 해도 불발되자, 상좌가 빼앗더니 간단히 불을 켰다.

　상좌는 합장을 한 번 하고는 아무렇지도 않게 혜명의 머리털 없는 머리 위에 불을 댕겼다. 곁의 분신열반 스님과 같이 액체가 순식간에 기체화 되면서 불길이 치솟았다. 그래도 혜명의 자세는 조금도 흐트러지지 않았다. 새벽녘이면 '만복사(万福寺)' 뒤켠 벼랑위에 올라앉아 밀림을 보며 참선에 잠겨들던 여늬 때 혜명의 모습 그대로였다.

　그러나 혜명의 이번 분신열반은 정치적인 항거의 다른 스님들과는 다르다는 것을 나중에서야 알았다. 처음부터 조금은 깜냥을 잡았지만 분명한 그미의 의중을 헤아리기가 어려웠다.

　평소에도 과묵한 그 여승은 정치나 사회적인 일에 대해서는 단 한마디도 한 적이 없었으며, 더욱이나 혜명은 사이공 본사(本寺)의 꽁이샤 방장스님에게 몇 번이나 분신열반을 간청했으나 허락되지 않았던 것이다. 단지, 스님들의 이번 정치적 스트라이크에 우연히 시기적으로 일치되었을 뿐이지, 이 피비린내 나는 광장의 이념이나 목적과는 또 다른 분신자살이었다.

2

　내가 혜명스님과 인연을 맺게 된 것은 일 년도 채 못 되는 것 같다. 지난 해 가을, 우리 나라에선 가을이지만 이곳에선 우기(雨期)가 시작되는 시월이다. 밤이면 쏟아지는 장대비, 저녁 땅거미와 함께 찾아 드는 빗줄기는 어둠이 짙어질수록 빗방울이 굵어졌다. 이튿날 새벽이 되면 또 다시 사막의 땡볕으로 서서히 변하기 시작한다. 나는 이 장대비를 이용해서 도망가야 했다. 인신매매 유흥업소 '아리랑'을 탈출하지 않으면 안 되었다.
　'아리랑'의 주인은 60년대 한국 유명 가수였다. 한국에서 월남장병 위문 공연단을 하나 조직해 와선 이곳 사이공에 정착했다. 이 살벌한 전쟁판에 뛰어들어 한 밑천 뽑겠다고 대형술집을 차린 암흑가의 악덕포주였다. 흥행이 잘 안 돼, 자의 반 타의 반으로 낙오가된 고국의 삼류가수나 무용수들을 붙잡아 놓고 공갈협박을 일삼았다.
　나도 막상 뛰쳐나오긴 했으나 갈 곳이 없었다. 평소에 자주 가던 만복사로 우선 찾아갔다. 조그만 암자절인 그곳엔 의외로 한국말을 할 줄 아는 혜명스님이 있었기 때문이다. 주지이기도 한 혜명은 내게 법당에서의 예법이나 참선의 요령도 가르쳐 주었다. 어쩐지 어머니 같기도 한 혜명에게 어느 날, 나는 내가 월남에 오게 된 비밀을 털어놓지 않을 수 없었다. 전혀 생소한 타국에서 더구나 여자의 몸으로, 내 몸 하나 유지하기가 힘들었기 때문이다. 당장 하루하루 먹고 자는 일을 걱정해야 했으니 말이다.

이미 그런 위험쯤은 각오하고 월남행을 결심한 것이지만, 목적했
던 일은 자꾸 멀어지고 위험부담만 가중되고 있었다. 그 목적이란
어쩌면 유치할지도 모르지만, 적어도 내게는 목숨 이상으로 절박했
던 것이다. 그것은 어려서부터 열렬하게 사귀어오던 서찬(徐贊)이
이곳 전쟁터로 자원해 떠나 버린 것이다. 나는 정말이지 단 하루도
서찬을 먼 발치에서라도 보지 못하면 그대로 녹아버릴 것 같았다.
그때는 찬이에 대한 애증이 그냥 절박하기만 했을 뿐이다. 그것을
단순한 연애감정이라고만 하기에는 너무나 절박했다.

뚝을 하나 사이에 두고 이웃해 살았던 찬이와 나는 초등학교 때부
터 같이 붙어 다녔다. 충청도 전형적인 산골 강외면 쌍청리에는 미
호천이 있다. 12굽이 뱀허리 같은 샛강도 있다. 그 뚝 건너마을 그의
외가집에서 그는 학교를 다녔다. 나는 처음부터 그가 고아라는 사실
을 알았다. 줄곧 장학생으로만 중·고교를 거친 그가 청주대학 법대
로 진학하자, 나도 청주로 나와 자취를 했다. 그는 나에게 별로 관심
을 두지 않았지만 나는 줄곧 그를 그림자같이 따라다녔다.

그는 서울에 있는 웬만한 대학에 지원해도 충분한 합격선이지만
단지 등록금 문제 때문에 지방대로 안주해 버린 것이다. 반면 나는
공부보다는 춤에 미쳐 있어서 청주 시내 사설 무용학원에 교사랍시
고 빌붙어 있었던 것은, 바로 찬이의 뒷바라지를 위해서였다. 집에
서는 내가 몇 년째 재수를 하고 있는 줄 알고 있었지만, 나는 그렇게
집받아내는 모든 돈을 찬이에게 쏟아 부었다. 등록금에서부터 매달
가져오는 용돈까지 말이다.

"지은이! 나, 나는 아무래도 어머니를 찾으러 월남에 가야겠어."

나는 그의 얼굴을 쳐다보기만 했다. 결국 올 것이 왔다고 생각했

지만 막상 당하고 보니 막연하기만 했다.

"이미 영장도 받아놨어, 이 달 말이면 입대야."

으레 그래왔잖은가. 그는 늘 먼저 행동적이었고, 모든 것을 늘 앞서 결정한 뒤 알려주었다. 나는 그냥 따라가는 그림자였을 뿐이다. 늘 붙어 있긴 해도 잘 의식되지 않는 그림자.

나는 그가 휴지 조각처럼 내 앞에 던져놓은 입대영장을 다리미 질 하듯 손바닥으로 천천히 폈다. 손바닥만한 영장의 글자는 이미 눈물 방울에 굴절되어 아무 것도 보이지 않았다. 이런 사법고시 합격증을 내 손바닥에 놓아주길 얼마나 기다렸던가. 그는 이미 행정고시는 대학 2학년 때 따놓고, 3학년 끝막음 무렵에 사법고시까지 통과했던 것이다.

불쑥 무용연구소에 나타난 그의 얼굴에서 나는 득의 만면한 웃음과 합격증이 놓이길 초조하게 기다렸으나, 내 손바닥에 던져진 것은 뜻밖의 영장이었다. 나는 그 영장을 조심스럽게 편 다음 다시 접었다. 친히 차를 끓여 온 무용연구소 소장인 어머니 같은 언니가 나의 붉어진 눈을 보고는 흠칫하더니 자리를 피하려고 했다. 나는 웃으면서 엉덩이를 조금 비켜서 앉을 자리를 만들어 주었다.

"아니, 낭군님을 오랜만에 만나더니 감격해서인가, 원 울기는? 이 맘 때는 다 그런 거야. 나도 한때는 자살소동까지 벌일 정도로 연애에 빠졌던 적이 있었는데, 뭐 다 그런 거지, 뭐 그런 거야…"

언니는 유행가까지 읊조리며 분위기를 바꾸어 보려고 애썼다. 이럴 땐 어떻게 해야 하나? 찬이가 벌떡 일어서더니 그냥 나가려고 했다. 언니가 다시 끌어 앉혔다.

"미스터 서, 그냥 갈 순 없잖아. 앞으로 검은 버선짝 뒤집어쓰고 판・검사로 호령할 텐데, 그러기 전에 우리 편하게 하자구, 참 그것 보다, 오랜만에 나타났고 여러 가지로 건수가 생겼으니 오늘 내가 한턱 사지. 두 턱은 미스 지가 사라고 응? 오늘 검사님하고 디스코나 한번 춰 볼까."

"아주머니, 디스코가 아니고, 이 스코를 가르쳐 주러 왔어요 '이별의 스코어' …"

"아니, 그게 무슨 말인지 통역을 좀 해 주게. 왜정시대 때의 교육 세대가 되어놔서 요즘 애들 슬랭은 미처 따라가지 못한다니까. 자아, 좀 앉아서 얘기 좀 하게. 흐이고…… 그 불같은 성격은 꼭 제 에미를 닮았다니까."

집안 언니가 소개해 준 이 '한나래무용소'는 청주시내에서 최고의 시설이기도 했지만, 소장 언니는 일본 도쿄에서 공부를 한 이곳에선 드문 인텔리였다. 또 청주 MBC전속 무용단도 이끌고 있는 언니는 전통무용, 특히 청주지방 무속탈춤 기능 보유자이기도 했다. 언니도 근처의 조치원 출신인데, 넓지 않은 청주에서 살고 보면 대개 다 알게 된다.

언니는 찬이의 어머니와도 한때 일본의 학교에서 같이 공부하기도 했단다. 일본 YMCA의 한국인 유학생 클럽에서 처음 만났단다. 고향이 같은 이웃사촌이라 더욱 친하게 지냈다고 한다. 그 때문에 찬이는 무용소에 더 자주 나타났고 언니는 우리 둘과도 어울리길 좋아했다.

"미스터 서, 거 말끝마다 아주머니라는 말 뺄 수 없어? 이왕이면 내 직함도 있고 말야. 말하자면 '무당님!' 한다든지, 아니 그건 농담이고 뭐가 어째? 어머니를 찾겠다고? 검사님의 '엄마 찾아 3만리'

가 나오겠구만 재미있겠는데, 아니 그건 그렇고, 이 각시는 어떡하구?"

"그것 때문에 그렇게 인사 드리러 온 겁니다."

"아니, 절만 꾸벅 하고 간다고 될 일이 아니잖아? 자네를 하늘같이, 아니 하나님같이 믿어온 미스 지를 이렇게 내동댕이치고 어떻게 간단 말야? 그 건 안 돼! 더구나 자네 어머닌 지금 어디 있는지도 확실히 모르잖아. 왜정 때 남지나해로 갔다는 사실 밖엔, 그것도 지금 십 년이 몇 번 거듭됐나? 예비 검사님, 좀 고정하시고, 그것보다 우리 이렇게 앉아 있을게 아니라, 어디 가서 맥주라도 한 잔 쭈욱! 어때 자, 잠깐만 앉아 있으라구 잉"

그 무용소 아주머니는 서찬의 어머니가 남편을 따라 처음에는 일본군 간호장교로 참전했지만 남편이 전사하자 나중에는 일본군의 정신대(挺身隊)로 끌려갔다는 말은 끝내 하지 않았다. 그러나 찬이는 무엇인가 당당하게 밝히지 못하고 있는 어두운 부분에 대해서는 어느 만큼 짐작하고 있는 것 같았다. 그래서 더욱 불쌍한 어머니를 찾아오고야 말겠다는 간절한 생각을 한 것 같다.

만약에 찾는다면 그 어머니를 정말 행복하게 모시겠다는 생각이다. 이미 찬이는 행정과 사법 양고시에 다 합격하였으므로 군에서 제대하면 먹고 사는 것은 충분히 보장되어 있는 셈이다.

나는 혜명스님, 아니 레 유안(Leh U Anh)의 뼈를 넘겨받아 밤새도록 곱게 빻았다. 사이공 사찰 본사에선 다비식(茶毘式)을 다시 했다. 레 유안을 비롯해 남자 스님도 세 분, 그날 분신열반을 했으므로 모두 네 사람의 다비식을 치른 것이다. 그날 휘발유로만 태워졌기 때문에 살가죽이 완전히 연소되지 않은 상태여서 장작과 솔가지를 모아놓고 다시 태웠다. 혜명은 앉은 채 가부좌 자세로 열반에 들었기 때문에 척추를 비롯한 대개의 뼈들이 구십 도로 휘어졌다.

그만큼 유골을 빻는데도 애를 먹었다. 앉아있는 자세가 평소의 살아 있는 자세여서 저승에 가서도 다시 '살아있음'으로 유지된다고 한다. 적어도 혜명(레 유안)에게는 그런 욕망의 의미가 아니었겠지만, 어쨌든 레 유안에게도 칠보석 같은 영롱한 사리가 13개나 나왔다. 나는 그 중 작은 사리 몇 개와 뼛가루의 일부를 방장스님에게서 사리함에 봉해지기 전에 미리 얻어다 놓았다.

사실, 나는 중이 아니다. 삭발만 하고 있을 뿐이지, 승적(僧籍)에 올라있는 것도 아니다. 다만, 레 유안의 배려로 절에 숨어있기 위한 하나의 방편이었을 뿐이다. 그러므로 어머니같이 의지해 오던 레 유안이 없는 만복사에는 내가 계속 붙어 있기가 어색했다. 다시 그 지옥 같은 '아리랑'으로 들어가든지, 그렇잖으면 그 비슷한 밤 무대에서 춤을 출 수밖에 없었다.

어쩌면, 다른 여자들과 마찬가지로 뒷골목의 '밤의 꽃'으로 전락해야 할지도 모르는 위험이다. 사이공에는 각 나라 여인들이 갖가지 목적과 이유로 밤거리에 뱀처럼 또아리 틀거나 엉겨 있었다. 어떤 형태로든 나는 이곳에 머물러 있어야 한다. 찬이를 기다려야 한다, 그래서 찬이의 소원이 성취되어 어머니를 만나고, 그리고 같이 귀국할 수만 있다면……

나는 방장 스님의 지시에 따라 레 유안의 소지품을 정리했다. 거의 일 년 동안을 레 유안과는 한방을 썼다. 유안은 자기의 상좌가 있는 데도 굳이 모든 시중을 나에게 시키었다. 나는 그것이 즐거웠다.

유안과 달밤이면 계곡 속에 내려가 목욕도 하고 참선도 같이 했다. 나는 승적에만 오르지 않았을 뿐이지, 비구니의 법도를 그대로 수행했다. 새벽 3시면 어김없이 일어나 탑돌이부터 시작했다. 찬이의 나이와 내 나이를 합한 49번을 돌았다.

유안의 소지품이래야 단출하다. 스님네들이란 게 그렇잖은가, 애초부터 소유한 것이 없고, 또 소유하려 들지 않는다. 벽장 속에는 돋보기 안경과 다 떨어진 화엄경과 금강경 그리고 새까맣게 손때가 전 반야심경이 전부였다. 아, 그리고 늘 손목에 감고 다니는 염주! 그리곤 없다. 양초 부스러기와 향 부스러기를 전부 쓸어 모아야 걸망 하나에 다 차지도 못하는 잡동사니들이다. 그러나 나는 하나하나 수건으로 닦아가며 소중하게 정리했다.

벽장 맨 구석에선 몇 장의 서예작품도 보였는데, 그것은 사뭇 기름까지 먹여 소중하게 보관되어 있었다. 평소에 혜명이 난을 치고, 글씨도 쓰는 걸 이따금 보았지만, 그미는 밤새도록 자기가 그린 그림이나 글씨 등은 이튿날 새벽이 되기가 무섭게 촛불에 태워버리곤 했다. 집착을 버리기 위한 것이다. 그런 성격의 유안에게 '작품'이 남아 있다는 게 우선 반가왔다. 모두가 타인이 만들어 놓은 유품 가운데 유독 서예만이 유안의 '흔적'으로 남아 있는 것이다.

나는 그 서예작품 뭉치를 벽장에서 끌어내렸다. 무슨 글씨가 씌었을까, 한자일까, 한글일까, 아니면 월남어일까. 그러나 그것은 남겨놓은 작품이 아니고 그 속에 대학노트 반 크기의 공책이 나왔다. 몇 겹의 서예작품은 단지 그 공책을 싸기 위한 것이었다. 순간적으로 숨이 막힌 나는 촛대를 끌어당겼다. 너울거리는 촛불 속에서 '혜월(慧月)스님에게'라는 글귀를 분명히 찾아낼 수 있었다. 나는 깜짝 놀라 나도 모르게 '관세음보살'을 반복하며 두 손을 합장했다. '혜월'은 혜명스님이 나에게 지어준 법명이었다. 나는 애써 감정을 죽이며 첫 장을 넘겼다.

'…… 언젠가는 네가 이 글을 보게 될 것이다. 또 그때쯤이면 너는 또 하나의 번민에 부딪쳐야 할 것 같다. 네게는 견디기 힘든 일이겠지. 그러나 그 모든 게 업보인 것…… 심지를 다잡고 화두(話頭)를 잡거라, 그러면…… 서찬도 너도 내 뱃속의 동기야…'

나는 도무지 무슨 소리인지 알 수 없었다. 그 이상 진도는 나가지 않고, 처음부터 반복 다시 읽었지만 활자의 의미가 인식되지 않았다. 그냥 덜덜덜 떨리기만 했다. 물론 한글이다. 한글로 쓴 것은 방장이나 상좌 등 그 내용을 월남인 주위 사람들에게까지 굳이 알리고 싶지 않았던 어떤 이유 때문이리라. 그러나 나는 월남인 혜명스님이 어떻게 한국말을 할 줄 알며, 더구나 한글까지 유려하게 쓸 줄 아는지 수수께끼였다. 혜명은 그런데 대해선 그 동안 일체 얘기가 없었다.

'서찬이나 너나 내 뱃속의 아이라니?'

그러엄 같은 남매라는 말인가? 그냥 소리치고 싶다. 또 왜 분신자살을 택하셨는지? 이럴 때, 찬이라도 곁에 있어 준다면 얼마나 든든할까. 그리고 보니 찬이가 이곳 사이공에 다녀간 지도 한 달이 넘었다. 혜명과 찬 그리고 나, 셋은 오랜만에 사이공 백화점을 구경한 것이 마지막인 것 같다. 그리고 찬이가 비둘기 부대에 소속되어 있는 붕타우 해수욕장도 안내해 주었다. 주월 유엔군 사령부의 각 나라 군인들의 비치가 해변을 따라 늘어서 있었다. 태평양에서부터 밀려오는 파도는 우리 세 사람의 발목을 적시고는 다시 태평양 끝으로 달아났다.

 붕타우(Bungh Tau) 휴양지 수평선에 떨어지는 낙조와 야자수 해변을 그리고 두 명의 여승과 한 명의 따이한 병사가 걸었다. 지나가는 군인들이 우리 셋을 뒤돌아 보곤 했다. 승려복이 재미있는 모양이다. 민대머리가 그려놓은 타원형과 철모가 그려놓은 전쟁의 실루엣이 긴 그림자로 우리 뒤를 따랐다.

 회색의 장삼(長衫)과 얼룩무늬 정글복, 전혀 이질적이면서도 이질적이질 않다. 우리는 장교 식당에 앉았다. 하와이 등 하리한 이국적 그림들이 나란히 걸려 있었다.

 "혜명스님, 퀴논(Qui Non) 맹호사단 지역 일대는 아무리 찾아보아도 우리 어머니는 없어요. 지난 달에는 다낭(Da Nang)쪽에도 절간마다 샅샅이 뒤졌어요. 다음 주쯤에 새로운 작전이 전개되는 나트랑 백마사단 지역으로 자원해 가보려고 합니다."

 "다낭?! 이라니?"

 혜명스님의 눈동자가 잠깐 크게 치켜졌다.

 청주의 '한나래무용소' 언니가 찬이에게 준 그의 어머니 사진을 다시 꺼내었다. 거기에는 그 언니와 그의 어머니가 처녀시절 일본에서 학교를 다닐 때 YMCA에서 찍은 단체사진이다. 월남에 도착하자마자 그는 사이공 일대의 사찰이란 사찰은 죄 뒤져보았다고 했다. 그 사진을 혜명도 떨리는 손으로 들여다 보았다.

 "이 사진 속에 누가 자네의 어머니이지?"

 내가 가르쳐 주었다. 유난히 눈썹이 많고 키가 큰 맨 뒷줄의 여인을 지적해 주었다. 그 앞에는 무용소 언니가 앉아 있었다. 그것은 찬이가 월남에 올 때, 언니가 그 어머니의 성격과 함께 자세히 설명해

준 것이어서 나도 익히 알고 있었다.

　월남 정·부통령 선거와 국회의원 선거 등 정치적 큰 사건을 앞두고 베트콩들은 민심을 혼란시키기 위해 극렬한 작전을 재개하고 있기 때문에 채명신(蔡命新) 주월 한국군 사령부는 바짝 긴장하고 있기 때문에 휴가 나오기도 어려울 것이라는 것을 잘 알고 있다. 게다가 찬이의 소속 정보대가 츨롱 월맹군 지하 사령부가 은둔해 있는 그 한복판으로 이동한다는 소문도 있었다.

3

　찬이는 논산에 입대할 때도, 또 월남에 지원할 때도 늘 그랬다. 혼자 결정하고 혼자 행동했다. 고아로서의 특성이려니 했지만 역시 섭섭한 것은 어쩔 수 없다. 그는 세상 누구와도 의논이란 걸 안했다. 아니 못했다. 그는 사법시험에 통과했으므로 장교인 법무관으로 나갈 수 있는데도 굳이 사법연수원 입교마저 내동댕이치고 사병으로 뛰어든 것이다. 논산훈련소를 마치자 곧바로 월남에 자원했다. 연수원을 거치려면 또 2년을 기다려야 한다고 했다.

　어머니를 빨리 만나고 싶다는 생각이 앞선 것이다. 세상에 단 하나 혈혈단신이었으니, 단 하나의 어머니를 보고 싶은 마음이 얼마나 간절하랴. 1967년 그때는 월남전 초창기여서 청룡, 맹호, 백마 등 전투부대가 창설되어 강제로 차출해 보냈다. 다행히 그의 계획대로 그는 사이공 근처에 주둔하는 비둘기부대 CID에 배속될 수 있었다. 그것은 그의 '어머니 찾아 3만리'의 제 1단계 작전이었다.

　찬이가 논산으로 해서 결국 바다 건너로 떠 버리자, 나는 모든 것을 포기하고 쌍청리 집으로 돌아와 있다가 나대로의 모험을 했다. 한나래무용소 언니의 도움으로 월남장병 위문공연단에 끼일 수 있었고 찰거머리같이 찬이를 좇아 사이공까지 건너올 수 있었던 것이다.

츄라이의 청룡부대, 퀴논의 맹호부대, 나트랑의 백마부대 위문공연을 한 바퀴 돌아, 디안의 비둘기부대까지 왔을 때의 감격이란, 또 그 며칠 후 출장에서 돌아온 찬이와의 해후란, 온몸이 양초처럼 녹아드는 황홀감이었다. 찬이는 다소 놀란 표정이긴 하지만 청주에서와 같이 별로 감탄하는 기색은 없었다. 오로지 자기 하나를 위해서 이역만리 이 전쟁터를 찾아왔는데도 말이다.

찬이가 자기 어머니에 관해서 알고 있는 것이란, 거의 전설적인 것밖에는 없다. 쌍청리 그의 외가집에 대해선 동네사람들도 익히 잘 알고 있는 것이지만, 나는 무용소 언니를 통해서 그 동네사람들보다는 좀 더 많이 알고 있었다. 찬이의 어머니는 원래 평양에 있는 대학병원에 간호원으로 근무했었다. 찬이의 아버지가 그 병원의 외과의사였는데, 그는 왜정말기에 남양군도(南洋群島) 인도네시아에 일본군 군의관으로 끌려간 것이다.

말하자면, 찬이의 어머니는 남편을 따라가기 위해 일본군 간호원으로 자원해 간 것이다. 그러나 남편은 얼마 안 되어 밀림 속 야전병원에서 전사하고 말았다. 유엔군의 폭격으로 환자들과 함께 폭사한 것이라고 했다. 남편이 죽자 찬이의 어머니는 태국, 싱가폴, 말레이시아 등으로 떠돌았다. 그러다가 몇 년 전에 월남에 있을 것이라는 풍문을 찬이가 입수한 것이다, 그 풍문이란 게 역시 풍문일 수밖에 없었다.

사이공의 니르바나 213

한국군 최초의 월남 의료지원단인 '이동외과 병원'이 사이공에 주둔하면서 한국군 종군기자가 그곳의 현지 한국인 관련 소식들을 특종으로 보도했다. 그 내용에는 2차 대전 당시 일본군에 의해서 강제로 징발되어 왔다가 아직까지 귀국하지 못하고 잔류해 있는 한국인들이 조그만 교포 사회까지 형성해 놓고 있다는 것이다. 수 십 여명의 명단과 직업, 나이까지 속보로 전달해 준 것이 있었다.

거기에서 찬이는 '이한월(李韓越)'이라는 자기 어머니 이름을 찾아낸 것이다. 나이도 얼추 비슷한데, 직업난이 공백으로 되어 있었다. 그때부터 찬이의 꿈은 행동으로 옮겨졌다. 그렇다면 일단은 월남 현장에서 찾아보자, 하루라도 빨리 월남에 가기 위해 2년이 걸리는 사법연수원을 포기하고 사병으로라도 지원해 버린 것이다.

월남에 도착하자마자 사이공 한국인 교포사회를 중심으로 수소문한 결과, 찬이의 어머니와 이웃에 살았던 교포도 만났다. 막연히 여승이 되었을 것이라는 언질까지 확인해 낸 것이다. 무서운 집념이다.

나는 점심공양 후 만복사 뒷마당으로 다시 내려왔다. 타다 만 나머지를 깨끗이 태워야 했다. 대통령궁 광장의 다비식 때마냥 휘발유를 골고루 끼얹었다. 그러나 벽장 속의 염주와 공책 그리고 내게 준 서예글씨 표지 유언장(?)은 전날 미리 숨겨 두었다. 밀림 속의 이국 하늘, 남십자성이 바로 코앞에서 십자를 긋고 있는 한밤 중에 부지깽이로 타다만 이부자리 등 불길을 휘젓고 있는데 어느 스님이 합장하고 서 있다가 한참 만에 말문을 열었다.

"스님이 한국에서 온 혜월 스님이신가요?"

나는 깜짝 놀랐다. 이 밤중에 더구나 낯 모르는 여승이 내 이름을 부르다니, 물론 월남말로 물어왔지만 간단한 월남어 회화는 나도 할 수 있었다. 다소 웬만큼 들을 수도 있었다.

"혜명 스님에게서 잠깐 얘기 들었어요."

나는 직감적으로 다낭에 있는 스님이란 걸 알았다. 그미도 나와같이 혜명스님에게서 머리를 깎았다는 제자이다. 혜명스님이 이 수도승에 대해서 나에게도 몇 번 얘기를 했었다. 아직도 맑은 동안(童顔)의 이 젊은 스님은 한국군 청룡부대가 나가 있는 후에(Hue) 지역의 대학생이었는데 5년 전인가 입산했단다. 그미의 아버지는 후에 시장이고 큰 오빠는 월맹군의 '영웅' 칭호를 받은 고급 정치장교라고 했다. 후에는 한국의 문산과 같이 월맹과 17도선으로 대치되어 있는 죽음의 지역이다.

"혜명스님과는 속세에 있을 때부터 잘 알았어요. 좀 일찍 온다는 게 군 비행기가 뜨질 않아 다비식을 놓쳐버리고 말았군요. 지금 다낭 지역은 말이 아니에요. 존슨 미국대통령의 북폭 확대 결정이 벌집을 쑤셔놓은 거지요, 다낭은 유엔군의 주요 병참보급 기지라 베트콩들의 제1공략 지역이지요."

우리는 휘발유 냄새가 지독한 불 가장자리에서 일어나 댓돌 위에 앉았다. 그미는 어려운 낱말에는 친절하게 영어를 섞어가며 말했다. 나는 그미의 눈동자를 뚫어져라 응시하며 혜명에 관한 얘기가 나올 때마다 침을 꿀꺽 삼켰다.

"스승의 유품은 다 태워 버렸나요? 염주나 뭐 그런 거라도 있었을 텐데… 혹시 남은 것이 있으면 저도 하나 얻을 수 있을까요? 이곳의 남자 스님들은 여승들을 절대적으로 무시하기 때문에 혜명 스승의 사리 같은 건 구경조차 시켜주지 않으니까요."

나는 옆구리가 찔렸지만 싹 시치미를 뗐다. 그러나 그미의 다음 얘기를 끌어내도록 환심을 사기 위해 나중에 살짝 숨겨 논 사리와 염주 둘 중의 하나를 주겠다고 하며 다음 얘기를 재촉했다.
"그럼, 혜명스님과는 처음에 어떻게 알았나요?"
나는 내 선방(禪房)에 들어가 종이와 볼펜을 가져왔다. 부족한 말은 한자를 써 가며 물었다.
"나는 어려서부터 심장이 약했거든요. 내가 고등학교 때 심장판막증 수술하기 위해 입원해 있던 병원이 후에 지역의 미군병원이었어요. 그 병원에는 많은 외국인 전상자들 때문에 자원 간호원들도 많았어요. 혜명 스님은 후에의 교외에 살 때 우리 이웃에 살던 아주머니였거든요. 그런데 그렇게 삭발을 하고 미국병원에서 만나고 보니 전혀 뜻밖이었어요. 원래 이 세상 삶 자체가 빤한 거지만……"
말 중간중간에 한참씩이나 뜸을 들이곤 하는 그미의 얘기가 속탔다. 혜명의 유품들은 재가 되어 밤바람에 회오리쳤다. 떠나기 싫은 혜명의 영혼인 듯 맴을 돌았다. 어느 새 밤하늘엔 먹구름이 몰리고 천둥이 울었다. 분신열반한 네 명의 영혼을 위로하는 독경소리가 둔탁한 목어(木魚) 소리를 배경으로 가슴 밑바닥에서 밀고 들어왔다. 그리고 멀리 쇳소리 포성 속에 콩 볶는 소총소리도 살인적으로 들렸다. 폭죽 같은 조명탄도 장난감 같이 곳곳에 터졌다.
"혜명스님의 속명(俗名)이 원래 레 유안이었는데 한국 출신이라고 들었어요. 우리 베트남과 한국과는 옛날부터 역사적 인연관계가 더러 있었던 것 같아요. 16세기 중반에 우리나라 왕세자가 쿠데타로 목숨이 위험하자 배를 타고 도망갔지요. 남지나해에서 풍랑을 만나 표류 끝에 한국 제주도에 도착했다는 기록이 있어요. 후에 대학에서 세계사 시간에 들었어요. 그래서 한국 측에서는 왕족으로 예우해 주고 '화산 이씨(花山李氏)'의 성씨까지 하사하여 이용상(李龍相) 태자가 그 시조가 되었다는 기억이 나는군요."

"그래서 레 유안에게는 가족이 있었나요?"

나는 호기심이 바짝 타서 문제의 핵심으로 유도했다.

"그럼요, 유안 아주머니에게는 8명의 자녀가 있었지요. 남편은 월남군 대령이었는데 우리 아빠가 시장으로 있는 후에 시청의 경비사령관 겸 경찰국장으로 있었지요. 그런데 풍지박산이 되었어요. 8명의 자녀가 다 어머니가 달라요. 우리 나라에선 흔한 일이니까요. 어머니 뱃속에서부터 대포소리를 듣고 나오는 이 전쟁터에서 무슨 일 하나 정상적인 게 있겠어요? 그 대령의 큰 아들이 자기 아버지를 권총으로 쏴 죽이고 북쪽 후치밍(胡志明) 월맹군으로 도망갔어요. 그리고 그 가족들이 뿔뿔이 흩어졌지요. 그러다가 미군병원에서 만났으니 얼마나 반갑겠어요."

우리는 다시 선방(禪房)으로 들어왔다. 그 대학생 비구니 앞에 사리와 염주 그리고 공책을 내놓았다. 눈짓으로 마음대로 골라 가지라고 했다. 그러나 그미는 명상에 잠겨 있을 뿐, 어느 것에도 손을 대려고 하지 않았다. 나는 진보라색 팥알 같은 사리를 그미의 손바닥 위에 쥐어주었다.

혜명이 잔 글씨로 썼던 공책을 폈다. 한자로 쓴 선시(禪詩)는 전혀 감이 잡히지 않아 그미에게 해석을 부탁했다. 그 비구니도 한참을 뒤적이더니 감상과 설명을 덧붙였다. 월남의 전설과 불교적인 주술성을 주는 귀절이 내가 청주 여고시절 국어시간에 달달 외웠던 월명사의 '제망매가(弟亡妹歌)' 같은 분위기와 애잔함을 주었다.

혜명의 깊은 뜻은 헤아리기 어려웠다. 어떤 거역할 수 없는 운명적인 절벽감과 무력감만 던져주었다. 평소 혜명의 깊고 그늘진 눈빛이 연상된 때문일까. 어쨌든 그런 사설시조같은 허탈감을 주는 어감과 리듬이었다. 우리는 나란히 누웠다. 밤새도록 그미는 무엇인가 띄엄띄엄 얘기를 계속했지만 이미 내 귀에는 아무 것도 들리지 않았다.

이튿날 아침 4시, 예불소리에 닫다가 눈을 떠보니 곁의 비구니가 보이지 않았다. 내가 그미에게 준 혜명의 유품 세 가지도 그대로 남아 있었다. 그미는 아무 것도 가져가지 않았다. 혜명과 늘 같이 다니던 계곡에 내려가 목욕재계를 했다. 모든 게 꿈만 같다. 혜명의 분신 열반과 그 다낭 비구니와의 만남이 꿈속에서의 일만 같다. 이번 이틀 동안의 일이 전혀 생소하면서 딴 세상 일만 같다.

4

찬이의 부대를 찾아나섰다. 내가 당장 거처할 곳도 문제이고, 일단은 찬이를 만나본 뒤에 무엇인가 결정을 내려야 할 것 같았기 때문이다. 레 유안이 없는 이 만복사에서 더 이상 위장 승려로서 눈치밥 얻어먹기도 부담스럽다. 레 유안이 분신자살했다는 소식을 들으면 찬이도 아마 놀랄 것이다. 그런대로 이 전쟁터에선 레 유안이 그에겐 캥거루 품 같은 의지가 되었던 분이었으니까. 찬이의 이번 나트랑 지역 출장은 다소 오래 걸릴 것 같다는 느낌이다.

전쟁터이기 때문에 기약할 수 없는 세월이지만 벌써 한 달 가까이 전화 한번 없었다는 생각까지 미치자 습관적인 신경쇠약 증세가 다시금 내 심장을 뒤집어 놓았다.

　무딘 칼로 한쪽 귀를 썰어내는 이명(耳鳴)이 또 시작되었다. 우선 찬이가 파견되어 나가 있던 한국군 호텔 '판탄장'으로 갔다. 5층 그의 사무실에 들어가니 주임상사가 우통을 벗은 채 선풍기 앞에서 부채를 부치고 있었다. 무슨 일이냐며 가뜩이나 똥그란 눈을 더욱 크게 떴다. 그 상사는 내가 옛날에 있던 '아리랑'에도 자주 오곤 해서 잘 알고 있었다.

　"서 병장님은 언제쯤 돌아오시나요?"

　상사는 아무 말도 하지 않은 채, 내 얼굴만 멍청하게 바라보았다. 나는 벽 쪽에 있는 간이의자에 털썩 주저앉았다. 피로가 한꺼번에 몰렸다. 천정을 무표정하게 올려다보고 있던 그가 옆방으로 가서 무슨 신문을 가져와 톱기사 사진을 손가락으로 가리켰다. 영자신문이었다. 서양인 한 명과 동양인 두어 명의 사진이 가로로 나란히 실려 있었다. 혹시 훈장을 타는 것인가 생각하면서 그의 얼굴을 올려보았다.

　"아직 모르고 있었나요? 지금 대통령궁과 주월 유엔군 사령부가 발칵 뒤집혔는데요. 벌써 보름이나 되었는데 정말 모르세요?"

　나는 그의 입 놀림만 주시하다가 '죽었어요!' 라는 낱말에 멈칫했다. 그냥 동네 꼬마가 세발 자전거를 타다가 '넘어졌어요!' 라는 정도로 전혀 실감이 되지 않았다. 그러나 우선은 일어나야겠다고만 생각이 드는 순간 나는 기절해 쓰러져 버렸다. 그 사진에 나온 세 사람은 각기 한국군 월남군 미군의 CID 요원들인데 월남 민간인 무기 밀매단 조직에 의해서 피살된 것이다.

　군수물자 밀매조직이 대형선박을 이용해 미 군수물자를 베트콩들

사이공의 니르바나　219

에게 대량 유출하고 있다는 정보에 의해 각국의 수사요원들이 나트랑의 암시장에 급파된 것이다. 한국군 측에는 마침, 찬이가 파견된 것이다. 선박을 이용한 각종 무기까지 대량 유출해왔던 데에는 사이공 월남인 암흑가 조직이 촐롱 월맹측과 유착이 되어 있었단다. 월남군 사단장과 한국군 및 미군 고위층 몇 명도 가담되었다는 충격이다. 증거가 초동 수사망에 걸려들자 이번 파견 수사요원 3명을 누군가 암살시킨 것이다.

이 대형사건으로 웨스트 모얼랜드 유엔군 사령관은 물론 채명신 한국군 사령관, 월남군의 쿠엔 카오 키 수상 총참모부가 태풍의 눈이 되었단다. 베트콩과의 크고 작은 무기 암거래는 공공연하게 있어 왔지만 일개 대대 병력이 한 달간 버틸 수 있는 군수물자를 대량으로 유출한 것은 이번이 처음이라고 했다. 무엇인가 큰 음모가 도사리고 있다는 냄새를 풍겼다. 한참 만에 깨어난 내게 상사는 신난다는 듯이 떠들어대었다. 마치 자기가 이 암살사건 담당 수사관이기나 한 것처럼 으시대기도 했다.

"단 한 줄 또는 단 한 페이지의 정보가 일개 대대 또는 일개 사단 병력을 죽이느냐, 살리느냐의 중요한 핵심이 될 때가 많습니다. 노르망디의 상륙작전 때도 그랬지만, 세계 제 2차대전 때 유엔군의 결정적 역할도 미국과 영국 CID 요원들의 기민한 노력에 의해 성공한 것입니다. 서찬 병장의 전사도 그런 기준에서는 그 어떤 죽음보다 값진 것입니다. 서 병장은 굳이 말리는데도 혼자서 암시장이며 암자절을 미친 듯이 수색하고 다녔으니까요. 지금 저의 부대장이 본국에 훈장을 신청 중에 있습니다. 그런데…… "

흥분해서 침을 튀겨가며 떠드는 상사의 벌건 얼굴을 뒤로 하고 나는 도망치듯 나왔다. 그럴리 없어! 나는 탄손누트 비행장으로 달려갔다. 이 전쟁터에서는 오류와 오판이 많아! 전사자 명단에 끼어 있던 사람이 포로에서 탈출해 오고, 부상자를 전사자 명단에다 잘못 타이핑 하고, 그런 일이 비일비재하지 않은가. 그럴리가 없어, 내 눈으로 확인하기 전까지는 믿을 수 없어. 나는 나트랑행 수송기가 없어 우선 헬기를 얻어 탔다. 비행장 한쪽 구석에는 각 나라 각 부대에서 쉴 새 없이 들어오는 전사자의 하얀 유골상자가 적도의 태양에 C 레이숀 상자같이 무의미하게 쌓였다. 우선 며칠이 걸리더라도 찬이가 당했다는 현장을 꼭 찾아볼 것이다. 북쪽으로 갈수록 전투가 치열했다.

밤낮으로 죽어가는 사람과 죽어갈 사람들뿐이었다. 한낮의 전투는 동네 꼬마들이 모여서 딱총 장난하는 것같이 장난스럽게만 보이고, 한밤의 전투는 경축일에 남산에서 폭죽놀이 하는 축제같이 전혀 전쟁터 같지않은 전쟁터다.

그런 모습은 월남인들의 일상 표정에서도 놀랍게 느껴진다. 근처에서 불꽃 튀기는 전투가 벌어지는데도 전혀 무표정하게 논밭 일을 하고 있으며, 유유자적하게 자전거를 타고 가며, 어린애들은 논두렁에 앉은 채, 담배연기로 도너츠를 만들어 하늘로 띄우고 있었다. 월남 시내버스인 램브란트 봉고형 버스도 어느 집 마루 밑에 강아지가 짖느냐는 정도로 털털거리며 기어다녔다. 우습다 그리고 무섭다. 전쟁터라는 게.

어느 밀림지역에서 쓰러지더라도 찬이의 흔적을 찾아보자. 우선은 일전에 왔던 다낭의 그 비구니에게도 찾아가서 도움을 청해보자. 토끼가 엉거주춤 서 있는 자세의 인도지나 반도에서 해안가 등뼈 줄기에 해당하는 것이 월남의 국토 지형이다. 토끼의 꼬리 바로 위 미골(尾骨) 부분이 사이공이다. 이곳에서 17도선 접경인 후에까지 가려면 비행기로 반나절이 걸린다.

말하자면, 부산에서 동해안 줄기를 따라 고성까지 한국의 38도선 경계선까지 가는 것이 그 삼분지 이에 해당하는 거리인데, 아마 후에까지 가려면 함경북도 청진까지의 거리일 것이다. 1번 도로 그 중간의 중부지역이 나트랑 항구이다. 나트랑에서 조금 올라가면 캄보디아 국경선으로 연결되는 21번 도로가 가로 걸린다. 1번의 세로와 21번의 가로가 만나는 지점에 백마사단 사령부가 있다. 이 닌호아 지역을 관할하는 29연대가 사단을 보호하면서, 맹호부대의 퀴논으로 가는 1번 도로를 방어하고 있는 것이다. 나는 그 상사에게서 이 지역상황을 알아본 것이다.

치열한 대공포화 때문에 군대 수송용 경비행기도 헬리콥터도 떴다간 도착예정 지점에 착륙을 못하고 되돌아오기를 수십 번 했다. 덕분에 거의 반나절이면 도착하는 거리를 보름쯤 지나서야 나트랑에 내릴 수 있었다. 일체의 통행이 금지된 작전지역을 나는 무작정 헤매었다. 우선 해당지역 백마부대 CID 지부를 찾아 나섰다. 급히 내 연락을 받고 다낭의 비구니도 나트랑(Na Trang) 한국군 '따이한' 호텔에 와 있었다.

그 비구니와 나는 이튿날부터 찬이가 다녔음직한 지역을 죄 훑고 다녔다. 태국 캄보디아 라오스 등 동남아 국제 밀매조직이 암약하는 나트랑 해변 암시장에서부터 21번 도로 끝 캄보디아 국경선의 반 메쑤오(Ban Me Thuo) '후치밍 비밀루트' 등 찬이의 구두 발자국이 찍혀 있음직한 곳은 어디든 좇아다녔다. 찬이가 자주 묵었다는 미군

호텔이며 나이트 크럽도 뒤졌고 밀림의 피살현장도 확인하고 다녔다. 생각보다 나트랑의 제 2군수기지는 다낭에 이어 어지러울 정도로 규모가 컸다.

찬이는 국제 밀매조직단의 잔인성을 누구보다도 잘 알고 있다. 또 다른 전쟁을 치르는 셈이다. 그래서 그는 어느 나라 CID 요원보다 더 집요하게 파고 들어갔다. 암살 대상자 가운데 제일 첫번째로 지목되었고, 나머지는 며칠 간격을 두고 살해되었다고 한다. 어쩌면 그것은 평소 그의 철사 같은 사회적 정의와 양심의 한 가닥일지도 모른다. 그의 고집은 때로 이렇게 엉뚱한 데서 짜드락나곤 했었다.

그러나 어느 한 곳도, 어떤 증언도 그가 죽었다는 확신을 내게 줄 수는 없었다. 정말 그가 죽었다면 이미 화장되어 유골이 탄손누트 비행장에서 실려가야 했을 것이다. 어쩌면 내가 이곳에 올 때 사이공 탄손누트 공항 환자용 위급 수송기 창가에서 내려다 보던 하얀 유골상자 중 어느 하나일지도 모른다.

나트랑 구석을 이 잡듯이 바늘 끝으로 찌르고 다닌 지 다시 한달 쯤 되었을 때, 나는 섭씨 40도를 오르내리는 정글의 더위에 열사병으로 쓰러졌다. 이제 희망이 없다. 모든 것을 포기하고 돌아가야 했다. 이왕 떠나는 김에 혜명의 다낭 옛집이나 한번 들러보는 게 어떠냐는 비구니의 제의에 나는 마지 못해 고개를 끄덕였다.

찬이의 죽음은 이미 기정 사실인데 감정적으로만 고집한다고 되는 일이 아니란 것도 잘 알고 있다. 다만 이렇게라도 그의 흔적을 찾지 않으면 나는 미치고 말 것이다. 나 자신의 이런 고집 또한 스스로 잘 알고 있다. 우리 둘은 다시 나트랑 공항에서 다낭으로 날았다. 군 비행기는 한국인이나 미국인 등 민간인이라도 외국인은 공짜다. 더구나 남편과 같은 찬이의 문제로 찾아다니기 때문에 사이공 본대 CID의 그 상사가 다 뒷배를 보아주고 있는 것이다.

"아니 누님! 아니 스님! 어쩐 일이세요? 삭발한 것이 정말이군요." 앞서 들어간 비구니의 손목을 잡고 나오는 청년이 나에게도 한국식으로 꾸벅 인사를 했다. 월남인 치고는 얼굴이 하얗다. 튀기 같다. 긴 눈썹을 껌벅이며 반가와 했다. 첫눈에 어딘가 혜명스님과 닮았다는 느낌이 든다.

"인사하시지요. 혜명스님의 8남매 중 막내이에요. 그러니까 각기 배다른 형제 중, 이 막내 하나가 혜명스님의 소생이 되는 셈이지요. 이쪽은 어머님의 제자가 되는 분이시고, 한국에서 오셨지요."

그 튀기 청년의 부인이 끓여 온 월남차를 가운데 놓고 우리 넷은 앉았다. 이 대궐 같은 큰집에서 형님들은 뿔뿔이 흩어지고 이 막내가 집을 지키고 살지만, 그도 내년쯤이면 군대에 가야 한다고 당연한 듯이 말했다. 그의 나이 이제 16살, 신혼생활 시작한 지 석 달도 안 되었다고 했다. 한번 끌려가면 언제 돌아올지 모르는 만년전쟁, 만성전쟁이다.

"아 참, 그러니까 생각이 나네요. 따이한에서 오셨다고 했죠. 전번에 따이한 CID가 두 명 다녀갔어요."

"네에? 여기까지 어떻게 알고?"

"글쎄요, 우리 어머니가 따이한이란 걸 동네에선 모르는 사람이 없잖아요. 어쨌든 다낭 경찰서장과 함께 왔더군요. 어머니에 대해서 자꾸 캐어 묻던데, 제가 어머니에 대해 뭘 알아야지요. 어린 시절에 어머니가 이따금 들려주던 어머니의 고향 충청도 조치원 그리고 미호천이라던가 들은 대로 막연히 얘기해 주었지요. 어머니는 어디 계시느냐기에, 아마 고국으로 가시지 않았으면 지금쯤 사이공 근처 산속 어느 절에 계실 거라고 했더니……"

"했더니?" 비구니가 더 다급하게 재촉했다. 그 청년은 벽에 걸려 있는 액자를 떼어 와선 우리 앞으로 밀었다.

"이게 어머니가 따이한에서 가져온 처녀 때 사진이래요."

나는 그 사진보다 그 사진 밑에 씌어진 한글 이름과 '단기(檀紀) 4253년 출생'이라고 쓴 귀절을 보고 기절할 뻔했다. 이한월(李韓越)! 한자이름이 다시 뚜렷하게 확대되어 내 이마를 때렸다. 옛날 한국신문에 특종으로 보도된 교포명단 가운데에 있는 이 석 자만을 가지고 찬이는 청주에서부터 이곳 월남까지 온 것이다. 전쟁을 목숨을 감수하고 말이다.

"아니, 스님! 왜 이러세요? 이 한자가 어땠나요? 원래 '이(李)'라는 글자를 혜명스님은 월남이름 '레(Leh)'라고 개명한 거예요. '李韓越'이 '레 유안'으로 된 거지요. 뭐가 이상한가요?"

나는 아무 말도 할 수가 없었다. 얼마 전에 다녀갔다는 따이한 CID요원이 바로 찬이였다는 것을 직감적으로 알았다. 그렇다면 이 사진과 이름을 보았다면, 찬이는 '만복사'의 혜명스님이 바로 자기 친어머니라는 사실을 알았을 것이다. 그리고 이 청년이 자기와 씨 다른 동생이라는 사실도 확인했을 것이다. 그런데 이 청년은 아직 아무 것도 모르는 모양이다.

자기 어머니가 한 달 전에 분신자살했다는 사실도 그전에 다녀간 따이한이 자기의 이복형이란 사실도 모르고 있다. 아니, 굳이 알면 또 뭣 하겠는가. 차라리 아무 것도 모르고 사는 게 더 나을지도 모른다. 어머니는 어차피 속세를 떠난 사람 아닌가.

사이공의 니르바나

그런데 더 놀라운 것은 곁에 있는 비구니가 왜 이런 사실들을 진작 나에게 얘기해 주지 않았는지 모른다. 혜명이 자기의 계모란 사실을 말이다. 오히려 그미는 혜명이 자기 이웃집 아주머니라고만 했었다. 찬이는 이 사진을 확인하고, 또 만복사에서 나와 이따금 데이트할 때도 자상하게 맞아주던 혜명스님이 바로 친어머니였다는 사실을 알고는 얼마나 놀랐을까. 그러나 그는 나트랑을 뜨기도 전에 불귀의 객이 되고 말았다. 직전의 어머니를 만나지도 못하고 저 세상으로 갔다.

한국에서 그 먼 남의 나라 땅, 이곳 월남까지 와서 바로 코 앞에 두고 못 만나다니? 그가 평생 얼마나 애타게 어머니를 그리워 했던가. 모두가 내게서 떠나고 떠나는 것뿐이다. 영원히 놓치고 잃어버리는 것뿐이다. 나는 서둘러 일어섰다. 그리고 곧바로 다낭 비행장으로 갔다.

5

며칠 후, 나는 귀국 비행기에 오를 수 있었다. 그것은 찬이가 근무하던 '판탄쟝' 주임상사의 도움으로 생각보다 빨리 귀국표를 구입한 것이다. 그때 한창 시작된 구정공세로 인한 월맹군의 기습공격으로 유엔군들은 무자비하게 당했다. 추석명절의 48시간 휴전을 월맹은 악용하여 대대적으로 함몰 작전을 한 것이다.

야전병원인 십자성부대가 아직 정착되지 않은 상태여서 닫다가 쏟아진 중상환자들을 미처 소화하지 못하고 서울의 수도육군병원 등으로 실어나르는 중이었다. 부족한 간호원을 대신하여 잿빛 승복 대신에 흰 가운을 입고 나는 고국으로 가는 환자 수송용 비행기에서 임시 간호원 역할을 했다. 마취에서 깨어난 환자들은 피거품과 게거품을 뿜으며 몸부림쳤다.

"내 다리 어디 갔어!"

"내 잘려나간 팔 가져와, 이 개새끼들아!"

"내 다리 … 내 팔, 팔"

좁은 수송기 안은 또 하나의 전쟁이었다. 전쟁터에서 무자비하에 팔 다리가 잘려나간 상이군인들이 발광하는 것이다. 링겔 병이 천정을 날아다니고 핏물이 사방으로 튀었다. 바닥에서는 환자들끼리 뒤엉켜 몸부림쳤다.

군의관들과 간호원들이 그들에게 억울하게 맞아가면서도 정성껏 치료했다. 환자들이 홧김에 가위로 찢어버린 붕대 등을 다시 감아주었다. 심한 난동 환자들은 팔다리를 바닥의 들것에 통새미로 묶었다. 대개의 출혈 환자들은 애절하게 물 물 물을 찾았다. 까맣게 타들어가는 입술과 하얗게 돋아나는 혓바늘을 벌리고, 물을 갈구했지만, 단 한 방울의 물만 먹여도 죽게 된다.

나는 잠시 휴식하면서 아무 것도 보이지 않는 비행기 창밖 밤하늘을 잠시 내려다보았다. 바다인지 육지인지 또는 어느 나라 하늘 위인지 도시 감각이 되지 않았다. 아니 가는 건지 멈춰 있는 건지도 모르겠다. 동서남북 어느 쪽으로 가는지 전혀 모르겠다. 원래 이 삶이란 자체가 방향이 없는 것이다.

행복은 어느 쪽이고, 불행은 어느 쪽인가? 무엇이 사랑이고, 무엇이 증오인가? 그런 게 아닐까? 무엇 하나 이 세상엔 확실한 게 없다.

혜명스님은 남편을 찾아 제2차 세계대전 중에 태국 '콰이강의 근처'까지 갔다가 결국은 남편을 잃어버렸다. 나 또한 20세기 전쟁의 위험을 끌어안고 애인 서찬을 찾아 월남에 왔지만 찬이를 잃어버렸다. 각각 사랑을 찾아 위험지역에 뛰어든 것이다.

누구를 위한 전쟁인가? 무엇을 위한 죽음인가? 혜명스님은 나에게 시어머니가 됐을지도 모른다. 우리는 바로 눈앞에 있는 현상을 보고도 모른다. 아니, 모르고 지나간다.

찬이는 만복사에서 어머니를 보고도 어머니를 몰라보고 있었으며, 다낭 대궐집의 청년은 서찬을 보고도 이복형을 몰라보았다. 나 또한 이미 탄손누트에 실리는, 찬이의 유골을 보고도 찬이의 시체를 몰라본 것이다. 우리는 모두 모르는 것 뿐이다.

보이는 것은 안 보이는 것이고, 안 보이는 것은 보이는 것이다. 언젠가 혜명스님이 말했던가. 보인다고 해서 존재하는 것이 아니며, 안 보인다고 해서 부재하는 것이 아니다. 낮에는 달이 보이지 않지만 달은 분명히 하늘에 있고 밤에는 해가 보이지 않지만, 해 또한 분명히 하늘에 존재하는 것이다.

그렇다면 찬이가 내게 보이지 않는다고 해서 그는 영원히 부재하는 것은 아니다. 살아있는 것은 마찬가지이며 또한, 죽어 있다고 해도 내 마음에 없으면 죽은 거나 마찬가지이다. 또한, 죽어 있다고 해도 내 마음 안에 살아 있으면 언제나 살아 있는 것이다.

그러니까 생각나는 것이 있다. 혜명은 찬이가 만복사에 나타났을 때부터 이미 자기의 아들이란 것을 알았을 것이다. 그리고 그미가 분신열반을 자청한 것은 찬이가 나트랑의 닌호아 작전지역 밀림에서 이미 피살되었다는 사실을 알았기 때문일 것이다. 혜명의 머리에 내가 성냥불을 그었던 날짜를 역추정 해보니 내가 닌호아 혼헤오 산에서 확인한 찬이의 죽음 바로 이튿날이었다. 나는 혜명의 서예 표지 유언장을 다시 꺼내 보았다.

'서찬이나 너나 내 뱃속의 아이' 라니 처음부터 그와 나는 씨가 다르긴 하지만 한 핏줄이란 얘기가 아닌가? 그렇다면, 혜명의 전 남편이 우리 아빠였던 것일까. 이 세상이 너무나 복잡하다. 아니, 너무나 단순하다. '보이는 것은 더 많이 안 보이는 것의 그림자에 불과하다' 나는 새로운 법열(法悅)에 떨었다.

나는 혜명의 분신과 같은 염주를 두 손에 모으고 깊이깊이 합장했다. 그리고 생각했다. 고국에 도착하면 나도 정식으로 고향 근처 속리산 법주사로 입산해야겠다. 내 머리야 진작 혜명이 작두 칼로 밀어주었으니까. 내 마음만 스스로 밀어주면 된다. 만복사에선 내 육체가 단지, 숨어 있기 위한 삭발이었고 법주사 입산은 내 영혼이 숨어 있기 위한 삭발이렷다. 그리고 시어머니가 아닌 친어머니 혜명스님과 친오빠 서찬의 영혼을 위로해 주어야지. 잘못하면 친남매끼리 혼인할 뻔했다.

우습다. 어느 새, 밤 비행기는 대구 동촌 군 비행장으로 하강하고 있었다.

*〈사이공의 니르바나〉 한국현대불교 소설선집 선정

마지막 카드

마지막 카드

 금년들어 첫번째 살인강도 사건이어서 그런지 언론이 선정적으로 설치는 것 같다. 조간신문 톱기사에 난 얼굴 사진을 잠깐 훑어본 기염은 그 옆에 굵은 활자로 골동품 밀매업 총두목 '강태이(姜太二)' 피살이라고 찍힌 이름을 확인하자 깜짝 놀랐다.
 곁에 있는 손님의 신문을 엉겁결에 빼앗아 기사 내용을 자세히 훑어 내려갔다. 그럴 리가 없다. 바로 지난 주 토요일에도 태이와 만났다. 소주에 세상을 타서 껄렁한 세상얘기를 나누다가 어깨동무를 하면서 이태원 미군부대 외인촌을 흥감부리지 않았던가.
 공주 갑사 근처 절벽에서 추락되었는데…… 추락사고 치고는 일부 수상한 곳이 의심된다는 것이다. 유난한 두개골 파열과 어깨와 등허리에 심한 칼자국이 있다는 경찰의 초동 수사보고서를 발췌한 것이다. 그래서 인사동 일대에서는 숨은 알부자에다 유명한 골동품 감정사로 알려져 있는 그 피살자 주변에 대한 탐문수사를 시작하고 있다는 것이다. 원한이냐, 치정에 얽힌 살인이냐, 금품을 노린 계획적 살인이냐, 그것도 아니면 단순한 실족사냐? 버스 천정 마이크의 아침 뉴스 방송에서도 현재 진행중인 서울치안본부의 수사과정과 방향을 반복하고 있었다.

"이 사람과 선생이 관련되어 있습니까?"

자기가 보던 신문을 빼앗긴 중년신사가 눈알을 쌍갈지며 추궁하듯 대든다. 기염은 그 중년의 검붉은 딸기코에 신문을 정중하게 반환하며 사과했다. 급히 버스에서 내렸다. 공항 버스는 두개골을 깊숙이 기댈 수 있는 푹신한 의자가 있어 좋기는 하다. 좀 비싸긴 해도 편안하고 빨라서 출근 시간에는 자주 이용한다.

회사 사무실로 들어서는 길로 중관이의 대학연구실 전화번호부터 돌렸다. 그 방의 여자 조교가 아직 학교에 출근하지 않았다고 했다. 그의 집으로 들렸으나 어젯밤에 집에 들어오지 않았다는 그의 아내의 근심스런 반문이다. 혹시 어제 같이 있지 않았느냐? 태이에 관한 방금 뉴스를 알고 있는지. 초조와 긴장이 응어리진 음성이 전화기에 묻어났다.

기염이와 중관이는 고향 마산의 같은 M고교 출신이어서 서울에 유학하면서도 자주 어울렸고 사회에 나와서도 변함없이 우정을 다지고 있었다. 그 진한 우정의 울타리에는 한남동 술집 주인인 백일호와 이번에 객사한 강태이도 포함된다.

네 명의 마누라들은 그 중 아무나 한 사람의 집에만 연락해 봐도 네 명이 어디서 무슨 짓거리를 하고 있다는 것을 되번 알 수 있었다. 자연 그 마누라쟁이 끼리도 친한 조직망이 형성되어 있었던 것이다. 특히, 태이의 아내는 기염의 누이동생이어서 처남매부 관계이기도 하다.

 오늘 조간신문과 담배도 한갑 가져오도록 비서 겸 타이피스트에게 지시해 놓았다. 중역실에 있는 신문철에서 어제 석간 가운데 혹시 태이에 관한 기사가 나오지 않았을까 다시 훑어 내리고 있는데 전화가 왔다. 일호였다. 태이 집에서 아까부터 전화를 안 받는다는 것이다.

 그래서 방금 자기 아내를 태이 집으로 급히 보냈다는 울음 섞인 목소리다. 짜아식, 고릴라 같은 덩치에 어울리지 않게 울기는, 그러면서 기염은 자신도 눈물방울을 훔쳤다. 국립과학수사연구소에서 시체 부검이 나오는 대로 우선 일호에게 장례식 준비를 부탁하고 다시 사무실을 나섰다. 마악 현관문을 들어서는 직속상관인 부장과 부딪혔다. 급히 다녀올 때가 있다면서 그에게 소리치고는 택시를 잡았다.

 기염이가 갑사입구 관할파출소 임시수사본부에 도착한 것은 점심이 훨씬 지나서였다. 거기에는 눈이 통통 부은 태이의 아내이자 내 친동생이 거의 실성한 듯한 반쯤은 책상 위에 쓰러진 채 수사관의 질문에 대답하고 있었다. M고교동기 가운데 의정부 지청 검사로 나가 있는 군승이도 벌써 와있었다.

 "사건이 이상하게 꼬이는데요? 자살을 가장한 타살 같기도 하고, 살인수법으로 보아선 너무 유치하단 말예요? 그것보다 '강태이' 그 사람이 왜 그렇게 늦은 시각에 산에 올라 갔느냐는 이거예요?"

 "골동품 장사꾼이니까 혹시 이번에 새로 발굴한 무영왕능 부장품을 그 주변에서 뒤지거나, 아니면 동료 밀매업자와 모종 거래를 위해서 그런 으슥한 곳을 택한 것이거나?"

"골동품 업자들의 꿀통 생리를 모르는 게 아니지만 그 현장부근에는 낡은 기왓장 쪼가리 한장 나오지 않는 악산이라는 담당검사 얘기야. 또 그들의 거래 속성으로 봐서 호텔 등에서 신속하게 처리하지 뭐하러 이런 깊은 골짜기까지 오겠어?"

수사관의 기록을 훑어보던 군승이도 끼어들어 한마디 했다.

"골동가게 점원부터 시작하여 잔뼈가 굵은 태이가 그렇게 어줍사리 남의 잔꾀에 넘어간다거나, 더구나 전국적인 문화재 연고지를 손바닥에 훤히 꿰고 있는 그가 맹문으로 이런 악산을 한밤 중 헤맬 리가 있겠나?"

"글쎄, 현재로선 이 사건의 성격이나 방향조차 아직 파악하지 못하고 있는 실정이야. 난 우선 먼저 올라가네. 어젯밤 당직 검사에게서 연락을 받고 강군(姜君)이란 걸 알고 오늘 아침에 여기 현장에 달려와 본 거야. 며칠 후면 무엇인가 윤곽이 잡히겠지."

"금년은 좀 무사하게 넘어갈 수 있을까 했더니, 초장부터 핏물 튀기는 강력사건 입니다. 돈이란 건 너무 많아도 걱정이고, 너무 없어도 근심이고… 안녕히 가십시요오!"

그 수사관은 문밖까지 따라나와 군승이에게 거수경례를 붙였다.

"자네가 태이 마누라를 아니, 자네 누이동생을 잘 모시고 오게나. 몇 번이나 기절했는지 몰라. 나는 올라가는 길로 부검결과를 한번 살펴보고, 의정부지검에 들어갈 테니까. 3시에 관여할 공판이 하나 있어."

"자네의 남다른 우정은 변함이 없구만, 염려말게. 우리가 이렇게 육갑 떤다고 이미 죽어버린 녀석이 벌떡 일어나는 것도 아니고. 차라리 조용히 묻히는 게 조용할 텐데."

시체 없는 장례식은 그렇게 썰렁하게 우선 치러졌다. 서대문 적십자병원 영안실에는 급히 확대해 온 영정사진 속의 태이가 환하게 웃고 있었다. 그렇게 우리들을 어설프게 내려다 보며 웃고 있었고, 우리는 정말 그가 죽었다는 실감을 찾아내기 위하여 소주를 자꾸 목구멍에다 털어 넣었다. 어떻게 알고들 문상오는 지, 조문객들은 2월달 혹한의 추위를 털면서, 머리와 어깨 위의 눈을 털면서 밀려들어 왔다. 평소 태이의 마당발 흔적이리라.

임시로 깔아 논 가마니 위에서 넙죽넙죽 태이에게 절을 했다. 조문객들 절반이 고교 동창들이고 나머지 절반이 인사동 골동품협의회 회원들이다. 어떤 녀석은 절 한번하고는 한참 동안 태이를 올려다보고, 다시 한번 절 하고는 또 한참 응시했다.

'이 녀석아, 보긴 뭘 봐. 조위금이나 두둑히 내놓고 빨랑빨랑 비켜. 오늘 돈이 좀 모이면 이번에 새로 보아둔 신안 앞바다 해저 보물이나 몇 점 사둘란다. 병아리 같은 값싼 동정으로 날 울리지 말고 썩 꺼져! 옆에 밀린 동창들 좀 봐, 어이 빨리 비키라니까. 너는 평소에 좀 고생한 놈이었으니까 내가 저승에 먼저 가서 네 취직자리를 내가 마련해 둘 테니까 염려마아.'

사진 속의 태이가 말을 할 수 있다면 아마, 이렇게 고함질렀을 것이다. 그 녀석은 한 열 번은 절하고서야 갈씬갈씬 저쪽 구석으로 비켜섰다. 그 구석엔 벌써 고스톱이 화투짝 부러지게 쌓갈겨지고 있었다. 녀석들은 친구의 영혼을 달래주러 온 것이 아니라, 노름자리 물색하다 가장 마땅한 장소를 만났다는 듯이 우레켜댔다. 그것은 또 어쩌면 좋은 친구를 잃어버렸다는 데 대한 마지막 밤의 발악인지도 모른다.

기염이며 일호 등 또 한 패거리들은 국밥 등을 날라주고, 일부는 주변 친지들에게 전화 연락을 하고, 일부는 장례식에 따른 잡다한 준비 등에 굴타리 먹고 있었다. 고향에서 달려온 태이의 6촌형인가 하고 또 하나 중 늙은이가 엉거주춤 부동자세로 친족을 대표해서 서 있었다. 태이는 거의 고아로 자라다시피했기 때문에 이곳, 서울 객지에서의 장례식은 M고교동창들이 주선할 수 밖에 없었다.

태이가 골동가에 맨 처음 발을 들여놓게 된 것도 대학시절 영문학과 친구의 아버지가 운영하는 아현동 골동가게 아르바이트였다. 처음에는 고서(古書) 분류 작업이었다. 순수 학문을 위해 역사학과(歷史學科)에 들어간 그에겐 실기를 겸할 수 있는 좋은 기회가 된 것이다.

그는 고급 문화재 유적지나 부장문화 사적지에 대해선 교수들 이상으로 현장을 잘 파악하고 있었다. 특히, 공주 백제문화권에 대해선 손금 들여다 보듯 '백제문화 지도'를 그리고 있다.

역대 왕의 줄거리나 그 매듭 진 줄기마다 연고된 사건과 연고지 그리고 그 뒤에 숨겨져 있는 극비 보물창고도 잘 알고 있다. 큰 돈이 될 수 있는 국보급 보물지도도 그가 마음만 먹으면 '보물잡는 땅꾼'이 될 수도 있다. 한국의 대표적인 재벌급 문화재단의 관장이나 책임 학예사들이 극비리에 그의 손을 거쳐서 구입해 간 수장품도 상당 수 있다. 오히려 진짜 보물은 공개적인 경매에 내놓지 않는다.

한 세력의 왕이 땅에 묻힐 때마다 그 묻히는 곳에는 각종 보석이 함께 눕는다. 아직까지 확인되지 않은 백제시대의 왕릉이나 왕족 또는 귀족의 무덤은 알려진 것보다 훨씬 더 많다. 그 보물지도가 태이의 머리 속엔 호서지방 일대의 거미줄로 연결되어 있다. 그의 '비밀 교통지도'에서 암호로 깨알같이 쓰여진 곳을 금속제 긴 2단 꼬챙이로 쑤시기만 하면 보석 항아리가 숨어 있을 확률이 많은 곳이다.

지도교수가 태이에게 말끝마다 지탄하듯 그에게 사학(史學)이란 하나의 사관(史觀) 정립을 위한 공부가 아니고 조상들의 유물을 훔쳐내어 팔아먹기 위한 도관(盜觀)을 가지고 있다는 힐난이다. 그러면서도 평소에 학점을 안 줄 수 없는 것은 태이의 논리나 인용된 자료가 너무나 현장적이고 과학적이었던 것이다. 간단한 리포트 조차 '강태이'가 제출한 것은 석사학위 논문 감으로도 아까운 것이 적잖다.

그것은 태이가 따로 공부했다기 보다 아현동 늙은 꼴통들 가운데는 대로물린 골동가게가 적지 않았다. 그런 가게에서는 대를 물려 내려오고 있는 극비자료들이 많기 때문에 그런 자료들은 대개 은밀하게 그들 세계에서만 암암리에 통용되고 있다. 일반인들은 접근하기조차 난감한 곳이다.

인문과학 논문은 구름잡는 낱말만 나열되어 있는 게 많다. 특히 사학관련 논문은 이론만 가지고는 떠드는 게 많다. 역사현장과 문헌적 물증이 보완되어야 한다. 그 대학 조교들은 그 지도교수가 태이의 리포트 몇 개를 짜집기하여 자기 이름으로 논문발표를 하고 있다는 사실도 공공연히 알고 있다.

금광이나 탄광은 지질맥만 한번 잘 잡았다 하면 일확천금을 잡는 것이다. 태이도 어느 만큼 밑천 잡으면 자기가 작성한 '역대 백제왕궁 비밀지도'의 흐름에 따라 공주의 B대학 박물관과 함께 본격적으로 발굴할 계획이었다. 거기까지는 기염이를 비롯하여 절친한 4총사는 진작에 알고 있는 태이의 소박한 꿈이었다.

또, 인사동에서 알부자로 행세한 것은 하나의 위장이었다. 실제는 아현동 다세대 3층 전세방에 살고 있다. 주로 재벌들을 상대해야 하는 골동계에서는 대단한 재산가로 행사해야 신용이란 게 확보되기 때문이다. 일부러 벤츠에 고급 골프채를 싣고다니며 위장한 것이다.

이름 석자만 대면 금방 알 수 있는 재벌급 또는 저명인사들의 수장품 가운데 국보급은 어떤 것들이 있다는 것 또는 어떤 보물은 어느 정도의 수표 쪽이 오갔는지 태이의 수첩 리스트 족보에 다 올라가 있다. 또한 30여년간 그가 관계하거나 감정한 것 가운데 가짜로 문제된 건 별로 없었다는 것도 수장가들에게 체크되어 있다.

마지막 날에도 고교 동창들이 들이닥쳤다. 인사동과 아현동의 골동상 주인들이 던져주고 간 수표 쪽은 고교동창들이 부조한 총금액보다 무려 10배가 많다는 사실에 장례위원들은 이 암흑가의 금쪽에 놀라기도 했다. 어쨌든 장지(葬地)매입 등 울가망한 전체 장례비용 문제에 한시름 놓았다.

시체를 고향에 가지고 가 보았자 선산 발치 한군데도 차지할 돈이 모자랐다. 화장하자니 초등학교에 다니는 두 아들에게 너무 매정한 것 같다. 무엇보다도 독실한 크라스찬인 태이의 아내가 화장을 반대했다. 결국 가까운 기독교인 공동묘지를 물색해 보기로 했다. 일호는 내내 찔꺽눈이 되어 고개를 돌려 콧물 눈물을 훔쳐 내었다. 동창회 한다면 코빼기도 안 내밀던 녀석들이 누구 하나 뻗었다 하면 자다가도 뛰어나오는 엉뚱한 의리가 있는 것도 고향 M고교의 자랑이다.

그날 영안실에는 동시에 3군데의 상가집이 생겼다. 그 중 한 군데가 고향의 M대학에 다니는 젊은 친구였다. 방학 중 서울에 놀러 왔다가 변을 당했단다. 밤늦게 술 먹고 귀가하던 중 쉬를 하고 전봇대에 이마를 대고 잠깐 존 것이 영 자고 말았다. 이튿날 방범대원에게 발견되었을 때는 서 있는 동태가 되어 있었다.

D일보 '휴지통'에도 보도된 웃기는 사건이다. 그래서 찬 겨울 날 한잔은 영원한 한잔이 되는 수도 있다. 역시 인명은 재천이라고 했던가. 젊은 녀석 잘 뒈졌다. 잘 뒈졌어! 쉬! 하다가 뒈졌다니…

동창 중 누군가 중얼거린 것이 화근이 되어 유족들과 한바탕 멱살잡이도 하는 이 겨울의 슬픔들이다. 화풀이로 중얼거린 녀석도 하필이면, 고향의 젊은사람이 객지에서 그렇게 비참하게 죽었는가 하고 애통해 하는 반어적인 애정표현이었다. 그걸, 그쪽 유족 측에서도 뒤늦게 인정하고 사과하는 등 그 마지막 밤, 황량한 영안실은 겹친 슬픔들로 더욱 추운 밤이었다. 태이가 장지로 떠나는 마지막 날 아침에도 결국 중관이는 나타나지 않았다.

"야, 이거 한 사람은 하늘 끝으로 올라가고. 또 한 사람은 지평선 끝으로 증발하고, 이거 어캐 된 거야. 둘이 어떤 사이인데 문상도 안 나온다냐?"

"마, 그기 아이라. 뭔가 중관이대로 충격적인 고민이 안 있겠나? 우리 그런 것도 좀 한번 헤아려 보더라구 잉?"

동창들은 저마다 중관의 불참석에 대하여 한 마디씩 지껄였다. 기염과 일호도 말을 안 했지만 서로가 몹시 초조한 기다림이다. 어쩌면 이번 사건과 직접적인 관련이 있는 것이나 아닐까? 관중의 집에서도 발칵 뒤집혀 고향이며 곳곳의 친척들에게 수소문했지만 아직껏 흔적이 없다는 전화였다. 하필 이 사건 즈음에 증발했을까. 우연의 일치? 아니면 깊숙한 관련?

이제까지 4 총사 사이에는 이런 일은 전혀 없었다. 최소한 자기 아내에게라도 어디 간다고 귀띔할 수 있는 게 아닐까? 이 사건이 보도

된 바로 전날 학교에서 퇴근하면서 행방불명이다.

 그날 오후에 있었던 교수평의회에도 참석하고, 신학년도 신입생에 관한 담당 학과 상담자료도 분석하는 등 평일과 조금도 다름이 없이 즐겁게 유쾌하게 근무했었다는 근교의 말이다. 내일까지 기다려도 돌아오지 않으면 경찰에 일단 소재수사 의뢰를 하는 게 어떠냐는 중관이 여편네의 하소연을 조금 더 기다려 보자고 기염은 달래놓았다. 사회적으로 쓸잘 데 없는 애깃거리만 공연히 난무할지도 모른다는 우려에서이다.

 겨울 산은 우선 시간이 정지되어 있어 좋다. 중관은 산등성을 올려다보며 태이의 죽음에 대해 자책하고 있었다. 산도 풀도 바람도 하얗게 폐색되어 멈추어 있다. 우주가, 지구가 그대로 멈추어 있는 것이다. 오로지 움직이고 있는 것은 장작개비 모닥불의 날름거리는 혀바닥 뿐이다. 밖은 새하얀 대낮인데도 통나무 방갈로 안은 어두컴컴 했다. 군데군데 빛이 새는 곳은 담요나 두꺼운 비닐로 겹겹이 막았기 때문이다. 빛이 새는 곳은 물도 새게 마련이다. 덕분에 방갈로 안은 바람까지 차단되어 훈훈하다. 아니 무엇인가 끈적하고 음란하다.

 슬픔같은 거, 그런 느낌은 어둠 때문일까? 구석에서 서로의 목을 끌어안은 채 잠들어 있는 젊은 남녀의 촉촉히 젖은 입가에 흘리는 침 때문일까? 그 연놈들은 까딱했다간 정사(情死) 상태로 동태가 되었을 지도 모른다고 낄낄거리며 이 방갈로에 들어섰단다. 겨울이면 이쪽 무주 구천동 산을 탔지만, 이번 같은 눈과 추위는 처음이란다.

 "이 털보산장을 찾느라고 한나절 헤매었어요? 오줌을 누면 불알 끝에서부터 그대로 포물선으로 얼음이 맺혔어요."

그 젊은 남녀는 눈을 털면서 중관이 앞에서 수다를 떨었다. 그리고는 구석으로 가더니 노골적인 애무를 즐겼다. 요즘 젊은이들은 자기들 좋으면 그만이다. 아무데서건 끌어 안는다. 이 방갈로는 '설악산 등산학교' 교장 털보가 등산객들을 위하여 사계절 무료로 운영하는 곳이다. 산 사나이인 털보는 전국 명산마다 이런 휴식처를 마련해 놓았다.

간단한 취사와 숙식도 할 수 있도록 부대시설도 뒤꼍에 만들어 놓았다. 산 사람들은 대개가 어느 산 속에서든 자주 만나기 때문에 안면이 있다. 아까, 젊은 녀석은 괜한 허풍이다. 폭설이 아무리 지붕 위까지 쌓여도 높은 안테나 위에는 열십자 빨간 깃발이 갈씬거리고 있다.

중관이는 이곳의 단골 등산광이다. 그는 벌써 사흘째 이 구천동 계곡의 모닥불을 끌어안고 있다. 밤낮으로 모닥불 곁에서 떠나지 않고 신음했다. 불씨가 사그라질 것 같으면 황급히 뒤꼍에 쌓아둔 장작더미로 가서 불꽃을 이어나갔다. 라면도 끓여서 털보가 갖다 주지 않으면 식음도 전폐할 기세다.

태이가 그런 식으로 꼭 자살해야만 했을까. 아직도 중관이는 자기가 태이를 죽였다는 죄의식에서 탈출하지 못하고 있는 것이다. 어렸을 때부터 단짝이었던 태이의 갑작스런 죽음은 이 세상의 모든 인연을 갑자기 끊어버리게 한다. 가정도 학교도 학문도 도시 짜증스럽고 살아 있다는 것 자체가 저주스럽다.

태이가 며칠 전에 중관이 대학으로 찾아왔다. 그가 몸소 학교에 나타나기는 좀 드문 일이다. 더구나 중관이가 수업하는 강의실까지 찾아와 뒤쪽에 앉아서 열심히 듣는 게 아닌가. 무슨 일일까? 사람이 죽을 때가 되면 이상한 행동을 한다더니? 그는 강의를 서둘러 끝내 놓고 태이를 데리고 나왔다. 다행히 교수평의회는 간단히 끝났고 신입생에 관한 상담과 수강신청 조정 등은 골격만 뽑아주고 조교에게 넘겨주고 밖으로 나왔다.

눈발이 다소 거세긴 하지만 모든 것을 훌훌 털고 교외로 그냥 한 번 나가보자며 태이가 재촉했다. 오후 두 시가 조금 지났을까, 다시 서울로 돌아올 시간을 생각해서 가까운 교외로 드라이브 하자고 중관이가 제의했으나, 태이는 굳이 오늘 한번쯤 판에 박힌 일상의 궤도에서 과감하게 탈출하자며 자기만 따라오라고 했다. 태이가 직접 운전대에 앉아 고속도로로 나갔다.

공주 갑사(甲寺)로 가는 중간중간에 백제 왕릉도 참배하고, 동학사 큰 부처님 앞에 시주도 하고, 계룡산 국립공원 드라이브 코스도 한 바퀴 돌아나오기도 했다. 전혀 여유만만하게 태이와 호탕하게 오후 시간을 즐겼다. 아무에게도 얘기하지 않고 서울을 살짝 빠져나와 둘만이 은밀하게 즐긴 것이다. 초등학교 때 동화 같은 술래잡기 같은 게 싫지 않았다. 서울생활은 너무 각박하고 살벌하다. 그날 밤 여장을 갑사 입구 모텔에서 풀었다.

사우나 한증탕에서 숨막히는 피로도 풀고, 서로 등이며 사타구니도 닦아주며 낄낄거렸다. 노란 솜털뿐인 우리의 10대 빈대머리 불알이 언제 이렇게 징그럽게 컸는지 손가락 끝으로 튕기기도 했다. 거쿨지고 음흉스런 이 물건이 시커먼 털을 뒤집어 쓰고 그 동안 얼마나 많은 고통과 환희와 희로애락이 이 막대기 끝에서 얼룩이졌던가. 둘은 유쾌하게 어깨동무하고 나와 나풀레옹 꼬냑도 두어 병 혓바닥에 붓기도 했다. 그리고 더블 침대 위에서 같이 TV를 보았다. 밤11시 KBS 뉴스가 끝날 즈음 태이가 뜬금없이 벌떡 일어났다.

"야, 워디 가노?"

"어엉, 요 앞에 갑사 입구 구멍가게에 가서 맥주라도 두어 병 사 올끼라."

"그랴, 추붕께네 빨랑 들어오더라고 잉"

슬리퍼를 신고 나갔기 때문에 대수롭지 않게 생각했다. 기염이는 다시 TV를 보다가 꼬냑에 취해 잠에 떨어졌다. 오줌이 마려워 눈을 떴을 때는 여전히 불이 켜져 있고 태이는 보이지 않았다. 시계를 보니 새벽 3시반쯤 되었다. 어디 갔을까.

밖으로 나왔다. 캄캄한 밤하늘에는 함박눈이 내리고 있었다. 갑사 입구까지 어슬렁거리며 가보았다. 구멍가게까지 전부 문이 닫혔다. 술집들 몇 군데에서만 '밤 깊은 수덕사에에 여승이 운다아…' 육자배기에 젓가락 장단이 흘러나올 뿐 괴괴했다. 어디로 갔을까? 어디서 한잔 걸치나?

불켜진 술집마다 기웃거렸다. 없다. 술이 싹 깨였다. 아침 8시가 다되도록 아니 왔다. 첫 시간 강의가 있는데 올라가긴 해야 하는데…… 어쩌나? 일단 서울로 갔다가 다시 올까, 좀더 기다려 볼까? 엄부렁 거리는데 형사들이 들이닥쳤다.

"어젯밤 여기에 투숙했던 사람이 실족사(失足死) 했습니다."

간단한 조사와 함께 그들과 함께 갑사 뒷산 현장에 갔을 때는 이미 과학수사대 지문 감식반들과 취재기자들 그리고 마을 주민들이 까마귀 떼같이 모여 있었다. 피투성이긴 했지만 태이의 두 눈만은 맑게 밝게 그리고 가볍게 하늘을 올려다보고 있었다. 아주 편안한

마지막 카드 **243**

얼굴이다.

　어젯밤 슬리퍼 신고 가볍게 나갔듯이 가볍게 손 털고 일어날 것 같다. 이상하다. 경찰은 산골짜기 절벽에서 찢겨진 태이의 몸 조각들을 헬기에 싣고 서울로 날아갔다. 우선 과학수사대 부검실로 간단다. 태이를 그렇게 떠나보내고 그 길로 중관은 혼자 늘 자주 가던 이곳 구천동 산기슭 털보산장으로 잠적해 버린 것이다.

　끌어안고 자다가 한참만에 깨어난 연놈들은 손목을 잡고 키들거리며 자기들의 배낭 속에서 쌀을 꺼내어 저녁을 짓는다고 또 데살맞게 군다. 젊음이란 사랑을 만나면 저렇게 눈깔이 뒤집어 지나보다. '대학시절 나에게도 저렇게 용광로 같은 사랑이 있었지…… 지금은 영국으로 떠나가 버린 여자지만…' 태이는 그들을 하염없이 쳐다보았다.
　"아저씨 나중에 갈 때 여관비쪼로 두둑하게 내놓고 갈 테니까요, 그렇게 인상 긁지 마세요."
　중관이는 깜짝 놀라, 아니 그게 아닌데? 손을 크게 내저었다. 그 젊은이는 중관이의 시뻘겋게 달군 눈빛에 지질렸는지 비실비실 코펠을 챙겨들고 취사장 밖으로 나갔다. 또 다시 그의 시선은 모닥불 속에 송곳으로 꽂혔다. 큰돌멩이로 지붕 위에 눌러놓은 낡은 비닐들이 세찬 바람에 날려 그 끄트머리가 벽이며 천정을 미친듯이 때렸다. 그 둔탁하고 황량하게 찢어지는 소리는 귀살스럽다.
　그 소리는 중관이가 어렸을 때 새벽이면 어둠을 헤치고 계곡 깊숙이 올라가 얼음을 깨어서 자전거에 싣고 아래 쪽에서 기다리는 아버지에게 넘겨주곤 다시 올라가곤 하던 때 폭포수 귀신 울음소리였다.

겨울 나목(裸木) 맨 몸의 가지 끝에서 또는 바위 틈에서 새어 나오던 미친년 머리 쥐어뜯는 발광 소리와도 비슷하다. 중학교 때, 3월 중순경까지 그렇게 꼭두 새벽이면 서너번씩 생얼음을 아버지에게 옮겨주고, 중관이는 학교로 갔다.

아버지는 그 얼음을 녹지 않게 밀가루 포대에 소중히 감싸서 리어카 한구석에 싣고 신마산 극장이 있는 번화가로 밀고 나간다. 엿이나 땅콩 오징어 나부랭이를 가득 담은 리어카를 환락가 모퉁이에 받혀놓고 하루종일 노점상을 할 것이다. 그러면 이런 야발스런 연놈들이 아버지의 리어카 위에 있는 빙수나 엿 등속을 사서 극장으로 들어가 엿같이 히히덕거리는 것이다. 겨울에 먹는 빙수도 별미일 것이다.

중관이의 머릿속엔 털보산장의 사흘이 지옥이며 천당이다. 태이의 자살로 인한 충격으로 잡다하게 밀려드는 망상들을 모닥불 속에 태우고 있었다. 현재 과거 미래가 뒤얽혀 헤매고 있다. 창 밖의 눈보라와 같이 미치는 칼바람 소리에 의식과 무의식 사이를 나들명거리고 있었다. 누가 옆에서 손톱으로 톡 건드리기만 해도 담뱃재같이 모닥불 속으로 떨어질 것 같은 위태로움이다. 어쩌면 스스로 뛰어들지도 모른다.

한번은 대학교 2학년 여름이던가, 중관이가 아마츄어 연극반에 들어가 희랍비극 '안티고네'에 주인공으로 열중하고 있을 때였다. 태이가 불쑥 나타났다. 대학 선수단 체육기구 보관 창고로 쓰던 지하실을 빌려서 연습했었다. 창고건물 바깥 불빛이 겨우 새어나오는 수위실 뒤에 섰다. 아까부터 두 주먹을 마주잡고 쩔렁거리던 옛날 동전을 하나씩 꺼내어 중관이 손바닥 위에 놓아주었다.

연대별로 나열해 갔다. 양쪽 주머니 속에서 계속 나왔다. 중관이는 무슨 날도깨비 같은 엽전 쪼가리들이냐며 데살맞게 무안을 주는데도 태이는 늘어놓은 엽전들을 하나하나 짚어가며 모양새, 특성, 유래 등을 신나게 설명해 주었다. 그것이 하나도 빠짐없는 세트인데 적당한 작자만 나타나면 1년간 등록금이 거뜬히 떨어진다며 어깨에 힘을 줬다.

무슨 어린애 장난감 같은 걸 가지고 육갑 떠나며, 해골 웃기지 말라며, 엉덩이를 차 보낸 지 열흘쯤 지났을까, 그는 배낭을 맨 채 또 강의실에 나타났다. 내 옆자리에 슬그머니 앉아서 내 공책 위에다 조용히 메모를 해주었다. '무작정 나만 따라 나서면 한 밑천 잡을 수 있다' 그 다음 시간이 기말고사 '한국고대소설사' 시험인데도 그는 반강제로 나를 끌고 나갔다.

불쑥 나타나 엄지 손가락을 꼽아 보이며 앞장서는 습관은 늘 변함없는 '김희갑' 이태리 맘보 개그맨 흉내다. 그 즈음 태이는 아현동 골동가게에서 아르바이트를 하며 어깨 너머로 이끼낀 고물들의 감별법을 한창 익혀가고 있을 때였다. 고물이냐, 보물이냐, 또는 국보급 문화재냐를 판별하는 초보적 병아리 감별사쯤 되면서 가게에서 매매되는 엽전에서 하나씩 슬쩍슬쩍 해서 세트 구색을 갖추었단다.

바늘 도둑이 소 도둑 된다고 했던가. 그렇게 시작한 그의 안목이 대학 졸업 즈음에는 고전(古錢)을 비롯하여 도자기 고서화 민예품 등 온갖 골동품에 손을 안대는 것이 없었다. 학교에서의 이론과 골동가에서의 실기가 신경질 나게 잘 조화가 되는 것이다.

그렇게 서울역에서 기차를 황급히 타고 태이를 따라간 곳은 전남 담양근처 병풍산이었다. 참 그때는 미리 연락해 두었던 기염이도 서울역 시계탑 앞에서 만나 셋이서 밤차를 탔다. 태이가 탐문해 두었던 백제고분(古墳)을 낮에 확인해 두고 밤을 기다려 우리 셋은 발맘발맘 올라갔다. 워낙 오래된 무덤이라 전문가가 아니고는 그냥 하나의 둔덕에 불과했다. 태이는 길고 가느다란 쇠꼬챙이를 두 개 조립해서는 근처 너덧 개의 봉분을 쑤셔대기 시작했다.

그믐 달밤에 여자의 나체가 누운 듯한 유연한 산등성을 음미하노라니 발바닥이 간지러웠다. 어디선가 부엉이 울음 같은 귀살스런 소리도 들렸다. 닫다가 태이가 짐승 같은 괴성으로 골짜기를 찢었다. 망을 보던 기염과 중관이가 쫓아갔을 때는 시골 대청 앞 댓돌 같은 정사각형 큰 바위상석을 들어올리고 있었다.

그런 오랜 바위 아래로 내려가면서 몇 개 더 들어올리자 아라비안나이트의 깨어라 참깨! 같은 무덤 입구가 뻥! 터졌다. 시커먼 아가리를 쩍 벌리고 악어 같이 우리를 달랑 목구멍에 잡아들일 것 같았다.

갑자기 찬바람이 솟구치고, 지축이 올리는 큰 소리에 중관이는 기절해 앞으로 쓰러져 버릴 뻔했다. 다행히 기염이가 등허리로 받아주었다. 그것은 고분 뒤로 지하수가 흐르면서 충돌하는 소리였다. 맨 앞 태이의 전지 불빛에 따라 겁 많은 둘은 다리를 후들거리며 따라 내려갔다. 이미 다른 도굴범들이 한차례 훑어 나가고 난 뒤였다. 공연한 헛방이었다.

다시 며칠을 그 근처 여인숙에 묵으면서 밤이면 그 일대를 쑤시고 다녔다. 그러나 이미 푸로급 전문 도굴단들이 대개 방문한 뒤였다. 겨우 금비녀 쪽 몇 개, 귀퉁이가 떨어져 나간 막토기 등 몇 점만 콩고물로 주위왔다. '우리나라 국립박물관에 보관되어 있는 문화재들은 이들 전문 도굴단 사단장들의 사랑채에 지나지 않아, 그 가치나 수

량에 비하면 전국 군단장들의 비밀창고가 오히려 안방급이지러…'
태이의 고통스런 고백이다.

 그 뒤 신안 앞바다 해저 도자기를 건지러 야밤에 산소통을 끌어안고 뛰어든 적도 있었다. 당나라 황족 도자기 화물선이 신라의 경주로 향하다가 풍랑에 침몰된 것이라고 언론에 보도되기 한달 전이었다. 역시 태이의 극비첩보에 의한 모험이었다. 그러나 우리는 이미 바다 속에서 철통 같은 경비를 하고 있던 해군 UDT 군인들에게 발각되어 쌍갈지게 얻어맞았다. 우리는 돌아오는 기차 안에서 폭소를 했다. 이러한 은밀한 공범의식이 우리 사이를 더욱 가깝게 묶어주곤 했다.

 "아저씨, 이거 설익긴 했지만, 잡숴 보시겠어요? 밥이 뭣하시면, 여기 쇼빵도 있어요…. 아저씨 여기 주인 아닌 것 같은데요? 이 산장 주인은 털보라고 했는데?"

 "관둬, 여보, 어떻게 된 사람인 가벼…. 여기 그냥 놔두면 배고프면 먹겠지, 우리나 빨랑 먹어요. 배꼽이 등뼈에 홀랑 붙겠어요. 홍"

 그래도 중관이가 옴나위 않자, 그 젊은 녀석은 다시 앙당그리며 다가왔다.

 "아저씨! 선생님! 뭘 좀 드세요. 겨울이라 해가 짧아 곧 어두워지면 밖에 나갈 수도 없어요."

 그 말을 듣자 중관이는 오랜만에 오줌이 마려워 밖으로 나왔다. 그러고보니 똥 싸고 오줌 눈 것도 언제인지 모르겠다. 허파 속까지 치드는 칼 추위와 칼날 바람인데도 얼굴에는 별로 감각이 없다. 언제까지 이렇게 스스로 갇혀 있어야 하나, 오늘이 태이의 마지막 장례식일텐데? 또 이렇게 혼자 땅을 치고 앉아 있는다고 무슨 해결되는 지푸라기 하나라도 건질 수 있는 것도 아니다.

중관이는 겨울 밤하늘 끝 초승달을 올려보았다. 근처 소나무가 몸을 추스르는 바람에 눈송이가 그의 머리 위에 떨어졌다. 피식 웃음이 잇새로 새었다. 소나무가 웃긴다. 아니 겨울 바람이다. 아니 세상이 웃긴다.

언젠가 한밤 중 가을 소낙비를 맞으며 중관이는 곤드레 만드레가 된 태이와 함께 어깨동무를 하고 아현동 그의 집까지 의정부에서부터 미아리를 넘어 '아아, 신라의 달밤'을 한뎅거리며 그냥 걸어간 적이 있었다. 당시 군사정권이 금지시켰다가 풀어놓은 '야간통금해제' 밤시간 살결을 밤새도록 손바닥으로 만져보자는 유치한 '자유에의 갈망' 때문이었다. 그때 늦은 밤 아파트 문을 따준 것은 대입 재수생이라는 그의 둘째 딸년이었다.

목욕탕에서 한차례 토하고, 샤워도 하고, 늘 따뜻한 태이의 마누라가 정성껏 차려준 밤참도 토해낸 빈 속에 다시 우겨넣었다. 그 마누라는 고향 M여고를 졸업한 기염의 누이동생이기도 했다. 어린 시절부터 우리는 다 한 동네에 살던 친구들이라 스스럼 없이 반말도 찍찍해댔다. 태이와 함께 응접실 쇼파에서 야간 스포츠 대륙간 컵 축구경기를 둘이서 뒹구는데 그의 둘째 딸년이 기다렸다는 듯이 튀어나오더니 다그쳤다.

"아빠는 4.19때 왜 죽지 않았어요?"

우리는 뜬금없이 떨어진 폭격기 기총소사에 놀랐다.

"아빠는 영악했단다. 그리고 그것보다 더 중요한 것은 먹고 살 길이 더 시급했다. 4.19 데모할 시간에 아르바이트로 돈을 벌어야 했지…… 또 너를 낳고, 너와 핏줄 쓰이는 인연을 이렇게 맺기 위해서였어"

"이년은 지 맘에 안 들면 나를 이런 식으로 골탕 먹인다니까, 그래 또 시작이냐? 국민윤리 과목에서 막히는 것 있으면 또 물어봐?"

"한중관 교수님, 이 폭압적이고 불결한 군사정권 아래에서 유명 대학에서 교수로 재직하고 있으며, 지성적 고위층 안주에 있다는 사실을 어떻게 생각하세요? 부끄럽지 않으세요?"

"야, 넌 딸 하나는 기똥차게 뽑았구나. 그래 둘째야 네 양심 앞에서는 내 뒤가 구린 건 사실이다. 그러나 굳이 변명한다면, 내가 이 자리에 있음으로 해서 우리대학이 더 부패되는 걸 예방할 수 있다는 걸 믿겠니? 나도 전국교수협의회 부회장이란다."

"아, 공주님, 살살 좀 해주이소 마, 오늘 오랜만에 고향 친구를 만나 한잔 했다구, 그렇게 몰아세울 건 없잖소. 왕비마마도 쩍 소리 안 하고 있는데, 새까만 공주님이 아빠 친구에게 이카마 되겠능교?"

"요새, 학생들은 정치적, 사회적, 역사적으로 무서워요? 알밤이라도 함부로 쥐어박았다간 엄마는 또 광주사태 때 무얼 했냐고 대든다니까요? 얘, 그렇게 당돌하게 어른들에게 대들면 안 된다아, 아빠 얼굴이 뭐가 되니?"

"아, 희극은 끝났다! 둘째야, 이젠 네 방으로 들어가 입시준비나 잘 하려무나, 아빠는 지금 역사적으로 피곤하단다."

수사는 보름째 헛돌았다. '자살을 가장한 타살'로 가닥을 잡고 있지만 타살의 흔적은 날카로운 포크 같은 흉기로 목 뒤와 옆구리 등에 급소 부분 몇 군데 찔린 흔적 그리고 약간의 독소가 남아있는 위장 내용물이 나왔다는 '부검소견서' 에 일부 근거하고 있는 것이다. 그러나 수사본부는 물증이 아직도 안 나타났고 주변정황으로 보아 사건 당일의 상황이 의심될만한 사항이 전혀 없다는 점이다. 누가 불러서 나간 게 아니라, 태이 스스로 야밤에 갑사를 올라간 것이다. 그런데 문제는 슬리퍼를 신고 한밤 중 왜 혼자 갑사를 올라갔느냐? 하는 점이다. 헷갈린다.

그리고 또 생전에 교회라곤 한 번도 안 가본 태이를 굳이 기독교 공동묘지에 왜 묻었느냐는 것이다. 물론 태이 아내의 간곡한 마지막 요청사항이긴 하지만 속 시원한 대답은 아니다. 벽제 화장장으로 갈 뻔한 태이의 시체를 놓고 목사는 세례를 주었다. 간단한 의식으로 기독교 묘지에 매장된 것이다. 죽은 자는 말이 없다. 경찰도 목사도 친구들도 그저 가년스럽게 시끄러울 뿐이다. 인간이 만든 신(神)을 인간은 맘대로 죽였다, 살렸다. 함부로 농락하고 있었다.

사람이란 건들장마 같은 동물이다. 의사도 되고 환자도 된다. 판사도 되고 죄수도 된다. 사람을 만들기도 하고 죽이기도 한다. 아현동 아파트 일가족 몰살사건이 또 터지자 일간지에서 '태이의 실족사 사건' 과 함께 싸잡아 수사의 무능을 대서특필했다. 1면 톱으로 다시 끄집어내어 지탄하기 시작했다.

제주도에 출장 가 있던 기염은 누이동생의 긴급한 연락을 받고 비행기를 탔다. 태이의 집 3층 현관으로 뛰어 올라갔다. 그 누이동생은 태이의 유서를 두 손으로 받쳐든 채 가뭇없이 떨고만 있었다. 그는 구두끈을 풀다 말고 펼쳐진 유서 쪽지를 훑어내렸다.

'아내여! 희극은 끝났다. 당신의 오랜 땀과 노력은 고귀하다. 언젠가 당신은 이 유서를 볼 것이다⋯⋯ 나는 너무나 피곤하다'로 시작되었다. '추기'에는 벽장 속에 감추어 둔 신라시대 금귀고리 몇 점, 천정 속에 밀어둔 고려청자 몇 점, 책상 속에 꼬불쳐 논 희귀 금화 몇 점 식으로 메모가 되어있고, 그 뒤에 환상적인 '보물지도'가 첨부되어 있었다.

'이거 몇 점을 들고 A문화재단 학예부장을 찾아가면 돈이 될 것이다. 아이들 대학공부는 대충 시킬 수 있을 것이다.'라는 부기도 빼어놓지 않았다. A재단의 이사장은 태이의 아내도 평소에 잘 아는 사이다.

어제 밤, 남편의 유품을 정리하다가 그의 비밀 일기장 속에서 이런 '유서'가 나왔단다. 그리고 얼마 전에 새로 바꾼 레코드 승용차 뒤 트렁크 바닥 속에 숨겨둔 내용물도 경찰이 먼저 찾아서 조사한 후 가져왔단다. 그 유서는 맨 아래의 날짜로 보아 오래 전에 써 둔 것 같았다. 철학적인 문구로 시작된 유서는 현실적인 도굴품의 목록정리로 끝나 있었다. 남겨 논 처자식에 대한 연민 때문일까, 급할 때 하나씩 팔면 목돈이 되겠지만 그 만큼 위험이 따른다.

"먼저 경찰에 연락하여 이 유서를 보여주고 자살이란 확증을 잡아주어야 할 텐데. 그러자면 또 이 목록에 나타난 골동품을 또 압수 당할 테고⋯"

"오빠, 그 사람이 왜 이딴 짓을 나한테까지 숨겨왔을까요? 또, 갑자기 자살해야 할 결정적인 이유 같은 것도 없었고?"

"그런 낌새 같은 걸 전혀 못 느꼈니?"

"글세요. 하두 불황이라 달러 이자 등에 좀 쫓기곤 했지만 그런 거야 대범한 그에게 처음 있는 일도 아니었고, 단지 지난 가을부터 족보를 유난히 들여다보곤 했어요. 그것도 원본이 아니고 카피한 것을 빌려다가 밤 늦도록 무언가 메모하곤 했어요. 그런 것도 이유라긴 애매하고? 아직도 난 뭣에 홀린 기분예요. 실감도 안 나고."

그때 현관 쪽에서 쿵! 하고 뭐가 둔탁하게 쓰러지는 소리가 났다. 기염이 달려나가 보니 뜻밖에 중관이었다. 층계에 쓰러진 그의 코와 이마에선 검붉은 피가 새었다. 방 안에다 눕혀놓고 젖은 수건으로 우선 씻겼다. 까치집 같은 머리와 오랫동안 깍지 못한 수염은 그를 전혀 딴 사람으로 보이게 했다. 이제까지 그는 어디 있었을까, 중관이의 아내와 일호에게도 급히 연락했다.

조금 정신이 드는 듯 눈을 떴다. 중관이는 벌떡 일어나 태이의 영정 앞에 무릎을 꿇고, 어깨를 들먹이기 시작했다. 중관이의 아내와 애들이 들이 닥치자 저녁 식사 준비가 되었고, 일호가 도착되었을 때는 훨씬 평정을 되찾았다. 누가 기침소리만 내도 폭발할 것 같은 슬픔과 긴장이 가까스로 다스려지며 둘러 앉아서 말없이 식사를 했다.

건성, 순갈만 식탁 위를 뛰어다닐 뿐 모두들 음식은 별로 비워지질 않았다. 중관이의 꼬마들 재롱만 없었더라면 숨막히는 공기에 모두들 질식했을 것이다. 오랜만에 만난 아빠를 꼬마들은 경계하면서도 신기하게 쳐다보았다. 7살짜리 막내는 무릎에 앉아 아빠의 꺼칠한 수염도 쓰다듬고 머리도 잡아당겨 보았다. 중관이의 아내는 자주 화장실을 드나들며 넘쳐나는 눈물샘을 남몰래 눌러대고 있었다.

"산 사람이나 살아야지. 이게 다들 뭐야? 자살이면 어떻고, 타살이면 어떻고, 죽은 사람이 살아 올리도 없잖아? 문제는 앞으로 애들하고 살아갈 방도야."

마지막 카드 253

기염이가 마지 못해 방안을 정리하기 시작했다.

"유서 본문만 남기고, 추기 부분부터는 가위로 잘라버리지, 할 수 없잖아. 남겨논 재산도 없고, 집도 없고…… 그 골동품들을 팔아 애들과 먹고 살아야 하잖아?"

"그래도, 그게 아냐…… 태이가 죽어야 했던 이유도 바로 그 '양심' 이란 문제야. 아이들에게 남기는 건 물질이 아니고 정신이야."

중관이가 처음으로 입을 열었다. 하도 여리고 무거워서 자세히 듣지 않으면 무슨 소린지 모를 정도로 울가망한 목소리다. 저쪽 방에는 태이와 중관이의 꼬마들이 이내 친해져서 소리치며 뛰어다녔다.

"태이가 마지막으로 던진 카드가 부도였어… 그것 뿐이야, 그 책임을 태이는 목숨 값으로 바꾼 거야. 작년 가을에 한·중간 정치적으로도 비화한 태안 앞바다 후한시대 보물선 문제야, 배는 중국선적인데 내용물은 백제시대 황족 보물들이야, 제 2차 발굴 때 현장감독 임원으로 참여한 태이가 빼돌린 호리병 등 몇 상자가 문제가 된 거야, 태이는 이제 중계 거래 수수료만으로는 이런 전세방에서 도저히 탈출할 수 없었던 거야…."

"나도 사실 여기에 5천만원을 투자했어. 태이가 이 청나라 보물을 홍콩으로 내다 팔면 큰 돈이 된다고 했어. 그렇게 나한테 빌려가면서 한 달 만에 두 배로 갚아주겠다고 했어…… 그때 나는 그냥 술 먹은 셈 치고 돈 받을 생각을 아예 안 한 거야. 다만 태이가 정말 돈을 벌어서 이 전세방을 나와 그럴듯한 아파트를 한 채 구입하길 바란 거지." 일호가 숨겨놓은 얘기를 펼쳐놓았다.

"나한테도 돈을 빌려갔어. 우리 집을 담보로 한 것과 교수라는 신분으로 신용대출까지 빡빡 긁어서 빌려주었어…… 마누라 몰래. 여기 앉은 저 마누라 눈이 똥그래지는 걸 봐? 밀수선을 이용해 일정한 비밀 루트를 통해 홍콩과 일본까지 가려면 적잖은 자금이 든다구. 근데 그 해저유물이 가짜였어. 웃기는 게 그 상자 중 하나가 일본으로 밀반출하다 덜커덩 걸린 거야." 일호의 고백을 이어받아 중관이도 털어놓았다.

"원숭이도 나무에서 떨어질 때가 있어. 그런데 거기에 무슨 양심 문제가 필요해."

"집도 없는데, 애들도 쑥쑥 크고… 태이는 처음으로 자기의 '양심'을 판 거야. 평생 목숨을 걸고 국가문화재를 지키겠다는 각오가 흔들린 거야."

"바로, 그거야. 지난 가을부터 잘은 모르지만 어떤 위험한 일들이 저질러지고 있다는 걸, 태이를 만날 때마다 깜냥으로 때려잡곤 했었지. 그러나 처남매부간이긴 하지만 나로서도 어째 볼 도리가 없었어, 돈이 없으니까."

"그러다가 태이는 족보까지 손을 댄 거야. 자기의 선조는 인도에서 흘러 들어온 강씨인데, 원조가 집시 근성이라 뿌리가 없다는 거야."

"무슨 소린지 감을 못 잡겠군. 이러다가 우리까지 미치겠어. 오늘은 그만 일어서지. 죽은 사람 자꾸 얘기해 봤자, 죽은 자식 불알 만지기야. 모처럼 나타난 중관이가 몹시 지쳐있어." 기염이가 일어서면서 말하자 일호가 말끝을 가로챘다.

"야, 이것 봐, 낼 아침 당장 경찰서에 제출해야 할 문제도 정리해 둬야 하구, 뭔가 태이 아내에게도 이제는 말끔하게 한을 풀어 줌으로써 새로운 체념으로 출발할 수 있는 게 아니겠어? 이런 일을 두고 두고 우리 넷 사이에서 아파하기도 너무 비극적이고…… ”

"맞아, 일호 네 말이 맞아. 그래서 내가 구천동 털보산장에 숨어서 내내 생각한 것이 태이의 자살이유야. 그렇게 족보와 국가문화재 밀매사건의 부도, 두 가지를 연결해 놓고 보면…… 뭔가 잡히는 게 없어?"

중관이의 추리는 모두거리로 허리질렀다. 그 태안 앞바다 보물 호리병을 옛날 사학과 지도 교수에게도 한 개 넘겼다. 그리고 태이가 계약금조로 얼마 받고 팔아 넘긴 보물 한 상자는 H 문화재단으로 넘어갔다. 일본 경시청의 밀수사건 국제공조가 파장을 일으키자 홍콩 외사청도 홍감부릴 것이다. 당연히 약 30여년간 남몰래 거래해 오던 H재단 재벌과 지도교수에게도 문제가 생길 것이다. 국보급 도굴품을 거래했으니까. 어차피 걸려들게 되는 거라구.

극단적으로 말하면 관련자 대여섯 명이 외국으로 튀지 못하면 구속되는 게 당연한 순서아냐? 점점 좁혀 들어오는 수사망을 피할 수는 없었다는 게 태이의 결론이었겠지. 태이로 인해 사학계의 거물인 지도교수와 의리로 맺어온 재벌 아들이 구속되어 하루 아침에 사회적으로 작살난다. 게다가 고향 동창생들을 중심으로 긁어모은 빚은 빚대로 무섭게 더욱 확대될 것이고? 이 극한 상황에서 모두가 살 길은 무엇이겠어?

"그 호리병 상자 하나만 홍콩으로 무사히 빠져 주었으면 만사가 잘 끝나는 건데, 하필이면 모처럼 '양심'을 판 마지막 한판 투기가 이렇게 될 게 뭐람?"

"아니지, 홍콩 행이 무사히 성공했다고 해도, 그 이후 태이는 더 큰 양심의 가책으로 어쩌면 평생을 죄인으로 살게 했을꺼야. 그 다혈질 기질에 뽕 가거나 정신병원에 입원했을 거야."

일어서던 그들은 다시 주저 앉았다. 정말 내일쯤 경찰서에 제출해야 할 내용을 일관되게 정리해야 할 것 같았기 때문이다.

"도굴범 주제에 무슨 양심이냐 하겠지만, 도굴은 하나의 방법일 뿐이고 궁극은 문화재가 이 지구상 어디에 존재하든 보존이라는 의미에서 보면 아무런 범죄가 되는 게 아냐. 오히려 골동품에 심취하다 보면 이건 진짜냐 가짜냐가 근원적인 양심의 문제일 뿐야.?

"그래도 이해할 수 없는 구석이야. 어쨌든 죽은 자는 말이 없어, 산 자는 결론을 내릴 수 없는 문제야. 여기 이 자리에서 누구 하나 완전한 양심의 소유자가 있으면 손 들어봐?"

"너는 몰라도 돼. 족보문제는 그게 아냐? 태이가 양자로 들어갔잖아. 커서 보니, 자기 아버지도 양자로 들어왔는데 원래는 '선우' 라는 성의 머슴이었대. 양자로 입적되면서 강(姜)씨가 됐다는 거야, 태이의 뿌리 찾기 결론이야. 그 족보 원본을 일본에 팔려고 한 거야. 일본 황족의 시조가 바로 '공주 강(姜)' 씨 라는 거야. 그 이상 거슬러 올라가기가 두렵다는 거야. 또 선조가 강씨든, 선우든, 인도인이든, 또 단군이 아니든 무슨 상관이야. 죽지 않고 살아 있는 것 자체가 의미 있을 뿐이지." 일호도 중관이의 말을 거들었다.

"야, 족보까지 팔아 먹는 한 개인의 양심, 한 시대의 양심도 지키지 못하는 주제에 무슨 얼어 죽을 역사의 양심, 골동품의 양심을 우리가 떠벌리고 있는 거야. 웃기네?" 기염이가 자조하듯 해찰거렸다.

"아냐, 궁극적으로 태이는 사학(史學)이 사학(私學) 또 사학(邪學)으로 날림되는 한 귀퉁이에 가담했다는데 결정적인 양심의 문제가 압박되었을 거야. 족보에서 추적된 '뿌리찾기' 의 문제는 민족의 문제가 아니라 한 개인 집안의 문제라고 생각한 것이다. 그들은 얼마나 자기들의 시조에 대해서 함께 하기를 열망하겠는가. 과연 양심이란 무엇인가? 하는 문제이겠지?"

그러니까, 태이는 지도교수와 재벌인사 두 사람을 방어하기 위해 가기의 목숨을 스스로 던진 것이다. 양심을 지키기 위해, 속죄를 위해 갑사에서 뛰어내린 것이다. 그러나 억울하게 뛰어내렸다는 것이 결국 짜드락 났다.

몇 달 후 국제적 음모가 폭로되고 H재벌 아들은 전격 구속되었다. 뉴욕 타임스에도 톱 기사로 나왔다. 그 재벌이 일본 야쿠자들에게 청부살인을 의뢰한 것이다. 그 살인 포크와 망치 등이 밀수선에서 발견되었으며 행동대장이 홍콩에서 체포되어 한국으로 압송되어 온 것이다. 그 재벌은 가짜 호리병 상자로 태이의 진짜와 바꿔치기 하여 태이를 압박한 것이다. 물건값을 떼어먹기 위한 고도의 수법이었다. 그러니까, 태이가 넘긴 태안보물 상자들은 전부 진짜였다. 부자가 되려면 잔혹해야 한다.

그러나 의정부 지청 군승이가 던진 '마지막 카드' 로 모든 것은 뒤집어졌다. 그는 개인적으로 남몰래 수사를 해온 것이다. 상대방은 한국에서 손가락을 꼽는 재벌이다. 그래서 가까운 수사요원들을 동원하여 극비리에 진행해 온 것이다. 직속 부장검사도 모른다. 보고를 하면 또 수사중단 등 세속적인 연결고리로 도로아미타불이 될 지도 모른다. 만약에 실패하면 군승이도 옷 벗을 각오를 하고 뛰어든 것이다.

'시체부검서' 에 첨부된 사진들을 면밀히 검사했다. 태이의 마지막 얼굴 모습이 확대되어 찍힌 사진들이 몇 장 있었다. 눈알 수정체

동공에 다른 사람의 색안경 몇 개가 카메라마냥 살짝 잡혀있었던 것이다. 사람이 순간적으로 타인에 의해 당하게 되면 눈 뜬 채로 죽게 된다. 그것이 결정적 단서가 된 것이다. 그리고 발바닥과 허벅지 안쪽이 심하게 긁혀 있었다. 심하게 저항한 흔적이다.

여기에 착안하여 양군승 검사는 극비리에 재수사를 해온 것이다. 야쿠자들은 태이를 미행해왔다. 숨어서 기회를 엿보고 있었다. 마침 슬리퍼를 끌고 밖으로 나온 태이를 납치하여 갑사 뒤산으로 끌고가 처치한 후 절벽에 밀어버린 것이다.

* 경기도 문학상

인도향 印度香

인도향(印度香)

1.

새장 문을 열었다.

버릇처럼 모이통을 찾아 좁쌀을 줄 생각이었다. 그러나 횃대에 앉아 있어야 할 잉꼬 한 마리가 없다는 걸 순간적으로 느꼈다. 바닥을 내려다 보니 수놈이 길게 뻗어 있었다. 왜 죽었을까? 녀석은 노래를 잘 불렀다. 무슨 소리인지는 몰라도 거문고 줄을 잡아당기듯 부리로 공기를 잡아당기며 쉴새없이 재잘거렸다. 하루종일 재잘거렸다. 따뜻한 스팀 위에서 즐겁게 노래를 불렀다.

나는 노래를 부른다고 말하면, 가정부는 울부짖는다고 말한다. 잉꼬 자신은 어떤 기분으로 재잘거리는지는 몰라도 내가 듣기에는 불을 끄고 잠잘 때를 빼놓고는 노상 즐겁게 불렀다. 그러나 단동(丹東)에서 온 조선족 가정부는 한국사람들은 이상하다고 한다. 새는 울부짖는 것이지 결코 노래를 부르는 것이 아니라고 한다. 그미는 새의 희노애락 감정을 잘 안다고 했다. 잉꼬의 울음소리에 따라, 자기는 잉꼬가 지금 무엇을 원하는지 잘 안다고 했다.

그렇게 새와 친하고 또한 새에 대해서 예민한 사람이 새는 왜 죽였는지 모르겠다. 그미는 새털이 많이 날리고 좁쌀 껍데기들이 지저분하게 방바닥에 깔린다고 늘 못마땅해 했다. 특히 이런 환절기에는 털갈이를 하기 때문에 새몸에서 떨어지는 비듬까지 포함에서 아주 더럽고 또한 사람에게는 건강상 안 좋다며 청소를 할 때마다 빗자루로 새장을 한 번씩 때리곤 했다. 그럴 때마다 잉꼬와 앵무새 두 과부는 놀라서 더욱 몸부림치게 되고, 새의 속털까지 뽑히여 비듬 같은 것은 더 많이 날렸다.

나는 코를 진하게 한번 풀고 나서 길게 뻗은 잉꼬시체를 새장에서 꺼내었다. 아무리 앞뒤를 뒤집어 보아도 암수 구별이 안 되었다. 여자인지 남자인지 알아야 다시 짝을 맞춰줄 것이 아닌가.

"내레 수놈이라고 앙이했지비? 앵! 김동무? 이래 콧잔등을 보라우요."

가정부는 자기가 수놈 잉꼬를 죽여놓고도 오히려 당당하게 설쳤다. 아직도 초겨울이어서 아침저녁으로는 쌀쌀하다. 대낮에도 눈발이 날리는 등 종잡을 수 없는 12월인데도 단동 아주머니는 새장을 아예 베란다에다 내놓은 채 자기 집에 가버렸던 것이다.

아이의 점심을 챙겨주기 위해 집에 돌아와 보니, 새는 얼어서 동태가 되어 길게 누워 있었던 것이다. 수놈의 콧잔등은 암놈보다 넓고 가장자리에 푸른 기가 더 돌았다. 죽은 잉꼬를 두 손으로 받쳐들고 망연해 있는 내 등뒤에서 그미는 언제 돌아왔는지 동무, 앵, 동무, 앵! 하며 함경도 사투리로 혼자 떠들다가 부엌으로 들어갔다. 새에게 햇빛을 쪼인다고 밖에 내놓았다가 깜박 잊어버렸다는 것이다.

한달에 3백원(한국의 3만원)주기로 하고, 아침 점심 저녁 하루 세 끼 식사와 집안 청소를 하기로 계약했다. 그 함경도 사투리 아주머니는 집이 그리 멀지 않은 곳에 있기 때문에 끼니 때면 잠깐 와서 밥을 해주고 돌아가곤 했다. 기실 우리집 식구라곤 7살 먹은 소학교(초등학교) 2학년짜리 딸애와 나, 단 둘뿐이기 때문에 아침에 전기밥통에 염소 밥통만큼만 해 놓으면 그게 저녁까지 간다. 어떤 때는 며칠씩 가기도 한다. 그래서 그미는 저녁에 김칫국이나 된장찌개 하나 정도 디밀어 놓고는 또 줄행랑치곤 했다.

이 곳은 점심시간이 길어서 학생들은 대개는 자전거를 타고 자기 집에 가서 점심을 먹고는 돌아와 다시 오후 수업을 시작하기 때문에 나도 이곳 사람들이 하듯이 부리나케 집으로 돌아와 딸애에게 점심을 챙겨주었다. 집이라기 보다 사무실을 겸하는 오피스텔이기 때문에 웬만한 일은 집에서 컴퓨터나 팩스로 모든 일을 처리한다. 급한 경우에는 국제전화로 한국 J일보 본사에 원고 내용을 불러주기도 한다.

딸애도 어리지만 아빠의 직업이 군인과 같이 항상 비상사태(?)라는 것을 잘 이해해 준다. 그래서 긴급 사건이 터지거나 특종을 잡기 위해 갑자기 지방으로 뛸 때면 다행히 혼자서 빵을 먹거나 라면을 끓여 먹었다. 그 엘피지 가스라는 게 위험천만한 폭발성이 있기 때문에 늘 가슴 한쪽에 구멍을 뚫어놓고는 했지만 기자라는 직업이니만큼 어쩔 수 없다.

톈안먼(天安門) 근처 국제기자 클럽의 종합상황실을 둘러보다가 '신화사(新華社)'통신의 위성국으로 발길을 돌리려는데 일본 '요미우리' 특파원인 히로세(廣懶)씨가 한국의 성수대교 붕괴사건을 아느냐며 나를 한쪽 구석으로 몰았다. 성수대교인지 성산대교인지 잠실대교인지 각 나라 신문들마다 명칭이 제각각이라 만년필을 내게 내밀었다.

　나도 어젯밤 10시 CCTV(북경 중앙텔레비전방송국) 화면에 나타난 널빤지같이 떨어진 시멘트 구조물을 끔찍하게 보았었다. 한국에서 일어나고 있는 모든 일들이 나보다 중국의 중앙통신인 '신화사'가 더 빨리 더 정확하게 알고 있다.

　그들은 동서남북으로 촉수를 뻗친 위성 안테나를 통해서 지구 곳곳의 뉴스를 모으고 있다. 한국에 관한 모든 문제, 특히 경제에 관련된 문제는 이틀에 한 번 꼴로 이 곳에서 보도되고 있다. 김영삼 대통령이 청와대 밖으로만 나와도 즉각 CCTV 화면에 나타났다. 산동지방 텔레비전에선 영어, 일어와 함께 한국어 교육 방송이 나올 정도로 한국에 대한 인기가 높다. 또한 지존파 사건도, 세금도둑 사건도 보도되고, 이 곳에 정기적으로 구입되고 있는 신동아, 월간조선, 시사주간 등 각종 종합시사지 등에서도 필요한 것은 즉각 분류되어 번역한 뒤 심층 보도되고 있다.

　이제 지구촌에는 비밀이 없다. 인공위성 전파가 우리가 잠자고 있는 동안에도 창문을 통해 감지되어 비치고 있으며, 지표면의 세상일들은 오랑우탕 원숭이들의 관혼상제까지 들추어내고 있다. 지구의 북극에서 남극까지, 어느 곳이든 마음만 먹으면 밤이라도 낮과 같이 비밀을 폭로시킬 수 있다. 서치 라이트 아래에서의 야구 야간게임 모습같이 보여줄 수 있다.

　이제 세계 뉴스는 공유화되고 있으며 평준화, 평균화되고 있다. 보스니아 내란이나 중동문제 등 대형 사건에 대한 논조도 대동소이

하다. 각 나라마다 찬반론의 이유나 근거가 거개는 평등화, 공존화에 의한 귀납법이었다. 그래서 그러한 공식적인 사건보다는 개인적인 사건들이 내게는 더 흥미가 있었다. 개인적인 사건들 속에는 따뜻한 인간미가 묻어나기 때문이다.

북경에 몰려 있는 한국 기자단들이 공식적인 공지사항 같은 것은 잘 알아서 처리해 줄 것이다. 그것보다 태평로의 본사에선 뉴스 전문 위성국인 홍콩의 뉴스타나, BBS, ABC, NHK 등 세계적인 공중파를 통해서 날아드는 전파를 잡는 게 내 송고(送稿)보다 더 정확하고 더 빠를지 모른다. 이제 특파원들이 할 일은 따로 지시받은 심층 보도 등을 쫓아 다니는 일밖에 없다.

"어머 서태지가 죽었네?"

딸애가 언제 들어왔는지, 내 손에 들려 있는 잉꼬를 발견해내곤 울상을 지었다. 딸애가 오기 전에 얼른 다른 새를 사다 놓으려고 했었는데 들켜버렸다. 그미는 동물들을 좋아했다. 용돈을 모아서, 강아지도 사고, 고양이도 사고, 금붕어도 샀다. 잉꼬도 이번 가을에 산 것이다.

"앵무새는 물을 안 주어서 지난 주에 죽이고는 또 잉꼬까지 얼려 죽였어…… 앙!"

딸애는 신문지 위에다 잉꼬를 뉘어놓고 그 날개를 폈다 오므렸다 하면서 그 시체 위에다 구슬 같은 눈물방울을 떨어뜨렸다. 아무 영문을 모르는 강아지 두 마리가 그미의 손을 핥으며 장난을 쳤다.

"무시기, 뚜오샹! 내레 죽이디 않았디요, 자기 절로 죽었디."

점심에는 아예 나타나지도 않던 가정부가 튀김 닭을 딸애에게 조심스레 갖다 놓으며 퉁명스럽게 말을 했다. 물론 그미는 정성스럽게 말하는 것이 겠지만 말투가 거칠어서 늘 그렇게 들리는 것이다. 그미는 딸애에게 중국어를 가르치느라고 이름도 중국식으로 불렀다. 뚜오썅(多香), '향기가 많은 (여자)아이'라고 아내가 지어준 이름이다. 우리말로 '다향'이라면, 발음도 부드럽고 의미도 포근해서 좋다. 그런데 뚜오썅! 하면 '모두(다) 썅(년)'이란 게 연상되어 나는 한국어로 불러달라고 하는데도 그미는 걸핏하면 '뚜오썅'이라고 불렀다.

그럴 때면, 그미가 뭔가 심통이 났다는 위협이기도 했다. 아마 튀김 닭은 자기 절로(자기 스스로) 사온 모양이다. 저번 앵무새가 죽었을 때, 다향이가 학교도 안 가고 밥도 안 먹고 며칠 동안 울기만 해서 혼이 난 단동 아주머니는 그미를 달래기 위해 거금을 투자해서 튀김 닭을 사왔을 것이다.

왕푸팅의 베이징 호텔 옆에 있는 '켄터키 프라이드 치킨' 가게 문 앞에는 우리나라 종로 2가에 서 있는 짜리몽땅 뚱땅한 미국 노인과 똑같이 서 있다. 그가 들고 있는 우스꽝스런 지팡이도 똑같다. 날개 두어 쪽에 50원(한국돈 5천원)하는 것도 똑같다. 겉포장지 그림도 바로 흰 신사복의 노털이다. 자기 한 달 월급의 6분의 1을 툭 잘라서 부러진 날개쪽을 사와서 주인아씨의 마음을 달래주려니 속으로는 얼마나 불편하겠는가.

"남조선이 울매나 잘 사는지는 몰래두, 남조선 사람들 느무한디야!"

그미는 곧잘 혼자 중얼거리곤 했다. 3백 원이나 선뜻 주고 앵무새를 사들이는 다향이 뒤통수에다 대고 그런 소리를 했고, 또 그것을 보고 아무렇지도 않게 딸애와 같이 시시덕거리는 내 앞이마에다 대고도 중얼거렸다. 이따금 외식 때는 내가 다향이와 단동 아주머니 그리고 그 집 아이들도 앞세워 나가곤 했다. 저녁 한 끼에 보통 오륙 백 원이 날라갔다. 그럴때도 그미는 '느무들 한다야!', '즘심 때 벤또도 못 싸오는 중국인민들 소학상들이 8천만이나 된다는디, 우리 나라 한반도 인구만한 기 쫄쫄 굶는다디야!' 하는 말도 빼놓지 않고 내 앞통수에 대고 했다.

6백원이면 자기 월급의 두 배를 단 한 끼 식사비로 날려버리니, 그미는 외식 나가자면 눈물부터 글썽이게 좋아하며 따라 나섰다. 갖가지 요리가 20여 가지나 나오므로 먹다가 남긴 나머지는 비닐봉지로 차곡차곡 가져오기도 했다.

'돌함의 비밀'

상해의 '해방일보'에 짤막한 제목으로 굵게 찍혔다. 나는 커피를 마시며, 다향이가 오후 수업을 위해 학교에 갈것인지, 안 갈 것인지를 생각하며 신문을 읽고 있었다. 잉꼬가 죽은 것쯤, 그리고 저번에 앵무새가 죽은 것쯤 아무 것도 아니라는 시위로 나는 오전에 못 다 본 신문지들을 아무렇지도 않은 듯이 뒤적거렸다.

하필이면 잉꼬와 앵무새가 각각 수놈들만 죽었을까? 역시 동물들도 암놈들이 수놈 보다 정신뿐만 아니라 육체적으로도 질긴 것일까? 중요한 조석간 신문과 신화사 통신의 텔렉스를 버릇처럼 훑어가며 기사거리를 찾아내었다. 그것은 기자생활 십여 년간 길들여진 직업 본능으로서 활자 속의 사건 냄새를 감지해 내는 것이다.

사막 속의 사금조각을 훑어내는 금속탐지기마냥 동서남북으로 휘젓던 내 눈이 주간지 나부랭이 제목 같은 '돌함(石函)'이라는 글자에 멈췄다. 거기에서 어떤 비밀한 냄새를 찍어 낸 것이다.

2

그 날 밤, 나는 뜻밖의 목소리를 들어야 했다. 고교시절 동창생인 SBS의 성 프로듀서가 죽었다는 부음이었다.

옛날부터 해를 넘기는 겨울에는 많은 사람이 쓰러진다더니, 이 겨울에 왜 이렇게 가까운 친우들이 떠나는 것일까. 성 프로듀서와는 한때 D일보에서 같이 근무한 적도 있었고, 고교에서 대학까지 같이 어깨동무하고 다니던 단짝이었다. 심장마비라니, 어처구니 없게 갔다. 금년에는 성수대교 퐁당! 육군장교 탈영, 서울법대 장교 강도사건 등 건들장마 같은 사건들이 줄을 잇대고 있더니, 마지막에는 성녀석까지 이아치게 드러누웠다.

지난 달에는 이웃집 아저씨가 자살했다고 전화가 왔었다. 그의 가발 공장이 한때 불이 났지만, 중국 뤄양(洛陽)에 합작 진출한 지사가 활황을 타고 있어 별 지장 없이 승승장구하던 이웃집 튼튼한 사장이었다. 돼지 목같이 굵긴 했지만 켄터키 치킨 가게 문 앞의 흰옷을 입은 미국 신사같이 건강한 사람이었다.

우울증이라나? 사십대의 우울증, 한 밤 중 연득없이 그의 아파트에서 뛰어내린 것이다. 하필이면 다른 사람도 아닌 경비 아저씨가 굳이 국제전화비를 낭비해가며 나에게 알려줄게 뭐람. 그 문지기 아저씨는 우리 태평로 신문사에서 나의 중국 소재지를 알아냈다며 친절하게 이웃집 사장의 죽음을 알려주었다.

젠장, 좋은 일도 아닌 것을 꼭 알려주려는 것은 2년 전 내가 한국에 있을 때 우울증으로 뛰어내린 그 아저씨와 유난히 가깝게 지냈기 때문이라며 너털웃음 속에 전화를 끊었다. 그에게는 죽음이라는 슬픔 그 자체보다는 나를 찾아서 국제전화까지 해주었다는 친절! 그 자체가 스스로 대견한 모양이다. 저승사자 같은 웃음 속에 앵무새와 잉꼬의 죽음까지 쇠사슬로 이어져 나와 나는 어깨를 움츠렸다. 춥다. 꼭 추운 것만은 아닌데 다리가 떨렸다.

나는 '인도향印度香'을 찾았다. 언젠가 유리창 거리를 기웃거리다가 노점을 벌여놓고 앉아 있는 회족回族 할아버지에게서 샀다. 흰 빵모자를 쓴 주름살 깊은 그 영감은 대낮인데도 인도향 불을 피워 놓고 먼 눈길로 앉아 있었다. 동물원의 낙타 눈같이 멀고 깊게 그리고 아득하게만 바라보는 그런 눈에 대고 열 번째 값을 물어보았을 때에야 얼굴을 돌리고 우콰이! 라고 했다. 한 개가 5원이라는 것인지 한 갑이 5원이라는 것인지 다시 물어도 그는 다시 꿈쩍도 안했다. 나는 10원을 그냥 그 옆에 던져놓고 두 갑을 들고 왔었다.

그 향냄새가 하도 그윽해서 나는 심심하면 인도향을 피워놓고 담배 대신 코를 킁킁거렸다. 인도향은 오래 탔으며 천천히 길게 파란 연기를 올렸다. 요기들의 마술같이 있는 듯 없는 듯 타오르는 연기가 좋았다. 아내와 한창 때 연애를 하며 가장 좋아했을 때의 감정과 같은 아득한 향기랄까. 그 인도향을 정말 이럴 때 써 먹을 줄이야? 티벳 고원, 원시인들의 동굴 속에서 피우던 원초적 냄새 같은 이런 자연 향내라면 정말 죽은 영혼도 불러낼 수 있을지 모른다. 그리고 이웃집 사장과 성 프로듀서 녀석의 아까운 영혼도 달래줄 지 모른다.

나는 물 한 그릇을 떠 놓고, 정중하게 인도향 한 개비를 피웠다. 그리고 52도짜리 라오파이 펀주의 병 마개를 땄다. 중국 술들은 거의

다 50도가 넘는다. 양주들보다도 독하지만 뒷맛은 양주보다 더 깨끗하다.

아무도 없는 방 안에서 성 프로듀서가 웃을 때면 유난히 크게 보이던 목구멍을 생각했다. 거북이 같이 작은 몸집이지만 화통하게 웃어젖히던 큰 목구멍, 항우같이 그는 손이 크고 매사에 적극적이었다. 작은 탱크같이 열성적으로 일에 매달렸다. 그의 서재 사면 벽에 가득찬 필름 자료와 뉴미디어 관련 책들은 이제 누가 볼 것인가? 거기까지 생각이 미치자 비로소 그가 정말 죽었다는 실감과 함께 슬픔 같은 것이 가슴에 액체로 고이기 시작했다.

죽음이라는 것, 정말로 49재를 지나면 50일 만에 인간은 환생하는 것일까? 그렇다면 녀석은 또 누구의 갓난아이 시체 속으로 스며들어 가는 것일까? 작년에 KBS와 함께 취재 나갔던 실크로드의 돈황이 생각난다.

돈황의 막고굴, 막고굴의 거대한 황토 부처, 몇 천 년 동안 그 부처의 눈은 거기 그대로 한곳만 바라보고 앉아 있다. 지금 이 순간에도 많은 관광객들을 내려다보며 앉아 있을 것이다. 낙양의 용문석굴! 대리석의 쇠 같은 석굴, 돈황보다 더 섬세하고 더 어려운 조각상들인데도 사람들의 관심은 돈황보다 덜하다. 기원전 770년부터 약 500년간 황금기를 누리던 동주(東周) 시대 때부터 9개 왕조의 도읍이던 낙양에는 불교가 이룩한 유적들이 많다.

근처의 백마사(白馬寺)는 최초의 중국 사찰이 되었고, 조금 더 가면 유명한 달마의 소림사(少林寺)가 있다. 돈황, 용문, 소림사 그래서 어쨌다는 것이냐? 나는 계속 잔을 비웠다. 워낙 술을 좋아하는 나는 목구멍에 털어넣기만 했다. 성 프로듀서 녀석의 영혼이 감동해서 황해 바다를 붕 날아서 이곳 베이징 변두리 내 책상 위에까지 사뿐히 앉아서 따라주는 것인지도 모른다.

사람이 죽으면 사흘 동안 혼령이 지지배배 돈다고 했으니까, 아편 냄새 같은 인도향에 취하여 이 곳까지 끌려왔을지도 모를 것이다. 향기인가 연기인가 연기인지 향기인지 나는 다시 또 하나 피웠다. 죽음인지 생시인지 내가 술을 마시는 것인지 술이 나를 마시는 것인지 나는 공기가 되어 갔다. 참, 내가 문을 열어 놓았던가? 녀석이 들어오려면 문을 열어 놓아야지, 문을 닫아놓고 향불만 피워놓으면 무슨 소용이 있겠는가?

아니, 어쩌면 마누라가 이 밤중에 갑자기 여봉! 하고 나타날지도 모른다. 술에 너무 취하면 마누라가 문을 두드려도 모를 터이므로 더 취하기 전에 문을 열어 놓아야지. 그런데 몸이 말을 듣지 않는다. 벌써 취한 것일까? 이제 겨우 한 병 정도 비웠을 터인데, 취하다니?

꽃이 피고 지듯이, 사람의 영혼도 끝없이 가고 오는 것이거늘. 죽음을 애써 슬퍼 마셨다. 꽃이 진 자리에서 또 꽃이 피듯이 녀석의 혼령도 또 어디에선가 환생되겠지. 처음부터 태어나지 않았다면 죽지도 않았을 것이다. 태어났으니 죽는 것은 당연하고 죽었으며 또 환생되는 것이 당연지사가 아니겠는가?

이곳 구화산(九華山)에서 지장보살이 된 신라 김교각(金敎覺) 스님의 일대기가 텔레비전에서 연속극으로 나왔다. '삼국지연의'도 벌써 석 달째 연속극으로 나와 저녁 7시만 되면 전 중국인들에게 21세기의 새로운 장작불로 지펴주고 있다. 한자문화권의 홍콩, 대만, 말레이시아 등 동남아는 물론, 한국 모 텔레비전에서 몇 억을 주고 '삼국지연의' 중계권을 사서 현재 번역중이라고 했다.

아내는 정말 떠난 것일까? 아니, 돌아온다고 해도 절대 받아줄 수가 없다. 그미는 지금 아메리칸 드림에 취해 아메리칸 남자 품에서 영어를 마음껏 하며 인생 최대의 성취감에 도취되어 있을 것이다. 그미는 온전히 그 아메리카를 위해 피나는 노력을 해왔던 것이다. 결국, 미국에서 신학박사 학위를 받기까지 그미는 얼마나 지난한 마음 고생을 했을까.

오히려 동정이 간다. 고아였던 그미가 이 세상에서 믿을 수 있는 사람이란 역시 자기자신밖에 없다는 걸 그미는 본능적으로 느낄 수밖에 없었을 것이다. 성 프로듀서 녀석의 명복을 빌기 위해 피워 놓은 인도향 연기 속에서 엉뚱한 아내에 대한 생각이 요동치는 것일까. 이 긴 겨울밤이, 동지섣달이, 더욱 추워서일까? 그미를 철저히 저주할수록, 철저히 그립다. 그리고 외롭다. 라오파이가 더는 없어서 냉장고의 캔맥주들을 꺼내왔다.

송탄 그리고 송탄경찰서의 형사계, 미군에 의한 치정사건으로 피살당한 한국 접대부 관련 문제로 신문들이 의외로 주목했다. 80년대 그 당시 나는 햇병아리 기자였다. 과거와 같이 단순한 한 줄짜리 기사로 넘어가야 할 껄렁한 문제를 사회면 톱으로 끌어올린 것은 한미 행정 협정문제를 이번 기회에 촉발시켜보자는 언론의 의도도 숨어 있었다.

아직까지 2차대전 당시와 같은 우월적 위치에 있는 주한 미군의 재판권 관할문제를 이제는 우리가 주권을 찾아야겠다는 것이다. 범법자는 미군일지라도 우리 영토 안의 감옥소에 집어넣자는 것은 어쩌면 당연한 것일지도 모른다. 한미연합사의 작전권 문제와 같이 미묘한 한미간의 얼음판 문제를 취재하러 송탄에 내려갔다가, 덤으로 끌려와 같이 조사를 받고 있던 '연푸냐'를 그 때 거기서 만났다.

형사반장 책상 뒤에 동료들과 함께 조그맣게 웅크리고 있던 그미는 그런 데에는 전혀 어울리지 않았다. 뭔가 어색한 미소를 지으며 올려다보는 그미의 눈길과 나는 마주치자 참 시원한 콧마루구나 하는 생각이 스쳤을 뿐이다. 미꾸라지들 속의 금붕어 같은 그미의 얼굴을 쳐다보며, 반장의 책상 위에 있는 조서를 보니, 연푸냐! 이름까지 영어로 되어 있었다.

80년대 중반, 세상은 대학생들의 세상판이었다. 용기 있고 양심 있는 운동권 학생들의 목소리가 크게 반영되던 한국사회였다. 그래서 소외계층들에게 뜨겁게 눈 돌리던 시대였다. 대기업의 노동자 또는 농민들과 함께 연푸냐같이 밑바닥을 돌고 도는 사람들이 군사독재에 대항하여 주목을 받았다. 그런 면에서 일부 따뜻한 세상이기도 했다.

의례적인 집중단속에 걸려들어온 연푸냐, 그러나 재수없게 범죄와의 전쟁! 선포와 함께 잡혀들어왔다. 며칠 후, 훈방으로 풀려나온 그미를 데리고 나는 서울의 성인반 대입학원에 넣어주었다. 그리고 뒷배를 보아주었다. '기자와 양공주' 그렇게 영화 제목 같은 만남으로 우리의 사랑은 시작되었다. 지식에 대한 왕성한 흡인력은 그미를 1년 반만에 대입학력고사를 치르게 하였고, 야간대학이나마 영문과에 합격하였다.

낮에는 복장 디자인 학원에 나가 기술을 배우며 돈벌이도 했다. 총명한 푸냐, 머리만큼 가슴도 넉넉한 푸냐. 우리는 푸냐가 대학도 졸업하기 전에 다향이를 낳았다. 우리의 열정은 불이 붙었다. 그미가 호적이 없어서 혼인신고를 못했을 뿐이다. 아니, 의정부의 Y고아원이 호적으로 되어 있었지만 확실하지 않았다. 정리를 하려고 해도 나나 푸나나 서로 바빴다. 또 그런 형식적인 행정 절차 문제는 우리의 구체적인 사랑 앞에서 하나의 휴지조각일 뿐이었다. 그런 문제보다는 아파트 분양을 하나 받기 위해 신경을 더 집중해 왔다.

열심히 사랑하고 열심히 살았다. 그러면서 그미는 계속 대학원에 진학해서 석사를 마쳤다. 석사과정에 들어가면서 나는 아예 집 안에 들어 앉혔다. 그미가 외무고시를 준비하고 싶어했기 때문이다.

3

사회주의적 시장경제! 사회주의에 무슨 시장경제냐? 정반대 술어인데도 중국에서는 구체적으로 실현되고 있었다. 연안지방을 중심으로 개방·개혁에 의한 경제발전을 해마다 두 자리 숫자의 GNP로 기록되고 있었다. 따라서 빈부의 격차도 더욱 벌어지고 있으며 상대적 빈곤감에 의한 도시의 범죄도 급증하고 있었다.

특히, 북경 상해 심천 등 대도시 지역은 서울의 강남지역 못지 않은 환락가도 있었다. 백억 이상을 가진 벼락부자들만도 북경에 몇 백명 되며 상해의 호사가들은 최고급 호텔 식당에 1년분 주말 외식을 하는데 계약금이 1억이라고 했다. 그래도 골프장 회원권마냥 자리가 없다고 했다.

연말이 되면서 '인민일보'를 중심으로 1년간의 각종 통계수치가 발표되었다. 특히 경제적인 실적이 떠들썩하게 나왔다. 미국을 비롯한 일본, 대만의 중국내 투자가 1천억 달러가 넘었으며, 농가의 총생산량이 1천억 달러를 돌파했다. 개방개혁 10년만의 실적이다.

미국내 중국 상품 수출은 이미 동남아를 앞질렀다. 농산물뿐이 아니라 완구, 의류, 가방 등 한국상품을 밀어젖히고 물량적으로 압도하고 있다며 흥분했다. 첨단분야에서도 반도체 수출이 한국의 연간 376만 대보다 많은 4백만 대를 가볍게 넘어섰으며, 이런 속도로 나가면 21세기에는 중국이 아시아의 황태자, 세계의 초강대국으로 올라설 수 있다고 큰 소리쳤다.

작년 연말에는 러시아로부터 약 1조 원에 이르는 항공모함을 사들이지 않았느냐, 세계에서 두 번째 가라면 서러운 넓은 땅덩어리에 세계 최고의 12억 인구를 가지고 있지 않느냐, 이제 중국의 적수는 없다. 국경을 맞대고 있는 러시아 등 많은 국가들이 있지만, 러시아가 휘청거리고 있는 마당에 여타 나라들은 별볼일 없는 군소국가들이다. 같은 사회주의 계열의 동구권 국가들이 맥없이 쓰러져가도 유일하게 성공한 사회주의 국가는 중국이 아니냐?

등소평 사후의 중국은 어떻게 될 것인가. 아직도 주석직에 오르지 못한 김정일과는 관계는? 나는 머리를 흔들었다. 러시아 여기자와 함께 고궁 옆 골목 회족 음식점에서 점심을 먹었다. 전형적인 슬라브계 백인인 그미는 늘 활달했다. 조어대(중국 청와대)는 늘 그런 식예요, 하고 말문을 열었다.

"최근 러시아의 붉은 늑대를 아세요?"

그미는 군만두를 손으로 집어 먹었다. 돼지 똥냄새 비슷한 것이 진동했고 바닥에는 노란 가래침을 뱉은 것이 덩어리로 있는데도 그미는 낙낙했다.

"아, 모스크바 대학 건축공학의 그 교수 말이지요. 빨간색 옷을 입은 여자만 보면 잡아다가 죽였다지요?" 서로의 영어가 서툰데도 어느 만큼은 소통이 가능했다.

"그냥 죽이지 않았어요. 죽이면서 강간했지요. 아니, 강간하면서 죽였다나요? 하여튼 최고의 맛은 죽어가는 순간의 섹스라고 했지요."

"법정 안의 특수 유리창에 갇힌 채 재판을 받으면서 그 늙은 교수는 당당하게 말하던데요."

"남자들은 다 잔인해요. 그리고 비겁해요. 상하이의 돌함사건도 그렇잖아요. 변태예요."

빨간 루즈의 탁구공 같은 그미 입술을 보며, 며칠 전 중간 수사 발표를 생각해 냈다. '돌함의 비밀' 사건은 이제 중국 주간잡지의 주요 흥행물 거리가 되었다. 상하이의 남장(男娼)만큼이나 은근한 관심이 고조되고 있었다. 돌 속의 비밀 명단에 오른 고위 관리들을 포함해서 그 이름이 137명인데 그 중 살인사건 혐의자가 2명으로 압축되었다는 것이다. 그 두 명 중 하나는 중학교 교장이고, 또 다른 하나는 공안국장(경찰국장)의 부인이라는 데에 추리소설 같은 재미를 더해 주었다. '돌함의 비밀' 은 주인공이 공원 관리인이다.

상하이에서도 변두리에 있는 홍커우(紅口) 공원은 남녀 쌍쌍이에게 특히 인기가 있었다. 으슥한데다가 나무가 많아서 여름이면 연인들의 밀회 장소였다. 이 곳 홍커우 공원 관리인 '털보' 는 정직하고 충직한 사람으로서 표창도 많이 받았고, 주위 사람들에게 부처님 가운데 토막 같은 호인이라고 칭찬이 자자 했었다.

그런 털보가 어느 날 독살되었다. 주변 사람들이 모두 애통해 했다. 경찰도 처음에는 자살로 단순 처리해 버렸다. 그러나 털보의 부인이 자살할 아무런 이유가 없다며 항의했지만 아무런 단서가 없었다. 평소 술을 좋아하는 털보가 과음해서 농약인 줄 모르고 그것조차 마셨을 것이라는 게 경찰의 결론이었다.

그러다가 한 달 만에 그 부인이 변소간 뒤 대나무 숲에서 돌로 된 함을 파내어 경찰에 신고했다. 남편이 이따금 돌함을 몰래 숨겨두곤 하는 것을 생각해 냈던 것이다. 경찰이 돌함의 열쇠를 망치로 부수고 열어보니 그속에는 갖가지 보석들과 함께 종이 쪽지가 있었던 것이다.

그 종이쪽지에는 137명의 이름과 직장, 직책, 적발 날짜, 전화번호 등이 자세히 적혀 있었는데 그것이 바로 살인범을 잡아내는 단서가 될 줄이야 경찰도 몰랐다. 그 이름들에는 뭐뭐한 고위층이 포함되어 있어 보도제한 조처가 위에서 내려왔다.

그러나 일부 외신 기자들은 끝까지 추적했다. 어쩌면 시정부(市政府) 지도부의 명예에 크게 우려되는 바가 있을지도 모른다며, 사건이 검찰 특수부로 넘어가면서 보도 금지가 되어버렸다. 하는 수 없이 뉴욕 타임즈 기자와 나는 그 털보 주변을 직접 탐문하기 시작했다.

이따위 껄렁한 문제로 상하이까지 내려가 시간을 낭비한다며 본사에선 못마땅하겠지만 사표를 낸다 해도 나에게는 이런 인간적인 체온이 숨어 있는 '세상 살아가는 이야기'가 더 소중했다. 맨날 굵은 활자체로 클린턴이 어쩌구, 옐친이나 아라파트 또는 한국, 중국, 일본의 지도자 어쩌구 저쩌구 하는 정치적인 얘기들은 이제 답답하고 숨이 차다. WTO를 중심으로 그 얘기가 그 얘기다. 대통령 세일즈 타령이다.

　남녀관계가 매우 엄격한 중국에서는 애인 사이라고 해도 갈 곳이 없다. 호텔이나 초대소 등에선 결혼증명서가 없이는 절대 한방에 들여보내지 않는다. 자연히 공원 같은 곳을 맴돌게 마련이다. 돈도 안 들이고 회포도 풀 수 있으니 일거양득이다.

　그런데 문제는 털보같이 고지식한 사람은 공원에서조차 남녀가 포옹하거나 하면 불문곡직하고 풍기문란죄로 적발하는 것이다. 적발이 된 남녀는 사색이 되게 마련이고 더구나 사회적인 저명 인사들은 당장 무릎 꿇고 빌 정도가 된다. 왜냐하면 부정한 행각이기 때문에 그것이 발각되면 명예는 물론이거니와 당장 모가지에다 감옥에 가야 하기 때문이다.

　그러나 사람 사는 곳은 어디나 사랑이 있게 마련이고, 불륜이 있게 마련이다. 그것이 사회주의라고 해서 인간의 기본적 심성이나 본능까지 없으리란 법은 없다.

　털보는 지위 고하를 막론하고 자기의 전지불에 비쳤다 하면 코가 땅에 닿도록 비는 꼴이 우스웠다. 더욱 재미가 나서 털보는 열심히 적발했고, 열심히 자기만의 비밀 돌함에 명단을 하나씩 올려갔다. 공원 관리인이라는 하찮은 신분이 밤이면 돌변되고 전지불과 완장만 있으면 이 세상 누구든 자기 앞에서 굽죄었다. 이제 홍커우 공원은 홍커우 왕국이 되었고 털보는 '털보황제'가 되었다.

　그는 그 정도에서 끝나는 것이 아니라 그 약점을 기회로 돈도 뜯어내고 공갈도 쳤다. 그의 돌함에는 각계각층의 고위층이 수두룩하기 때문에 전화통을 한번 들었다 하면 상대방은 제발 제발! 하면서 설설 기었다. 그는 그것을 슬슬 즐겼다. 그래서 주위의 친인척들이 행정적인 무슨 부탁을 하면 척척 해결해 주었다. 그의 인심은 더욱 높아갔고, 위에서의 표창장은 더욱 많아졌다. 일개 공원 관리인이 한국제 밀수 소나타 승용차도 갖게 될 정도로 무소불위가 되어갔다. 그래도 상하이시에서 누구 하나 건드리지 못하고 소문에 소문만 공원 나무 숲같이 무성해 갔다.

137명 중의 하나, 중학교 교장도 그렇게 적발되었다. 홀아비 교장인 그는 옛날 고향의 첫사랑 애인을 우연히 만났다. 서서이 가까이하게 되었고, 더러는 홍커우 공원에서 만나 옛날로 돌아가 회포도 풀었다.

그 날도 그 상하이 공안국장 부인은 옛애인을 끌어안고 가슴을 더듬는 순간 전지불이 확 켜지고 털보의 야릇한 이빨을 보게 되었다. 교장의 체면도 공중에 매달아 놓고 팬티를 벗은 채 수없이 절만 했다. 그러나 털보는 공작증(신분증) 제시를 끝까지 요구했다. 말을 안 들으면 경찰을 부르겠다고 했다. 결국 1만 원을 주기로 합의하고 대신 이름을 가명으로 올렸다.

가난한 그 교장은 사랑의 댓가로 한 달 동안 약속한 1만 원을 갚기 위해 빚을 내어야 했다. 거기에 그치지 않고 걸핏하면 학교로 찾아와 술값을 요구했다. 견디다 못한 그 교장은 몇 달 후 자살해 버렸다. 어렵게 인터뷰 허락을 얻어 내어 그 교장 선생님의 부인을 직접 취재하였다.

여기까지 확인해 낸 나는 털보가 결코 소문대로 '부처님 반토막'이 아니라 히틀러와 지존파 두목의 독성을 합성한 인물이란 것을 확인해 냈다. 소문이란 얼마나 맹랑한 것인가.

서울의 본사에선 계속 호통이 떨어졌다. 중국과 미국의 지식재산

권 무역보복에 대한 밀착취재를 하라는 것이었지만 나는 그런 공식적인 것은 인민일보 등에서 대충 짜깁기 해서 송고했다. 출장비를 줄이기 위해 기자실 한쪽 구석에 야전침대를 갖다 놓고 새우잠을 자가며 이 사건에 많은 시간을 빼앗겼다.

그것은 사회주의에서 개인의 사랑문제가 어떻게 귀결되는가가 궁금했기 때문이다. 거꾸로 말해서 '사랑의 본질'이 어떤 외부의 억압 아래에서 어떻게 표면화되고 내면화되는가 가까이에서 보고 싶었다. 그것은 어쩌면 나 자신의 문제이기도 했다. 나와 아내와의 관계는 방법과 조건만 달랐지, 사랑의 본질 그 자체에는 마찬가지라고 생각했기 때문이다.

2년 전만 해도, 아무도 중국에 특파원으로 나가려고 하지 않았다. 모두가 미국이나 유럽 쪽을 학수고대하며 발버둥쳤다. 중국이나 러시아 등 사회주의 국가는 첫째 말이 안 통하고, 둘째 생활환경이 불편했으며 특히 음식이 입에 맞지 않아 고생했다. 그리고, 뭐니뭐니 해도 가족들과 생이별을 해야 했기 때문이다.

그런데 나는 2년 작정하고 온 것을 1년 더 연장한 것이다. 어쩌면 나는 또 다시 1년을 더 연장할지도 모른다. 그것은 전혀 연푸냐, 아내 때문이었다. 연푸냐의 흔적이 곳곳에 남아 있는 서울을, 한국을 떠나고 싶었던 것이다. 서울의 동서남북 어디를 가든, 그미와 같이 다니던 거리 아니면 음식점 백화점이 많았기 때문이다.

다향이를 빼앗기지 않기 위해서라도 나는 북경으로 도망쳐온 것인지도 모른다. 그미는 어이없게도 다향이를 미국으로 데려가겠다고 몇 번이나 국제특급우편으로 요청해 왔던 것이다. 또 그미의 라스베이거스에서 내 사무실로 그런 뜻의 전화를 할 때만 해도 나는 코 웃음 쳐버렸던 것이다. 그런데 그미는 매달 다향이의 양육비 명목으로 적잖은 돈을 부쳐주었고, 생일 때면 고급 옷이나 학용품들이 상자로 들이닥쳤다. 물건이 일방적으로 도착되어 우체부가 등기용지에 도장을 누르라고 할 때마다 나는 다향이를 빼앗기는 것 같았다. 그런 날 밤이면 다향이가 새가 되어 미국으로 날아가는 악몽을 꾸곤 했다.

연푸냐는 석사학위를 받고도 일 년 남짓 더 공부해서 두어 번 시험을 치렀다. 결국 외무고시에 합격이 되지 않자 신학으로 바꿨다. 그미의 집념은 놀라웠다. 나는 그 집념을 더 사랑했다. 그미는 박사과정을 위해 남부 콜로라도 주립대학의 장학생 자리까지 확보해 두었던 것이다.

5년 전 그미가 떠나던 날, 어린 다향이를 맡기고 가는 것을 몹시 미안하게 생각했다. 그리고 아파트를 장만하기 위해 꼬깃꼬깃 부어왔던 적금을 목돈이 될 때마다 석사과정 등록금이며, 신장이 약한 자기 병원비로 날린 것을 또한 신둥부러지게 생각해왔다. 그래서 나는 더욱 그미의 천사성을 깊이 사랑하고 자랑스럽게 생각해 왔었다.

그러나 미국에 도착해서 일년도 채 안 되어 달라지기 시작했다. 처음 몇 달간은 일 주일이 멀다 하고 편지가 오고 사진이 오더니, 반년이 지나자 내 쪽에서 먼저 전화를 해도 피곤하다면서 빨리 끊었다. 신장염이 다시 재발한 것인가고 처음에 나는 돈을 더 많이 부쳐주었다. 그래서 다향이와 나는 라면으로 때우다시피 했다. 내 월급은 어린 다향이를 위해서 가정부를 고용해야 하는 최소한 비용 이외에 미국으로 다 송금했다.

그러다가 2년째 되는 성탄절에 우레켜는 이혼청구서와 함께 미국 남자와 함께 찍은 사진이 보내져 왔다. 약혼자라고 했다. 여자들은 때로 그렇게 돌변할 수도 있구나?

나는 담담했다. 나 역시 어린 시절 가난하게 지내왔기 때문에 웬만한 충격에는 만성이 됐다. 그러고 보면, 그미는 그 동안 철저히 나를 이용했고 가면을 썼던 것이다. 미국에 가서 미국 남자와 살며 영어를 실컷 하고 싶어서 그미는 송탄에서도 미군 상대로 접대부 노릇도 마다하지 않았던 것이다.

나는 원망하기보다 그미가 자기 소원을 성취한 것을 내심 다행스럽게 생각했다. 돈! 그깟 것은 또 벌면 되지. 입에 거미줄치지만 않으면 되지 않겠는가. 여자! 문 밖에만 나서면 얼마든지 있다. 마음만 먹으면 얼마든지 나도 재혼할 수도 있다.

사랑! 한번 멋있게 하지 않았는가. 연푸냐에게 나는 모든 것을 다 주었다. 설사 가식이라고 하더라도 그미 또한 미국에 가기 전까지만 해도 나를 좋아했다. 그미 쪽에서 아니라고 해도 내가 그렇게 느꼈으니까 사실 이상이 아닌가. 후회는 없다. 정말 행복한 시간이었으니까. 그러나 최소한도 다시는 여자를 갖지 않겠다. 다만, 다향이를 위해서 살겠다. 어느 날 위장에 구멍이 뻥 뚫리어, 입원하고 있는 병실로 다향이가 전화를 해왔다.

"아빠, 나 엄마하고 있다아! 엄마가 자전거 사줬어."

아무런 예고도 없이 아내가 서울에 다시 나타난 것이다. 그미라면, 능히 가능한 일이다. 필시 그미는 다향이를 미국으로 데리고 가기 위해 나타난 것일 것이다. 그 얼마 전 엽서에서 자기는 아이를 낳을 수 없다고 의사에게서 최종 통첩을 받았다나. 다향이 장래를 위해서라도 살기 좋은 미국으로 보내줄 수 없느냐고 애원 아닌 통고를 해왔던 것이다.

"거기가 어디니?" 나는 천천히 물었다.

"으음, 엄마가 가르쳐주지 말랬어."

"엉, 그래애? 그럼, 엄마와 같이 잘 있어? 이따 아빠가 저녁 사 줄 테니까, 어디 있는지 알아야 가지?"

"어, 접때 아빠랑 같이 왔던 잠실 롯데 있잖아?"

나는 즉시 꽂고 있던 링거며 몇 가지 주사바늘을 전부 빼어버리고, 병원을 몰래 빠져나왔다. 푸냐는 화려하게 변신해 있었다. 할리우드 배우처럼 차양이 긴 모자를 나폿하게 쓰고 여름인데도 긴 망사장갑을 끼고 있었다. 그 곁의 다향이는 노란 나비같이 이국적으로 잘 어울렸다. 결국 다향이의 여권을 낼 수 없어서 그미가 그냥 미국으로 돌아갔었다.

그해 겨울 나는 중국으로 자원해 도망쳐 오다시피했다. 한국에 있으면 그미의 성깔로 보아 소송을 내서라도 다향이를 데려갈 것이다. 자기가 재판에 지면 납치라도 해갈 것이다. 그미는 자기가 일단 설정한 목표에는 피도 눈물도 없다. 그런데 얼마 전 푸냐는 북경 사무실에서 내소재를 감지해 낸 것이다.

4

"아, 이젠 모든 것이 후련해요. 사람을 죽였다기보다 나 자신의 고통에서 벗어나 무엇보다 시원해요. 감옥이 아니라 지옥에라도 이젠 갈 수 있을 것 같아요."

시민들의 유언비어로 오히려 여론이 좋지 않자, 위에서도 공개재판으로 전환시켰다. 137명 가운데 마지막 한 명의 조사가 끝난 것이다. 그 마지막 살인 혐의자는 의외로 여자였다.

첫 번 조사에서는 워낙 고위층 부인이고 너무나 우아한 자태여서 경찰에서도 그냥 넘어갔던 것이다. 그러나 '돌함'의 명단에 중학교 교장과 함께 가명으로 쓴 것이 발각되어 집중 조사를 받은 것이다. 검찰의 추궁에 조용히 자백하면서 기자회견을 자청하고 나선 상하이 경찰국장 부인은 겨울인데도 연신 이마를 쓸어올리며 정말 시원한 듯이 모든 것을 털어놓았다.

"무엇보다 인민 여러분께 심려를 끼쳐드려서 죄송합니다. 그리고 나로 인해 글자 그대로 패가망신하게 된 남편에 대해 더욱 면목이 없습니다. 대학에 다니는 두 아이들은 오히려 이 엄마를 이해해주리라 생각합니다. 사랑의 죄값이 이렇게 무서운 줄을 몰랐어요. 그러나 목에 칼을 차고 있어도 사랑은 소중한 것입니다."

마지막의 '사랑'이란 낱말에 그미는 목이 메었다. 그미의 남편은 이름만 들어도 떠르르 한 공안국장이었다. 그 남편은 오직 명예와 일만을 위해 사는 철저한 사회주의 일급 일꾼이었다. 아내와 아이들, 그리고 가정은 그냥 하숙집 이외의 아무것도 아니었다. 아내는 그냥 가정부이고 공식 파티 때만 데리고 다니는 인형이었다. 그러나 아내는 명예나 명분보다 남편의 개인적 사랑을 갈망했다. 사십대의 외롭고 뜨거운 그미가 방황 중에 만난 것이 동네 청년이었다. 한때 고향에서 같이 소꿉장난도 하던 친구였다. 명절에 그미가 고향에 갔다가 만난 그 청년과 옛날로 돌아가 다시 어른 소꿉장난을 한 것이다.

그 청년이 나중에 중학교 교장이 되어 상하이로 전근오게 된 것이다. 홍커우 공원에도 갔다가 털보를 만난 것이다.

털보는 공안국장 부인의 미모에 탐이 났다. 처음에는 돈을 받고 그냥 놓아주었으나 상하이 시 지하터널 개통행사에 그 여인이 중앙 단상에 그 남편과 나란히 앉아 있는 고위층 부인이란 걸 우연히 발견해 내고 집요하게 추적했다. 결국은 그미의 판공실(사무실)까지 알아내어 찾아갔다. 그 부인은 차라리 돈을 요구하면 어느 만큼 응할 심산이었으나. 털보는 몸을 요구했다.

 밤낮 전화로 괴롭히지 않으면 남편과 같이 있는 집에까지 불쑥 나타났다. 결국 딱 한 번만이라고 약속을 하고, 그 부인은 몸을 허락했다. 그러나 털보는 피 맛을 본 늑대마냥 오히려 더 기승을 부렸다. 밧줄로 묶어놓고 찍은 나체사진까지 들고 다니며 위협했다. 털보는 그 부인을 미끼로 팔자를 고칠 생각이었다.

 사건이 발생했던 그 날도, 털보는 계획적으로 자기 부인은 멀리 친정집으로 심부름 보내놓고, 공원 안 관리인 사택으로 공안국장 부인을 불렀다. 즉시 오지 않으면 내일 아침 신문사에 그 사진을 보내겠다는 협박이었다. 그런 식으로 몇 달을 시달린 그 부인은 결국 미리 준비해 놓은 농약병을 핸드백에 넣고 그 사택으로 갔다.

 벌써 술기운이 오른 털보는 희희낙낙하며 홀랑 벗고 앉아서 기다리고 있었다. 오디오도 틀어놓고, 비디오에서 흉측한 음란 테이프가 돌아가고 있었다. 이미 모든 것을 결심한 국장 부인은 자기도 실오라기 하나 안 걸치고 털보가 원하는 대로 온몸을 맡기고는 기다렸다. 그가 화장실에 간 틈을 타서 그가 먹던 양주병에 농약을 쏟아부었다. 새벽녘 털보가 피를 토하며 침대에서 굴러떨어지는 것을 확인하고는 천천히 돌아왔던 것이다.

"아, 사람은 빵만으로 먹고 살 수 없어요. 나는 인형이 아니에요. 사람이 돼지가 아니잖아요. 진정한 사랑이 필요해요. 여기 앉은 여러분도 뒤돌아 앉으면 나와 같이 절실한 사랑을 원할 거예요……죄송합니다. 이제 우리 나라도 개인적인 사랑문제에 국가가 지나치게 간섭해서 안 된다고 봐요. 경제분야만 개방이 되는 게 아니라, 가정문제에도 개혁이 있어야 해요."

아, 헨릭 입센의 '인형의 집' '노라' 같은 이런 여자도 있었구나. 상하이 시 고등법원 재판정에는 유난히 여성 방청객이 많았다. 한숨을 어금니 새로 흘리며 나는 그미의 수갑 위로 잠깐 광휘롭게 비쳐나가는 저녁 햇살을 분명히 보았다. 각 성(省)에서 발행하는 지방지들은 물론 보수적인 인민일보 논평에서도 그미에 대한 비난보다 동정론이 우세하게 나타났다.

'사랑의 본질' 문제에 대해 그들도 서서히 눈떠가고 있는 것이다. 아니, 마음속 깊이 열망하고 있던 본능의 문제를 표면화해가고 있다는 것이 더 정확할 것이다. 중국 전역이 뒤집어졌다. 특히, 전국 여대생들이 교내 게시판에 대자보를 붙이며 확성기론 '여성의 해방'에 대해서 떠들었다. 공안국장 부인을 석방하라! 석방하라! 사형반대! 북경정부에서도 불안해 했다.

5

잉꼬와 앵무새 숫놈을 각기 한 마리씩 사왔다. 수놈인지 암놈인지 구분이 안 되어 자칫하면 홀아비들끼리만 4명이 모이게 되는 것이 아닐까 우려했지만 다행히 잘 어울렸다. 일 주일도 안 되어 서로의 등허리를 올라탄다든가 뽀뽀를 하는 것을 보면 이성간이 틀림없는 것 같다.

자기의 소유라는 것을 강하게 느끼게 해주기 위해 나는 일부러 다향이의 돼지 저금통을 부쉈다. 다향이는 역시 자기 돈으로 산 '자기의 새'라는 것을 강조했다. 결국 나중에는 내 주머니에서 또 그만큼한 용돈이 나갈 것이 뻔했지만 말이다. 돈의 쓰임이 선후만 달랐지, 결국 내 돈이나 마찬가지가 아닌가. 세상 일이 다 그렇다. 언제나 양면성을 갖고 있는 것이다.

나는 잉꼬와 앵무새가 새장 밖에서 자유롭게 놀면서, 때때로 집안을 날아 다니는 것을 보고 그런 생각을 했다. 새장 안과 새장 밖, 새들의 삶에는 변함이 없지만 좁은 공간이나마 날아다닐 수 있다는 것이 얼마나 자유로운가.

그들을 길들이는 것은 간단했다. 어느 날 다향이가 새 모이통을 새장 밖에 놓았다. 새들은 모이통 주변에서만 살았다. 사람만 가까이 가면 놀라 달아나던 새들이 오히려 사람이 빨리 나타나서 모이를 주기를 기다리며 재잘거렸다. 물론 새털이 사방에 더 많이 날리고 새똥이 분별없이 여기저기 떨어졌지만 그것도 시일이 지나자 종이를 깔아놓은 횃대 아래에 주로 쏟아졌다.

"참, 새들은 서로 모르는 사이라도 여자와 남자 사이로만 만나면 아무렇지도 않게 좋아하고 사랑하디요. 즘생들은 우짤 수가 없디요. 자존심도 없나보디요?" 그러면서 조선족 가정부 그미는 은근히 또 나의 짝에 대해서 한 마디 했다.

"그 훈춘 샥씨는 러시아어를 아주 잘 하디요. 동북 아가씨라, 키도 장대만 하구만요잉. 중국 보통어도 확실하디요. 지금 사업하고 있는 훈춘 여행사에서는 북경으로 아마 파송한다디요 잉…… 말 못하는 즘생도 제 짝이 있어야 산다 안카디요잉."

'한국 사람덜은 너무한다요?' 하는 말이 점점 없어져가는 단동 아주머니가 새끼를 칠 보금자리 볏짚을 어디서 구했는지 새장 속에 넣어주며 말했다. 다향이는 그것을 다시 새장 밖 한쪽 구석에 철사줄로 단단히 묶었다.

나는 자존심(?)이라는 말을 새삼 챙겨들이며 그 양면성을 생각해 보았다. 나는 내 쪽에서만 아내의 배반을 줄곧 생각해온 것이 아닐까. 나는 늘 내가 헌신했다고만 일방적으로 생각해 왔다. 아, 그렇다면, 내 쪽에 어떤 문제가 있었던 것은 아닐까? 설사 아내가 어려서부터 아메리칸 드림에 단단히 묶여 있었을지라도 나와의 만남으로 해서 그 생각이 극복되어지지 못한 것은 나에게도 책임의 반쪽은 있다.

나의 어딘가에 결정적인 부족함 때문에 그미가 선망하는 미국행을 버리지 못했을 것이다. 동전 앞뒤의 양면성, 하나의 사실 또는 실재가 결과되어지는 것에는 반드시 음양이 있다. 나는 내가 모르는 어떤 자존심을 고집해 왔는지도 모른다. 상하이 공안국장 부인의 마지막 고백이 내 가슴을 쩡! 하게 때렸다. 사랑? 진정한 사랑이란?

상하이 텔레비전 방송국에선 1995년도의 '십대 사건'을 보도하고 있었다. 그 중에는 프랑스 미테랑 대통령(密特郎總統)의 벗어진 이마에서는 하이재킹을 제압한 프랑스 특공대원이 걸어나오고, 클링턴(克林頓)의 북한 핵문제 해결도 나오고 김일성의 사망도 고르바쵸프(戈示巴芥夫)가 남북한 최고 지도자의 회담을 주선하겠다는 제의도, 김영삼 대통령의 북한에 대한 경제협력 제의도 보도되었다.

상하이 텔레비전은 사투리가 심해서 일반 중국인들은 무슨 소리인지 모르기 때문에 아래에 자막이 나온다. 한자로 영어 이름을 쓴 것이 재미있다. 더욱 재미있는 것은 지방사람들은 사투리를 쓰는 것을 좀 부끄럽게 생각하며 보통말(북경어)을 배우려고 애를 쓰는데, 상하이 사람들은 오히려 상하이 말을 과시함으로써 상하이 사람이라는 것을 강조하는 것이다. 나라가 크다보니 재미있는 게 많은 나라다.

새로 짝을 맞춰준 새, 그리고 새장의 안과 밖을 유심히 관찰하면서, 그리고 '돌함 사건'의 국장 부인을 오랫동안 생각하면서 나는 새해를 맞았다. 새해 첫날 나는 다시 인도향을 피웠다.

돌아가신 아버지에게 향불도 올렸다. 얼굴도 모르는 아버지이지만 나는 다른 집과 마찬가지로 명절 때면 열심히 제사를 지냈다. 중국에 와서는 그냥 냉수 한 그릇만 떠놓고 지내는 제사이지만 다향이에게도 열심히 절을 시켰다. 다향이는 사진 속의 할아버지가 왜 아빠보다 더 젊으냐고 고개를 갸웃거리기도 했다. 일제시대 징병으로 끌려나가기 직전, 어머니와 찍은 사진이 유일하게 남아 있는 것이다.

은근하면서도 오랫동안 곧추 올라가는 인도향, 아늑한 안식을 준다. 금년에는 고향에서 혼자 집을 지키고 계시는 어머니도 모셔와야 겠다. 말도 통하지 않는 중국에서 어떻게 사느냐고 하며 막무가내로 안 들어오시지만, 한때 항일운동하시던 아버지가 뛰어다니시던 봉천(심양)도 멀지 않고, 멀기는 하지만 친척들도 훈춘 지역에 더러 살고 있지 않은가. 어쩌면 내가 그 곳 조선족 색시를 새로 맞아들일지도 모르기 때문이다. 단동 아주머니가 적극적으로 주선한 그 동포 여인은 지난 여름에도 이 곳에 한번 다녀갔었다. 다향이를 위해서라도 이젠 재혼을 해야겠다. 너무 오랫동안 이빨 빠진 가정으로만 있었다.

아버지 제상에 올려놓았던 바나나를 다향이와 같이 잘라먹으며 다시 인도향을 피우려는데 초인종 소리가 났다. 단동 아주머니도 일찌감치 고향에 갔고, 올 사람이 없는데…… 하며 문을 열었다. 거기 그렇게 아내가 서 있었다. 화사하게 웃으며, 여유만만하게 들어섰다. 이번에는 꼭 다향이를 데려갈 작정인가보다. 무엇인가 확실한 이유, 내가 꼼짝할 수 없는 어떤 법률적 무기도 다 준비했으리라는 무서운 웃음이다.

뜻밖의 방문에 다향이도 돌부처마냥 서 있었다. 우리 셋이 모두 어쩌지 못하고 망연하게 그렇게 어이없이 쳐다보고만 있었다. 며칠 전에 팩스로 들어왔던 그미의 편지가 생각났다. 전혀 무시했었는데 이렇게 실현되다니, 이젠 철이 좀 든 다향이조차도 어머니의 국제전화를 받지 않자, 그미는 일방적으로 팩스를 넣곤 했었다.

"이젠 긴 여행이 끝났어요."

그미는 침대로 가더니 자기 집마냥 익숙하게 큰 가방의 짐을 풀고 옷을 벗더니 할랑하게 침대 위로 올라가 누웠다. 옛날 푸냐의 옷 벗는 버릇은 그대로 남아 있었다. 그미는 위에서부터 벗는 게 아니라 아래 것을 완전히 벗은 다음 위쪽의 외투를 벗기 시작한다. 벗은 옷들을 여기저기 동서남북으로 함부로 벗어던졌다.

"내가 스스로 일어날 때까지 절대 깨우지 마세요. 당분간 여기서 쉴 거예요…… 어쩌면 눌러앉아 살지도 모르고. 어쨌든 당신도 다시 생각해 보세요. 죽이고 싶도록 밉겠지만 어쩔 수 없어요."

그미는 늘 그랬다. 모든 게 일방적이고 또한 그 집념들을 강하게 밀고 나갔다. 나는 다향이를 빼앗기지 않으려는 듯이 그미의 손을 끌고 도망쳐 나왔다. 만물상, 우리 나라 황학동 시장 같은 유리창 거리를 하릴없이 방황했다. 인도향도 팔고, 도굴해 온 골동품도 팔고, 가짜가 판을 치는 곳인데도 외국인들이 줄기차게 찾아오는 재미있는 거리이다.

왕푸칭으로 해서 슈슈바 자유시장까지 구석구석을 헤매었다. 아직도 해가 서산마루에 걸려 있었다. 이상하다. 평소에는 유리창만 다녀와도 반나절이 후딱 지나치는데 자유시장까지 돌아와도 해가 설핏하다니. 마음이 급했던 모양이다.

아빠! 왜 그래애? 천천히 가아, 하는 다향이 말을 반복적으로 들으며, 나는 무엇이 그렇게 급했던가. 뭣인가 억울했다. 진짜 쫓겨나야 할 아내는 오히려 당당하고 편안하게 침대에 누워 있는데, 우리 부녀는 뭐에 쫓기어 이렇게 차가운 겨울거리를 갈 곳 없이 바쁘게 다녀야 하는가. 억울하다고 생각할수록 걸음만 바빴다. 만리장성이나 갔다올까 하며 시계를 보았으나. 그쪽으로 가는 일일 관광버스는 다 끊어졌다.

"아빠, 엄마가 피곤해 보이지 않아? 그리고 손가락이 이상해?"

"또 아빠 앞에서 엄마 얘기 하는 거니? 너 이번에 아주 엄마 따라 갈래? 미국으로……."

다향이는 울먹이듯 고개를 숙였다. 왕푸칭의 맥도널드로 들어섰다. 우스꽝스런 지팡이를 들고 서 있는 미국 노인이 반겨주는 켄터키 치킨도 들어가서 소란스런 주위 사람들을 쳐다보았다. 방학이어서 그런지 한국 대학생들이 많았다. 어학 연수 등 각급 대학에서 몰려들어온 학생들이다. 그러고 보면 요 근처에서만 뱅뱅 돈 것 같다. 다향이가 나의 눈치를 살피며 엄마 얘기를 꺼내자 은근히 화가 났던 것이다.

"엄마 한쪽 손의 손가락이 두 개나 없어. 아빠, 이상하지 않아?"

나는 속으로 깜짝 놀랐다. 이런, 다향이가 어느새 자기 엄마의 모든 것을 찬찬히 살펴본 것일까. 정말 손가락이 두 개나 없어졌단 말인가. 왜 그랬을까. 단순한 사고는 아닐 것이다. 왼쪽 손 검지 끝마디가 없다는 것은 나도 안다. 그것은 푸냐가 나에게 연애시절 웃으면서 보여 준 것이다. 가늘고 긴 손가락 끝이 잔인하게 잘려나갔다.

송탄에 있을 때, 나는 나에게 맹세했어요. 미군에게 짓밟히면서 좋다, 나는 너희 나라 미국에 가서 성공할 것이다. 그때 본때를 보여 주겠다.' 콱 장도리로 찍었으나 빗나갔다. 그래서 잘려나간 부분도 비스듬하게 상처가 남아 있었다. 동거 초기에 가볍게 얘기하는 그미의 입 모양을 보면서 나도 가볍게 흘려넘겼지만, 무엇인가 섬뜩한 그미의 잔인성을 생각해냈다.

그러나 다음 순간 그렇게 자학하는 그미가 더욱 불쌍하다고 생각하며 나는 그미를 더욱 따뜻하게 보호해 왔던 것이다. 그렇다면, 또 하나의 손가락이 없어졌다는 것은 아마, 미국에서의 일일 것이다. 최소한 김포공항을 나설 때까지는 한 손가락만 다쳤었으니까 말이다. 손님들이 몹시 밀려들었다. 더 이상 앉아 있을 수도 없고, 또 달리 갈 데도 없으므로 우리 부녀는 집으로 다시 돌아올 수밖에 없었다.

푸냐는 다시 환하게 우리를 맞아주었다. 아침에 초인종 소리를 듣고 내가 문을 열어주었을 때보다 더욱 유쾌하게 우리를 받아주었다. 예전의 푸냐처럼 또 활달했다. 저녁을 차려주었다. 어느새 음식 준비를 했는지 정성스러운 김치찌개까지 내밀어 주었다. 이 집에 오래 살았던 여자처럼 전혀 어색한 것이 없다. 주객이 바뀐 것이다. 나는 다향이 앞에서 옹졸한 아빠의 모습을 보여주기 싫어서 너그러운 척 식탁에 앉았다. 그러면서 바쁘게 손놀림하는 푸냐의 손가락을 보았다.

"아빠, 새해는 돼지해라고 했지? 엄마가 돼지띠 아냐?"

"어머, 나의 사랑 다향이! 역시 너는 내 딸이야. 마음의 향기가 듬뿍한 내 딸, 그래서 네 이름도 내가 지어준 거야. 너 아니?"

푸냐는 미국식으로 두 손을 크게 벌린 다음 다향이의 이마와 뺨에 뽀뽀를 했다. 다향이는 철없이 좋아했다. 같이 제 에미의 목을 끌어 안았다.

"여보, 당신도 좀 드세요. 뭘 그렇게 뚫어지게 보세요. 이 손가락요? 심각하게 생각할 필요 없어요. 이젠 죽어도 다향이와 살겠다는 결심이죠. 미국을 떠나면서 도끼로 또 찍었지요. 용서하신다면 당신도 함께. 당신도 내 성격 잘 알잖아요. 미국은 내 생각과 실제가 달랐어요. 이제 환상여행은 끝났어요."

나는 천천히 일어났다. 그리고 침대로 가서 그미가 벗어던진 그미의 옷들을 천천히 집어서 정리했다. 예전에 하던 버릇이다. 그래, 또 한번 속아주자. 다향이를 위해서라면. 아니 열번 백번이라도 받아주자. 우리 모두를 위해서라면. 푸냐의 절반은 나에게도 책임이 있다.

나는 데살맞게 잘려나간 그미의 두 번째 손가락끝을 다시 생각해냈다. 공안국장 부인은 차디찬 감옥에서 지금 무슨 생각을 하고 있을까. 그 밤, 나는 그 부인을 위해 그리고 푸냐를 위해 인도향을 천천히 또하나 피웠다.

* 동국 문학상

내 마음 속의 들쥐

내 마음 속의 들쥐

바다는 많은 것을 숨기고 있었다.
음침하게 그리고 음흉하게 감추어 놓고는 너름새 있게 파도치고 있었다. 악어 이빨같이 허연 톱니바퀴 어금니도 보이면서 어디 해볼 테면 해보라지, 어림도 없어, 네가 아무리 몸부림쳐 봐야 세상은 '가진 자'들의 것이야. 우리가 한 입 날캉 삼켜버리면 너 같은 피라미 인간들이야 간단하게 끝장이지. 이쑤시개로 쑤셔도 걸리지 않는다구.
우리는 이 근처의 나폴레옹도 히틀러도 그 이전엔 알렉산더도 삼켜버렸지. 거대한 역사도 우리가 줄통뽑아 입 벌리면 그만이야. 우리는 시간을 잡아먹고 살지. 되꼴스럽다. 부글부글 가슴 속엔 습관처럼 들쥐들의 이빨 가는 소리가 다시 들렸다. 나는 반쯤 남은 검은 맥주를 다시 한 모금 털어 넣었다.
부슬비가 수평선 끝까지 달려 나갔다간 파도에 밀려 다시 잡혀오곤 했다. 저녁 어스름의 밤 안개가 적당히 감싸주고 있는 '찰스 디킨즈' 팝의 유리창은 그래서 아늑하다. 지금쯤, 한국의 속리산 같은 화려한 단풍 같은 것은 볼 수 없지만, 이곳 영국의 남서쪽 항구 브로드스태어 특유의 음산한 날씨는 쫓기는 자에겐 은밀한 은신처 같아 편안하다. 한국의 부산과 같은 위치의 브로드스태어는 바로 건너편에 유럽으로 연결되는 여객선이 있어서 늘 많은 관광객들의 긴 줄이 술집 창 밖으로 보인다.

특히, 젊은 배낭족들의 낄낄거리는 젊은 웃음소리가 희뿌연 안개를 뚫고 유리창에 부딪혀 떨어지곤 한다. 언젠가 나도 저 젊은 줄 끄트머리에 설 수 있으리라. 그것이 가능할까? 저 줄이 아니라, 안양 교도소 죄수들의 행렬 끝에 설 지도 모른다는 생각이 들자 피식 웃음이 배꼽 위로 피새났다. 찰스 디킨스도 이렇게 쫓기면서 소설을 썼을까? 나는 검은 맥주 거품을 쪽 소리나게 다시 빨았다.

다소 변덕을 부려서 그렇지 부드러운 추위와 적당한 어두움의 두께가 이 조그만 항구의 평균적인 날씨다. 주민들의 얼굴도 장례식에 참석한 사람들의 어두운 낯짝이다. 웃음은 고사하고 가냘픈 미소조차 별로 볼 수가 없다. 이곳에서 런던까지는 약 두 시간 거리이고 벨기에나 프랑스로 가는 현관인데도 퇴출된 마을같이 옆구리가 늘 허전한 시골 포구이다.

이런 졸음 오는 항구를 나폴레옹이 왜 탐을 내어 이곳을 목숨걸고 수 십번이나 공략했을까? 세상은 원래 수수께끼이다. 내가 의도했던 것과는 전혀 다른 결과를 나타내곤 하니까 말이다.

프랑스 칼레 해변에서부터 밀고 들어오는 바다 소리는 너무나 아름답다. 아니 북해의 극지 점에서 밀려오는 것인지도 모른다. 그 파도 소리를 가만히 들여다보고 있노라면 발바닥으로 해서 겨드랑이까지 간지럽다. 게다가 이렇게 부슬비와 진눈깨비가 번갈아 가며 유리창을 때리는 소리는 내 영혼의 저 밑바닥을 바이올린 맨 밑의 G선같이 굵게 흔들어 주는 전율이다. 이제 조금 늙어서인가 팝보다는 록이 좋아졌다. 통키타의 묵직한 떨림이 좋다.

비 오는 날, 지리산 뱀사골 단풍 숲에 떨어지는 낙숫물 같은 록, 그 어지러운 음정을 목대잡아 묵직하게 중심을 잡아오는 통키타의 저승사자 부르는 목소리. 나는 늘 누워서 땅의 울림으로 그 소리를 들었다. 발라드 풍도 그런대로 들어줄 만하지만 그 소리는 함부로 아무데나 흔드는 술집여자 엉덩이 같아서 징그럽다.

최근에 신촌 일대에서 실험되고 있는 짬뽕 록도 괜찮다. 팝, 록, 발라드에다가 사물놀이까지 혼합시켜 놓았다. 언젠가 '품바'의 각설이 타령을 듣고는 요즘에는 그쪽으로 내 토끼 같은 귀가 강간당하고 있긴 하지만 정녕, 내가 찾고 있는 소리는 아니다. 한쪽 발목이 없는 후배 '쪽발이'가 떼굴떼굴 굴러가며 부르는 그 테이프를 내 카세트에 찔러주며 말했다.

"꽁바리 공갈 조장님 예에, 이기 참 괴상한 노래아잉겨 히힝! 그래도예 들어보맨 가운데 다리가 지질로 벌떡벌떡 안 카요, 함 들어보이소 마!"

녀석은 앞발로 누워있는 내 머리를 툭툭 차며 무슨 큰 선물하듯 의기양양하게 말했다. 방배동 왕 건달 형님이 새로 뽑은 신형 BMW 승용차 밑구녕의 나사를 나는 조이면서 호주에서 가장 잘 나가는 '아마존' 신진록 그룹의 고함 소리에 불알 끝이 축축해 있었다.

"이 쌍눔의 짜아석, 그냥 두지 못하간!"

내 마음 속의 들쥐 297

나는 고함을 질렀지만 이미 그는 내 머리맡에 놓인 카세트에 다른 테이프를 바꾸어 넣고 가버렸다. 할 수 없이 그때 그렇게 해서 '품바'를 처음 강제로 듣긴 했지만 록과는 또 다른 코 찡한 흔들림이었다. 그 쨍한 소리에 이끌려 쪽발이를 데리고 정동의 품바 연극도 보게되었다. 온 몸으로 애면글면 뒤집어지는 소리는 진짜 한국의 어머니 소리였다. 록은 머리를 흔들어 주는 데 비해, 품바는 가슴을 거꾸로 흔들어 주었다.

영혼을 바꾸어 놓는 소리, 엄지발가락 끝에서부터 붕알을 흔드는 소리 같기도 하고 여하튼 그 뒤 몇 번인가 더 정동으로 발걸음을 했다. 돌아가신 어머니의 가래 끓는 소리 같기도 하고. 어머니가 저승행 차표를 끊어놓기 얼마 전인가, 한남동 미8군 골프장과 철조망을 이웃하고 있는 나의 '정수직업학교'로 어머니가 찾아오셨더랬지. 그때는 가래 끓는 소리가 지금 무슨 입 청소 약 '가글가글' 보다 더 크게 들렸었지 아마. 그리고 몇 번인가 더 면회오셨던 것 같기도 하고. 어쨌던 세월이 많이 흘렀다.

이런 날, 그 품바타령을 이 검은 맥주에 타서 목구멍에 실컷 들이부었으면 좋으련만, 이제 이 '디킨즈 팝' 털보는 더 이상 외상을 주지 않을 것이다. 고물 스피커에선 비틀즈의 숨 넘어가는 소리만 옆구리를 발길질하고 있었다. 출입구 근처에선 동네 늙은이들 몇 명이 한숨과 함께 술병을 한없이 거꾸러뜨렸다. 그 반대쪽 구석의 당구대에선 이질적인 웃음소리가 터지곤 했는데, 근처의 '싼넷 칼리지' 대학에서 유학하고 있는 외국인들이다. 거기엔 나와 같은 영어회화 기초반인 서울의 주한이 녀석이랑, 팔레스타인이 고향인 무하모드 녀석도 끼여 있었다.

　같은 반이라고 하지만 어학연수이기 때문에 각 나라 인종들이 연령대도 무질서하게 섞여 있다. 주한이만 해도 중3인데 유학 아닌 유학을 온 것이다. 일본으로 보따리 장사를 다니는 그의 어머니 극성으로 조기유학 온 셈이다. 목적은 다르지만 나의 경우도 도피성 유학이다. 자동차 밑구녕이나 들어가는 정비공 주제에 무슨 해외유학이란 가당치 않은 것이다.

　어쩌면 군대시절 카튜사에 근무했다는 이유만으로 '짝눈이' 사장은 나를 이곳으로 쫓아버린 것 같다. 내가 물론 카튜사이긴 해도 그 곳에서도 주특기는 역시 차 밑구녕으로 들어가는 정비공 신세이기는 마찬가지였다. 지난 달에 사장이 보내준 돈도 거의 두 달만에 온 것인데도 전과 같지 않았다. 이제 차버리려고 하는 것일까? 아마 내가 이젠 쓸모가 없어졌는지도 모르겠다. 이용가치가 없어졌겠지.

　"한국은 물귀신이 되려나 봐요? 양쯔강 물이 이렇게 황해로 계속 흘러나오면 인천도 물 속으로 잠겨버릴 걸요 아마, 요새 폭우는 태평양의 '라니냐' 년의 속치마가 너무 흔들거려서 그래요. 일본의 엔화도 덕분에 폭락할 끼고, 인도네시아에 이어 러시아도 이제는 맛이 갔어요, 이런 상태로 가면 결국 중국도 위엔화를 평가절하할 수밖에 없을 거예요, 리펑 총리가 양쯔강 홍수를 바라보며 그래도 절하는 안 한다고 똥배짱 부리지만 워쩔 것인가, 코 앞의 거대한 우한(武漢) 공단이 잠기고 있는 걸요. 장만 쪄 먹는 '장쩌민' 지가 무슨 제갈 량인가요?"

　팝 구석에 있는 파친코에서 쓰리 쎄븐에 열중하던 죽상이가 슬그머니 다가와 앉더니 지껄였다. 그는 광주에서 무슨 대학인가 졸업반

내 마음 속의 들쥐　299

에 다니다가 왔다. 누가 경제학을 전공하지 않았다고 할까봐, 세계 경제 상황에 대해서 늘 떠들고 다녔다. 그는 내가 아끼고 있는 맥주잔을 당겨 아무렇지도 않게 마셔버리고는 맥주를 다시 시켰다. 내 담배도 꺼내어 연기를 하늘 높이 올렸다. 그는 매사에 적극적이고 자신감에 차 있었다.

"아저씨 다음 학기에도 등록할 건가요? 내가 등록금 몇 배로 버는 비결을 가르쳐 드릴까요? 이 맥주값 대신예요. 진짜예요. 돈 가진 거 있으면 탈탈 털어 보세요. 지금 최고의 배팅 챤스예요. 1백일만에 딱 배는 뛸 꺼예요. 만원 걸면 2만원, 천만원 걸면 2천만원, 일억 맡기면 2억예요, 간단하게 2억, 따따불예요. 못 믿으시겠죠?"

그는 '타임' 지를 펼쳤다. 미국 씨씨를 배경으로 한 '세리.팍'의 얼굴이 아는 사람처럼 아주 가깝게 웃으며 다가왔다. 그가 침칠하며 책장을 넘기는 대로 '건국 50주년, 제 2의 건국, 김대중' 그리고 '박찬호'라는 굵은 활자들이 지렁이 마냥 꿈틀꿈틀 일어서고 있었다. 전직 대통령의 사진들도 차례대로 보였다.

"바로 이겁니다! 이것 보십시오. 환치기! 하는 거죠. 작년 말에도 제가 좀 재미를 봤죠. 한국이 IMF를 맞기 전부터 나는 뉴욕의 증권시장을 읽고 있었어요. 소로스와 몇 명이 극비로 홍콩으로 날아갔다는 정보를 입수한 겁니다. 런던 월가의 은행에 있는 친구에게 즉시 전화를 걸었지요. 내 예감이 딱 맞는 거예요. 그 환투기 늑대들이 뜬금없이 왜 동남아로 갔겠어요. 나는 광주에 있는 내 저금통장의 돈과 아버지한테, 내 결혼자금까지 최대한 빌려서 몽땅 파운드를 샀지요. 딱, 석 달만에 따불로 뛰었어요. 2억이 된 거죠. 간단해요."

그가 타임지와 함께 가지고 있는 '영국생활' 한글 교포신문을 슬쩍 펼쳤다. 건국 이후 가장 많은 죄수들이 풀러났다. 6만 몇 천 명인가. 우리나라에 감옥이 언제 그렇게 많이 있었던가. 박노해, 백태웅 등의 이름은 있는데, 홍길동 조세형의 이름은 안 보였다. 왜 하필 나는 조세형이니, 신창원이니 하는 이름들만 찾을까. 한참 찾아도 없다는 사실을 확인하고는 스스로 놀랐다. 내가 그 이름들을 찾고 있었다는 사실에 말이다. 그들과 아무런 관계도 없는 내가 왜 유난히 찾았을까. 나도 나를 모를 때가 많다.

방배동 정비공장의 동료들이 평소에 '조세형'을 큰 형님으로 우상화하던 분위기에서 나도 무의식적으로 전염이 된 것 같다. 아마 조세형은 평생 안 내보내 줄 게다. 그에게 억대의 보석 등을 털린 고위층들이 아직도 윗자리에 나란히 앉아 있는데 감옥 울타리 밖으로 내보내 주겠는가. 자칫 고 '죠둥아리'가 벌어져서 침을 한번 삼켰다간, 높은 분들은 선 채로 오줌을 쌀지도 모른다. 아직도 그 '물방울 다이아'는 누가 슬쩍했는지 모른다지?

세상은 모르는 거 천지다. 알면서도 모르는 척하는 것은 더 천지다. 내가 나를 모르는데, 내가 남을 모르는 건 더 천지다. 그 고위층들은 조세형이가 입만 열었다 하면 그에게 털린 값진 보석이나 엄청난 달러에 작살날 것이다.

이번 크리스마스 때는 막내녀석 얼굴을 보려나 했더니 또 글러버렸다. 벌써 해를 넘기니 말이다. 막내는 이번에 중학교에 들어가야 하는데 등록금이나 준비되었는지? 어제도 도청 때문에 몇 사람 건너 뛰어야 마누라와 겨우 연결이 되었다. 그것도 수탉 오줌 싸듯 후닥닥 끊어야 한다. 내 나라를 내 맘대로 못 들어간다니 내가 오줌 쌀 일이다. 피오줌 쌀 일이다.

"혀엉, 당구 땡 값 벌었어! 저 모하무드 녀석도 별 것 아니군, 팔레스타인 출신이라 쇠푼이 시원찮아, 어디 사우디 아라비아 왕자 같은 족속들은 여기에 안 오나아, 넨장." 주한이가 아저씨 뻘 되는 모하무드를 이겼으니 녀석은 영어보다 당구를 더 열심히 공부한 셈이다. 그들은 줄통뽑으며 나갔다. 죽상이가 나가면서 큰 소리로 반복했다. "아저씨, 도피자금이 필요하면 달러를 지금 당장 사 놓으세요! 중국 친구한테 달러를 모아놓으세요. 석달이면 따따따블로 뛴다니까요. 소로스같은 환투기, 이게 돈 버는 비결이에요."

빛나는 비둘기, 아침햇살에 하얗게 날아오르는 하얀 비둘기. '비둘기처럼 다정한 사람들이라면… 포도넝쿨 우거진 그런 집을 지어요오오.' 나는 휘파람을 불면서 이층 내 방 창문을 열었다. 손바닥만한 마당 뒤뜰 한복판의 비둘기 집은 이 집과 전혀 어울리지 않는다. 그러나 좁고 어두운 이 하숙집에서 비둘기 집조차 없다면 아마 공동묘지 관리인 집이라고 착각할 것이다. 여우 고양이가 비둘기들을 장난치듯 습격하고 있었다.

내가 처음 이 집에 오던 날도 제일 먼저 맞아준 것은 눈알이 시퍼런 이 암내 피우는 '여우 고양이' 였다. 그 날 아침에 도착하여 가방 등을 놔 둔 채, 싼넷 칼리지 대학 외사처에 등록 수속부터 하고 저녁에 돌아오니 아직도 하숙집 식구들은 없고, 이 고양이가 문지방에 숨어 있다가 내 얼굴을 악패나게 할퀴고 달아났다.

얼마나 놀랬는지? 형사가 덮쳐들어 체포당하는 줄 알았다. 첫날부터 재수 없게 오줌 싸게 만드누만. 손 끝에 코 끝의 찢어진 피가 묻어나왔다. 발길로 문을 차고 들어가 보니 누군가 내 가방의 옷들을 온 방안에 함부로 풀어서 헤쳐 놓았다. 첫 인사치곤 기분이 별로 좋지 않은데?

나는 영국 본바닥 제임스 본드가 된 기분으로 양쪽 겨드랑이 밑으로 쌍권총을 뽑아서 한 바퀴 돌면서 검정 콩알을 날렸다. 나의 허접스런 폼이 큰 거울에 비쳐졌다. 제법 진짜 같은 폼이다. 공중회전 낙법도 하면서 거울 속의 나를 다시 보았다. 언뜻 국가대표 태권도 선수단의 내가 보였다. 눈도끼가 날카로운 눈알이 제임스와 같아 보이기도 했다. 그리고 낙천적인 성격도.

나중에 안 사실이지만 이 집에 처음 들어오는 사람마다 이 고양이가 그런 식으로 인사를 한다는 얘기를 듣고 배꼽을 잡은 일이 있었다. 그런데 그 뒤에도 빵이나 라면 등 간식을 사다놓으면 이 녀석이 반지 빠르게 먼저 실례하곤 했다. 그냥 훔쳐 가는 게 아니라, 버터 등을 침대 시트 등에다 개 칠해 놓기도 했다.

벼르던 중에 학교에서 오전 수업을 끝내고 돌아오다가 이 웬수를 만났다. 그 녀석은 마침 현관 앞마당 입구에 세워놓은 이 집주인의 공사용 트레일러 자동차 보닛 위에 있었다. 목수인 주인은 이 트레일러를 끌고 공사판에 나가면 며칠씩 안 보이기도 했다.

기분 좋게 낮잠을 자는 녀석의 배꼽을 뒤돌려차기로 날렵하게 걷어차 버렸다. 그때 그 놈은 백미 터쯤 공중으로 떴다가 이웃집 울타리 밖의 자동차 길로 길게 떨어졌다. 내 발 끝에서 내장이 터졌던가 아니면, 지나가는 자동차 타이어에 연이어 짓이겨져 오징어가 되었을 것이다. 이제 녀석은 왕년에 한국 태권도 선수의 이단 옆차기가 무엇인지 저승에 가서도 오줌을 쌀 것이다.

나는 의기양양하게 복수의 쾌감을 즐기며 녀석이 난장을 만든 시트 등을 푹 삶아서 고았다. 이렇게 해서 녀석과는 깨끗이 끝나는 것이다. 모하무드 말마따나 '눈에는 눈' 으로 끝내야 한다. 그래야 세상에는 악이 재발되지 않는다. 이제 녀석의 찢어지는 울음소리를 안 들어도 되겠지. 그러나 그것도 잠깐, 며칠 후에 다시 나타난 녀석은 이제 내방에 똥오줌까지 여기저기 함부로 갈겨대었다. 무더운 여름 날, 그 썩은 찌릉내 냄새는 소름이 돋았다.

  나는 포크를 뾰족하게 갈기 시작했다. 다행히 이 여우 고양이는 이 집 것이 아니고 소위 말하는 도둑 고양이어서 동네에서도 골치라고 이 집 마나님인 '메리안' 이 어깨를 들썩였다. 녀석은 내 발자국 소리만 듣고도 멀찌감치 도망다녔다. 동네의 깡패 고양이를 물리친 나는 브로드 스태어의 제임스 본드가 되었다. 폭우가 쏟아지는지 유리창을 때리는 소리에 한밤 중 우딱닥 잠이 깨였다. 그러나 나를 잠에서 깨운 것은 빗소리가 아니었다.

  나는 언제부터인가 '소리찾기' 에 빠져있었다. 처음에는 재미삼아 시작한 새로운 소리찾기가 이제는 일정 기간 전혀 '새로운 소리'를 찾지 못하면 불안해지기 시작했다. 어쩌면 어머니가 나의 '정수 직업학교' 로 마지막 면회를 왔던 그 날 이후, 나의 소리찾기가 시작되었는지도 모른다.

  차 밑구녕에 들어가 수리를 하다보면 땅 속에서도 소리가 났다. 물이 흐르는 소리, 귀뚜라미가 짝을 찾는 소리, 헐레 붙은 암컷 모기의 숨 넘어가는 소리도 들렸다. 그래서 우리 정비공장으로 들어오는 자동차는 그 엔진 소리만 들어도 어디에 이상이 생긴 것인지 대번 알 수 있었다.

  귓바퀴를 코끼리 귀만큼 펼쳐보니 여우 고양이의 애절한 목소리였다. 이상하다, 도망만 다니던 녀석이 일부러 나를 부르기까지 하다니? 이제 항복하러 온 것일까. 며칠 전에도 낮잠을 자는 내 코를 물어뜯고 달아난 적이 있었다. 무슨 어린애의 애처로운 울음소리도 섞여 나왔다. 녀석이 새끼를 낳다가 난산을 한 것일까? 늘 불룩하던 배가 비만인 줄 알았는데 애를 배고 있었나 보다. 나는 살금살금 기어나와 방문을 확 밀었다.

녀석은 놀래어 공중으로 치솟더니 천정 유리창으로 날아가 날렵하게 붙었다. 나는 태권도가 7단이지만 녀석은 유도가 8단쯤 되는 것같다. 낙법이 본능적이다. 내 발끝에 채였다 하면 콧장이나 턱뼈가 날라가기가 일수인데, 녀석은 그날도 공중으로 치솟았다가는 지나가는 자동차 지붕 위에 너름새 있게 나비같이 내려앉았다. 순간 허리춤의 내 포크가 녀석의 목을 겨누고 날아갔다.

'야옹, 이 양아치 한국 놈아, 차 밑구녕이나 나들명거리는 멍청아! 그래 니가 잠을 제대로 잘 것 같으냐, 야옹?' 하고는 아래층의 층계 난간에 나볏이 소프트 랜딩을 했다. 녀석은 뒤돌아서 나를 한번 눈도끼로 찍어서 올려다보고는 꼬리를 잔뜩 치켜세우고 유유히 사라졌다. 재수 옴 붙었구나, 영어단어가 아니고 고양이와 전쟁하게 생겼으니 전생에 고양이와 무슨 원한이 있었던가? 이 머나먼 대륙을 건너와서 초라떼게 생겼다.

사실 내가 이곳에 온 것은 어학연수나 영어단어와는 상관은 없는 일이다. '도망 아닌 도망자'가 되었다. 무슨 영화 제목 같지만 사실이다. 그것도 남의 죄를 뒤집어 쓰고 쫓겨와 있다. 정확히 말하면 '뒤집어 쓴' 것이 아니라, '씌운' 것이다. 세월이 약이라고 시간이 지나면 모든 게 해결이 된다며 사장은 내 등허리를 북북 문지르며 김포 공항으로 밀었다. 어찌됐던 기왕 시간 보내는 거 무사히 귀국하면 아이들을 위해서라도 유식한 아빠로 보이려면 제대로 배워보자고 짐짓 작정했던 것이다.

　재수가 옴 붙었구만! 나는 녀석을 향해 침을 탁 뱉어주고 방문을 다시 닫으려다가 깜짝 놀랐다. 피 칠을 한 비둘기 새끼가 뒤뚱거리고 있었다. 녀석은 그 새끼의 내장까지 다 들어내 놓았다. 반쯤은 뜯어먹은 채 숨을 일부러 끊어놓지 않았다. 두 번째 선전포고렸다. 잔혹한 녀석이다. 아까 잠결에 내가 들은 애간장 끓는 소리는 바로 이 비둘기 새끼의 죽어가는 신음이었나 보다. 녀석은 일부러 나를 깨워서 이런 피 칠을 보여주려고 한 것 같다.

　그 비둘기 가족은 이제 5마리로 줄어들었다. 내가 처음 왔을 때는 9마리였었다. 내가 비둘기를 위하여 메리안 대신 아침 저녁으로 모이를 주기도 하고 비둘기 똥 청소도 한다는 것을 녀석이 눈치채고 이런 식으로 엿먹이는 것이다. 인간과 동물 사이의 해괴한 자존심 대결이다. 나는 날캉 창고로 날아가 삼지창을 찾았다. 건축 기사이기도 한 이 집주인 우드몰린 씨가 쓰는 공구의 하나이다. 녀석이 이웃집 울타리 밑에서 고개를 드는 순간 그 장미 넝쿨을 향해 날이 시퍼런 삼지창을 날렸다.

　곧이어 이제까지 듣지 못한 처절한 비명이 긴 창날만큼이나 길게 울타리 너머에서 들렸다. 아마 똥구멍을 관통하여 입으로 나왔을 것이다. 결국 고양이 같은 이 여우를 지옥으로 보내는가 보다. 녀석이 워낙 빨라서 도망치는 퇴로를 향해 날린 것이 적중한 모양이다.

　'해맑은 오솔길을 따라아아' 나는 계속 콧노래까지 흥얼거리며 옆집 울타리에다 사닥다리를 걸쳐놓았다. 메리안이 빨래를 널다가 눈을 똥그랗게 뜨고 따라왔다. 그러나 삼지창 끝에 길게 꿰인 것은 고양이가 아니고 옆집 애완용 치와와였다. 엉뚱한 치와와의 가녀린 창자가 피범벅이 되어 터져 나왔다.

나보다 더 놀랜 것은 옆집 할머니였다. 본의 아닌 실수였으며 '개 값'을 물어주겠다는 데도 경찰 백차가 들이닥쳤다. 너무나 순식간이다. 영어도 짧았지만 어쩌는 수가 없었다. 메리안도 그 여우 할멈을 설득하려고 했지만 역부족이다. 자칫 경찰서로 끌려갈 판국이다.

사실 개 값을 물어주겠다고 큰 소리쳤지만, 이번 달 한달 버티기도 힘들게 통장이 바닥나 있었다. 지난 주 저녁 근처의 '켄터베리 이야기' 따라, 켄터베리에 갔다가 어이없게 죽상이 녀석의 '여자 값'까지 덤터기 쓰는 바람에 쇠푼이 크게 날아갔다.

녀석은 세계경제 운운하면서, 억대 운운하면서 늘 상대방에게 바가지 씌우기가 일쑤이다. 그래도 어쩔 수 없이 녀석에게 꼬리가 잡혀있다. 죽상이는 어떻게 냄새를 맡았는지 내가 수배중이란 것을 알고 있었다. 나뿐이 아니고 이곳 유학생들의 시시콜콜한 약점을 다 틀어쥐고 있었다. 그래서 그에게 잡히면 술이나 담배 때로는 마약 섞인 구름과자를 바쳐야 했다. 마리화나와 여자를 붙여주면 어려운 일도 잘 해결해 주는 해결사이기도 하다. 까다로운 비자연장이나 심지어 병역연기 같은 것도 그는 어렵지 않게 처리해 주었다.

그래서 대학생이 아니고 안기부 끄나풀이라는 소문도 있다. 여우 고양이는 섬뜩한 년이고, 죽상이는 섬찍한 놈이다. 어제 오늘로 섬뜩한 일들만 연속으로 터진다. 어쩌, 내 팔자에 아침부터 휘파람 소리가 저절로 새어 나오더라니. 두 명의 경찰이 조사를 하는 동안에 여우 고양이는 내 주변을 뱅뱅 돌면서 꼬리를 높이높이 치켜들었다.

내 마음 속의 들쥐

개 값에, 여자 값에 이제는 죽상이를 앞세운 해결사 값까지 이중삼중 외화낭비를 하게 되었다. 넨장.
　그때 일층에 기거하는 모하무드가 뛰어나왔다. 한국에서 급한 전화란다. 나는 늙은 경찰에게 양해를 구하고 집안으로 들어가 전화통을 들었다. 아내의 울음소리부터 흘러나왔다. 우리 회사 사장이 들어갔다고 한다. 들어가다니? 그 짝눈이 조폭 두목 뒤에는 막강한 대머리 검사장이 있는데?
　뭔가 잘못 되고 있는 것 같다. 정말 그가 체포된다면 나는 어찌되는가. 무엇보다 당장 우리 집 식구들의 풀칠이 문제다. 마누라는 아직도 내가 산타클로스 같은 사장의 보호와 지원 아래 낙낙하게 유학하고 있는 줄 알고 있다. 언젠가 혐의가 벗겨지면 내가 다시 원상 복귀될 것이고 사장의 말대로 나는 그의 주유소를 하나 맡아 평생 먹고사는데 지장이 없을 거란 말만 하늘같이 믿고 있다.
　종로의 쇠 종각 만큼이나 나도 튼튼하게 믿고 있었다. 한국의 최대 건달 조직의 하나이며 교대역 서울지방 검찰청 맨 위층을 출입증도 없이 나들명 거리는 짝눈이 사장인데 신문에 무엇인가 오자가 나왔을 것이다. 오보였든지. 아내는 무어라고 계속 떠드는데 나에게는 아무 소리도 들리지 않았다. 사각사각 어디선가 들쥐들의 이빨 가는 소리만 더욱 크게 들렸다. 까글까끌 어금니로 뇌수를 빨아먹는 소리도 겹쳤다. 자발없이 머리끝의 신경을 각통질해 대었다. 그것은 여우 고양이가 비둘기 새끼의 내장을 뜯어먹는 소리 같기도 했다.
　짝눈이 겉으로 보기에는 조그만 정비공장 사장이지만 실제의 그는 명동 지하금융의 큰손이다. 이태원의 관광호텔과 제주도에 몇 개의 카지노가 있으며 골프장도 있다. 그러나 그는 명함도 겸손하게 내가 있는 방배동 정비공장의 '공장장' 아무개로 새겨 다닌다. 우리들은 그를 '짝눈이' 형이라고 불렀다. 눈알이 짝짝이었는데, 사장이라기 보다 이따금 통닭에다가 양주를 실컷 먹여주는 그를 맘씨 좋은 형님으로만 생각하고 있었다. 그러나 그의 지극한 겸손이 '지악한 검은 손'이란 걸 나는 이미 알고 있었다.
　그의 BMW 승용차와 그가 극비로 부탁한 대머리 서울 A 지검장의 비밀 자가용 등 몇 대는 내가 직접 손을 본다. '움직이는 궁전'이란 별명답게 그들의 차는 독일에서 직접 새차로 구워온 것이어서 차체가 워낙 강인하고 이중 전자장치로 되어 있어서 사실 별로 손 볼게 없다. 다만 때때로 그의 핸디 폰을 받고, 한 밤 중 공장에 달려가 보면, 피 칠한 그들의 차가 서 있곤 했다. 피가 묻어있는 부분을 뜯어내고 앞뒤로 세척한 뒤 다시 조립하는 정도이다.
　그러나 미세한 피의 흔적이라도 있으면 안 되기에 두 세 번 씩 강력 세척제를 쓴다. 특히 조수석에서 핏물이 흘러내려 앞 부분으로 새어나오면 작업이 아주 힘들다. 앞부분의 엔진 등을 다 들어내고 일일이 닦아내야 하기 때문에 밤을 꼬박 세워야 한다. 그것도 혼자서 모든 것을 해야 한다. 사장은 내 위에 부장도 있고 진짜 공장장도 있는데 꼭 나한테만 지시를 내린다. 물론 그런 날이면 용돈이 두둑하게 나오지만 뭔가 악매나는 범죄에 가담하고 있다는 가위눌림의 시달림을 벗어날 수는 없었다.
　여기 오기 얼마 전, 정말 이번에는 회사를 떠나야겠다고 재삼 다짐하고 내 소지품을 다 챙겨서 집에다 옮겨 놓았었다. 공장장 서랍에다가 사직서까지 미리 넣어둔 상태였다. 바로 그날 밤 따르릉, 사장의 낯익은 지령이 또 떨어졌다. 흐이그, 오늘이 마지막이로구나!

그러나 그날은 단순한 핏물이 아니라, 여자 시체를 사장 차의 뒤칸에서 꺼내야 했다. 빡빡 머리의 검은 안경들이 그 시체를 내 차의 뒤 트렁크에 막무가내로 밀어넣고는 어디론가 사라졌다. 그날 밤의 세척은 더욱 힘들었다. 아니 시체를 어쩌는 수 없어 그냥 놔두었다.

새벽에 나타난 사장이 "넌 쩍 소리 말고 당분간 호텔에 있어!" 그리고는 사흘만에 수표와 함께 여권이 배달되었다.

그렇게 해서 마누라 얼굴도 못 보고 이렇게 영국에 와서 졸지에 유학생이 된 것이다. 북해에서 밀려오는 파도 마냥 거칠게 김포공항에서 떼밀려 왔다. 그리고 나는 뜬금없이 모 신문사 여기자를 잔인하게 죽인 살인범이 되어 신문에 대서특필되었다. 사건 후, 열흘만에 실종된 여기자를 발견한 것은 산정호수 근방의 낭떠러지였고, 그 입구에 버려진 내 소나타를 발견한 것이다.

영국은 무비자인데다가 아무 대학이나 어학 연수생으로 등록만 하면 체류가 무자비하게 연장이 되었다. 도피범들이 몸을 숨기기에는 아주 적당한 나라다. 내가 추격 당할까봐 마누라는 나에게 전화도 걸지 못했고, 나 또한 어쩌구 설명할 수가 없었다. 자세한 내막을 모르는 아내는 아직도 긴가민가할 것이다. 또 자세히 안다고 해서 어쩔 것인가. 거대한 마피아 조직에 이용당하는 내 목숨이란 똥깐의 똥빗자루보다 더 못한 매가지이다. 그리고 일개 아녀자가 할 수 있는 일이란 그냥 침묵과 절대적인 처분만 바라볼 뿐이다.

어이없게도 또한 그 여기자는 우리 아파트 근처에 사는 사람이었다. 시체로 던져졌을 때는 몰랐는데 연일 대서특필 대는 엽기적 '살인범 추적기사'에서 그미의 얼굴 사진을 보고 깜짝 기절할 수밖에 없었다. 재수 없는 놈은 방귀만 뀌어도 창자가 튀어나온다고 했던가. 어쨌던 그미는 이웃 아저씨라고 해서 이따금 나에게 자기의 무쏘 차 수리를 맡겼다. 그래서인지 일부 주간지들은 나를 그미의 '숨겨논 남자' 로까지 추정하기도 했다.

그미의 수첩에 적힌 명단 가운데 내 이름도 있었다며, 뭔가 의혹이 가장 많은 부분이라고 했다. 더욱 재미있는 것은 그 수첩에 암호로 된 극비명단 가운데에는 내 이름과 함께 서울중앙 지검장, 짝눈이 사장, 하나회의 '안가' 라고 하는 비밀요정 여사장 그리고 땅 투기 장관과 주가조작 집권당 국회의원 등 거물급 명단이 신문에 대문짝하게 나열되어 나왔다.

내 이름이 유명인사들과 함께 나란히 실리다니? 세상은 오래 살고 볼 일이야. 내 목구멍에서는 쓴물이 올라왔다. 그 다음 그들은 모든 죄를 나에게 뒤집어 씌울 것이라는 수순은 어렵지 않게 예상된다. 나는 이미 짝눈이의 수법을 잘 알고 있기 때문이다.

세칭 '안가' 라고 하는 선능공원 근처의 그 비밀요정 아지트는 나도 짝눈이 심부름으로 몇 번 갔었다. 그곳에 007 가방 같은 것을 전달하곤 했었다. 그러나 지금 찾아가라면 못 찾는다. 진시황의 아방궁 마냥 지하 비밀요새이다. 그곳에 가면 안내원이 나온다. 빡빡머리 일당이 나를 벤츠 뒷좌석에 태우고 공원입구로 들어서는가 하는데 연득없이 땅이 혹! 꺼져버렸다. 그리고는 몇 바퀴 돌더니 기쁨조가 춤 추는 지하 아방궁이 나타났다. 나올 때는 강제로 눈이 감겨져 어떻게 나왔는지 차에서 내려서 보니 인터콘티넨탈 지하 주차장이었다. 양념으로 히로뽕을 한 대 맞은 것도 같고 어쨌든 해롱해롱 헤매면서 택시를 잡았다.

그날 밤, 아내가 또 얼마나 놀래었는지? 강남 일대를 주름잡는 이런 거물급 짝눈이가 잡혔다면 이건 간단한 일이 아니다. 그의 뒤에는 여권의 실세들이 포진해 있으며 막강한 지검장이 경호를 하고 있다. 의정부지청 비리사건과 자기 자식의 병무비리로 현재의 법무부장관이 바뀌면 그 A 지검장이 유력한 후보 가운데 하나로 언론에서 연사질하는 거물이다. 일부 언론은 이미 권력의 시녀로 목소리 큰 놈 쪽으로 냄새를 피운다.

세상엔 내가 모르는 사이에 나의 비밀을 잘 알고 있으며, 나도 모르는 나의 사건이 진행된다는 것이 우습다. '찰스 디즈니 팝' 털보가 내 어깨를 치자 나는 벌떡 일어났다. '맞았어!' 나는 내 이마를 때렸다. 순간 여우 고양이의 긴 울음소리가 들렸다. '맞았어! 틀림없어!'

'그렇다면 그 여기자는 그 동안 나를 미행하고 있었단 말인가.' 어쩌면 나에게 접근하기 위해 일부러 우리 아파트 근처로 이사왔는지도 모른다. 동네 슈퍼에서 이따금 만나는 아내는 그 여기자 얘기도 해주었었다. 그미는 짝눈이를 잡기 위해 나를 미끼로 표적 삼은 것이렷다. 노처녀인데 홀어머니를 모시고 길 건너 연립에서 산다고 했다. 그미를 따라 그 집에 가서 아내가 커피까지 얻어마실 정도로 가까워졌다. 그래서 내가 그미의 무쏘 승용차를 손봐 주게된 인연이 된 것이다.

그게 죽음의 미끼였을 줄? 그렇다면 나에게 접근해야 할 하등 이유가 뭘까? 목표는 내가 아닌 짝눈이? 그를 추적하고 있는 것일까. 혼란스럽다. 나도 짝눈이에 대해선 확실히 모른다. 나는 그저 그가 주는 월급만 받아먹고 사는 자동차 밑구녕 정비공이 아닌가. 무엇인가 나를 덮어씌우는 포충망 같은 것이 점점 좁혀들어 온다는 느낌뿐이다. 닭살이 돋는다.

밤바다는 자장가 같다. 가래 섞인 어머니의 노래 같다. 밤 파도소리는 더욱 따뜻하다. '품바'의 맨 북소리 같기도 하고, 정선 아리랑 돌고도는 산골짜기를 쓸어넘는 어느 여인의 치마자락 끄는 소리 같기도 하다. 자동차 밑구녕에 드러누워 있으면 땅 속의 울림이, 땅 속 생물들의 애깃소리가 즐거웠다. 민물 수달의 며느리와 시어미가 담소하는 소리도 들린다. 거기에 자동차 퓨즈를 세우면 더 많은 소리가 들려왔다.

바다에 누우면 바다 속 물고기들의 떠드는 소리도 들렸다. 참치가 첫날밤을 치르는 소리, 돌고래의 장례식 울음소리도 닿는다. 땅이나 바다 밑은 이렇게 평화롭고 행복한 소리들 뿐이다. 그런데 땅 위는 왜 그렇게 살벌한 소리만 들리는지 모르겠다. 그래서인지 내가 찾고자 하는 땅 위의 '진실한 소리'는 아직도 발견하지 못했다.

도버해협의 파도엔 또 찰스 디킨즈가 끌고 다니던 범선 소리도 들린다. 지금도 디킨즈는 그의 책상 앞에 앉아서 망원경으로 도버해협 바다도 보고, 나도 쳐다보고 있을 지도 모른다.

나는 손을 들어 그에게 크게 흔들었다. 브로드 스태어에는 그의 박물관이라도 없었다면 정말 쓸모 없는 해변이 되었을 것이다. 그의 이름을 딴 '디킨즈 팝' 술집 옆에 있는 그의 박물관은 만년에 그가 낙낙하게 살던 생가이기도 했다. 이 해변에서는 가장 전망이 좋은 곳에 자리잡았다.

그곳에 들어가면, 그가 평생에 모아놓은 각종 진귀한 바다 보물들이 난들벌로 늘어져 있다. 아프리카 상아 해안에서 가져왔다는 사람

키만한 소라도 있고, 뉴질랜드 어디에서 잡아왔다는 박제 인어 등도 있었다.

지하실에 가면 아직도 그의 땀 냄새가 나고 뱃사람들의 위스키 술잔 부딪히는 소리도 들렸다. 영국으로 들어오는 햇빛이 다 모이는 그의 책상에 앉아있으면 이 마을 전체는 물론 멀리 프랑스의 칼레까지 보인다. 맑은 날, 부산의 오륙도에서 일본의 대마도가 보이듯이 그렇게 디킨즈 영감은 바다를, 세상을 내려다보며 소설을 써 갈겼을 것이다. 지금도 그는 영국과 프랑스를 오가는 정기 여객선을 내려다보고 있을 것이고, 내 등허리도 좇고 있을 것이다.

'블레이크 하우스'도 그 책상 위에서 파이푸를 물고 썼다지? 늙을 녘에 완숙하게 썼다는 이 장편은 죽상이 녀석이 하도 아는 척하여 나도 그 소설을 구입했지만 아직 절반의 절반도 못 읽었다. 활자를 들여다 볼라치면 막내의 눈웃음이 가로막았다. 브로드 스태어 부두는 밤늦도록 잠을 안 잔다. 두 시간마다 프랑스의 칼레와 벨기에의 오스텐드로 가는 대형 여객선이 번갈아 뜨기 때문이다.

런던에서부터 '내셔날 익스프레스' 회사의 대형버스가 수 십 대씩 이곳으로 손님들을 실어나르고, 그 버스에 탄 채로 여객선 안으로 들어갔다가 이튿날 아침이면 또 그 버스로 종점인 파리 또는 암스텔담까지 간다. 영국인이고 유럽인이고 그들은 이웃 집 드나들 듯이 이 여객선을 타고 오간다. 런던에서 암스텔담까지는 왕복 48 파운드이다. 국제열차 '유레일 패쓰'는 또 아주 싼값에 유럽 곳곳에 실어다 놓는다. 그래서 나는 도저히 잠을 이루지 못할 때는 훌쩍 이 배에 올라탄다.

어젯밤 12시 막차를 탔으니 새벽 5시면 오스텐드 항에 떨어질 것이다. 뒤에 앉은 어느 한국 대학생 배낭 족이 가지고 있는 한국의 J일보를 빼앗듯이 얻어 읽었다. 며칠 전 신문인데도 조국의 인쇄잉크 냄새가 그리움의 덩어리로 떨어졌다. 한국 신문을 참 오랜만에 읽게 되었다.

대개는 저녁마다 TV로 조국의 9시 뉴스를 보지만 신문 보기는 싼넷 칼리지 대학도서관에나 가야 겨우 얻어볼 수 있다. 시시각각으로 변화무쌍하게 돌아가는 수사진행 상황이 궁금했다. 한때 물 밑으로 잠수하는가 싶었던 사건이 며칠 전 뜬금없는 마누라의 울음소리를 전화통으로 들은 이후로 더욱 밤잠을 설친다. 피말리는 시간 시간이다.

모든 게 그 놈의 여우 고양이 때문이리라. 삼지창이 그 놈의 등뼈를 발라낸 것이 아니라, 엉뚱한 이웃집 애완용 치와와의 내장을 드러내게 했는지. 여하튼 금년 운수 재수가 옴 붙었다. 그 대머리 A지검장의 인터뷰하는 모습이 빈대떡만큼 하게 비쳐졌다. '중간수사 발표' 라는 제목으로 신문의 절반을 톱으로 두드렸다. 일본 야쿠자와 의형제를 맺은 강남의 최대 조직인 서남파 두목에 대한 혐의 내용이었다.

그 동안 얼굴 없는 두목으로서 전설적인 인물이었던 그 '서남파' 대부가 바로 짝눈이 사장이라니? 나는 신문을 다시 뒤집어 보았다. 분명 '방배동 공장장' 이다. 어느 만큼 눈치는 챘었지만 대부 중의 대부, 그 전설의 인물이 짝눈이라니? 우리 공돌이들은 조세형보다 서남파를 더 흠모하고 있었다. '못 가진 자' 들의 이유 없는 반발심이겠지만 '얼굴 없는 그 대부' 가 신창원마냥 잡히지 않고 늘 우리들

주변에 남아주길 바랬다.

그런데 그게 늘 같이 있었던 '짝눈이' 라니, 아마 '쪽발이' 가 지금쯤 더 놀래었을 게다. 세상은 우리가 모르는 새에 무섭게 변화되고 있었다. 우리가 알고 있는 사실보다 모르고 있는 일이 얼마나 더 많은가. 절뚝거리며 소리치고 있겠지. 짝눈이가 여기자를 납치하여 살해하라는 지령을 내렸는데, 그 행동대원 '애꾸눈' 은 현재 해외로 도피 중이라고 했다. 페루에 잠적해 있다는 최근의 첩보를 입수하여 형사대를 급파하는 한편 국제경찰 인터폴에도 협조의뢰를 해놓았다고 했다.

그는 한국 마약계의 2인자로 이미 미 CIA에서도 추적하고 있다고 했다. 그 애꾸눈은 바로 나를 지칭하는 암호다. 짝눈이가 나를 핸디폰으로 부를 때면 늘 '애꾸눈!' 이라고 부르고 영을 몇 번 찍는다. 그러면 나는 즉시 방배동으로 달려간다.

나는 정수 직업학교 시절 용접 실습 때, 왼쪽 눈을 잃었다. 과부의 갈증은 과부가 안다고 짝눈이는 애꾸눈을 좋아했던 모양이다. 살해된 여기자는 오래 전부터 한국의 마약 루트를 추적하고 있었으며, 그 막대한 자금의 일부가 정치자금으로 흘러들어 가고 있다는 점을 포착했다고 한다.

더욱 무서운 것은 '지도층 마약사업' 에 금빼지들은 물론이지만 마약전담반 특별검사, 부산·여수 세관 수사반장 그리고 장관급까지 조직적으로 여기에 가담해 있다는 사실이다. 그뿐인가 10대 기업의 일부가 해외 '검은 돈 세탁' 커넥션에 관계하고 있다는 혐의이다. 마카오와 시모노세키, 부에노스 아이레스와 스위스가 연결된 한국판 마약흐름의 국제 동맥선이다. 통칭 '부에노스 코리아' 란 작전

이름으로 은밀하게 진행되어 오고 있던 이 유령사업은 이미 88서울 올림픽 때부터 다국적 사업으로 확장되어 있었다고 한다.
　핵심기지는 여수 앞바다 무인도 바다 밑인데 방위산업체 같은 거대한 아편가공 공장이다. 이번에 적발된 것은 우리나라 전체 국민의 절반을 한꺼번에 중독 시키고도 또 한번 더 치사시킬 수 있는 대형 분량이라고 했다. 그러나 이번뿐이 아니고 이미 십여 년 전부터 암약해왔다는 것이다. 그 환락의 흰색가루 포대를 버젓이 여의도 국회의원 사무실 서류금고나 대학 병원장 집무실에까지 쌓아놓고 지능적으로 유통시켜 왔었던 것이다.
　지금도 강남의 아무 단란주점이나 들어가서 88담배 사듯이 히로뽕을 구입할 수 있다. 십대들은 물론이지만 일반 가정주부들에게까지 번져있다. 아편은 술 마냥 종류도 많고 제품도 다양하게 나오고 있다. 망국적인 흰색가루 또는 캡슐형 위장한 위장약이 압록강변 단동과 대련으로 연결된 북한과도 관련이 되어 있다고 했다. 중국 해적선을 이용한 '황해안' 연평도 루트와 두만강 훈춘 루트는 CIA가 러시아 마피아와의 연계선 상에서 그 조직망을 지난해에 발표한 적도 있다. 졸부들의 치부에는 북한과의 장사도 거침이 없었다.
　정치 판이라는 게 돈 판이 아닌가. 정치를 하려면 조직이 있어야 하고, 조직을 거느리려면 돈이 있어야 하지 않겠는가. 큰 정치를 하려면 큰돈이 필요하리라. 북한의 마약장사는 그들의 외교 조직망을 이용하여 국제적 망신을 당하면서도 지금도 계속되고 있는 절대적 유망사업이다. 어쩌면 인간이 존재하는 한 마약사업은 끝나지 않을 것이다. 만약에 콜롬비아 등 남미의 마약을 완전 통제한다면 남미 경제는 그대로 주저앉고 말 것이다.

"결정적인 열쇠는 전설의 두목 '짝눈이'가 쥐고 있는데 아직까지 불고있지 않습니다… 그 쌍갈래 머리 여기자 수첩에서 거론 되고 있는 인물들은 이미 대검특수감찰반에서 내사를 하여 어느 만큼 물증까지 확보해 놓은 상태입니다. 다음 주 초쯤 수사가 본격적으로 시작이 되면 현 여의도정치권의 상당수가 입건될 것입니다. 입법-사법-행정부가 망라된 총체적인 부패군단 조직이에요. 지도층들의 '하나회'인 셈이지요. 그들은 국민들을 기만하고 개인적인 치부와 향락을 일삼아 왔습니다."

그날 밤 12시 영국 BBC 뉴스 시간에 한국의 대머리 지검장의 인터뷰 뉴스가 반복되어 나왔다. 나는 일어 선채로 대형화면으로 그를 올려다 보았다. 그는 한밤 중 짝눈이와 함께 나타나 귓속말을 하면서 자기 BMW를 둘러보곤 그림자같이 사라지곤 했다. 늘 색안경을 쓰긴 했지만 지금 저 화면에 보이는 얼굴이 바로 그라는 것은 어렵지 않게 읽혀진다. 속일 수 없는 대머리이다. 대머리이래도 뒤통수만 삼각형으로 빠진 특수한 대머리이다. 그의 진심이 무엇일까. 짝눈이를 희생시켜 검찰총수 자리라도 뒷보는 것일까.

또는 쌍갈래 여기자 살해사건으로 문제가 확대되자 국민적 의혹을 일시 잠재우기 위해서 짝눈이를 구속시킨 것인지, 정말 한국 마약 마피아조직을 분쇄하기 위해 일차적으로 그를 집어넣은 것인지 분간을 할 수가 없었다.

그는 짝눈이 사장과 친형제 이상으로 피가름해 왔다. 또 사돈 사이가 아닌가. 그 사실은 아마 언론이 모를 것이다. 짝눈이의 구속은 나에 대한 신변도 위험하다는 적신호이다. 더구나 '애꾸눈'으로 표적의 화살이 이미 대검 특수부에서 나에게 날아오고 있는지도 모른다.

"… 이런 사람들 때문에 현 정부가 강력하게 추진하고 개혁에 걸림돌이 되고 있는 것입니다. 지금이 어느 때입니까? IMF에, 물난리에 전 국민들이 고통에 잠겨있는데 이들 고위층들은 대규모 마약사업을 해 온 것입니다. 지금 개혁을 하지 않고는 제2의 환란이 올 것입니다. 저는 이들 악질적인 범죄집단을 철저히 소탕하기 위해 제가 직접 이들 집단에 위장잠입을 해왔습니다. 지금은 개혁! 개혁! 만이 살길입니다. 안 그렇습니까?"

대머리의 입술 끝이 강인하게 치켜 올라갔다. 용기 있는 A중앙지검장으로서의 의지가 넘쳐흘렀다. 12.12사태 때 합동수사 본부장으로서 당시 전두환 보안사령관의 입술도 저렇게 찢어져 올라갔었다.

이 사회의 정의와 양심을 위하여 그는 목숨을 걸고 마피아에 잠입까지 한 것이다. 그는 '개혁'이란 낱말을 유난히 강조하며 혈압을 높였다. 마치 법무부장관이나 청와대 대변인이나 된 것같이 정치적인 발언까지 서슴치 않았다. '현 정치권의 약 3할 가량이 물갈이 될 것입니다… 그리고 해외로 도피 중인 애꾸눈의 체포는 시간 문제입니다. 그가 결정적인 단서를 갖고 있을 것입니다.'

그의 중간발표 인터뷰를 종합해보면 내가 이번 사건의 결정적인 핵심이고, 쌍갈래 여기자의 살인범으로 지목되어 있다. 나는 그들이 시키는대로 세차만 했을 뿐이다. 그리고 월급을 탔을 뿐이다. 웃음이 피새 나왔다. 어쩌면 대머리 지검장이 나에게로 자객을 보낼 지 모른다.

'그가 위장 잠입했다?' 자기만 발뺌하자는 것인가? 그러고 보니 생각나는 게 있다. 어느 날이던가. BMW의 옆구리가 총알로 뻥뻥

내 마음 속의 들쥐　319

뚫려있는 것을 수리하고 있을 때였다. 새 문짝이 독일에서 올 때까지 우선 납땜으로 적당히 커버를 하는 중이었다. 여기자가 한밤중에 자기 차를 가지고 나타났다. 주변을 살피더니 사진을 찍었다. 깜짝 놀라 제지를 했다.

'별 것 아니에요, 제 차를 찍는 거예요. 차를 산 지 몇 달 못 가서 이렇게 줄줄 새는 게 어디 있어요? 회사에다 차를 바꾸어 달래도 안해주고 해서, 그래서 증거를 찍는 거예요. 소비자 보호 차원에서도 이따위 불량 자동차 회사는 신문에 긁어야 돼요.' 내가 그미의 차 밑구녕을 들여다보니, 정말 검은 기름이 엔진에서 줄줄이 흘렀다. 그러면서 주변에 세워놓은 대머리 지검장의 BMW 등도 은근히 찍었다.

자세히 살피지 않으면 야간용 디지털 카메라이어서 찍는 줄 모른다. 말하자면 '몰래 카메라' 이다. 짝눈이는 자기 차에 피를 묻혀 올 때는 더러 있지만, 이렇게 총알받이를 해오는 경우는 드물다. 그 BBC 뉴스 앵커맨은 대머리 지검장 소개 다음에, 사사미의 영국 프로 골프 대회를 소개하면서 그미의 아버지가 폭력 조직배였다는 꼬리표도 달았다. 그리고 울산 현대자동차의 파업장면을 클로즈업 시켜 확대해 주었다.

영국 언론들은 한국에 대해서 왜 늘 비판적인지 모르겠다. 한국에서는 웨일즈 등에 삼성, LG 등의 대형공장 등이 투자하고 있으며, 수 천 수 만명의 한국 유학생들이 그들의 '영어장사' 에 막대한 등록금을 헌납하고 있지 않은가. 한국관련 뉴스다 하면 부정적인 것 일변도다. 주영 한국대사는 그런 화면을 보고도 콧구멍만 후비고 나자빠져 있는가 보다.

오스텐드 항에 도착하자 국철을 타고 브롯셀로 갔다. 아직 새벽이어선 지 청소부들이 밝고맑은 표정으로 아침을 청소하고 있었다. 남의 집, 현관 문 앞에서 거적을 뒤집어쓰고 있던 거지들이 꾸물거리며 일어나 손을 벌렸다. 나는 어깻짓을 해가며 빈털터리라는 표시를 했다. '어쩌면 나도 너희들 마냥 이렇게 시커먼 얼굴로 너희들의 친한 동지가 될 지도 모른다' 는 생각을 하자 피식 웃음이 새어나왔다.

시 청사 쪽으로 걸었다. 그곳에 가면 '오줌 누는 소년' 이 나를 기다리고 있다. 그 옆으로는 또 '오줌 누는 소녀' 도 있다. 재미있는 표정의 두 남녀다. 얼마나 신나게 그 오줌을 세상에 갈겨대는지 그 고추를 들여다보고 있으면 내 아랫배도 시원해진다. 제주도에 가면 '똥 누는 할마시' 도 있단다.

똥통을 보이며 누렇게 흘리고 있다. 언젠가 팝에서 죽상이가 똥 누는 자세를 시늉까지 하며 떠들었었다. 그 제주도 할마씨는 '똥이나 먹어라, 뭍에 사는 놈들아, 나는 4.3 때 남편도 아들도 손자까지 다 잃었어 이 육시헐 놈들아' 하고 말이다. 똥과 오줌이란 것은 모두들 더럽게 생각하고 있지만 사실 그것이 막히면 어쩔 것이가. 변비에 걸리면 얼굴이 똥똥 붓는다. 그래서 더러운 것은 시원하게 쏟아부어야 한다. 우리 사회에 더러운 지도층은 시모노세키 밖으로 실어다가 고래 밥이 되게 해야 한다.

그 오줌누는 소년이 입고 있는 옷이 명물이 되어, 세계 각 나라에서 보내준 기념 옷이 그 앞의 왕궁에 전시되어 있다. 지금은 시립박물관이 되어버렸지만 한때는 해양왕국으로서 세계를 주름잡던 '빵왕' 이 아닌가.

내가 자주 찾아가자 그 박물관의 문지기가 거수 경례까지 하며 반겨주었다. 일단의 한국어가 초라떼며 흔들려왔다. 뒤돌아보니 우리나라 배낭 족들이 비디오 카메라를 들이대며 아우성이었다. 일부는 계단에 앉아 키타를 치고, 조금 뒤쪽의 연놈은 배꼽 티를 위로 올리며 노골적인 포옹으로 부벼대었다. 유럽 사람들의 흉내를 내는 것인지, 유럽은 그들의 해방구인가 보다.

'휘익' 차가운 공기가 얼굴 위를 날았다. 나는 반사적으로 침대 위로 붕 뜨면서 돌려차기를 하였다. 그와 동시에 발끝에 채인 것이 내 책상 위로 떨어지는 그림자가 보였다. 여우 고양이로구나!
내가 하숙집으로 돌아오자마자 녀석은 이빨을 갈고 기다리고 있었겠지. 다시 공기가 뚫리면서 벽 위로 무엇인가 두어 개 꽂혔다. 어둠 속이지만 그것이 화살이란 걸 직감했다. 젊은 시절 태권도를 하면서 나도 모르게 숙달된 본능이다. 그렇다면 고양이가 아니다. 머리맡의 비상 전지를 켰다. 양말을 뒤집어 쓴 복면의 두 명이 잡혀졌다. 곁의 유리컵을 던졌다. 녀석의 눈에 정확하게 꽂히며 박살이 났다. 에잇, 재수 없게! 녀석들은 뒤창 문을 박차고 옆집 치와와 할망구네 집 지붕으로 튀었다.
날이 밝자, 메리안이 신고한 경찰이 들이닥쳤다. 핏자국이 난 창문과 지붕을 한바퀴 돌아온 형사가 수첩에 적었다. 얼마 전, 옆집 강아지 피살사건 때 왔던 그 형사였다. 그 녀석은 찰스 디킨즈 박물관과 담을 마주하고 있는 파출소의 콧수염 주임이다.
새벽 03시 13분, 괴한 두 명 침입, 한국인? 분명히 '재수 없게' 모국어를 들었다. 그리고 그는 벽에 꽂힌 화살을 뽑았다. 그 끝을 새끼

손가락 끝으로 쩝쩝 입맛을 본 그는 눈알이 똥그래졌다. 맹독성! 이라며 나를 째려보았다. 무슨 범죄단의 일원으로 보는 눈도끼이다. 강아지 살해사건에 대한 피해보상금 문제도 아직 미결 상태인데다가 또 터졌으니 내 해골이 편치 않았다.

자객! 누가 보냈을까. '재수 없게' 분명 한국어 네 마디 발음을 들었다. 독화살! 굳이 권총을 쓸 필요가 없다. 권총보다는 독침이 깨끗하다. 흔적이 없어서 조직 배들이 그들의 식구들을 혼내줄 때, 벽 위에 세워놓고 쓰는 것이다. 분해하면 공항통과에도 엑스레이에 걸리지 않는다. 그렇다면 짝눈이가 보냈을까?

나를 체포하기 전에 아예 없애버려야만 그의 BMW 피칠 등에 대한 증거를 원천봉쇄 할 수 있을 것이고, 나와 내 가족에 대한 생활비 등의 뒤치다꺼리에도 해방이 될 것이다. 나에게 모든 죄를 뒤집어씌우면 자기는 완벽하게 빠져나올 수 있을 것이다.

연일 보도되는 이 사건은 모든 범죄가 이젠 나에게로 집중되어 있다. 새로운 사건이 속속 밝혀지면서 추리소설같이 진행되고 있었다. 쌍갈래 여기자 살해사건 이전에 3명의 일본 야쿠자와 2명의 러시아 마피아 살인도 내가 한 걸로 수사방향이 돌변하고 있었다.

일본 애들은 상계동 개천에서 발견되고, 러시아 애들은 해운대 달맞이 고개 어느 고급 레스토랑의 창고지하에서 발굴되었다. 심하게 부패되었는데 국립수사 감식반에서는 약 3개월 내지 1년전의 시체라고 했다. 나는 일약 유명해졌다. 두목 중의 두목으로 야쿠자와 마피아 단원도 죽인 세계적 알 카포네가 되어있었다. 신창원보다 007 제임스 본드보다 더 유명해졌다. 내가 모르는 사이에 세상은 나를 유명하게 만들었다.

그러나 나는 유명해지고 싶지 않다. 평범하게 차 밑구녕으로 들어가 고장난 부분을 수리해 주고싶다. 록이나 품바를 들으며 더 좋대면 땅 속의 벌레들과 깊은 대화를 나누며 옛날같이 하루종일 혼자 일하고 싶다. 고장이 나서 멈춰있는 차를 내가 움직이게 한다는 것은 얼마나 신나는 일인가. 내 손으로 죽은 물체가 살아 움직인다는 일이 말이다. 차를 수리하듯 불행한 사람도 내 손을 거쳐서 행복하게 한다면 얼마나 좋을까. 많지는 않지만 전과 같이 월급을 타서 마누라랑 막내랑 같이 오손도손 살고 싶다.

대머리 지검장은 나를 마약총책으로 뒤집어 씌워 체포하려 하고, 짝눈이 사장은 살인마로 몰아 자객을 보냈다. 그런데 세상은 왜 내가 모르는 사실을 만들고 또 유명하게 만들까. 어쩌면 나는 간큰 도적 조세형같이 한번 들어갔다 하면 못나올 지 모른다. 아니면 아편쟁이로 만들어 정신병원에 감금시킬지도 모른다.

무협소설에 나오는 방법이다. 대머리와 짝눈이의 조작으로 나는 평생 내 막내를 보지 못할 지도 모른다. 그러나 지금 상황으로는 대머리가 짝눈이를 이용하는 것인지, 거꾸로 짝눈이가 대머리를 이용하고 있는지, 또는 둘의 공모 하에서 국민들을 기만하고 있는지 판단이 안된다.

언론에 흘리고 있는 흐름으로 보아서는 대머리의 조작냄새가 진하다. 곧 교체될 검찰총수나 도는 그 이상의 자리를 넘보고 있는 게 분명하다. 그게 아니라면 왜 같이 잘 해먹던 짝눈이를 연득없이 잡아넣고, 생판 모르는 나까지 물 말아먹으려고 날뛰느냐는 것이다.

광주 시민회관 회의실, 민주변호사들 호위 속에 나는 '양심선언'

을 했다. 맨 앞줄에는 아내와 막내 그리고 쪽발이도 앉아있었다. 외국기자들까지 몰려들었다. "내가 모르는 사이에 세상은 나를 유명하게 만들었습니다." 첫마디 운을 떼었다.

내가 여기에 이렇게 앉기까지는 죽상이의 도움이 컸다. 역시 그는 아는 게 많았다. 경제뿐이 아니고 양심선언도 어떤 순서로 해야 하는지, 그가 한국의 재야 민권변호사 앞으로 나를 위해 팩스를 넣어주었다. 메리안의 역할도 빼놓을 수 없다. 그미는 런던의 세계인권변호사협회에 한국신문에 난 자료 등을 수합하여 나 대신 보내주었다. 그미가 아니었다면 나는 곧이어 들이닥친 국제형사에게 수갑을 채였을 것이다.

영국 경시청 첩보대에서 지붕 위의 혈흔을 채취하여 간 지 얼마 후였다. 메리안은 저녁식사 후, 디킨즈 팝에서 만나자고 했다. 그때도 부슬비가 창문을 때리고 있었다. "세상은 자기가 원하지도 않는데 제멋대로 돌아가곤 했어요" 검은 맥주를 따르며 메리안은 말문을 열었다.

그리고 아무 일도 아니라는 듯 생긋 웃었다. 하얀 이빨에 묻어나는 그미의 흰 빨래가 연상되었다. 하루종일 빨래였다. 하숙생이 모하무드에서부터 나까지 16명이 북적대니 그들이 매일 던져놓는 세탁물이 매일 데모를 했다. 그래도 군소리 없이 손빨래를 해서, 푹 삶기까지 하여 빨아 널었다. 빨래줄이 마당 가운데 있는 비둘기 집을 지나 열 십자로 묶여져 있어 그미가 빨래를 널 때에는 흰 비둘기들도 장난을 했다. 그미의 머리를 차며 날기도 하고, 손등을 핥기도 하면서 빙빙 돌았다. 그래서 아침이면 뒷마당이 하얗게 하얗게 빛났다.

그들은 절대 빨래에다 오물을 갈기거나 하지 않았다. 최신식 성능

내 마음 속의 들쥐 325

좋은 세탁기 하나만 있으면 하루종일 저 고생을 하지 않아도 좋을 텐데… 그미가 뒤뚱거리며 빨래를 널 시간이면, 이층 내 방에서 그 엉덩이를 훔쳐보며 나는 그런 생각에 잠기곤 했었다.

"결혼도 지금 남편이 아닌 오랫동안 사귄 애인이 있었어요. 그런데 어쩌다 이 남자와 결합이 되었어요. 이 남편은 스페인 사람인데 보다시피 남의 집 하수구 구녕이나 뚫어주는 건축 노동자예요. 큰아들은 파리에서 택시기사를 하고, 큰 딸년 사위는 백수건달이고, 막내아들은 고교도 졸업도 안 했는데 벌써 히피예요."

그미가 닫다가 하필 왜 이런 얘기를 나한테 늘어놓는지 모르겠다. 최근에 나로 인해 시끄러운 일들이 연거푸 터지자, 나를 쫓아내기 위한 수작일까, 아니면 어젯밤 대판 싸우는 소리가 들렸던 부부싸움 하소연일까, 명랑한 척 웃고있는 그미의 입술을 보며 엉뚱하게 나는 하얀 앞치마와 그 오리 궁둥이를 생각해 내고 있었다.

"미스터 얀센은 잠깐 피신해 있는 게 좋을 거예요… 경찰에서 물어볼 게 있다면서 당신이 들어오면 꼭 연락해 달라고 했어요."

결국 올 것이 왔구나. 그미의 눈을 똑바로 쳐다보았다.

"느낌이 이상해요. 필요하다면, 내 사위에게 부탁해 보겠어요. 어벙하긴 해도 착한 녀석이에요."

"왜 나에게 이런 호의를 베풀지요?"

"아까, 첨에 얘기했잖아요. 세상은 자기 생각과는 엉뚱하게 흐르기도 한다고, 어쩐지… 미스터 얀센은 호감이 가요. 웃을 땐, 옛날 내 애인같이 웃어요. 한국에서 높은 자리에 있나 보죠? 원하신다면 도와주고 싶어요."

나는 그미의 잔에 검은 맥주를 다시 부어주었다. '얀센'은 내 가명이다. 그미는 내 이름의 발음이 잘 안되어 '얀센' 으로 부른다. '얌생이' 라고 하지 않은 것만도 다행이다. 그날 밤으로 우리는 택시를 타고 세칭 브로드 스태어의 달동네라는 슬럼가 그의 사위 집으로 기어들어 갔다.

"내일 싼넷의 미스터 쥬샹한테 연락하겠어요." 라는 말을 남기고 타고왔던 그 택시로 그미는 사라졌다. 죽상이를 보고 '죽을 상' 이라고 발음하지 않는 것도 다행이다. 그미는 비둘기의 천사, 짠발짱 천사같다.

그미와 죽상이의 노력으로 거의 한달 만에 런던 히드로 공항에서 김포공항으로 그리고 다시 광주로 올 수 있었다. 영국과 유엔의 국제 인권변호사의 동행 보호 아래 이렇게 국내외 보도진 앞에 서게 될 줄이야. 세상은 모를 일이다.

"여기에 A중앙지검장의 비리 증거물이 있습니다."

나는 화살을 높이 들었다. 나를 쏘았던 독화살 가운데 하나이다. 카메라 전지불이 폭죽으로 터졌다. 2차 증거물도 있습니다. 라면상자를 꺼내어 하나씩 책상 위에 펼쳤다. 거기엔 지청장의 비밀 BMW와 거기에 묻어있던 핏물들이 천연색으로 시뻘겋게 흐르고 있었다. 사진마다 날짜와 장소, 거기에 관련 된 그날 전후의 조직원 들끼리의 혈투와 죽음의 기록들이 메모되어 있었다.

더욱 놀랜 것은 선능 앞 비밀요정의 실내모습과 고위층 단골명단 그리고 주인 여사장의 사진과 주민등록표인데 그 여사장이 바로 대머리 A지검장의 부인이었던 것이다. 수많은 통장과 전국에 걸쳐 땅투기한 부동산 등기부등본 등이 나열되었다.

단골명단의 대부분은 '부에노스 코리아' 의 주주들이었다. 라면

상자에 가득찬 그것들을 하나씩 펼칠 때마다 오줌이 마려웠다. 브룻셀의 '오줌누는 소년'을 연상하며 나는 소년같이 용기를 냈다. 내 모가지가 몇 번이나 날릴 뻔했던가. 결정적인 반전을 가져온 이 증거물들은 바로 아내가 제보한 것이다. 이따금 놀러오던 그 쌍갈래 여기자가 어느 날 당분간 이 물건을 아내에게 맡아달라고 했단다. 아무래도 위험하다며 몇 번 납치당할 뻔 했단다.

'만약에 나에게 무슨 일이 있으면 이것을 자기 신문사 편집국장에게 직접 전달해 주세요. 절대 절대 남에게 주면 안됩니다.' 그리곤 얼마 후, 그미가 피살을 당했다. 그리고는 내가 살인범으로 몰리자 아내는 그 상자를 꺼내보고는 기절했다. 그러나 선뜻 편집국장에게 가져갈 수가 없었단다. 너무나 엄청난 내용물이어서 누구에게도 말할 수 없고, 내가 한국에 무사히 돌아오면 내놓으려고 했다.

그러나 사건이 나를 살인범으로 확대시키자 그 자료 가운데 일부를 편집국장에게 가져 갔고, 그래도 미심쩍어 나머지를 자기의 고향인 목포에 가지고 가서 인권변호사와 의논한 것이다. 그렇게 해서, 그 변호사에게서 나에게 극비전화가 왔던 것이다. 그 변호사는 감옥에 있는 짝눈이를 면회했다. 나에게 '독화살을 조심하라고 했단다.' 살인지령은 그가 아닌 대머리 중앙지검장이었다. 쌍갈래 여기자가 A대머리에 관한 모든 비밀을 어느만큼 수집해 놓고 있었다.

대머리는 여기자 몸에 지니고 있던 수첩만으로 자만하고 있었던 것이다. 여기자의 목에서 뽑아낸 화살과 나를 쏘았던 독화살은 동일한 제품이었다. 나를 제거함으로서 그리고 짝눈이를 조세형 마냥 영원히 감옥에 가둠으로서 그는 완전범죄를 노린 것이다. 라스베거스의 마피아들 마냥 두목 위의 두목은 바로 대머리 였던 것이다.

내 마음 안에 자발없이 끓고있던 들쥐들의 이빨 가는 소리 소리들. 그 소리들을 이제서야 완전히 제거할 수 있었다. 내가 지상에서 진정으로 찾고자 했던, 아니 저절로 들리는 그 소리는 다름아닌 '어머니의 가래 끓는 소리' 바로 그 소리였다는 깨단했다. 불치병의 가래를 끓으면서도 새벽 찬바람을 맞으며, 어시장에 나가 오징어 젓을 팔던 어머니. 무엇인가 잃어버렸다고 오랫동안 찾고다녔던 바로 그 '모성의 소리'를 이제서야 찾아낸 것이다. 땅 속에서도, 바다 밑에서도, 그 소리는 이 세상 어디에도 없었다. 다만 내 마음 밑바닥의 소리였다.

임대주택이지만 오랜만에 돌아온 좁은 우리 집 목욕탕에서 막내와 함께 샤워를 하고 나오자 식탁에 앉아있던 아내가 펼쳐놓은 신문을 가리켰다.
"그 쌍갈래 머리 여기자가 몇 년을 두고 마약단을 추적한 것은 자기 오빠가 그 마약단의 일원으로 있다가 피살을 당했다는군요. 그 후 그 여기자는 같은 신문사 기자였던 자기 애인과 함께 '부에노스'를 추적하다가 그 애인도 피살을 당했대요. 여기 신문보세요."
거기엔 자기가 근무하던 서울 중앙지검 검찰청 현관에서 언론사 카메라의 집중사격을 받고 있는 지검장의 대머리가 더욱 벗겨져 보였다. 수건 밑에 감춘 은빛수갑도 얼핏 보였다. 이제 모든 것은 끝났다. 이번 주말에는 쌍갈래 그 여기자 무덤을 찾아 꽃이라도 꽂아 주어야겠다. 무슨 꽃을 살까.

* 한국 문학비평가상

《작품론》

여기에 모은 '작품론'은 그 동안 신상성의 소설에 대해서 문학평론가들이 발표한 것을 논문집 또는 문학잡지 등에서 그대로 옮겨와 연대별로 수록한 것이다. 신상성 문학에 대해 좀 더 깊이 있는 이해를 돕기 위한 것이다.

■ 발문(跋文)

신상성의 세 가지 문학가의 길

趙 演 鉉 (전 한양대교수 · 전 한국문인협회이사장)

내가 동국대학교에 재직한 연수는 25,6년이 된다. 나중에 문단에 등장한 많은 학생들이 이 기간 동안에 동대(東大)를 거쳐 나갔다. 신상성(申相星)군도 그 중에 한 사람이다. 신군이 동아일보의 신춘현상 문예의 소설에 당선된 것은 학교를 졸업하고 상당한 세월이 지난 후였다. 작가로서 문단에 등장한 신군은 곧 동대 대학원에 입학하여 석사학위를 받고 지금은 박사과정에 있다.

신군의 석사(碩士)학위 논문이 '우리나라 중편소설의 구조적 연구'였는데 학위를 받은 다음 여기에 관한 평론을 다시 나에게 가져왔다. 새롭고 독창적인 이론이어서 내가 〈현대문학〉에 발표시킨 일도 있었다. 그러니까 신군은 작가에의 길과, 평론가에의 길과, 학자에의 길, 세 가지 길을 가고 있는 셈이다. 이 세 가지 길을 그는 시험하고 있지만 그의 주력은 역시 작가에 있고 나머지 두 가지는 보완적인 작업이 아닌가 싶다. 그것은 문단에 얼굴을 내놓은 지 아직 일천한데 벌써 이러한 처녀 창작집을 내놓을 수 있었던 그의 창작에의 열의가 이를 뒷받침해주고 있다.

  신군의 작가로서의 역량과 가치, 그리고 그 특성 같은 것이 앞으로 어떻게 나타날지 아직은 미지수 이지만 그가 이 나라의 한 작가로서 자기의 자리를 가질 수 있는 한 존재가 되었다는 것은 이 창작집으로서 충분히 증명되고도 남을 수 있는 일이다. 동대 지도교수로서 오랫동안 그를 지켜 보아온 나로서 그의 이러한 오늘이 내 자신의 일처럼 기쁘기 한이 없다. 그의 자랑스러운 내일을 위하여 오늘의 이 출발에 박수를 보낸다.

*1981년 12월 〈처용의 웃음소리〉 跋文에 趙演鉉

■ 申相星의 文學世界

습관(習慣)의 잠과 예외적 미학(美學)

洪 起 三(문학평론가 · 전 동국대 총장)

 소설이 일상(日常)의 문제를 다루면서도 일상성의 세계를 벗어나 습관의 잠을 깨워준다는 바로 그 점에 소설이 인간사회에 존재할 기본적인 의미를 갖는다. 이 말은 소설의 내용에만 적용되는 논리가 아니라 소설형식까지도 미묘하게 작용하는, 대단히 복잡한 논리의 확장으로 확산된다. 그 중의 몇 가지로 가령 스타일, 언어, 플롯 같은 것들을 지적할 수 있을 것이다.
 시(詩) 문학에서 특히, 그러한 현상을 빈번하게 목격하는 일이지만 스타일, 언어 등 일련의 시적(詩的) 형식미학에서 한 시인이 성과를 거두면 그 성과에 매달려 자신의 독자적 세계를 거세시키고 그것을 추종하는 무수한 인류들의 무참한 행위 역시 일종의 '문학의 관습의 잠'에 가담하는 어리석은 것이라 규정할 수 밖에 없고 관습의 잠을 거부하면서 우리들의 삶을 신선하고 풍부하게 이끌어 가려는 독자들의 진지한 기대와 크게 위배되는 행위이다.
 신상성(申相星)의 소설은 그 내용보다도 형식에 있어서 종종 예외적 미학에 바탕을 두고 있는 것을 볼 수 있다. 도대체 그의 소설 분위기와 크게 일치하거나 유사하다는 느낌을 주지 않는다. 그냥 그대로 다만 '신상성의 소설'이라는 그런 느낌만을 남긴다. 어떤 작가의 영향권에 있다거나 유행성 감각이 강하다거나 하는 종류의 무수한 소설들과 그런 점에서 단연 구별된다.

그가 누구의 영향 아래서 작품을 쓰지 않았다거나 어떤 작가의 아류가 아니라는 것, 또는 유행성 감각이 강하지 않다는 것은 때때로 그것이 극복되어 마땅한 약점일 수도 있고 꾸준히 취할 만한 강점일 수도 있을지 모른다. 그러나 그것을 소설 한편 한편의 차원에서 보다 작가적(作家的) 기질의 총체적 문제에서 검토해 본다면 누구도 그것을 강약의 문제로 제한하기만 한다면 실로 난처한 일이다.

그러나 확실한 것은 그것이 한 작가(作家)의 문학적 특질, 또는 타고난 기질의 결과라는 사실을 인정한다 하더라도 결코 지나치지 않을 것이다. 지나치기는커녕 실로 타당하고 너무도 분명한 일임에 틀림 없으리라. 그의 언어와 인간의 삶을 바라보는 눈과 그가 우리들에게 던지는 목소리는 실로 거칠고 무례하고 섬찍한 것이어서 우리는 자칫 그런 것 속에 슬며시 감추어져 있는 강렬한 사랑, 눈물 따위를 간과하기 쉽다. 그런 모든 근거는 그의 문학적 기질에서 연유하는 게 확실하다.

그는 소설창작 뿐만 아니라 소설의 이론에 있어서 적극적이다. 문학의 여러 가지 형식에 대한 정의가 포기된 시대에 우리가 살고 있다면, 오히려 그렇기 때문에 불투명한 문학형식의 미학적 탐구는 중요할 수 밖에 없다. 가령 우리나라의 경우 1960년대 이후 뜻밖에도 중편소설이 양산되었으나 그 형식이론은 최재서(崔載瑞) 이후 거의 전무한 상태였다고 볼 수 있다. 그는 중편소설의 이론과 실제를 처음으로 체계화하기 시작했고 그것이 석사학위 논문으로 발표된 것을 독자는 알고 있을 것이다.

  우리나라 문예이론으로 볼 때 그 중요성이 매우 큰 것이지만, 중편소설이 발표되고 있는 외국의 여러 나라에도 중편소설의 이론적 연구는 특별한 성과가 없는 실정임에 비추어 그 연구의 중요성이 어느 정도인가를 우리는 간과 할 수 없다. 그의 소설이나 이론의 탐구는 그러나 이제 그 성과를 놓고 평가할 단계가 아니라 앞으로의 가능성의 문제를 놓고 평가할 단계에 있다. 그 가능성의 거대한 전개를 위해 이역만리 독일에서 몇 줄의 글을 적어 첫 창작집의 간행을 축하하는 바이다.

*1981.11.18. 독일 하이델메르크 대학에서 〈처용의 웃음소리〉 서평_홍기삼

지식인(知識人)의 수난사(受難史)

金 時 泰 (문학평론가 · 한양대 명예교수)

　신상성(申相星)은 주로 지식인의 삶과 관련되는 문제들을 다루어 왔다. 그러므로, 그의 소설에서는 몇몇 특수한 유형의 지식인들이 주요 인물로 선택되고 있으며, 그때마다 그들 지식인들의 현실에 대해 어떻게 대응하고 있는가 하는 문제, 즉 지식인의 본질과 존재방식 및 그 기능에 관한 문제들이 집중적으로 제시되고 있다.
　신상성의 소설 작품들 가운데는 이러한 플롯의 형식들이 거듭 선택되고 있다. 〈목숨의 끝〉에 등장하는 '해나'의 이야기도 동일한 범주에 속한다. 그녀는 더 없이 긴박한 상황에 처해 있다. 갓난아기의 생명을 구하기 위해서는 무슨 일이든지 가리지 않고 해야 할 처지이지만, 그것이 그녀의 진실을 왜곡시키는 것이라면 스스로 '자아(自我)'를 포기하는 것이나 다름없다. 이상과 현실의 간극 사이에서 방황하는 이와 같은 갈등심리가 이 작품의 핵심부분을 이루고 있다.

　지금 나의 생존방식은 무엇인가. 남편과는 정반대의 거역을 하고 있지 않은가. 남편이 목숨을 걸고 투쟁하는 그 목표와 반역되는 현실적 타협을 하고 있다. 그것도 똥구멍을 닦아주는 정도가 아니라 핥아주는 일을 하고 있잖은가. 역사를 미화한다는 것, 더구나 날조한다는 것은 사마귀 같은 소름이 돋는 일이다. 그러나 나는 명청이를 살리고 싶다. 목숨은 붙이고 볼 일이다. 명청이를 살리기 위해선 그들의 피고름이라도 핥아줄 용의가 있다. 해나는 몸부림치듯 눈 위를 딩굴다가 골짜기 아래로 처박혔다. 〈목숨의 끝〉

'김재박'과 그의 부친은 부당한 방법으로 사회적 지위를 얻고 금력을 획득한 사람들이다. '해나'는 그들에 대해 늘 증오의 입장을 취해 왔다. 그러나 지금 그녀는 그들의 불의를 커버하기 위해 역사적 사실들을 날조해야 될 처지에 놓여 있다. 김재박의 요구대로 그의 부친 자서전을 대필(代筆)한다는 것은 진실을 밝히기 위해 싸우다가 투옥된 남편의 가치관이나 그 이념에 배치되는 것이다. 위의 인용 부분은 현실과 타협할 수도 없고 그렇다고 거기 대항해 맞설 수도 없는 비극적 체험을 담고 있다.

이 작품 속에는 이와 같은 갈등심리가 반복적으로 묘사되고 있다. 이것은 흥미의 복선을 되풀이하여 명백히 그어감으로써 그 사건들이 어떤 의미를 지닌 것임을 독자들로 하여금 깨닫게 한다. 참고 삼아, 그러한 실례들을 한두 가지만 예시 해 보이기로 한다.

① 해나는 며칠 전부터 주억거리던 생각을 실행하기로 했다. (…중략…) 그런데로 순간순간 해나의 발길을 제지시키곤 한 것은 순전히 감옥에 있는 남편 때문이다. 남편은 자기의 주관, 자기의 이념을 위해선 자기의 생명까지도 호탕하게 내던질 사람이다. 그러한 남

편의 확고한 신념과 양심으로 인해 현재 감옥생활을 하고 있는 민주화 투사이다. 그런데 해나는 남편과 반대될지도 모르는 '타협'을 해야 한다. 남편의 이상과 해나의 현실이 직접적으로 대립되어 나타난 것이다.

② 엘리베이터를 탔다. 남편이 이 사실을 안다면, 해나는 머리를 강하게 흔들었다. (…중략…) 모가지 위는 전혀 감각이 되어지지 않는 허탈감이다. 엘리베이터가 1층을 지나 다시 지하로 내려갔다. 빈혈과 헛구역질 속에서 내려야겠다면서도 발가락이 움직여지지 않았다. 엘리베이터는 다시 13층까지 올라갔다. 해나는 주저앉아 성냥불같이 사위어가는 의식을 뺀찌로 물 듯이 입술을 깨물었다. 엘리베이터가 멈출 때마다 타고 내리는 손님들의 눈초리가 떨떠름하다. 엘리베이터를 타고 몇 번 오르내리는 동안, 신고를 받은 정문 수위에게 떠밀려 원형 출입문 밖으로 밀려났다.

①은 역사적 사실을 은폐시키기 위한 비열한 책략으로 자기 아버지의 자서전을 작성해 달라는 김재박의 요청을 일단 받아들이기로 결심했을 때 해나의 갈등심리를 묘사한 것이고, ②는 김재박을 그의 사무실로 찾아가서 만나고 자서전을 써 주기로 결정한 다음 계약금을 받고 나올 때의 그녀의 갈등심리를 묘사한 것이다. ①과 ②를 대비시켜보면, 이 인물의 정신적 갈등이 점차 고조되고 있음을 발견하게 된다.

'해나'가 엘리베이터를 타고 오르내리는 동안 신체적 변화 '빈혈과 헛구역질'을 일으키고 의식불명의 단계에까지 이르렀다는 ②의

337

경우는 특히 인상적이다. 엘리베이터의 상승과 하강 이미지는 그러한 심리상태를 형상화하는데 비교적 적절하게 이용되고 있다. 그리고, 지하에서 13층까지 거대한 몸체를 드러내고 있는 이 화려한 건물은 사회로부터 정당한 대우를 받지 못하고 방황하는 가련한 지식인의 삶을 대조적으로 드러내 보여주는 데 이바지하고 있다.

이 작품을 읽으면서 우리는 한 여인이 감당하기에는 너무나도 벅찬 현실의 중압감을 깨닫게 된다. 그녀의 입장에서 보면 이 시대 변절자의 자서전을 작성한다는 것 자체가 일종의 정신적 자살행위를 강요당하는 것이나 다름없는 일이겠지만, 그래도 이제는 아기의 수술비를 마련할 수 있으리라는 기대 속에서 김재박의 사무실을 찾아갔다가 어이없게도 퇴짜를 맞았다. 기다리던 수표 대신, 더욱 위대하게 보이도록 고쳐달라는 붉은 줄만 보이는 원고 보따리를 들고 돌아서는 이 전직 여기자의 모습은 우리 시대의 한 표상으로 오래 기억될 것이다.

〈재채기〉가 대체로 부조리한 사회현상에 대응하는 지식인의 자세와 그 강인한 의지를 부각시키는 데 주력한 작품이라면, 〈목숨의 끝〉은 그렇듯 부조리한 상황 속에서 지식인이 겪는 고뇌와 갈등의 심리를 묘사하는 데 초점을 맞춘 것이다. 그렇게 때문에, 우리들 독자들은 이 작품을 읽으면서 해나의 일거일동에 신경을 곤두세우게 된다. 그리고 그녀가 짊어진 고통의 무게를 자기 자신의 그것처럼 속으로 간직하면서 저울질하게 된다. 이 작품의 묘미는 이러한 긴장감을 사건의 전개과정과 함께 시종일관 계속해서 고조시켜 나가고 있다는 데서 찾을 수 있을 것이다.

이들 작품은 지금까지 이 작가가 구축해 온 어떤 독특한 문학적 분위기랄까 그 특성을 더욱 분명하게 드러내 보여준 것으로 주목된다. 이런 점으로 미루어보아, 이 작가는 다분히 사회문학적 비판의식이 강한 작가라고 할 수 있다. 예컨대, 이전 창작집 〈늑대를 기다립니다〉에서의 〈재채기〉의 경우를 보면, 정치교수로 몰려 강단에서 추방된 '천 교수'나 문제학생으로 퇴학당한 '나'(오선생)는 모두 한 시대의 몰락한 지식계급을 대변한다.

이 작가는 이러한 인물들을 통해 한 시대의 내부에 감추어진 정신적 상흔들을 파헤치고 있다. 그리고, 무엇이 이러한 결과를 자아내고 있는가 하는 관점에서 그들이 놓인 사회상황을 심층적으로 분석해 보여주고 있다.

'천 교수'의 플롯부터 먼저 살펴보기로 하자. 그는 원래 성실한 학자였다. 전통적인 선비 집안에서 태어난 그는 오직 책과 함께 씨름해 왔으며, 학생들에게도 '사학계의 야심만만한 소장학자'로서 존경을 받고 있었다. 그러나 그의 반골기질은 타락한 현실에 대해 반기를 들게 하고, 마침내 강단으로부터 쫓겨나게 하는 요인이 되었다. 그의 불행은 여기서부터 시작되었다고 하겠다.

천 교수는 그래도 서재 속에 파묻혀 사색하고 연구했지만 아무 쓸모가 없었다. 코피 터져가며 쓴 논문은 발표할 지면이 없었고, 어디 가서 강연 한 마디 할 수가 없었다. 무당같이 신들리는 그의 강의는 이제 그물 속에 갇힌 독수리의 외침이 되었다. 그렇게 들끓던 제자들과 동료들의 발걸음 소리도 멀어져 갔다. 학교에서 사회에서, 가정에서까지 내몰림을 당한 천 교수는 자신의 존재이유와 가치에 대한 회의를 느끼기 시작했고, 급기야는 그것이 정신분열 증세로 나타나기 시작했다. 아내의 잦은 외박은 그의 열등감을 더욱 부추겼다.

이것은 '천 교수'의 과거를 간단히 요약해 놓은 것이다. 이 대목에서 명백히 밝혀지고 있는 바와 같이, 천 교수의 정신분열증은 외적 압력에 의해 조작된 것이다. 여기서 우리가 주목할 점은 이 인물이 어떠한 외적 압력 앞에서도 자기의 고집을 굽히거나 신념을 포기함이 없이 그에 대해 무한한 동정과 신뢰의 염을 가지게 된다. 만일 외적압력을 받아들였다면 그는 직장에서 쫓겨나지도 않았을 것이고 가정에서 버림 받지도 않았을 것이다. 그러나 그는 외적 압력에 굴복하지 않은 대가로 크나큰 물질적 손실을 입은 대신, 독자로부터 정신적, 도덕적 보상을 받게 된 셈이다.

　'나'는 나레이터이자 행위 참여자이기도 하다. 이 인물의 이야기도 비슷한 형식으로 전개되고 있다. 문제 학생으로 제적당한 이 인물은 이렇다 할만한 직장을 얻지 못한 채 세탁소를 경영하며 근근이 살아나가고 있다. 그러나 그는 현실적으로 아무리 큰 희생을 치르더라도 자기의 고집이나 신념을 끝까지 고수하기 위해 발버둥치고 있다는 점에서 천 교수와 유사한 일면을 지니고 있다.

　①"오선생, 그 와이셔츠 깃에 묻은 땟국 마냥 양심이니, 진실이니 뇌까려봐야 똥물밖에 더 나오겠나? 인생은 결코 긴 게 아냐, 한 세상 기똥차게 디스코 추다 가는 게야 밀, 남자가 통 크게 굴려봐, 이 수표 쪽에 똥그라미는 마음대로 그리라구. 공이 8개면 억이야, 억! 제에기, 맘대로 쳐봐, 자네 같은 물 다리미 인생이 이런 기회가 또 있을 것 같아?
　②면회가 허용되는 주말이 앞으로 사흘. 고모는 정릉에서의 사건

이 들어지자 곧 바로 내 아내에게 수쪽을 쥐어주고 사라졌다. 아내는 독사의 이빨로 나를 벼르고 있다. 농약병에 수쪽을 말아서 젖가슴 속에 넣고 다닌다. 공판이 끝나는 즉시, 아내는 농약이냐, 수쪽이냐 둘 중의 하나를 선택하겠다는 결의이다. 고모의 농간에 그대로 꼭두각시가 된 것이다.

그것이 협박만은 아닌 게, 여름 날 뙤약볕 아래에서 다림질하거나, 남자바지 가랑이를 재봉틀질 해주는 이 지긋지긋한 세탁소에서 해방되고 싶은 것이 어찌 어제 오늘만이겠는가. 이 절호의 기회는 어쩌면 아내에게 숙명일지도 모른다. 내가 고모를 위해 '거짓증언'을 해 주면 그대로 떨어지는 수쪽으로 아파트라도 마련하지만, 그렇지 않으면 까짓 사이다 마시듯 농약을 거꾸로 들겠다는 결의는 독사의 시퍼런 눈빛 바로 그것이다. 자칫하면 시체를 또 하나 치우게 생겼다. 금년 토정비결이 살벌하게 나오더니. 어떻게 이달 들어 직접 간접 살인을 하나씩 하게 되었는가.

①은 아들에 의해 고발당한 천 교수 부인이 '나'를 정릉 숲 속의 호화판 비밀 요정으로 끌어들인 다음, 재판에서 '거짓증언'을 해 주도록 거액의 수표로 유혹하는 장면이고, ②는 천 교수 부인으로부터 거액의 수표를 받은 아내가 황금의 노예가 된 나머지 '거짓증언'을 하도록 나에게 강요하자 그 때문에 어려움을 겪는 '나'의 심정을 묘사한 부분이다. 이상 두 보기에서만 보아도 곧 알 수 있는 바와 같이 '나'는 현실의 세계로부터 중대한 도전을 받고 있다. 그러나 그는 끝까지 이러한 도전을 물리치고 참된 삶의 자세를 취하고 있다.

두 인물의 성격이나 그들이 처한 상황으로 보아 '천 교수'의 플롯과 '나'의 플롯의 유사점을 많이 공유하고 있다. 작가가 이 작품에서 보여주고자 한 것은 지식인의 본질과 그 기능에 관한 것이다. 즉, 지식인은 현실적으로 무력한 존재이긴 하지만, 아무리 큰 고통을 감수하는 한이 있더라도 자신의 신념을 굽히지 않는다는 점에서 무서운 정신력을 소유하고 있다는 것이다.

"이봐! 오군, 오늘은 내가 또 하나 멋있는 장면을 실천해 보이겠네. 결코, 내가 무기력한 지식인이 아니란 걸 오늘 오후에 보여주겠네." 이것은 천 교수가 프로판가스 폭발 사건으로 청평기도원에 감금되기 직전에 그의 제자인 '나'에게 한 말이다. 청평기도원에 끌려가 동물적인 생활을 하다가 마침내 자결해 버린 이 가련한 지식인의 결의가 잘 나타나 있다.

"역시 그랬구나, 교수님은 죽어간 게 아니라, 스스로 죽은 거야. 결국, 최후의 자기의지를 확보한 거야. 누구도 천 교수를 죽일 수는 없어." 기도원에 감금되어 동물 취급을 당하는 천 교수의 불행한 삶을 더 이상 지켜볼 수가 없다고 생각한 나머지 천 교수의 간청에 의한 '의리적 살인계획'을 세웠으나 두 차례나 실패한 '나'가 결국 그의 자살현장을 발견한 다음에 지껄이는 이 절망적은 독백 또한 어떠한 현실적 구속에도 얽매임이 없이 자유롭게 살기를 염원하는 지식인의 생존방식을 재확인하고 있는 대목으로 볼 수 있다.

신상성의 소설 가운데는 불교적 상상력을 부여한 작품들이 더러 있다. 예컨대, 〈사이공의 니르바나〉 〈목불(木佛)〉 등이 그것이다. 〈목숨의 끝〉에도 그러한 부분들이 조금씩 엿보인다. 틈만 나면 절간으로 내닫는 '어머니'의 신앙생활에서도 그런 일면을 살필 수 있겠지만, 심리적 갈등으로 몸부림치는 '해나'의 귀에 문득 들려오는 어느 스님의 목탁 소리라든가, 고독한 시간 속에서 회상해 보는 해인사의 옛추억들이 특히 그러하다.

"남편의 시(詩)들은 조실스님의 독경(讀經)은 창(唱) 같기도 하고 조화이기도 했다. 우린 우리 안의 종기만 어루만지고 있어. 자기 안의 더럽고 추악한 것을 안고 있으면서 남을 욕하고 있는 거야. 남편의 꾸짖음 같기도 하고, 스님의 대죽비 소리 같기도 하다." 이 작품의 논리를 보면, '남편'은 '보통사람들'과 다르다. 그는 보다 높은 꿈과 이상을 추구하는 자다. 그러나 거기에 도달하는 길은 너무나 험하고 고달픈 것이다. 가치 있는 세계의 경지에 도달하기 위해서는 그토록 철저한 자기 멸각(滅却)의 과정을 밟아 나가야만 하는 것인가. 작가는 이와 같은 삶의 근본원리를 불교철학에서 찾고 있는 듯하다.

〈사이공의 니르바나〉와 〈목불〉은 이러한 작가의 신념을 구현하기 위해 제작된 것으로 풀이된다. 구조상에서 보더라도, 〈사이공의 니르바나〉는 더없이 복잡한 사건들이 연쇄관계로 구성되고 있다. 이것은 인간의 생존자체를 인연의 사실로 보는 불교적 상념과 일맥상통한다. 그렇지만 이러한 불교적 사유방식을 소설이라는 하나의 문학적 틀 속에 어떻게 수용하느냐는 것이 앞으로의 과제로 남게 될 것이다. 종교적 신념과 문학적 신념을 어떤 점에서 일치될 수 있겠지만, 또 어떤 점에서도 명백히 구분되어야 하겠기 때문이다.

신상성은 풍부한 잠재력을 지닌 작가다. 얼핏 보면 성긴 그물과도 같이 허전해 보이지만, 그의 소설은 자잘한 고기들까지도 다 포용할 수 있는 큰 그릇을 내포하고 있다. 이것은 한 작가의 성실성과 그 타고난 재능의 결집이기도 하다. 감각적인 문체와 서정적 분위기에 의한 전달, 그리고 무엇보다도 세계와 인간의 삶에 대한 이 작가의 깊은 통찰 등이 특히 주목된다고 하겠다. 이러한 요소들은 앞으로 한국의 문학공간을 더욱 풍요하게 가꾸어나갈 유일한 자양분이 되리라고 믿는다.

*1987.4.30. 〈늑대를 기다립니다〉 작품론_김시태

■ 외국 평론가의 신상성 작품론

치열한 서바이벌 게임과
또스토예프스키적 삶

고노에이지(鴻農映二)
(일본 문학평론가 · 아사히朝日신문 전 한국특파원)

1. 광주사태와 '와세다문학(早稻田文學)'

　신상성(申相星)은 치열한 서바이벌 게임을 이겨온 사람이다. 나는 그의 독특한 문체가 무엇보다도 그 사실을 증명한다고 느낀다. 나는 그와 같이 동국대(東國大) 대학원에서 수학(修學)했던 80년대 초 한국의 군사정권 시절 혹독하게 겪었던 '문학적 고난'을 여기에 얘기하려고 한다. 나는 '들어가는 말'로 먼저 나의 수난에 대해서 이야기하도록 하겠다.

　때는 1980년대 전반, 그때 나는 대학원 학생으로서 유학생활을 유지하는데 필요한 경비로서 마침 한국소설을 번역하는 아르바이트를 하고 있었다. '이 소설도 일본어로 번역해보면 어떨까요?' 하면서 신상성은 나에게 〈월간문학〉(한국문인협회 발행) 잡지를 한 권 주었다. 거기에 〈원위치(元位置)〉라는 단편소설이 실려 있었다. 월남전 종군(從軍) 이야기로서 신상성 자신의 자전적 체험 소설이었다. 그 당시 일본에서는 월남전쟁에 참전한 한국을 좋게 보지 않았었다.

그래서 나는 일본사람들에게 한국도 고뇌하고 있다는 것을 알리고 싶었다. 신상성의 작품은 그러한 목적에 딱 어울리는 작품이었다. 단편소설이라 며칠 안에 번역작업은 끝났다. 그런데 그때부터 나의 수난이 시작되었다.

내가 이 〈원위치〉를 번역한 작품을 발표한 잡지는 그 당시 한국정부가 돈을 대고 일본내 판매용으로서 일본사람들에게 읽히는 일종의 국제정치적 공보(公報) 잡지였다. 문학(특히 소설중심) 작품만을 소개하는 잡지였다. '전옥숙' 이라는, 50대의 보기만 해도 요염한 여성이 사장이었다. 그녀는 처음 사회에 나갔을 때부터 회사대표로 출발했다는 본인의 자랑도 있었다. 그전에 주머니에 들어갈 정도의 〈소설문예〉라는 잡지를 '이청준' 주간으로 내고 있었다고 들었다.

나도 나중에 이 사무실에서 이청준 씨를 만났는데 그 때는 사장, 여직원 한 사람, 그리고 월급은 받지 않지만, 매일 와서 무슨 연예계 일로 전화를 사용하는 중년 남자 한 사람이 식구의 전부였다. 나는 책상 하나 빌리고 전화를 받는 여직원과 수상한 중년 남자가 있는 방에서 일했다. 사장실에는 일본인 특파원도 오고 윤흥길, 한승원, 최창학, 한용환, 임종국 그리고 일본의 아쿠타가와상 수상자 후루야마 고마오, 나카가미 겐지도 찾아왔다.

가끔 김지하 어머니도 와서 사장과 함께 화투를 치고 갔다. 이 화투는 약간 의미가 있었다. 가끔 감시하러 오는 경찰관을 달래기 위해 즐기는 면도 있었던 모양이다. 소공동 입구에 있던 '대한일보사'

건물 5층에 〈소설문예사〉가 있었다. 나는 한 달에 3편 정도의 소설을 번역했다. 점점 발표선정도 손수 하게 되었다. 신상성의 〈원위치〉도 그러니까 사장의 체크 없이 내가 스스로 선정하여 인쇄되고 나중에 당국의 검열을 받게 됐다.

이때는 어떤 시대였을까? 바로 광주사태 직후, 그러니까 민주화 운동이 극심하게 탄압당했던 시기였다. 군인주도의 서슬 퍼런 검열 기관은 〈원위치〉에 나온 전략 용어에 먼저 신경이 날카로워졌고, 그 다음엔 한국군대를 풍자하는 듯한 그 내용에 화를 내었다. 그리고 계엄사령부에서는 '이런 내용을 해외로 알리려고 한 이런 잡지는 폐간시키고 번역자는 국외로 추방하라' 는 의견까지 나왔다고 한다. 사장이 대통령 비서실과 가깝고, 작품을 게재 안 하는 것으로 이 문제가 극적으로 일단 수습이 되었다.

그러나 그때까지 한 나라의 청년으로서 나의 양심적 고민은 극심했다. 외국이지만 국가권력과 처음으로 대치한 경험이었다. 그런데 국가권력과 처음 대치해 본 나는 그만큼 복수심리도 오래 가지고 있었다. 나는 이미 인쇄된 교정지를 간직하고 나중에 일본에 귀국한 후 '와세다문학(早稻田文學)' 잡지에 이 작품을 발표했다. 지금까지 일본 순수문학지에 한국소설이 소개된 일은 거의 없었다. 〈원위치〉는 나의 오기로 소개된 아주 드문 예라고 할 수 있다.

지금은 〈하얀전쟁〉 같은 책도 일역(日譯) 되어 나왔지만, 내가 좀 선구적인 역할을 한 자부심은 당시의 불안했던 마음과 함께 지금도 가지고 있다. 그리고 그 체험을 나는 '젊은 번역가의 우울' 이라는 제목의 소설로 발표하기도 했다. 원고지로 약 1백 80매, 주인공(즉, 나자신)은 가명이지만 '신상성' 이름은 그대로 썼다. 기회를 봐서 한국어로 옮기고 한국 잡지에도 발표할 생각이다.

다시 말하자면, 신상성은 '치열한 서바이벌 게임'을 이겨온 사람이다. 우리가 그의 소설에서 배워야 할 내용은 거기에 있다. 국가라는 것은 너무 무책임한 조직이며 그 국가는 그 안에서 기계적으로 일하는 무표정한 관료들처럼 국민에게 냉정하고 무서운 존재는 없다. 그래서 국가도 관료도 국민에게 강제로 충성을 요구한다. 충성을 받기 어려운 입장, 특히 무리한 군사정권 같은 상황에 서 있는 자기들의 상황을 잘 알고 있기 때문이다. 법을 지키라고 강요한다. 그런데 그 법은 오히려 그들이 제멋대로 고친다. 국민은 헛수고만 당하게 마련이다.

그러나 이 지구상 어느 나라 국민도 때로 그런 국가 안에서 살아야 한다는 것이 운명이다. 어떤 잘못한 정책에도 철저하게 대응하고 이겨내는 힘, 우리는 그것을 〈원위치〉뿐만 아니라, 신상성의 약 70여 편에 작품 전체에서 읽고 자기 것으로 키워야 한다. 이 말이 뭐니 뭐니 해도 신상성 문학을 읽는 의의가 될 것이다.

2. 또스토예프스키와 같은 치열한 삶

여기서 더 한마디, 그의 '2000년도 제1회 중국 장백산 국제문학상 수상작'인 〈인도향〉에 대해서 언급하고 싶다. 이 작품은 또스토예프스키의 〈지하실의 수기〉가 러시아 대문호 작품의 과도기였던 것처럼 신상성 문학의 과도기 역할을 하고 있는 것같이 느꼈기 때문이다. 과도기를 알면 그 전반기 작품들 이해하기도 쉽다. 신상성 문학을 구성하는 여러 가지 요소들이 이 작품에 응축되고 있는 것 같다.

먼저 알기 쉽게 연극무대식으로 이 작품을 풀어볼까 한다. 그래야만 이 작품을 잘 정리할 수 있을 것 같다.

(등장인물)

나 : 북경에서 일하는 한국신문사 특파원

그미 : 조선족 가정부

뚜오쌍 : '나' 의 딸. 초등학교 2학년(7살)

털보 : 홍커우(虹口) 공원의 관리인

주인공 : 상하이(上海) 공안국장의 아내

푸냐 : '나' 의 아내

제 1막- 북경에 있는 특파원의 아파트 거실. 사무실을 겸한다. 딸이 좋아하는 잉꼬를, 가정부가 그 새장을 베란다에 내놓는 바람에 어느 날 새가 얼어서 동태가 됐다. 그 사실을 안 딸이 울상이 된다. 가정부는 월급의 6분의 1을 부담하고 그 딸에게 켄터키 프라이드 치킨을 사준다. 그 때 마침, 그 특파원은 옛 친구 죽음을 전화로 듣고, '인도향(印度香)' 을 피워 그 영혼을 달랜다.

제 2막- 홍커우 공원관리인의 집. 털보 관리인이 불륜을 들킨 공안국장의 아내를 협박한다. 그 아내는 털보가 화장실에 간 사이에 농약을 양주병에 쏟아 부어 털보를 독살한다. 나중에 체포되어 재판을 받는다. 그 공안국장 아내는 남편에게 사랑받지 못했던 과거, 우연히 옛 애인이 중학교 교장으로 가까이에 전근 와 있었던 것을 알게 된 일, 그리고 교장과의 밀회를 털보가 알고 협박해온 일들을 진술한다.

제 3막- 다시 특파원의 거실. 미국으로 유학갔다가 배신한 아내가 다시 돌아온다. '나'는 딸과 밖으로 나간다. 무대 한구석에서 둘이 거리를 헤매는 모습. 다시 거실로 돌아와 셋이서 살기로 결심한다.

인간이 행복을 찾는 일이 얼마나 힘든가를 생각하지 않을 수 없는 작품이다. '행복'이란 행복할 때는 별로 못 느끼고, 행복이 사라진 후에야 그걸 안타깝게 자각하게 된다. 그리고 행복해질 기회는 많지 않다. 서로 사랑하는 사이의 연인들은 주위의 장벽 때문에 쉽게 헤어지게 되고, 다시 만났을 때는 결정적으로 조건이 안 되는 상태이기 일쑤이다. 행복도 사랑도 그때 그때 만끽해야 하는 것이며 미래를 약속하면 안 되는 것이다.

미련스러워도 할 수 없다. 〈인도향〉에서는 특파원 부부, 공안국장 부인과 그 애인이 오버랩하는 식으로 묘사되었다. 한쪽은 재판받고 한쪽은 다시 함께 살게 되었는데 과연 어느 쪽이 속이 시원할까? 나는 아무래도 공안국장 부인 쪽이 낫다고 느낀다. 일단 망가진 가정을 형식적으로 회복시켜 봤자, 지옥은 지옥이다. 특파원에게 행복을 가져다 줄 사람은 옛 아내 말고, 또 다른 여인일 것이다. 그것이 진실한 애정조화이다.

신상성의 문학은 인간이, 그것도 알몸이 된 인간이 진지하게 자신이 놓여있는 상황과 대치하는 현실적이면서도 형이상학적인 세계다. 그러니, 그의 문체는 헤밍웨이로부터 시작된 미국의 하드보일드 터치의 스타일이 될 수 밖에 없다. 사태를 간결하게 파악하면서 다음 행동을 결정해야 하는 허겁지겁 여유 없는 현대인의 생리 그대로의 모습이다. 우리는 신상성 소설에 서정(抒情)이 희박하다는 것을 안타깝게 여기지 말고 마른 땅에서 조금이나마 획득한 그 성과를 보다 더 무겁게 여겨야 하지 않을까?

3. 〈이방인〉과 같은 심층적 주제성

앞에서 나는 신상성의 문학에는 서정(抒情)이 희박하다는 말을 했다. 이 점에 대해서는 좀 설명을 더 할 필요가 있다. 알베르 카뮈의 〈이방인〉을 여러분은 어떻게 읽었을까? 주인공 뫼르소는 사랑을 느끼지 못하는 듯이 그려져 있다. 그런데 이 소설을 다시 읽으면 사실은 그와 반대이며 뫼르소는 사랑의 감정이 넘치는 사람인 것을 알 수 있다. 특히 그 어머니에 대한 애정이 그렇다. 나는 〈이방인〉을 다섯 번 정도 읽었지만 현대 애정소설의 대표작이 아닐까, 하는 생각까지 들었다.

주인공은 자신의 무력(특히 경제면에서)에 절망하고 '잘 사는 꿈'을 체념하고 있다. 그 대신 아주 사소한 행복을 마음껏 즐기려고 하는 것이다. 그래서 큰소리치는 사람이 아니다. 마음에 없는 연기도 못한다. 어쩌다 섹스 관계가 된 여자에게 '당신을 사랑한다'는 상투적인 말을 하고 싶지 않은 것이다. 어머니의 죽음에 대해서 눈물을 안 흘렸다고 주위사람들이 손가락질 했지만, 어머니를 보살필 능력이 없고 양로원으로 보낼 때 벌써 그의 눈물은 다 흘렸던 것이다.

어려운 현실은 뫼르소를 압박하고 뫼르소에게 허가된 행복은 적다. 쉬는 날 창가에 의자를 놓고 거기서 밖의 풍경을 보는 정도 밖에 안 된다. 이미 희망을 잃은 상태이며 아랍인을 죽이고 사형당하게 됐다 하더라도 희망이 없는 현실과 별 다름이 없는 것이다. 서정을 발휘할 부분이 현실의 무게로 압박 받아 제대로 안 된다.

그런 관계는 신상성 소설에도 통한다. 내가 신상성 소설엔 서정이 희박하다고 말한 것은 그런 의미이며 서정이 없다는 것과 다르다. 언뜻 보기에는 서정이 말라버린 것같아 보이면서 서정이 넘치는 소설을 완성시킨 게 카뮈인데, 그 방법의 후계자들은 '카뮈의 집' 앞까지 와 있었다고 해도 좋을 것이다.

1) 신상성 소설의 공통 구조망

신상성 소설에서는 다음과 같은 구조망이 각 작품들의 공통된 요소로 성립되어 있다.

사 건
서민의 애감
학생 운동의 체험
제3층
제2층
제1층

이 중에서 맨 위의 제3층은 편의적으로 만든 이야기다. 이 부분은 아무 이야기라도 좋다. 예를 들면, 소설〈고압선〉의 경우는 명절날 당직걸린 변전소 공무원이 목숨을 걸고 끊어진 고압선을 연결하러 나간다. 소설〈봄이 오면 산에 들에〉는 정신 병원에 입원한 아내가

애기를 출산하는 이야기다.

〈행복을 팝니다〉는 아내를 잃고 허무한 나날을 보내는 사진작가가 제 2회 사진전시회를 위해 그 예술적 피사체를 찾아 다닌다. 〈김해 평야에 부는 바람〉은 파출소 경찰관이 남자의 왼쪽 발목뼈가 관할지역 쓰레기통에서 발견되자 수사에 착수하는 이야기이다. 그리고 〈석굴(石窟)〉은 산골짜기에 사는 스님을, 수녀 일행이 찾아오면서 첫사랑이 회상된다.

제 2층은 이들 사건을 뒷받침 해주는 등장인물의 개성이 명확하게 나타난다. 그 등장 인물들은 대개 서민계급이며 가난한 사람들 등 소외계층이다. 제 1층은 의미나 설명, 배경으로 쓰인다. 학생운동 체험은 뭐니 뭐니해도 작가 자신의 원형이기 때문에 행동원리의 열쇠가 된다. 군사정권 등 독재세력에 대한 저항심, 억울한 상황에 대한 분노, 힘이 없는 자신에 대한 자학 등의 형태로 나타난다.

이러한 소설의 취약계층 주인공들은 쓰라린 고뇌 끝에 내일을 향해 다시 출발할 것을 결심한다. 그 결심의 색채는 니힐리즘의 색채이며 무슨 오락영화의 마지막 장면과는 거리가 멀다. '아, 그래도 살아야지……. 아직 목숨이 남아있는데…….' 이런 형식이다. 작가의 입장으로서는 다음과 같이 자신을 고무하고 있을 것이다. '좀 더 써봐야지……. 아직 목숨이 남아있는데…….' 월남 전쟁에서 살아 돌아온 신상성은 살아있다는 것만도 '감동적인 현실' 임을 잘 알고 있다. 그의 작품 주인공들이 현실을 응시하는 것은 그런 이유들 때문이다. 죽음의 사선을 넘는다는 체험은 이러한 눈을 갖게 한다. 그것은 이제 표현이 아니라 몸으로 느끼는 절망이다. 극한 상황을 체험한 사람만이 절감하는 것이다. 문학은 어떻게 보면 인생이 불행하면 불행할 수록 더 깊이 알게 된다. 그런 의미에서 나는 문학을 깊이 알고 싶은 마음은 없다.

나는 이혼을 경험했으므로 이혼문제를 그린 작품은 뼈 아프게 이해한다. 그런데 이혼을 안 했었다면 '이혼은 그런 것이구나······.' 정도로 넘어갔을 것이다. 문학은 눈으로 읽고 있을 때가 가장 행복하다. 몸으로 읽게 되면 깊이 이해해 봤자 뭐가 돼? 라는 생각이 든다. 문학은 정사(情死)할 상대가 아니다. 문학은 심심풀이여야 한다. 다시 말한다. 문학은 어디까지나 심심풀이어야 한다. 그리고 일반사람, 독자들은 그 문학을 그냥 넘고 살아남아야 한다.

2) 주제의 철학적 의미망

일본의 데카탕 작가 다자이 오사무는 다음과 같이 말했다.

예술적이라는 애매한 장식의 관념을 버리면 됩니다. 사는 것은 예술이 아닙니다. 자연도 예술이 아닙니다. 그리고 극단적으로 말하면 소설도 예술이 아닙니다. 소설을 예술로 생각하려고 한 것에 소설의 타락이 배태하고 있었다는 말은 들었지만, 나는 그것을 지지합니다. 창작에 있어 당연히 노력해야 하는 것은 정확하게 표현해야 한다는 것입니다. 그 이외엔 아무것도 없습니다. 풍차가 악마로 보일 때는 주저하지 말고 악마의 묘사를 해야 합니다. 또 풍차가 역시 풍차로밖에 안보일 때는 그대로 풍차를 묘사하면 됩니다. 풍차가 실은 풍차로 보이는데도 그것을 악마같이 묘사하지 않으면 예술적이 아니라고 생각하고 여러 가지 빤히 들여다보이는 궁리를 하고 로맨틱을 흉내내는 바보 같은 작가도 있습니다만 그런 것은 평생 걸려도 아무것도 못 잡습니다. 소설에 있어서는 절대 예술적 분위기를 노리면 안됩니다. 그것은 누님이 그린 그림 위에 얇은 종이를 놓고 떨리는 손으로 연필로 본떠 우습고 유치한 놀이입니다.

　이 글을 읽고 생각나는 것이 있다. 신상성이 1980년대 초 구파발 초가집에서 살았을 때, 동대 대학원 친구와 함께 그의 집을 찾아간 적이 있다. 그의 집 뒤에는 딸기밭이 있었고 거기서 신선한 딸기를 대접받았다. 그 시골 딸기밭 주인에게 신상성에 대해 자세한 부분까지 질문을 던졌다. 그 친구는 나한테 오히려 반문했다.
　'거짓을 취재하고 있어요?'
　그때 나는 딸기 먹는 일에만 급해서 별 관심이 없었는데 지금 생각하니, 그러한 반어적 노력이 이른바 붕어빵 틀 형식에서 좀 어딘가 벗어난 느낌을 주는 그의 소설 작품의 특징적 요소가 되어있는 것 같다. 논 픽션의 '취재' 까지는 못 미치지만 그냥 서재에 앉아 책상 위에서 쓴 작품과는 확실히 다른 현장감을 느끼게 해주는 것이다. 더 정확한 표현을 하기 위해서는 먼저 '취재' 가 필요했다. 나는 '취재' 라는 것은 상대방에게 전혀 '취재' 라고 못 느끼게 하는 것이 가장 바람직하다고 생각했는데, 어떤 면에서는 서민에게도 취재 받고 있다는 만족감도 줘야 한다.
　그 딸기밭 주인은 외국인 작가한테 질문을 받는 명예와 긴장감을 그 얼굴에 나타내고 있었다. 그 주인은 과연 이런 시간을 평생에 몇 번 가질 수 있을까? 단 한번일지도 모른다. 그러나 한번도 못 갖고 끝나는 사람과는 전혀 다르다. 그는 임종의 순간 그 추억을 기쁘게 머릿속에 떠올릴 지도 모른다.

여기서는 소설〈고압선〉에 한해서 잠깐 이야기할까 한다. 거기에는 마치 딸기밭 주인 같은 조연 등이 등장하는 것이다. 그 사람 별명이 '발바닥'이다. '발바닥'의 약력 같은 것에 대한 설명은 안 나오는데, 마음이 따뜻한 사람인 것은 그 행동으로 이야기 된다. 즉, 그는 먼저 근처 가게 집 소주가 동이 나는 바람에 역까지 사러 간다. 그리고 거기서 청소부 아줌마가 교통사고로 죽은 것을 알자, 그 집에 들러서 벽에 걸린 청소복을 깨끗이 빨아준 것이다. 수의 대신으로 입혀주라는 의미였다. '발바닥'의 인간성은 벼락 때문에 불이 나간 집에서 걸려오는 전화를 받는 태도에도 나타나 있다.

'인자아, 고치는 중이라 안 카요. 선상님요, 쪼매 참아 보이소. 참아서 남 주나요? 바람이 되기 붑니데이, 아이들 꼭 붙잡고 있으라요.'

이렇게 설득하는 '발바닥'은 그냥 서민이다. 결코 영웅주의자가 아니다. 그런데 끊어진 고압선을 주인공 '나'가 고치러 나간다고 하자, '발바닥'도 행동을 함께 하는 것이다. '사람이 좋아서…… 그렇다' 궂은 일을 못 본체 못하는 것이다.

"나도 고압선 고치러 갈랍니더. 까짓 사람이 한번 뒈지지, 두번 뺀는 기 아이지예……. 잠깐, 기다려보이소. 비상 라이트와 밧줄을 더 가져와야 할 끼라예. 비가 오면 되기 미끄럽지요."
"야, 야, 관둬라. 아가야, 다칠라. 이건 아주 위험한 일이랑게. 니는 세수대야에 물 떠놓고 염주나 세고 있어."

"고 계장은 자는 척하고 코만 시끄럽게 고는데요. 그런데 가는 건 좋지만 내가 죽으삐모 짤순이가 일수놀이 하던 거 다 소용없이 되뿌는데? 그게 끝나면 우리 둘이 살 셋방 얻을 긴데……. 셋방 얻을 긴데…….”

결국 주인공은 목숨을 걸고 철탑을 기어 오르고 '발바닥'은 아래서 전지 비춰주는 역할을 맡았다. 그리고 수선작업이 겨우 끝나 탈진상태에 빠진 주인공의 허리를 끌어안고 '발바닥'이 땅에 눕게 해주는 것이다. 양심적인 '발바닥'과 대조적인 사람이 '고계장'이다. 그는 3급 행정고시 준비를 하고 있다. 4급을 딴 지 얼마 안 되는데 월급봉투의 두께 때문이었다. 학벌 없이, 밑천 없이 돈 벌 수 있는 것을 오직 공무원 시험밖에 없었던 것이다.

고 계장은 고아원 출신이었다. 그 고아원 원장은 기독교 단체 등에서 보내오는 구호물자나 성금을 뭉청뭉청 잘라먹는 사람이었다. 고 계장은 그 원장이 자는 방에 큰 돌멩이를 집어던지고 도망나온 사람이었다. 돈과 출세밖에 모르는 사람이 고 계장인데 그 주인공의 과거도 역경의 연속이었다. 어부였던 아버지는 바다에서 돌아오지 않았다. 큰 형은 인민군에 끌려갔다. 작은 형은 월남전에서 전사했다. 누나는 평생 해녀가 되어 손바닥은 소금물로 짝짝 갈라져 있는 상태였다.

그리고 겨우겨우 취직한 주인공도 '임시직'에 불과했던 것이다. 그런 임시직의 주인공이 목숨을 걸고 고압선 수선에 나선 것은 다음과 같은 마음에서였다.

나는 생각했다. 지금 송전(送電)을 안 하면 떡이며 추석 명절준비를 못할 거고, 그러면 내일 새벽에 제사를 지내야 하는 대부분의 가정에선 탑새기 주는 일일 것이다. 모처럼의 명절기분이 잡칠 것이다. 이깐 전깃불 하나로 많은 백성들이 우울하게 지내야 한다고 생각하니 불안해졌다.

3) 목숨을 건 문학성

말하자면 서민들의 사소한 기쁨을 절실히 알기 때문에 그 기쁨을 지켜주려고 목숨을 거는 것이다. 이 일은 충분히 목숨을 걸 만한 가치가 있지 않았을까? 흔히 목숨을 건다는 것은 전투에서나 일어나는 일이고 용감하다는 평가를 받는다. 그러나 실은 전쟁이란 서로 죽이는 일밖에 되지 않는다. 우리는 그런 국가 대 국가, 이데올로기 대 이데올로기의 함정에 빠지기 쉽지만, 정말 목숨을 걸 보람이 있는 것은 이렇게 사소하지만 일반사람들을 행복하게 만드는 일이다. 〈고압선〉 소설의 마지막 장면은 그런 행동의 전범을 이야기하고 있다.

"아이구, 우씨요! 이게 무슨 뚱딴지 같은 위험한 짓이요." 나는 고 계장 응답을 듣고 아, 이제 두 명 다 죽었구나! 하고, 그러면 시체나 거두어가자며 올라올 생각을 한 것이다. 변전소 소장이 내 어깨를 잡고 흔들었다. 배전(配電) 사령실의 당직사령이며, 공무과장도 고 계장도 어깨를 치며 한숨을 내쉬었다. 고 계장은 부족한 잠에 정말 곯아 떨어졌을 것이다.

"아야, 내다. 니 에미다. 아무래도 어제 밤 불길한 꿈에 안절부절해서 저녁 차를 타고 왔더니만…… 어이구우, 이 자식아. 낼로 우얄라꼬, 니가 그런 위험한 짓을 자청해서 할 끼 머꼬 이잉? 배 안고프나? 그제 밤 꿈이 하도 이상하더라카이.'

"우씨! 만세! 만세!"

"우씨, 아니몬 추석명절을 우에 쉬었을 끼고 잉. 제사는 우에 지내고 말이다. 안글나 잉."

"하모, ……하아모." 어느 새 마을사람들이 삥 둘러싸며 환호성을 질렀다.

"바닥, 바닥, 발바닥도 만세!" 우리들은 법석을 떠는 마을 사람들의 머리 위에 얹힌 채 둥둥 마을로 내려갔다. 비바람은 더욱 세차게 우리들 일행을 때렸지만, 우리들 마음을 더욱 뜨겁게 흘러 내렸다.

4. 새로운 발견과 새로운 감동

이런 해피 엔드로 결론을 맺고자 한다. 신상성의 쑥스러워 하는 얼굴이 떠오른다. 빨개진 얼굴도 보인다. 아마 '자기답지 않다는 결말'이라고 느꼈을 것이다. 이 작품은 마치 그의 특유한 니힐리즘을 극복한 것이 아닐까?

이러한 결말은 아무래도 신상성 문학작품론 전개도중에 액션 영화 같은 장면이 나왔기 때문에 영화의 드라마에 따르게 됐다고 본다. 순수소설로서의 전개라면, 주인공은 실패하고 그의 시체를 내려다 보면서 주위 사람들이 '이 사람은 왜 이런 짓을 했을까?' 라고 의문을 던지고 끝을 맺을 것이다. 의문의 폭은 넓으면 넓을수록 좋다. 이 〈고압선〉 작품은 단편이라 그의 문학성이 더욱 날카롭게 됐을 것이다.

작가라는 존재는 어떤 존재일까? 그것은 의미를 묻고 또 묻고 끝까지 묻는 사람이다. 그리고 그 과정과 답을 작품 속에서 실현하는 사람이다. 그래서 독자들은 새로운 작품을 읽고 새로운 발견과 만난다. 우리는 남다른 체험을 많이 한 신상성 소설에서 '새로운 발견, 새로운 감동'과 늘 접할 것이다.

*〈월간문학〉 2006.10월호(통권 452호)발표.